The
Lehman
Trilogy

雷曼三部曲

Stefano Massini

史蒂芬諾・馬西尼——著

朱安如——譯

目次

雷曼家族族譜

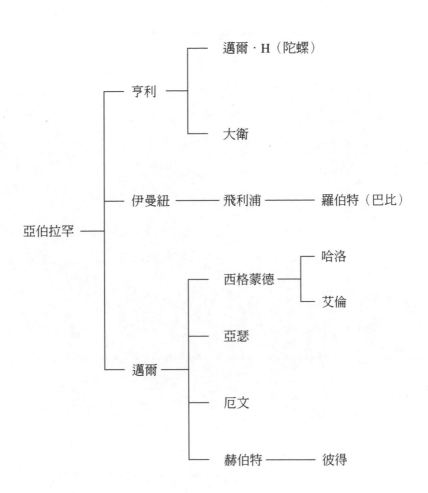

我們沿著陡峭的山稜行路，
歷史在此化作傳奇，
而新聞淪為神話。
我們不往童話裡尋覓真相，
我們也不向夢裡找。
即使所有人都有那麼一天能說
他們出生過，他們活過，他們死過，
也不是每個人都能說，他們成了一種隱喻。
轉化就是一切。

第 1 部
三兄弟

Book One
Three Brothers

1
夢想家　Luftmensch

牲口商人的兒子
行過割禮的猶太人
身旁就一只皮箱
站著，一動也不動
像根電線桿一樣
在紐約港的四號碼頭
感謝上帝，抵達了：
巴魯克哈希姆[1]！
感謝上帝，離開了：
巴魯克哈希姆！
感謝上帝，在這裡，現在，終於，
在美國：
巴魯克哈希姆！
巴魯克哈希姆！
巴魯克哈希姆！

孩童在叫喊
挑夫背負沉重的行李
鐵板聲聲刺耳，滑輪吱吱作響
在這一切當中
他
站著不動
剛下船
穿上他最好的鞋
從來沒穿過
一直收著就等這一刻，「等我抵達美國。」

然後，就是現在。
「等我抵達美國」的這一刻
高懸在那
紐約港的塔樓上
鑄鐵時鐘大大標示著：

---

1. BARUCH HASHEM，字面意思是「稱頌祂的名字」。感謝上帝。「名字」（Hashem）是敬稱，用來代替無法發音的神聖之名 Jhwh。

早上七點二十五分。

他從口袋裡掏出一支鉛筆
在小紙片邊上
寫下七，然後是二十五
時間長到足以看見
他的手在發抖
或許是興奮
也或許是
在海上一個半月之後
站在乾燥的土地上
「哈！沒再晃了！」
感覺好怪。

在海上的一個半月
瘦了八公斤。
一把濃密的鬍鬚
比拉比的鬍鬚還濃
任其生長，沒有修剪
四十五天裡上上下下
輾轉於吊床、臥鋪、甲板
甲板、臥鋪、吊床。
他離開勒阿弗爾港時滴酒不沾
抵達紐約，已經是個懂喝的人
老練到喝一口就能分辨
是白蘭地，還是蘭姆酒
琴酒，還是干邑
義大利紅酒，或愛爾蘭啤酒。
他離開勒阿弗爾港時，完全不懂紙牌遊戲
抵達紐約，已經成了遊戲和骰子冠軍
離開時，他是個害羞、含蓄的沉思者
抵達時，他相信自己懂這世界：
法式的嘲諷
西班牙式的歡愉
義大利年輕男服務生忐忑的驕傲。
離開時，他滿腦子都是美國
現在抵達了，美國就在他面前
不只在他的念頭裡：在他眼前。
巴魯克哈希姆！

靠近看
在這寒冷的九月早晨
一動也不動地，站著看
像根電線桿一樣
在紐約港的四號碼頭上
美國似乎更像個音樂盒：
一扇窗打開了
就有另一扇關上；
街角開了一家做手工藝的
隔壁就會出現另一家；
這一桌顧客才起身
另一桌就有人坐下
「甚至在一切都準備好之前，」他想。
然後，有那麼一刻
——在他腦中等了好幾個月才看見的——
美國
真正的美國
不多不少，就像個跳蚤馬戲團
不怎麼讓人印象深刻
事實上，如果要說的話，有點好笑。
有趣。

就在那時候
有人拉了拉他的手臂。
一位港務人員
深色制服
灰色鬍鬚，大帽子。
他在登記本裡寫下
登岸乘客的名字和號碼
用淺顯的英文問簡單的問題：
「你從哪來？」
「林帕爾。」
「林帕爾？林帕爾在哪裡？」
「德國，巴伐利亞」
「你的名字？」
「嘿尤姆·萊曼。」
「我不懂。名字？」
「嘿尤姆……」

「什麼是嘿尤姆？」
「我的名字是……嘿……亨利！」
「亨利，好的！那你的姓是？」
「萊曼……」
「雷曼！亨利·雷曼！」
「亨利·雷曼。」
「好，亨利·雷曼：
歡迎來到美國。
祝你好運！」
然後他蓋上日期：
1844 年 9 月 11 日
拍拍他的肩膀
就離開去問其他人。

亨利·雷曼看看四周：
載他登岸的船──勃根地號──
看起來像尊沉睡的巨人。
但是，另一艘船正緩緩移動要進港
準備停泊在四號碼頭
有另外 149 個人跟他一樣：
也許是猶太人
也許是德國人
也許穿上他們最好的鞋子
身旁就一只皮箱
他們因為太過驚喜而顫抖
一部分是興奮
一部分是因為抵達陸地
一部分是因為美國
──真正的美國──
靠近看
像個巨大的音樂盒
會引發某種效應。

他深吸一口氣
握緊皮箱
跨出堅定的一步
──雖然還不知道要去哪──
他也
走進了

這個音樂盒
名叫美國。

2
猶太魚丸凍　Gefilte Fish

卡索維茲拉比
——亨利是這樣被告知的——
不是那種
你花了四十五天橫渡海洋，
終於落腳
在大西洋另一邊之後
最想認識的人。

一部分是因為他那
武斷又惱人的冷笑
固著在臉上
黏在唇邊
彷彿發自內心深處，鄙視
每一個來跟他說話的人。
然後是他的眼睛：
你怎麼可能躲避這種不舒服的感覺
面對一名固執的老人
浸沒在他的深色西裝當中
唯一的生命跡象，來自那對半閉著
無政府主義式，發狂的眼睛
總是瞥向別處
無法預測
像撞球一樣彈跳
無法預測
而且，即使從未停下盯著你看，
他可曾錯過任何細節？

「準備好你自己：去找卡索維茲拉比
那真是一種體驗。
你會後悔你去了，
但你沒法逃避，
所以，鼓起勇氣，去敲那扇門。」

亨利‧雷曼是這樣
被來自德國的猶太朋友們告知
他們已經在紐約待了一段時間，
這段時間足以讓他們認得街道
並且說起一種奇特的語言
披上英語外衣的意第緒語，
他們對女孩說 frau darling
孩子們則嚷著要 der ice-cream

亨利‧雷曼
牲口商人的兒子
在美國還不到三天
就裝作他什麼都懂了
他甚至點頭稱是
當那些德國猶太朋友
笑著問他，是否能聞到
衣服上的紐約臭：
「記好了，亨利：一開始我們也聞得到。
然後，有一天，聞不到了，
你再也聞不到了，
到那個時候，你才能說
你抵達美國，
你真的在這裡了。」
好喔。
亨利點頭。
好喔。
亨利微笑。
好喔，好。
實際上，亨利，聞得到紐約臭
到處都是：
一股噁心的味道，混雜了飼料、煙味、各種霉味，
這麼一說，至少就嗅覺來說，
這個如此夢寐以求的紐約，
比起遠在德國，在巴伐利亞林帕爾那裡的，
父親的牲口棚子，似乎更糟，
好喔。

但在他寄回家的信裡
——來自美國國土的第一封——

亨利沒提到這股臭味。
他寫德國猶太朋友的事
當然了
他們是如何好心提供他一張床
好幾天
還請他吃一碗極好的魚丸湯
用他們魚攤剩料做的，
看他們也在做生意
是啊，先生
不過，是有鰭、骨頭、鱗片的動物。
「那你們賺得多嗎？」
亨利發問，直接了當，
就像那樣，想建立一些概念
好開始理解
畢竟他是為了錢來美國
總得要找個地方切入。
他的德國猶太朋友們
笑他
因為不會有人在紐約
兩手空空
——就連乞丐也不會：
「做吃的，永遠有錢賺
人們老是肚子餓，亨利。」

「所以呢？做什麼賺大錢？」
他問他們
在一箱箱鱈魚和一桶桶鯡魚之間，
在這個難以擊敗
紐約臭的地方。
「不過你是要問什麼。
要賺錢，就做你非買不可的。」

他們是聰明人，他的德國朋友們：
要賺錢，就做你非買不可的……
說到底，這個建議挺好。
真的，不吃東西會死人。
但是坦白說，一個雷曼家的人
才離開他爸的牲口棚子
一路大老遠來美國

來這裡做生意，也要，走動物這行，
不管是魚、雞、鴨、還是牲口？
改變，亨利，改變。
不過，選你非買不可的。
這是重點。

就這樣。
在亨利思考要做什麼的時候
他的德國朋友們給他一張床睡
請他吃魚丸雞湯當晚餐，
永遠是魚
因為最省。

但亨利不想濫用他們的熱情。
只要待到想出辦法就好。
只要待到把腿找回來就好
他的雙腿疲軟
驚人的疲軟
因為在海上這麼長時間
　　　吊床、臥鋪、甲板
　　　甲板、臥鋪、吊床
實在不容易
掌控你的下肢
——這個行動部門——
要回到能小跑步，
甚至更靈活才行，畢竟這個叫作美國的音樂盒
有上萬條街道，
不像林帕爾，只有那幾條街
一隻手就數完了。

對啊。雙腿。
但這還不是重點。
但願。
要在美國生活，好好生活，
你需要別的東西。
你需要轉動一把鑰匙開鎖，
你需要推開一扇門。
而這三樣東西——鑰匙、鎖、門——
都不是在紐約找

而在你的腦袋裡。

那就是為什麼——在鱈魚和鯡魚之間，他們跟他說——
每個上岸的人
總有一天
遲早
需要卡索維茲拉比：
他知道。
我們說的不是經文啊，先知啊，
那就拉比來說，太普通了：
卡索維茲拉比
以降下天啓著稱
為那些揚帆從那裡到這裡的人
為那些從歐洲來的人
為跨越海洋的猶太人
為牲口商人的兒子們
或者，這樣吧
也可以說
為了移民。
「你看，亨利：任何人來美國
都在尋找他自己也不知道是什麼的東西。
我們都有這種經驗。
那位老拉比，儘管眼睛半閉著，
卻可以看到你所看不到的地方，
還會告訴你，你這段來生，要往哪裡去。
相信我：去找他。」

於是，又一次，亨利說好。
他在早上八點鐘抵達，
右手拎了一條魚，表達敬意
給老人家的禮物，
但是，再考慮一下
他覺得拿著一大條魚拜訪
給人的印象不太體面，
所以就在路邊把魚放生
成全紐約貓咪們厚顏的樂事
深呼吸一回之後，他敲門。
好喔。

這是十一月的某一天，
寒氣冰冷，很像在巴伐利亞那邊，
隱約感覺要降雪了。
等待的時候，亨利從帽子上拂過第一片雪花。
他穿著他最好的鞋，
就是他收在一邊，「等我到美國」再穿的那雙：
為了這奇特的拜訪
他想，再穿上這雙鞋，也許還不錯
其間──他感覺──
他會真正面對面看見美國，
儘管美國，巨大，無邊無際，
他將用自己的掌心托住它。
他真心希望如此。
畢竟直到現在，他感覺自己還身在一團霧中。

這些想法包圍著他
使他沒聽到門把轉動的聲響，
也沒聽到那幾乎是從另一個世界傳來的聲音
跟他說，門已經開了。
這份等待，簡言之，
持續了好一陣子，
持續到要惹惱這位老人家了，
讓他總算從屋裡喊出
有力的一聲：「我在等。」

然後，亨利進門。

卡索維茲拉比
坐在房裡遙遠的另一頭，
一座深色形體，在深色木頭椅子上
諸多稜角合而為一，
彷彿他幾乎集顴骨、膝蓋、手肘及各種乾涸皺紋
之地理學大成。

牲口商人的兒子
詢問了，但還沒
獲准向前。
他發問
──致上最高敬意──

被簡短告知：「停在那裡：我想看看你」
接著，老人的雙眼一陣轉動。

然而亨利・雷曼沒有退縮。
他站著，一動也不動，像根電線桿
保持十步距離，
握著帽子，
在一陣永恆的沉默當中
沉思
何以那滿是書本的房間
似乎濃縮了紐約臭
壓倒性的
有那麼一瞬間
吸進飼料味、煙味、各種霉味
他覺得簡直要昏倒了。

所幸他沒有時間。
因為比這股嗅覺更強烈的
是他發現自己
突然間
成了遭受殘酷嗤笑的對象，
笑聲在長時間觀察他之後傳來
似乎極為冒犯
更有甚者：是一種侮辱。
「拉比，你覺得我很好笑嗎？」
「我笑是因為我看到一隻小魚。」

亨利・雷曼
當下沒能反應過來
這用詞究竟是拉比式的譬喻
還是這位老人家
真的對他無禮
因為瀰漫在空氣裡的，是他身上的沙丁魚味和鯛魚味
他可能會毫不猶豫就選擇第二種解釋
好在
拉比為他的開場白
補充了幾句話：
「我笑是因為我看到一隻小魚
拍打尾巴要從水裡跳出去：

牠跳出去
宣稱自己想嚐一嚐美國的滋味。」

於是
稍稍鬆了一口氣
亨利才能保有尊嚴地回應：

「依我看，那隻小魚，不缺勇氣。」
「或者，不缺瘋狂。」
「我應該回家嗎？」
「那要看你指的家是什麼。」
「魚住在海裡。」
「不。你太累了，傻傻的：我可以趕你出去。」
「我不明白。」
「你不明白是因為你想太多，想太多就會失去方向
你很傻，因為你很敏銳，而敏銳是一種詛咒。
你表現得像一個人三天沒吃東西，
卻在開動前
問說要用什麼盤子、什麼香料、什麼醬汁，
桌布、餐具、玻璃杯是不是正確
──總之
在決定好所有事之前
他們會發現，這個人已經死於飢餓。」
「幫幫我。」
「很簡單：魚住在水裡，
而水不只在海裡。」
「所以呢？」
「所以，沒有水你會死，
在水裡，你就能活。就這樣。」
「所以，我沒有被美國屏除在外？」
「那要看你說的美國，指的是什麼。」
「美國是陸地。」
「這是事實。」
「你說我是一條魚。」
「這是第二個事實。」
「魚無法在陸地上活，只活在水裡。」
「第三個，也是最後一個事實。」
「那你期待我做什麼？」
「好問題，問得太好了，所以我要你：

問問你自己。」
「拉比，魚不問問題：
魚只知道要怎麼游泳。」
「那現在我們要開始想：
魚只知道要怎麼游泳，
牠不能假裝自己會走路。
我們這隻魚可能有點瘋狂
不是因為牠想嚐一嚐美國的滋味，
而是因為牠想要離開水來達成！巴魯克哈希姆！
如果這隻魚——從廣大的海洋抵達了紐約——
然後從大海前進到河川，
從河川到運河，
從運河到湖泊，
從湖泊到池塘，
那我問你：
實際上，這隻魚不就
游遍了美國所有地方嗎？
沒有什麼能阻止牠：水流向每一處。
這隻魚只要記得，牠活在水裡，
牠一旦離開水，就是，死路一條。」
「好的，卡索維茲拉比，但我的水，究竟是什麼呢？」
「你不是才說魚不問問題嗎？
夠了。你已經耗盡所有你應得的注意力了。
現在讓我休息：
在我死前，我的時間所剩無幾
你已經無償拿走了一部分。」
「其實，帶著敬意：容我獻上一小筆捐款，
為你的聖殿……」
「魚沒有錢包，
帶著錢，牠們會沉到海底。出去吧！」
「最後一個問題，拉比，拜託：
美國這麼大，你建議我去哪裡好？」
「你能游泳的地方。」

隨著這些話
亨利・雷曼
發現他已經回到街上
困惑，而且比之前更悶悶不樂
唯一確定的是，拉比從不把話說清楚

向他們至高無上的那位學的
與其自我解釋
還不如放火燒了荊棘的那位，而這是你要去自行體會的。

同時間
一場異常的暴風雨正在紐約蓄勢待發
但老實說，一個雷曼家的人
離開巴伐利亞的松樹林，
一路來到美國
到頭來還要鏟雪？
改變，亨利，改變。

所以，至少這件事很清楚：
不管他去哪
——他還不知道究竟是哪——
那裡肯定會有
許多溫暖
許多光亮
許多陽光

伴隨這個想法在他腦中浮現，
他一邊咒罵美國的冬天，
一邊扣緊外套，圍住脖子：
畢竟，人需要穿衣服，
跟需要食物一樣。
好喔。

3
酵母　Chametz

房間小小的。
木地板。
木板釘起來，一塊接一塊：
總共——他數過——六十四塊
走過去的時候，吱吱作響：
你覺得底下是空的。

一扇門

玻璃和木頭的
旁邊掛著經文盒
像舍瑪[2]要求的那樣。
一扇門
敞開——直面——朝向大街
朝向馬匹的嘶鳴
朝向貨車的塵土
朝向嘎吱作響的馬車
也朝向城市人群。

門把
紅銅的
出了點問題，有時候會卡住
得要往上提，用蠻力，拉一下：
現在，不知怎麼，開著。

天花板有天窗
和整個空間一樣大
要是下大雨
雨滴打在上面
就好像要掉下來了
不過至少，白天，有光
即使是冬天
這也省得用油燈
反正沒法一直點燃
像聖殿的長明燈那樣。
很花錢。

儲藏間在櫃檯後面。
在架子中間有道簾子
簾子後面，那裡，是儲藏間
比這家店小
一間後室
塞滿包裹和木箱
盒子
紙捲
剩料

---

2. Shema，字義為「傾聽」。猶太儀式的重要禱文，一天要誦讀兩次：晨禱和晚禱。

破鈕扣和線：
任何東西都不丟
任何東西都能賣；遲早，會賣掉。

這家店，當然，你可以說，嗯，蠻小的。
感覺起來又更小
像只有一半大，因為被隔開
被那張厚重的
木頭櫃檯
像台靈柩車那樣支著
也像猶太教堂裡的講台
縱向延長
在四面牆之間
每一面牆
都覆上
架子
直到頂端。

用凳子可以爬到牆的一半高。
用梯子能搆更高──如果需要的話──
帽子那邊
鴨舌帽
手套
束腹
圍裙
圍兜兜
還有最最上面的，領帶。
因為在阿拉巴馬這裡，從來沒有人買
領帶。
白人只為宗教節慶集會而買。
黑人在耶誕節前夕。
猶太人──僅有的極少數──
為了光明節晚餐。
所以：領帶放最上層。

在右邊，底下和櫃檯下頭
成卷的布料
胚布
包裹的布料

折疊的布料
織品
布匹
樣品
羊毛
黃麻
麻料
棉花。
棉花。
尤其棉花
在這裡
在阿拉巴馬州的蒙哥馬利，陽光普照的街上
這裡的每件事——如我們所知——
仰賴的
是棉花。
棉花
棉花
各種類型和品質：
泡泡紗
印花棉布
旗子布
粗斜紋絨布
看起來像鹿皮的駝絲綿
最後還有
所謂的丹寧
那種強韌的粗斜紋布
工作服用布
——「不會裂開！」——
從義大利來到美國這裡
——「不會裂開！」——
織進白色經紗的藍色布料
熱內亞水手拿來裹帆用
他們稱作熱內亞藍
法文是 bleu de Gênes
英文跟著亂叫變成 blue-jeans：
試試看：
不會裂開。
為了義大利人的 blue-jeans 棉花，巴魯克哈希姆！

房間左側
沒有布料，只有衣服：
在架子上依序疊好
夾克
襯衫
裙子
褲子
工作外套
還有幾件大衣
儘管南方這裡不像巴伐利亞
寒流鮮少來襲。
顏色全都一樣
灰
棕
白
因為這裡，在蒙哥馬利，只服務窮人：
他們的衣櫥裡，只有一套上好的衣服，只有一套
為了週日禮拜
其他每一天，全都要工作
全力以赴
絕不鬆懈
因為阿拉巴馬人不是為了活著而工作
正好相反，沒錯，他們為了工作而活著。

而他
亨利・雷曼
二十六歲
來自巴伐利亞林帕爾的德國人
對此深有體悟
蒙哥馬利並沒有太大不同：
這裡也有一條河：阿拉巴馬河
就像那裡的美茵河。
這裡也有灰白色的寬大的路
只不過，不是通往紐倫堡或慕尼黑
而是去莫比爾或塔斯卡盧薩。

亨利・雷曼
牲口商人的兒子
為了活著而賺錢

在櫃檯後頭
工作得像頭驢子。
工作，工作，工作。
只有安息日關店
但是，星期天早上，當然要開門
當種植園的黑人
全都花兩小時上教堂
擠滿蒙哥馬利的街道：
老人家、小孩子、還有……女性
這些女性——在她們上教堂途中——會想起來
她們破舊的衣著
該縫的桌布
主人那些要刺繡的窗簾
而且週日不是安息日：
「請，請進，雷曼週日也開店！」

雷曼。
可能很小。
但至少店是他的。
小小的，最低限度，微不足道，但是是他的。
玻璃門上寫著大大的 **H. LEHMAN**。
然後，有一天，在門上頭，會有一塊漂亮的招牌
跟房子前面空地一樣大：
H. LEHMAN 織品與布料
巴魯克哈希姆！

用抵押、擔保、匯票開店
再加上他所有錢：
一切。
連半毛錢都不剩。
一切。
現在，誰知道還要多久
工作，工作，工作：
為了在院子旁邊買布料的人
省著用每一吋
賺一百美金要花上三天。
用手計算
亨利・雷曼每天算了又算。
用手計算：

打平開銷至少三年
償還債務
付清他欠下的那些。
然後，等還清每個人
就可以
用手計算……
不過，亨利‧雷曼在此打住：
工作同時
就像《塔木德[3]》說的那樣：
投入 Chametz，酵母
然後呢？
然後等著瞧。
投入 Chametz，酵母
然後呢？
然後等著瞧。
投入 Chametz，酵母
然後呢？
然後，等著瞧。

4
白癡！　Schmuck!

蒙哥馬利起風的時候
為了要壓住他的帳單文件
亨利‧雷曼
牲口商人的兒子
有個嵌了石頭和鐵的紙鎮，
上了色的雕像
地球造型。

座落在店頭檯面，
一疊支出表和收據上，
即使它的用意
它真正的用意
——亨利知道，他當然知道——
不是為了避免它們被吹走：

---

3. Talmud，意為「教導」、「學習」、「討論」。《塔木德》是所謂的「口傳妥拉」，以神聖、規範、解釋性的文本，形塑猶太教的基礎。結合〈米書拿〉和〈革馬拉〉，並加上在西元四到六世紀之間拉比的討論。

這座迷你地球
坐鎮在此
時時刻刻提醒他
當阿拉巴馬入夜了，家裡還是白天。
家裡，沒錯。
真正的家。
因為就算他待在這裡一陣子了
依舊
「家不是我在的這裡，家是他們在的那裡。」
地球在手裡。
盯著看。
「我在這裡。」地球一轉。「他們在這裡。」
「這裡晚上。」地球一轉。「這裡白天。」
阿拉巴馬，地球一轉：巴伐利亞。
蒙哥馬利，地球一轉：林帕爾。
也太遠了。

而且
要跨越黑夜與白天
只有一種溝通方式：
書信。

每三天一封信。
我敬重的父親。
親愛的弟兄。
每三天一封信
一年一百二十封信。

也太貴了。

郵資
不意外
算作部分店鋪預算
收據和支出
但這份花費沒法省。
在帳本裡
實際上
這是第一行，
排在其他所有項目之前，

不叫**信件**
而是**家**，
跟**住宿**那項分開
那不過是亨利睡覺的地方罷了。

要省錢可以從食物著手。
吃省一點，好。
亨利就吃豆子湯。
但通信費用……
衣服也可以省一點。
穿省一點，當然。
所以亨利一共有三件襯衫，兩條褲子，一件工作外套。
但通信費用……
上理髮店太奢侈了，可以省下來：一把剃刀就夠了。
那，說起來，馬不也是奢侈品嗎？
走路完全沒問題。
然而，通信費用……
神聖不可侵犯，
我親愛的母親。
至愛的姊妹。
還有其他人。

該花就花。

一年七百美金。
一筆可觀的支出。
但是，省不了。

問題在於，
亨利和巴伐利亞人之間的溝通
不只是昂貴
沒那麼簡單。

因為，比如說
每次
亨利都要記得
——小心，千萬小心——
他只在阿拉巴馬叫亨利，
在那裡，他還是嘿尤姆，

如果他不小心簽錯名，災難就降臨了。
他們不會懂。
我一定要簽嘿尤姆。
我一定要簽嘿尤姆。

還有
在林帕爾那裡，做主的是他父親，
而且，是他
——只有他——
亞伯拉罕·雷曼恩
——有兩個字母 n 的——
牲口商人，
只有他有權收信
只有他有權回覆：
拆信的是他
讀信的是他
寫信的是他。

然後是第二個重點：
他要寫什麼？
或說：他要寫多少？

如果說，亨利寄的都是長信，
他父親就是自我節制的短箋。

不奇怪。
老亞伯拉罕·雷曼恩
向來是寡言的人。
他以前常說
「假如非得有話要說，
那山羊跟獵犬都會學說話」
也因為他覺得
和他經手那些動物之間相互連結
除非必要
他避免發出聲音。
他以前一向如此。

現在，這位老人家也不例外。

「親愛的兒子，
有兩個猶太人的地方
就是聖殿。
你摯愛的父親。」

這些豐富的內容
來自上一封訊息
蓋了林帕爾的郵戳，
收到的時候，是密封信件
寄給嘿尤姆·雷曼恩先生。
姓氏有兩個字母 n。

亨利肯定猜到了。
「有兩個猶太人的地方
就是聖殿」
是他父親
最愛的諺語之一
父親說完之後，常會悄悄加上一句
「Schmuck ！」
意思是：白癡。

因為這位牲口商人
不喜歡這句話
門都沒有
當那些從城外來的猶太人
花了超過一小時，駕著馬車
來到谷地
臭烘烘地坐在
他旁邊
「在我們的聖殿裡。」
門都沒有。
為什麼那些農夫要來？
到底為什麼？
如果有兩個猶太人
就不需要聖殿了。
白癡。
讓他們留在鄉下吧。
白癡。
「Schmuck ！」

也許
亞伯拉罕・雷曼恩
——執拗於要有兩個字母 n ——
只用
公告體說話。
「有兩個猶太人的地方
就是聖殿」
不過是一千句話裡的一句。
他杜撰過許多這樣的話。
產量穩定。
充滿驚喜。
從來沒有一個詞
在他嘴裡
聽起來不像判決。
堅定不移。
更糟的是，
亞伯拉罕・雷曼恩
牲口商人
瘋狂執著於他的宣言，
認為這是卓越凝練的智慧，
對造化腐朽唯一的回答，
因此
本於純然利他的精神
他向世界散播這些話
期待立即獲得感謝。
如果沒有的話，
一聲無可避免的「白癡！」就來了
咬牙
切齒
齒縫間
吐露
不屑
像給牲口烙印，
雷曼恩的大寫 L
經火烙印在綿羊乳牛公牛身上，
永存不滅：
「白癡！」

就那樣。
要區隔他摯愛的孩子們
與其他巴伐利亞人類是不同物種
就在於孩子們不曾
領受過
那一句「白癡！」
全然優異的證明
最完美的血脈。

他應該要想到的，亨利，
他應該要考慮過，也就是說，
在冒下風險之前
── 一項重大風險──
他可能會在大海另一側
被當成白癡。
然而……
然而，他還是冒了險
滿腔熱情
在信裡，寫出這個想法：
「親愛的父親，
在這裡，在阿拉巴馬，要慶祝逾越節的：
除了我
還有至少十個家族。
親愛的父親，
有薩克斯家、高德曼家、還有其他很多人：
遲早
可能，我們會蓋一座聖殿
我們會的
親愛的父親，
德國風格的！」

不對，先生。
不對。
絕對不是這樣。
這位牲口商人
不喜歡這樣。

首先
阿拉巴馬不是美國，

只有紐約才是美國：
那裡才是他兒子該ㄥ的地方，
他承諾過他的。
為什麼他要去南方？
再來，那裡為什麼需要一座聖殿？
還德國風格的
在那遙遠的土地上
他兒子只會待個短短幾年，
只要待到他致富就夠了
然後就回來，不是嗎？

然後就回來。
像說好的那樣。
然後就回來。

你去美國不是為了留在那裡，
你只伸出一隻腳踏進美國，
另一隻要留在家裡。
更何況你承諾說要去紐約
結果跑去阿拉巴馬。

所以呢？
所以聖殿是怎麼樣？
所以蓋聖殿的目的是什麼？
為什麼要蓋一座聖殿
然後把它留在那裡，給那些美國人？

被自己的想法攻克，
他努力緩和呼吸，
亞伯拉罕·雷曼恩
在這一刻
滴咕了一聲，清晰的：「*白癡！*」

終其一生
這是第一次
他對自己兒子這麼說。

5

司事 [4]　Shammash

更不用說
他兒子嘿尤姆
不能在
阿拉巴馬
待太久：
他還有一個承諾。
好一個承諾。

一樁婚約。

和貝莎·辛格。
一位皮膚蒼白的女孩。
不只皮膚，聲音也是。
不只聲音，氣質也是。
這麼說吧，貝莎·辛格就是
蒼白女性的代表。
還有纖瘦。
還有膽怯。
一名九十歲的小姑娘，
莫迪切和莫斯拉·辛格的女兒，
父母好像都比她還年輕，
那種最低限度的生命跡象
足以區分將死之人和屍體之間的差別，
這名女兒可是
嚴重
缺乏。

然而
嘿尤姆·雷曼恩
選擇了她，
滿懷敬意
請求
讓他

---

4. Shammash，猶太會堂的侍者、司事、會堂管理人。

以後都喊她 süsser，
意思是「甜心」。

明智的決定，
因為辛格家是最顯赫的家族，
這方面，讓
姓氏有兩個字母 n 的
這位牲口商人
相當滿意
他曾祝福這椿聯姻
以他較為成功的一句
聲明：
「愛看不見，
但連盲人
都嗅得到錢的香氣。」

所以
嘿尤姆‧雷曼恩
離開前
向他的甜心求婚了。
獲得首肯。

甚至有人說
他的甜心露出一抹微笑，
這事值得記上一筆
儘管她母親強烈質疑。

所以，在嘿尤姆變成亨利之前
他已經踏出這一步，
雖然克第辛 [5]
會等他回來再辦。
幾年內。
也許三年。
也許四年。最多四年。
足夠賺錢的時間。
在美國賺錢。
在紐約。

---

5. Kiddushin，婚禮儀式。

但，同時間
同一時間
在地球另一端的
阿拉巴馬
沒有書信
寄往辛格家：
即使兩個人訂婚了
在他們家長的視線之外，
還是不能獨處
所以這位牲口商人之子
出於尊重
出於禮節
出於體面
從未直接寫信給女孩，
而是寄出他
最深情的祝福
透過父親，
由父親適時轉交。

現在
毫無疑問
隨時間過去
亞伯拉罕‧雷曼恩
本人
開始感到
這樁婚約有點變質，
當它仰賴的
僅止是
最深情的祝福
由一位惜字如金的老人家
代為傳達
給一位比起活著更像死了的年輕女孩。

這個嘛，時光流逝。
幾個月。幾個季節。
所以呢？
隨著他回來的時間逼近

還有那個彩棚[6]，
為什麼他兒子嘿尤姆
現在考慮的是
在阿拉巴馬那裡
蓋聖殿？
為什麼沒提到
要回來？
難道他沒想過
貝莎·辛格
——他的甜心——
經過漫長的等待
或許會因悲傷
變得衰弱，邁向死亡，
比她
與生俱來的
悲痛
更加衰弱，因而死去？

現在
這很正常
無論何時
走過辛格家前方
那條街
會看到鎮上的醫生
進進出出
娃娃臉
鬍鬚捲曲的蕭薩醫生，
心灰意冷，搖著頭，
然而
要怎麼調配藥方
給一位配偶
註定
——獨守空閨，也不知道還要多久？——
等待。
「貝莎的生命之燭

---

6. Chuppah，婚禮棚架，結婚慶典在其下舉行。布幔由四位男性持四根柱子所支撐。新人一離開棚架，就已因婚姻而結合。

已是如此微弱，
現在怕要油盡燈枯」
莫迪切・辛格是這麼跟
聖殿其他長者說的。

從那時開始
整個林帕爾都在問
為什麼
嘿尤姆・雷曼恩
牲口商人之子
還不決定
就此
回來。

這問題
亞伯拉罕・雷曼恩
也問自己
就算他是話很少的人
他知道什麼時候該開口
因此
他決定寄出
跨越海洋
標註了自己名字縮寫的
另一封短箋，
密封信件
寄給嘿尤姆・雷曼恩先生。
姓氏有兩個字母 n。
「親愛的兒子，
人說的話，刻在石頭上；
傻子說的話，
寫在布料上。
等你，
你敬重的父親。」

關於這封短箋
沒有一個細節
沒被注意到。

亨利完全

看出
父親筆下「布州」一詞的輕蔑之意，
有那麼一刻
像名真正的商人
他一陣顫抖
想捍衛他的棉花。
尤其
他明白
最後那句**等你**
聽來就像是父親對那些牲口一聲令下
要回棚子了
也許挨鞭子了。
沒有選擇餘地。

他出於本能的行為
首先
嚇到他自己
他把短箋揉成一團。

那晚
如果亨利人在林帕爾
他就會知道
老亞伯拉罕
愁苦中
難以成眠，
等他終於入睡
他夢到一座宏偉的聖殿
擠滿臭烘烘的農夫們
他們從鄉下來
卻說英語，
其中包括他兒子，
像個司事：
他笑得張狂
抬頭往上看女性廊區
有個小姑娘正躺在棺材裡面哭
一邊喊著他的名字：「嘿尤姆！嘿尤姆！」
但他還在放聲大笑
毫不在意
然後他走上前去，打開經文卷，

《妥拉[7]》看來像一幅布條
白色純棉
上面寫著
斗大的
後會有期。

6
甜心　Süsser

消息傳開了
還越過河了：
亨利‧雷曼的商品一流。
巴魯克哈希姆！

艾佛森醫生
今天早上這麼說：
他為黑奴孩童治麻疹，
看診的時候
他聽到人家這麼說
在種植園的棚子裡。

亨利‧雷曼的商品一流。
人家這麼說。
巴魯克哈希姆！
亨利‧雷曼的棉花最好。
市面上最好的。
他們這麼說。
巴魯克哈希姆！
在種植園主人家的起居室裡也是
艾佛森醫生聽到他們這麼說
說起那些窗簾布料
還有桌布
還有床單。

---

7. Torah，意為「教導」、「律法」。《妥拉》是由上帝在西奈山上給予摩西的律法。「書寫妥拉」包含聖經頭五卷書（也稱作《摩西五經》）：Bereshit（創世紀）、Shemot（出埃及記）、Vayikra（利未記）、Bamidbar（民數記）、Devarim（申命記）。「口傳妥拉」則依傳統集結猶太教法學博士的重要著作，從未完結。

於是，亨利向他的成功舉杯。
在櫃檯後頭，一個人，
和一瓶酒
他來的時候就買了
三年前，
一直收著
為了要慶祝
遲早的事。
巴魯克哈希姆！

然後
帳簿上
夠清楚了：
這家店賺的
比去年增加快四分之一，
現在才五月。
在 H. LEHMAN 這塊招牌下
這個紅銅門把
每當顧客要進門，轉它的時候，
總是卡住
單純因為商業考量
這位老闆
不打算修：
它會帶來好運，
就讓它這樣吧
會為他帶來好運，
像已經來的這麼多好運。
還會更多。

因此
不奇怪
就算現在
數不清是第幾次
在 H. LEHMAN 這塊招牌下
這個紅銅門把
又卡住了
在一位陌生客人
膽怯的手下：
亨利在櫃檯裁布料，

頭也沒抬：
「小姐，你往上提：
轉的時候推一下，
那樣的話，門，就會開……」

然後。
那一刻
透過某種難以參透的女性奧秘
那膽怯的手變得不耐煩
猛然拉住門把
力道之大超乎想像
不僅
開了門
也讓鉸鏈脫落
整扇門摔到地上，
玻璃碎片四濺
割傷了這位
陌生客人的臉頰。

至於亨利‧雷曼
牲口商人的兒子呢？

一動也不動
站在櫃檯後面，
他看著人家流血
一根手指都沒抬
連這位小姐語調不滿地
問他要一條手帕
他依舊如此。

「小姐，你是想買哪種手帕？
我有兩塊的、兩塊半的、還有四塊錢的。」
「我沒有要買，我要擦掉臉上的血，
難道你沒發現我被割傷了嗎？」
「難道你沒發現你弄壞我店裡的門嗎？」
「是你店裡的門卡住了。」
「只要往上提，輕輕地：假如你有聽我的……」
「誒，我說最後一次：你就不能好心給我一條手帕嗎？」
「那你就不能好心為你搞的破壞，道個歉嗎？」

「不好意思，是哪個比較重要：你的門還是我的臉？」
「門是我的，臉是你的。」

這句話
這位陌生客人沒有回應：
她沒辦法，
當她發現自己面對真正的高手
難得一見的高手
深諳找理由之道
她佩服他，
而這種佩服
有時候
比受苦的感覺更強烈。

「門是我的，臉是你的。」
確實是出色的例證
說明亨利·雷曼如何解讀現實。
「你是一顆頭腦」
他父親，那位牲口商人
曾經這麼說
在林帕爾那裡，對，在巴伐利亞。

亨利·雷曼：一顆頭腦。
真的是這樣。
那天，卡索維茲拉比說的沒錯：
亨利就算不吃東西
寧願餓死
也不願意將就著吃。
而且，應該這麼說
亨利驕傲於
他是這樣的人，
他認為自己與生俱來的
必殺技，就是
──他的頭腦──
每個人都得甘拜下風。

直到那一天。

事情就這樣發生了

這位陌生客人，不好惹。

聽到他說
「門是我的，臉是你的。」
她馬上冷靜下來
不受打擊。

接著
透過某種難以參透的女性奧秘
這頭流著鮮血的生物往前
靠近櫃檯
一把
抓住
亨利的領帶，
抹過她
整張臉，
浸濕了領帶
然後，瞪著頭腦先生
說出短短幾個字
但是一流的字：
「臉是我的，領帶是你的」
然後，沒等他回應
她就離開
踩著高跟鞋，踏過玻璃碎片。

當兩個有頭腦的人相遇
總會有些不得了的事。

她沒有向他低頭？
他不能向她低頭：
他要求她，賠償損害費用，
她拒絕，
他嚇唬她，
她不當一回事，
他抓住她的手
她甩開，
這一切激烈的來往
都發生在大街上
在南方豔陽下

他們對彼此大呼小叫
孩子們覺得有趣，
因為沿街隔了好一段距離，
從雷曼的店
到沃大家門口
她在那裡，轉身對他說：
「如果你不介意，我到家了，
非常感謝貴公司
也感謝你的好心，你的言論，
你的讚美，還有手帕：你是個紳士。」

這番挑釁
讓亨利‧雷曼
當下
沒有任何回應：
他沒辦法，
當他發現自己面對真正的高手
難得一見的高手
深諳理性之道。
他五體投地，
這種敬佩
有時候
比受苦的感覺更強烈。

然而，過一下子，
他就
非常想要
欺負她，
於是，他冷酷地說：
「你是沃夫家的女傭嗎？」
「除非你是雷曼店裡的助理。」
「跟你說一下，我是亨利‧雷曼：
我擁有那家店三年了。」
「跟你說一下，我是羅莎‧沃夫，
我擁有這間屋三天了。
所以，如果你不介意，
不要與你的客人為敵。」
沃夫小姐，如此高超而
成效卓著的措辭，

加上來自女性面容
那令人難堪的目光
擊潰一眾笨拙的受害者。

而且
她邊說這些話邊關上門，
像在降舞台大幕，
連好奇的路人都感到失望。

當兩個有頭腦的人相遇
總會有些不平凡的事。

以及精打細算的事。

因為從那時起
儘管
還沒自覺
亨利·雷曼
比較不常寫信回家了
降低
可觀的
郵資花費。
從三天一封信
變成七天一封，
然後十天一封，
最後，平均起來，一個月兩封。

直到七個月後
他突然醒悟
那位羅莎·沃夫
玻璃門毀滅者
可能會讓他待在阿拉巴馬
遠遠超過三年。
可能五年。
可能十年。
可能永遠。

太可惜了，對有頭腦的人來說
一切都很容易

除了戀愛之外，可能吃力不討好，
如大家所知
在世上萬事萬物之中
愛情
最不受控於頭腦。

亨利‧雷曼嘗試用他的方式，
引領他去愛，沒錯，
還是充滿理性。
於是：
沒有鮮花，
沒有小雨傘，
沒有中意的眼神，
沒有紳士禮儀，
取而代之的
只有
就只有
店內商品折扣
對雷曼先生來說，
這意義遠大於商品，
他的生命觀、他的尊嚴、他的寄託
都像供品
——以他的思考方式來說——
奉獻出他整個人的生命。

資金來源
就把
郵資
審慎地
轉而投入
全新開始的一種榮譽制
慷慨的商務提案
「……這是專門為您量身打造的，羅莎‧沃夫小姐，
您是我們公司喜愛的客人。」

對亨利‧雷曼來說
這份說明
足以且應當被
解讀為

清楚的求愛訊號。

他錯了。

正好相反。

羅莎‧沃夫小姐到處
跟每個人說
還不只蒙哥馬利，更遠及塔斯卡盧薩
說雷曼的店
對啊，先生
正在跳樓大拍賣
沒錯，先生
結果大半個阿拉巴馬都忿忿不平
為什麼他們沒拿到一樣的好康。

為了平息抗議風波，
他在店門上貼了
一大張告示
「降價只供受眷顧的客人」

在南方各州
這可能是第一次
商店如此行銷。

亨利‧雷曼有想過他會虧嗎？
結果他賺得更多，獲利兩倍，
於是他恭喜自己
而且今後
告訴自己和其他人
他其實是有意為之。

不過，更重要的是
因為大幅降價
他得設計給專屬沃夫小姐
和別人不一樣的款待，
也就是
打折不夠
他得送上免費小禮物，

於是這位玻璃門毀滅者
開始了豪華的生活：
如果她下訂兩卷緞帶，
她會奇蹟般地收到四卷，
如果她付了五段蕾絲布料的錢
會拿到至少十段，
然後，就算價目表上，棉布一碼是多少分錢，
她只要用微笑買單
於是
終於
沃夫小姐理解了，
為什麼——這要好好釐清——
一顆頭腦，並非感受到愛，
而是理解了。

她很開心她理解了。

所以她准許
雷曼先生
從現在起
稱呼她甜心。

等等。
實際上，這就是問題。
因為，從那一刻起
理論上
有兩位甜心
並存於
地球上
地理配置
一位在阿拉巴馬
一位在巴伐利亞
涵蓋整個球體平面。

亨利沒跟他的美國甜心說什麼。
他也沒跟他的巴伐利亞甜心說什麼，
奇妙的是
命中注定
關於他那最深情的祝福

來往了
四年
每一封信
橫跨地球
給貝莎・辛格小姐：
因為他是有頭腦的人
因此生來靈魂扭曲，
嘿尤姆・雷曼恩，現在是亨利，
突然開始
寫信給貝莎本人，
他越想要告訴她實情，
越是受到恐懼襲擊，
這使得他──字裡行間──送上愛的親吻
柔軟的擁抱
甜蜜的輕撫
許多承諾
和充滿愛的希望
而每分溫柔
完全沒向他的甜心揭露
之於林帕爾
──他覺得──
他不會回去了。
但是，他怎麼能告訴她？
孤孤單單，遭受遺棄
在地球另一端：
搞不好她會自殺
如果他拒絕她的話。

形容枯槁的貝莎，
她這邊，
充滿驚喜
看著這些興高采烈的話語
向她湧來。
一開始她有些猶豫。
接著
透過某種難以參透的女性奧秘
她意外屈服了：
她的嘿尤姆來自美國的傾訴
回覆以

辛格甜心來自巴伐利亞的傾訴，
整個大西洋
瀰漫著
一噸又一噸
糖漿。

所幸，阿拉巴馬和德國
相隔有夠遠
遠到這裡是白天，那裡是黑夜
這裡太陽升起，那裡夜幕低垂。
幸好。

因為這充滿熾熱愛情的
通信過程
亨利完全沒提到他的羅莎
而貝莎也
沒提她的小秘密：
畢竟，誰能責怪她呢，
歷經四年
最深情的祝福
一位當地醫生
一張娃娃臉
在天堂門口，把她奪過來？
誰能責怪她呢
隨著一次又一次診治她的病體
一頭捲髮，迷人的蕭薩
觸動了她的靈魂？
她和醫生墜入愛河了。
甚至，某種程度，
是回報，
對那些
遠遠超出
最糟的結核病所需要的
拜訪和諮詢。

但是，她怎麼能告訴他呢
那位離鄉在外的嘿尤姆
如今還在寄送給她的
那一切情感？

孤孤單單，遭受遺棄
在地球另一端：
搞不好他會自殺
如果她拒絕他的話。

於是
情書
劃越海洋
來回往復
超過一年。

是牲口商人
首先發難，
當他有股疑問升起
當他注意到，貝莎
確實
大大好轉
好些時日了
但是蕭薩醫生
仍然搖著頭
頻繁進行放血治療。

他想，那麼
像這樣的疑惑
也許會敦促他兒子
回到馬廄，
徹底回來
於是他寫了這封命定的短箋：
「離家太久的人
無法抱怨……伴侶變得冷漠。
願你留心，你的父親。」

從來沒有哪封家長的訊息
收到時
讓人如此歡欣：
多麼美好
奇妙
伴侶就該變得冷漠
而且該要溫暖她自己！

至於羅莎甜心？
她將舉行她的美國婚禮！

那一天，明亮的陽光
照耀蒙哥馬利，
距離寒冷的巴伐利亞一千哩遠：
店裡生意興隆，
棉花一流
降價招攬顧客
然後
離法庭廣場不遠
展開丈量
計畫
營建
一座聖殿。

7
薯仔　Bulbe

猶太新年，將近中午。
街上有個油漆桶
在店舖前面
在店門口
那扇門，把手還是會卡住。
「早安，圓頭！上帝保佑你！」
「上帝保佑你，雷曼先生！你在粉刷新的招牌嗎？」

街上有個油漆桶
同時，他們從卡車上卸載
成卷棉布，一公尺長，四十公分寬
二十五卷
七束棉線，十二包原棉
按照亨利‧雷曼
手裡的清單
他站在門口
一項一項清點數量和尺寸。

「搬進儲藏室，圓頭，每一樣都搬進儲藏室。」

街上有個油漆桶，
亨利交給他們這個任務：
「今天下午完成招牌。」
六公尺寬，一公尺高。
要粉刷完成
在亨利驗收棉布
確認品質的時候
他親自，確認，比誰都仔細
卸貨之前
他就爬上貨車確認
尤其原棉
亨利直接
從種植園
買來的：
他跟圓頭迪丘講好了
超過兩公尺高的大個子黑人
綽號圓頭是因為，
他有顆完美的圓形頭骨
老是藏在一頂白色草帽裡面。
圓頭迪丘主理
史密斯和高瑟種植園：
那些白人了解
奴隸會工作得更加勤快
如果發號施令的人，是和他們一樣的黑人
他們只需要找個聰明人，
也就是說
圓頭迪丘，實際上，是個奴工頭：
介於奴隸和白人中間。
每個星期天，準時
唱著讚美詩
頭戴白色草帽
盛裝打扮上教堂（他在那裡彈風琴）
圓頭迪丘
穿過整條蒙哥馬利主街
為亨利·雷曼的店
帶來一貨車的原棉、棉線、棉卷：
「圓頭，你給我的棉花纖維太多了！」

「圓頭，這不是最好的！拿回去！」
「圓頭，這樣我要付你少一點錢！
拿進去，但我只會付你三分之一。」
「然後這什麼鬼，圓頭？
這連餵馬的飼料都不值！」

街上有個油漆桶。
新的招牌
他們選用黃色。
雷曼家的家庭會議。
前一晚，大家齊聚，在店裡。
只有羅莎缺席：
「你懷孕了，別來，待在家裡。」

對嘛。
黑底黃字。
搶眼：
好吸引顧客
亨利說。

兩個人
一個接一個
用刷子沾油漆，然後
滴啊滴
繼續工作：
精準
謹慎
保持在那些亨利
畫好的邊界——用鉛筆
如果字潦草，看起來很醜
亨利說
客人會怯步：他是對的。
亨利是對的。

雷曼的字首 L 要大寫。
兩人當中，伊曼紐在上漆：
伊曼紐・雷曼
或者：孟德爾，他真正的名字。
但在美國這裡，如眾所知，每件事都變了，包括名字。

伊曼紐，沒錯。
比亨利小五歲，
兩個人老是吵架，
所以，條件很明確：
「你要來美國，就得聽我的！」

達成協議。
伊曼紐這孩子長得很快。
頭髮比瀝青還黑
鬍鬚像普魯士砲兵
天性易燃
會突然爆發
講到爆發，他是這麼跟父親說的：
「我也要去美國，巴伐利亞讓人喘不過氣。」

現在，他在這裡，
伊曼紐屈膝
在地上
手拿油漆刷
穿著圍裙，不讓油漆弄髒衣服
因為店還開著
如果有人來
不該看到店主人一身油漆漬：
客人會怯步，
亨利說。
他是對的。

兄弟的「B」也要大寫，
像亨利的「H」到目前為止的那樣。
是他決定要拿掉的，可以了：
從今天起，不再是亨利・雷曼
而是
雷曼兄弟。

兄弟的「B」漆好了
由第三個，也是最小的弟弟
汗流浹背
彎腰

小心翼翼
不到一個月前，他像包裹一樣抵達美國
被旅程嚇壞了，還有大海，還有暴風雨
還有那位他信任的老拉比
帶他來阿拉巴馬這裡，找他兄弟

邁爾‧雷曼
二十歲上下
長得像媽媽
兩頰始終紅潤
沒喝酒也一樣
皮膚光滑無比
還沒要長鬍鬚的跡象
光滑一如剛剝好皮的新鮮馬鈴薯，
而他哥哥伊曼紐
沒錯過在大家面前的機會
用希伯來文叫喚他
像對小狗吹口哨那樣：
「邁爾薯仔！」
邁爾「馬鈴薯」。
另外，薯仔以前是他們家狗狗的名字
在歐洲那裡
在他們家，德國那裡
巴伐利亞，林帕爾
那裡有個牲口商人
從今以後無法入睡
從早到晚嘀咕著：「白癡！」

三個孩子，雷曼兄弟。
亨利。
伊曼紐。
邁爾。
三人當中，亨利是頭腦擔當
──在巴伐利亞那裡，父親跟他說過──
伊曼紐是手臂。
那邁爾呢？
邁爾薯仔是頭腦和手臂之間必要的那一位
不讓手臂打碎頭腦
不讓頭腦羞辱手臂。

正因如此，他們叫他來美國：
必要時，站在兩個人中間。
頭腦，馬鈴薯，手臂：
他們三個人都在那裡
而準備好要掛上去的，新的木頭招牌
又大又漂亮
橫跨整個店面
雷曼兄弟布料與服裝
黑底，黃字。
裱好框
亨利和伊曼紐用木頭刻的
在工作時段外，
每天晚上
等店門關上
不能減少給客人的時間
不然，你知道，他們不會回來
亨利這麼說
還有
「記住，顧客，是神聖的
——巴魯克哈希姆！——
就跟爸爸的牲口一樣！」
又一次
亨利是對的。

每天早上
就像今天早上
雷曼三兄弟
五點起床
天還暗著，燒鯨魚油的路燈還點著。
在法庭廣場
這棟屋子有三個房間，
只有一桶水可供盥洗。
「在德國要好多了！」
伊曼紐這麼說
在他到美國的第三天
但在亨利一巴掌揮過他臉之後
他沒再說了。
每天早上
就像今天早上

雷曼三兄弟
當城市還在沉睡
——而美國也不像音樂盒了——
每天早上
外出以前
圍著桌子
他們唸誦禱詞
全部人一起
像在德國
像他們過去在林帕爾，在巴伐利亞那裡那樣。
然後他們戴上帽子
出門
走進那個正要開始運轉的音樂盒
他們打開店舖大門
門把還是會卡住
因為按照原樣安裝回去
在羅莎・沃夫，雷曼夫人
把它砸到地上之後。

又一天。
又一天。
又一天。
羊毛
麻料
還有
棉花
棉花
棉花：棉花王朝
今天，亨利——頭腦——
出現這個想法：
窗戶打開，坐在窗台上，
他雙腿併攏
一手枕在脖子後面
他決定了
雷曼家
從今天起
不只賣衣服和布料，不了
衣服和布料不夠：

「任何發展棉花王朝所需的東西,我們都賣。」
伊曼紐──手臂──抬起雙眼
向他投注凌厲的眼神:
「我來美國
是要當商人
不是當農夫。」
「這就是我們在做的事:經商。
我們賣東西,而且會繼續賣。」
「我不想賣桶子和鏈子給一堆奴隸。」
「在這裡我決定什麼,你就做什麼:
店是我開的。」
「招牌上寫的是:兄弟。」
「那是我決定的,也是我想要的,
但這家店還是我的。」
「我才不想把手弄髒去搞什麼種植園的事:
我想賣布。」
「我算過了:
種植園主人會買種子、設備、貨車。」
「你怎麼算,跟我無關:
我不想冒險!」
「你不要吵,我才是那個……」

就在這時候,邁爾薯仔插嘴了
光滑,無臭,像顆馬鈴薯:
「嘿我說,圓頭迪丘:
如果我們開始賣種子和設備
你會買嗎?」
「雷曼先生,種子和設備嗎?
上帝保佑你!我會馬上下單:
要買這些,最近也得跑到田納西另一頭!」

伊曼紐往地上吐一口口水
蹲下來,繼續刷招牌
吸引顧客的黑色和黃色
亨利說,從街上看,那樣最好看:
雷曼兄弟
聽起來很棒
聽起來很響亮。
這也是

亨利說的。
然後，巴魯克哈希姆！
亨利·雷曼總是對的。

8
光明節 [8]　　Hanukkah

有福的你們，
神啊我們的神
會堂的天使率領我們
他的樂章尚未點亮
光明節的紙張

這是光明節傍晚
亨利正要點亮第七根蠟燭
站在桌子後頭
全家人一起
巴魯克哈希姆！
這是光明節傍晚
開禮物之前
從雷曼家門口
傳來非常非常大的一聲重響
幾乎嚇倒大家。
從沒見過圓頭迪丘這麼激動
頭戴草帽
他顫抖著，哭叫，呼喊：
「上帝保佑你，雷曼先生：失火了！
種植園：失火了！」

他們去街上
亨利、伊曼紐、邁爾
留羅莎在窗邊
──「你又懷孕了，別來」──
他們去街上
亨利、伊曼紐、邁爾

---

8. Hanukkah（字義為「奉獻」），光明節，為紀念西元 164 年猶大·馬加比再復興（Dedication）耶路撒冷聖殿。此一節日始於基斯流月（通常落在陽曆十二月）的第二十四個日落，持續八天，期間會依序點燃有八支分支的大燭台。

夜晚不再黑暗，反而像白天
空氣裡，風中
他們去街上
亨利、伊曼紐、邁爾
到處都是煙
燻得眼睛痛
貨車橫衝直撞，瘋了
整條街，瘋了
人們提著水桶，男人，男孩
空氣裡都是煙
喉嚨裡也是鼻子裡也是
——亨利、伊曼紐、邁爾——
「所有東西都燒起來了，那裡，田裡！」
奴隸宿舍
倉庫、棚子
整個蒙哥馬利都上街了
整個蒙哥馬利都在那裡，跑來跑去
——亨利、伊曼紐、邁爾——
「四五個種植園都燒起來了！失火了！」
煙霧衝到四十公尺高
像巴伐利亞那裡的鐘樓一樣
煙霧又濃又厚又重
像從歐洲開往巴爾的摩的船吐出的煙
像邁爾薯仔晚上還會夢到的那樣。
連夜晚都被染紅了
像招牌上了漆
房子的牆面，大街：
倒影
閃光
從那裡傳來震耳欲聾的爆炸聲
他們狂奔求救的地方
還有人在逃離
閃躲
抱著嬰孩
半裸的
男人和女人
白人黑人都在逃難
跌倒在地
暈倒

他們無法呼吸
喉嚨裡都是煙
鼻子裡也是
眼睛裡也是
「一切都燒起來了，一切，棉花都沒了！」
馬匹嚇壞了
在煙霧當中
貨車翻倒了
馬車解體了
輪子壞了
「快去河邊！去運河：水！」
到處都是吵雜的
巨大的
怒吼
諸多回聲
隆隆作響
牆面之間
窗戶之間
「一切都燒起來了，一切，棉花都沒了！」
塵埃灰燼
雨水般從天而降
灰、紅、黑、白
火焰像伸往天空的劍
——亨利、伊曼紐、邁爾——
肩負受傷的人
繃帶濕透了
腿、手臂、頭顱都燒傷了
熱氣，空氣裡都是，熱氣
「起風了：火勢會蔓延！」
「快去河邊！去河邊！拿水來！」
圓頭迪丘和他的馬車
家人都平安
「上帝保佑你！救命！」
人們咒罵
人們祈禱
大半夜的卻成了白天
蒙哥馬利醒著
種植園在燃燒。
什麼都不留。

什麼都不留。
什麼都不留。

有福的你們，
神啊我們的神
會堂的天使率領我們
他的樂章尚未點亮
光明節的紙張

這是光明節傍晚
正當亨利要點亮第七根蠟燭
站在桌子後頭
全家人一起
巴魯克哈希姆！
這是光明節傍晚
當消息傳來：
棉花田失火了
什麼都沒了。
但同一時間
巴魯克哈希姆！
什麼都要買新的：
種子、設備、馬車；
一切重來
從頭開始：
種子、設備、馬車。
「各位先生：雷曼兄弟營業中！
雷曼兄弟提供一切所需！」

「圓頭迪丘，告訴我：
在史密斯和高瑟，你需要什麼？」
「上帝保佑你，雷曼先生：
所有一切，從頭開始！」
「但是大火毀了你
你要怎麼付帳？」
「大老闆會立保證，有書面契約。」
伊曼紐——手臂——
抬起眼來，瞪著亨利。
「我來美國是為了錢
不是為了幾個紙上的字。」

「沒有錢,你要他們怎麼付帳?」
「沒有錢,我們就不賣他們東西。」
「在這裡我說什麼你做什麼!」
「可是招牌上說是兄弟!」
「放低音量,不要想嚇唬我!」
「我說過賣布比較好。」
「我們當然會賣,我們有什麼,這些人都會買。」
「他們會買但不會付錢!」
「你不要吵,我才是可以……」
這個節骨眼上,邁爾薯仔插話
見縫滑入
光滑、無臭,像顆馬鈴薯:
「我說,圓頭迪丘:
如果你現在播種,多久以後可以收成?」
「一季,雷曼先生
不過,在賣掉原棉之前……」
「那你就付我們原棉:
收成的三分之一,固定,從現在起。
你給我們原棉,我們再轉賣。」
「上帝保佑你,雷曼先生!」

這是光明節傍晚
正當亨利要點亮第七根蠟燭
站在桌子後頭
和伊曼紐及邁爾一起
巴魯克哈希姆!
這是光明節傍晚
有些事就此改變每個人生命的時刻:
他們以前賣布料和服裝
雷曼兄弟。
但是,從今以後
取決於這場大火:
買進然後賣出原棉。
阿拉巴馬黃金。
一顆馬鈴薯的奇蹟。

9
策馬前進! Shapn dem loshek!

不過，這一步不簡單，
最好謀定而後動。

每當他們開會
要做重大決定
雷曼三兄弟
都不坐在桌子旁邊。

伊曼紐在房裡晃來晃去。

邁爾喜歡他的圓凳，
放在中間
在頭腦和手臂中間。

至於亨利
總是
自信滿滿地走進房間
然後坐在
窗台上，窗戶打開
他雙腿併攏
一手枕在脖子後面。

像這樣。
他們的位置總是如此。
就連今天，當他們決定
要不要清倉，處理掉，手帕、床單，和桌布
改做貿易
──真正的貿易──
還是棉花，但是原棉。

邁爾贊成。
伊曼紐反對。
既然他們有三個人，亨利掌握決定性的一票

「所以呢，亨利？你要投誰？贊成或反對？」

亨利不急。
這是身為頭腦的特權之一。

他一動也不動，坐在
窗台上，窗戶打開
他雙腿併攏
一手枕在脖子後面。
什麼也沒說。
點個頭。
做出改變。

當然：原棉不像鈔票。
自從圓頭迪丘
代表史密斯和高瑟種植園
薩爾澤先生，布里吉斯先生也是
還有河對岸種植園的哈洛維先生
甚至田納西的培靈頓先生；
自從他們都不拿鈔票付雷曼錢
而用原棉，
從那時起，小小的儲藏室
——簾子後面的房間——
不夠用了，不對，是再也不夠用了。
他們找了一間大一些的
三條街遠，浸信會教堂後頭
圓頭迪丘每週日去彈風琴那裡。

事情是這樣：
雷曼家提供種子和設備給種植園
以及他們所需的一切，
種植園給雷曼家原棉
雷曼家用原棉塞滿儲藏室
再把原棉轉賣給製造商
用比較高的價格：
「多一點點！」
亨利說。
「兩倍！」
伊曼紐想。
「中間：三分之一」
邁爾薯仔認為。

你給我棉花，我轉賣。

你今天付我棉花
我明天收到鈔票。

是門生意？
是門生意。
就算別人想照樣這麼做，也很難做出成績：
雷曼家做的比較好。
比誰都好。
甚至比那些
像他們一樣的猶太人
像他們一樣的德國人
從林帕爾來美國那些人；
比他們，更好：
馬庫斯‧高德曼家族
約瑟夫‧薩克斯那邊也是。
全在阿拉巴馬。
於是，失去睡眠的
牲口商人
沒錯過這反諷的機會
寫下短箋：
「親愛的兒子們，在你們那個城市
你們可以掛上招牌
寫『林帕爾』，
可惜，在美國，他們都不識字。」

就這樣：棉花市場
蓬勃發展，
訣竅在於——真正的訣竅——
在於賣人們非買不可的。
亨利‧雷曼對每個來請教他的人
這麼說，
對馬庫斯‧高德曼家，對約瑟夫‧薩克斯家，
對所有那些德國猶太人
那些登岸時穿上他們最好的鞋，
迷失甚至困惑的人
像跳上岸的魚
然後被告知要回去大海。
「然後，醜話說在前頭，商場即戰場，
你們有你們的仗要打，我們有我們的，

亨利顯然沒提到
雷曼兄弟真正的秘密。
畢竟，他要怎麼解釋
調和頭腦和手臂的馬鈴薯醬汁食譜呢？
雖然，他確定：那就是差別所在，
甚至，在昨天才不遠千里抵達的
另一封短箋裡：
「親愛的兒子們，賺錢不是一門生意，
是科學。要狡猾，也要有智慧
摯愛地，你們的父親。」

狡猾和智慧。
兩個不祥的字眼。而且必要。
所幸，這一點，沒問題
在智慧的頭腦和狡猾的手臂之間
有根莖類當分水嶺。
這種平衡當然很微妙，
所以，為了不要破壞它
亨利・雷曼絕不離開商店
無論如何
就連羅莎生他們第一個兒子的時候：
他也沒走
反而催促邁爾趕回家，沒錯
挽著一束茶花，
叫他當代表親吻老婆和孩子，然後
在她耳邊低聲說
「你先生叫我來跟你說，他很開心，
可惜他真的太忙了。
還是一樣：恭喜：
小男孩好可愛，我們慶祝慶祝？恭喜！」

一如往昔，太多事要做，
只有三個人，他們幾乎忙不過來。
這個蒙哥馬利主街上的
小房間
寫著大大的**雷曼兄弟**
成了各路人馬停留的地方。

如今，種植園戴草帽的人會來
點燃雪茄的實業家也是；
這裡有種植園的靴子和工作服
也有實業家的緊身褲和亞麻西裝；
有像圓頭迪丘這樣的黑人
也有北方來的白人商人：
像泰迪·威爾金森
一個繫著領帶的大水桶
白鬍子，老是流汗
邁爾薯仔馬上為他重新取名
「富貴手」
因為他總是自誇：
「我手上沒長繭，他們很完美；
我一個鏟子都沒碰過
我只數錢。」
對某些人來說，雷曼銷售種子和設備
對其他人來說，雷曼做棉花生意。

棉花，他們以秤金子的重量買入。
他們從比密西西比更遠的地方來阿拉巴馬，
來自北方的工廠
那些人從南方帶走原棉
然後把棉花，按照他們的說法，變成「產品」。
富貴手泰迪·威爾金森是那樣說的：「產品。」
「你給我八車原棉
我付你全價
然後，靠產品賺錢就是我的事了
我的業務，我的生意。
如果你覺得還行，我們來簽約。」
然後他們簽約。對。
雷曼兄弟在這一邊
富貴手在那一邊。
簽定合約。
巴魯克哈希姆！
供應商的原棉，要從南方去北方了。

如此大獲成功，
你可以從工作抽身休息一下吧
就只因為生了一個兒子？

拜託。
只需要最低限度的常識。
比如，算算時間，
以店舖營業時間為準。
像是，當羅莎
感到她第二個兒子的
初次陣痛，
她馬上讓亨利知道
但店裡正如火如荼在盤點，
於是邁爾薯仔受托代打，
挽著一束茶花
在她耳邊低聲說：
「你先生希望你不會受太多苦。
他今天會忙到比較晚
想問你能不能晚點生
他才來得了。」

但是，這椿喜事發生到第四次
雷曼夫人才
圓滿達成
商業的優先需求
優化她的生產時間。

於此同時
自從他們簽了第一份合約，
泰迪·威爾金森
在蒙哥馬利出現得更頻繁：
他那輛有銀色輪輻的馬車
停在門外
接著，富貴手在門口出現
像一個繫著領帶的大水桶，
要八車原棉。
「如果還有，我還要！」
他每次都這麼說，一邊把兩綑鈔票
丟到櫃檯上。
然後，他抹抹汗水，點燃雪茄：
「哪天你們雷曼家一定要來
看看我的工廠。」

伊曼紐・雷曼，有一次
接受了這份邀請。對。
他決定了。
出發北上
去看看那個
泰迪・富貴手・威爾金森的工廠
去程四天，回來三天
載運棉花的貨車，現在都空了
輕裝簡便。
伊曼紐，他想自己去看看
搞清楚北方那裡
到底怎麼處理
種植園的原棉。
「這裡還有工作要做
你就要離開十天？」
亨利狠狠訓他一頓
然後，邁爾馬鈴薯插話：
「我們說好了：
這十天我會做他的工作。」
於是，伊曼紐出發了
理由是，要親自護送
以全價支付的八車原棉。

這是一間巨大的工廠，招牌上寫著：
威爾金森棉
回來之後，他告訴他們
那裡全是為富貴手工作的人
做工拿錢的人：有支薪，不是奴隸
他稱呼他們「我的勞工」。
建築物像軍營，二十公尺高
巨大的煙囪，從屋頂上冒出來
噴煙
持續不斷，夜以繼日
像富貴手的雪茄，還有，
當他一身全白在工廠裡晃來晃去
巡視
在地獄的噪音當中
周遭是幾十台蒸氣紡織機
附有機械工具

七公尺長，四公尺高
爬梳，纏繞棉化
持續
來來回回
爬梳，纏繞
來來回回
爬梳，纏繞
來來回回
爬梳，纏繞
然後，收集，推進
到長長的金屬渠道上
注滿水
女性員工在邊上坐成一排解開棉線
富貴手邊走邊檢查
每當鼓聲令下
幾千股棉線
送進捲線機
從那裡送去給另一個房間的織布工人
從那裡，再去另一個然後另一個
去製作布料
「不會裂開！」
好了
完成
「不會裂開！」
全新
「產品好了！」
富貴手這麼說
邊抹去汗水
因為在那裡頭
蒸氣噴送之際
你會加倍出汗。
「你幫我找越多原棉來越好：
我會買下來
全部，全部買下⋯⋯」
全部。
在那一刻，伊曼紐──或至少就他記憶所及──
轉身看著蒸汽機
大口吞下原棉
──那八車全價從阿拉巴馬來的──

倒進去，一整車，
貪婪，不知足
卻讓伊曼紐‧雷曼相當，著迷
忍不住一直想
假如他真的有
另外一百、兩百、一千車的話
它們都會被吞沒
毫不停歇
讓富貴手和他的勞工歡欣鼓舞
那些做工拿錢的人：有支薪，不是奴隸。
巴魯克哈希姆！

伊曼紐故事講完了
櫃檯後頭的亨利假裝沒聽懂，
只因為他是頭腦而他弟弟是手臂：
不是反過來那樣
沒有手臂給頭腦出主意的。
不過，邁爾薯仔
——曾經是馬鈴薯，現在也還是馬鈴薯——
能以植物無邪的直白
讓兩邊融合在一起：
「好啊，沒問題：
如果真的像你說的那樣，我們就來找更多棉花。」

另外兩位雷曼兄弟
沒再出聲回應。

只因為沒有頭腦或手臂
會接受塊莖的建言。

但是，邁爾薯仔，
——正因為身為一棵植物——
能按實際情形判斷：
「如果他們給我們的原棉不夠
我們還是買進：
然後一樣轉賣給富貴手
保證獲利。」
其他雷曼兄弟
像連一個字都沒聽到。

他們看著彼此，沒錯
一個在櫃檯後頭
另一個斜倚牆邊
像是頭腦和手臂研讀彼此
當馬鈴薯持續插話
還說：
「想想看：
如果圓頭的種植園賣我們棉花
一車十五塊錢
我們可以用二十五塊賣給富貴手。
那我們就多賺了十塊錢。
乘上一百車
就賺了一千元。
比我們現在賺的還多兩倍。
老爸以前怎麼說的？
策馬前進。
鞭策牠，跑得遠遠的
一路去到紐奧良！」

策馬前進。
「Shapn dem loshek!」
就憑這句話
二十一歲，微不足道的馬鈴薯
成功得到兩位人類的回應。
或者
更精確地說
頭腦以純然思維的模式回應：
「外面招牌上沒有寫
『買進和賣出』。」
而手臂以純然實作的模式說：
「我明天早上寫上去。
如果你想的話。」

那最後一句
「如果你想的話」
確實緩和了
亨利・雷曼與伊曼紐・雷曼之間這番爭論
隔天早晨
馬上

策馬前進！
一桶油漆
又出現在街上
在地上，拆下來的招牌旁邊：
雷曼兄弟棉花交易
字母全部大寫
由頭腦和手臂
決定
共同協議。

彎腰在地上
粉刷招牌的
有人發誓說
他們看到的
不是手臂
而是
馬鈴薯。

10
七天哀悼期 [9]　Shiva

這裡的空氣很乾。

坐在兩張木頭板凳上
背向牆
這兩個雷曼兄弟
等待
打招呼
道謝。

門關上
又打開：又一個人進來。

他們倆，鬍鬚很長，
從哀悼期開始就沒刮過。

---

9. Shiva（字義為「七」）。指的是至親過世後，依循傳統而行的七天哀悼期。在此期間，哀悼者聚集在他們其中一人家中，接待訪客。前去拜訪哀悼中的人，被視為是守禮並憐憫的重大 mitzvah（戒律）。傳統上不交換祝福或語言，訪客會等待哀悼者開啟對話。哀悼者沒有義務進行對話，並且可以完全忽略訪客。訪客常常會帶食物拜訪，並將食物供應給在場所有人，讓哀悼者不需烹煮或分心於其他事情。

自從
黃熱病
突然之間
一聲不響
帶走了他們其中一位
不過三天時間。

「如果我猜得沒錯，這是黃熱病。」
艾佛森醫生這麼說，
那位診治奴隸小孩麻疹的醫生。
前天，話說出口的時候，他搖著頭
當他進了房間
舉起油燈
端詳他的臉：
臉色
很黃，比雷曼兄弟的招牌更黃

「如果我猜得沒錯，這是黃熱病……
老天，但如果我是對的……」
艾佛森醫生沒講完那句話
前天。
他一語不發
像兩兄弟現在一樣
坐在兩張小小的木頭板凳上
背向牆
門關上
又打開
又一個人進來

他們檢視所有規矩，他們做出決定：
七天跟三十天 [10]
像他們在德國那裡做的那樣
所有規矩都像是我們還在巴伐利亞林帕爾。
一星期不出門。
不準備食物：拜託鄰居，接受食物，就那樣。

---

10. Sheloshim，下葬後的三十天期間（包括七天哀悼期）。在此期間，哀悼者不能結婚或參加 seudat mitzvah（「喜慶的宗教餐宴」）。這段期間，男性需要避免的事情包括：不能剃刮或剪短鬍鬚、不能穿新衣服等。根據猶太教的教誨，死者仍能透過他們的記憶，受益於執行戒律。因此，人們常會聚在一起，以死者之名誦讀《妥拉》，作為對死者的奉獻。

他們已經撕破一件衣服，像規定的那樣
從老墓園的
葬禮
一回家，就把衣服撕成碎片
又累，又渴，汗流不止
因為這裡的空氣很乾。

他們也背誦禱文 [11]
每天
早上，傍晚
這兩個雷曼兄弟
從哀悼期開始。
現在
用快要聽不見的聲音
疲憊的雙眼
坐在兩張小小的木頭板凳上
背向牆
他們等待
打招呼
道謝。

門關上
又打開：又一個。

他們闔上裝著屍體的深色木頭棺材
圓頭迪丘釘上釘子
他想要做這件事
來這裡
用最好的釘子
最好的木材，一切都是最好的，最貴的
這對兄弟買的。

今天店舖還是關門。
就像昨天和前天。
今天和下星期。
這家店開十年了

---

11. Qaddish（意為「聖化」），最古老莊重的猶太禱文之一，僅能由十位以上達十三歲（宗教上已成年）的猶太男性所組成的祈禱團體（此一團體稱作 minyan）誦讀，每位猶太人必須從中審視《妥拉》戒律。禱文中心主題是喜悅、讚揚，和以上帝為名的聖化。

十年當中，從不關門，
這麼長時間裡，
雷曼兄弟的店舖
在阿拉巴馬蒙哥馬利的主街上。
窗簾放下。
店門緊閉。
上兩道鎖。
沒有通知，沒有公告：
大家都知道三人當中之一
雷曼兄弟之一過世了
像那樣，如此突然
黃熱病。
「黃傑克[12]」
艾佛森醫生說。

坐在兩張小小的木頭板凳上
背向牆
雷曼兄弟倆
現在
等待
打招呼
道謝。

門關上
又打開：又一個。

第一個在美國這裡死去的雷曼。
他會有一座石碑
刻著英文、德文、希伯來文。
很貴，但誰在意。
四車？或者五車原棉？
「就算要五十車！」
兩人當中，有個人說。
「就算要五十車！」
另一個重複。
一身黑色裝束。
帽子在頭上。

---

12. 黃熱病舊稱。

「就算要五十車！」
「就算要五十車！」
門關上
又打開：又一個。
「就算要五十車！」
「就算要五十車！」

11
小親親　Kish Kish

克羅伊會數到五。
數到五，沒錯。
因為如今加上坦尼森先生
阿拉巴馬有五間種植園
賣原棉給雷曼兄弟。

克羅伊，她會數到五。
還不到她年齡的數字，
因為克羅伊十四歲，
而雷曼兄弟倆，花了九百元買下她：
他們第一個奴隸。
一、二、三、四、五！太棒了，克羅伊！

直到最近
黃熱病奪走他們其中一個人之前
是四個供應商：
史密斯和高瑟種植園
圓頭迪丘工作的地方，
奧立佛‧卡靈頓的小種植園
就在蒙哥馬利城外，
巴克斯特與莎莉的種植園，有兩百個加勒比奴隸
還有大家口中的「墨西哥種植園」
因為莊園主人是老雷金納德‧魯賓遜
八十一歲
從不踏進種植園
而是交由他三個墨西哥人奴工頭包辦一切，
從選擇奴工到出售棉花。

五個種植園。
供給近四百車原棉
買進，然後轉賣。
兩百車由
泰迪·富貴手·威爾金森訂走
剩下的，會去兩間亞特蘭大工廠
和沿海地區，查爾斯頓：
老闆是
卡索維茲拉比的姪子，來自紐約。

雷曼兄弟的固定利潤
是一車十二塊錢。

一開始，感覺很多。
實際上，其實，是少得可憐

因為運輸原棉
從阿拉巴馬到北方
很花錢。
馬匹要錢，馬車要錢
搬運工和卸貨員都要錢
即使在圓頭迪丘安排下
有時，史密斯和高瑟種植園的
奴隸會幫忙。
但是就算有這些奴隸
十二塊一車還是太少了
微不足道
尤其成本很高
太高了
不划算
為了十二塊
不划算
以現金計算
只為了十二塊
可能現在放棄也好。

想獲利的話，至少一車要賺二十塊。

至少。
最少要四、五百車原棉。
最少。
也就是加倍的種植園。
加倍。
所以：如果阿拉巴馬十家最大的種植園全部
願意持續賣棉花給雷曼家
生意
對
就會開始
──肯定會──
變得合算。

剩下的兄弟倆當中
伊曼紐・雷曼比較確定。
他，伊曼紐，想要前進
像任何自尊心強的手臂那樣
紙上數字不夠，他要行動。
畢竟，當然，這不是很簡單嗎？
就去找棉花主人
說明這種遊戲規則對他們也好：
因為一旦收成
他們一天內就能拿到錢
只要賣出他們所有原棉給雷曼兄弟
雷曼兄弟從今以後
不離左右
隨時準備收購，他們的棉花
然後付他們錢
是的，先生們
所有
──價錢合理──
現金支付。
就這樣。不然還想怎樣？
他，伊曼紐，想要前進：
事實上，他就這麼做了
──因為還在悼念，鬍子還很長──
他去敲所有莊園主人的門
坐在他們會客室的沙發上
和他們在陽台上共進晚餐

聽他們的小女孩彈奏鋼琴；
他無法忍受音樂，或鋼琴
「多美妙啊，小姐！
你女兒真是太棒了！
再多彈一點！」
但是，他咬緊牙關吐出
這些字
灰著一張臉
演奏時，撐著，不打瞌睡
這已經是他人際手腕的極致了：
伊曼紐・雷曼並不能言善道
不是政客的料
不懂笑臉迎人
他父親以前總是這麼說
在巴伐利亞林帕爾，在那裡：
「你不是 Kish Kish」
意思是「小親親」。
這是真的。
無庸置疑。
手臂不是小親親。
伊曼紐尤其。
那麼容易被激怒、惱火的人
漲紅著臉
紅得嚇人
每當房子主人
種植園主理人
無法理解他的提議
或告訴他：
「我會考慮看看……」
「我們想一下……」
或甚至更糟的：
「為什麼我非得給你這些棉花不可？」
邊說還邊叫他們女兒
去彈鋼琴。

所有美國南方好人家
都有一個小女兒鋼琴家
他們都會叫她為賓客獻上一曲，
包括那些來談棉花生意的人。

不可能的理想
烏托邦
海市蜃樓
就是會教鋼琴的生意人。
巴魯克哈希姆！

至於讓
另一名倖存的雷曼兄弟來試試，這想法
完全不用考慮。

一部分是因為馬鈴薯不懂人際手腕。
一部分是因為邁爾著仔心裡惦著另一件事
有一陣子了
自從普珥節 [13]
在油炸餡餅桌邊
他吻了芭芭拉‧紐加斯的額頭
大家都叫她「芭貝特」
──據說──在她耳邊低聲訴說
「芭貝特，美得像月亮一樣……」
就植物而言，詩意的表達
是很不尋常的招數。

芭貝特，十九歲。
芭貝特，有個紅色的小胎記在她右邊臉頰上。
芭貝特，眼睛發亮。
芭貝特，用軟木髮夾打辮子。
芭貝特，髮色比店裡的木頭櫃檯還深：
那個櫃檯，是邁爾
有時
連加減都會搞錯的地方
──芭貝特──
還任由儲藏間的門大開
──芭貝特──
然後
──如此分心，沒有其他理由──

---

13. Purim，普珥節（字面意義為「籤」、「運氣」），紀念西元前五世紀，猶太人逃過由波斯帝國亞哈隨魯王的首席大臣哈曼所策劃的大屠殺。這件事記載於《以斯帖記》裡。普珥節於亞達月第十四天慶祝，是猶太曆中最歡樂的節日，可以和基督教嘉年華的精神相提並論。通常會戴面具慶祝。

中斷禁食
嘗了圓頭迪丘的湯。
沒錯：芭貝特，總是芭貝特。

芭貝特‧紐加斯的家長很清楚
雷曼兄弟是誰。
他們九個小孩也是。
他們走過
蒙哥馬利的主街
來到黃黑雙色的**雷曼兄弟**招牌前。

而芭貝特的父親
就從那裡開始
坐在扶手椅上
八個兒子環繞身邊
在他後面站成一圈
——因為芭貝特是唯一的女兒：*祝你好運！*——
像槍決行刑隊
列隊
直面邁爾著仔
穿著他最好的西裝，葬禮上亮相過那套
但把頭髮梳整齊了
一束花，冷汗直冒
而他的鬍子，唉，因為悼念，還很長。

他哥哥伊曼紐隔了三步站在後面
一動也不動，肅穆
不得不在場：
家族代表。

「*既然你想介紹你自己*
我想知道，年輕人
確切說，你們店在做什麼。」
「*我們以前賣布料，紐加斯先生*
現在不是了。」
芭貝特和她母親
和幾個有色人種女僕一起，待在隔壁房間
貼在門邊
豎起耳朵，眼睛偷看鑰匙孔。

「如果你們沒在賣東西了，這間店是做什麼的？」
「我們有賣東西，我們還在賣東西，紐加斯先生。」
「賣什麼？」
「我們賣棉花，紐加斯先生。」
「棉花不是布料？」
「還不是……在我們出售的時候，還不是，紐加斯先生。」
「如果不是布料，誰要買？」
「那些把棉花做成布料的人，紐加斯先生。

實際上，我們介於其中。
我們就在兩者中間，紐加斯先生。」
「就在中間，是哪種工作？」
「一種還不存在的職業，紐加斯先生：
我們是開創者。」
「巴魯克哈希姆！
沒人能靠還不存在的職業謀生！」
「就是我們，就是雷曼兄弟。
我們的職業是……」
「說嘛，是什麼？」
「這是新發明的詞：
我們是……中間人，對，沒錯。」
「啊！那為什麼我要把女兒嫁給一個
『中間人』呢？」
「因為我們賺錢，紐加斯先生！
這麼說好了：我們一定會賺錢
我保證：相信我。」

說出「相信我」的同時
邁爾薯仔給了
一個如此美妙的笑容
如此確切
如此肯定
如此值得信賴
使得紐加斯先生和他八個兒子
真的
軟化了
甚至：
他們相信了

然後，因為相信，
他們託付給馬鈴薯
他們唯一的女兒，唯一的姊妹
在門後喜極而泣的那一位。

然而，最驚訝於這場勝仗的人
是伊曼紐‧雷曼。

事實上是，打從亨利
再也不會
雙腿併攏
一手枕在脖子後頭，
坐在窗戶打開的窗台上，
伊曼紐總覺得——直到現在——
他好像只剩一個人了，孤孤單單，
不是和一個兄弟一起
而是一棵植物。

因為這樣
他現在驚訝凝視著
真心欽佩
他看著他為屋子裡這位女性致上敬意
他聽見他笑了，放鬆了，開玩笑了
甚至
最謹守禮節地
獻上親吻——小親親親……——
以一種他，一個好手臂，無法理解的方式：
他不知道這是怎麼一回事。

隔天早上
正式訂婚後第一天
——離婚禮還有七百二十天——
邁爾‧雷曼
——曾被稱為薯仔，現在是小親親——
正式受僱：
代表雷曼兄弟
他會負責
生意往來及打點關係
去敲所有莊園主人的門

一襲上好的葬禮西裝
前往所有種植園
坐在會客室沙發上
在陽台上吃晚餐
聽小女孩彈鋼琴……
對他不是太難，因為芭貝特
──甜心芭貝特──
也彈鋼琴
還教鋼琴
沒人能比。

1857 年 3 月
正式訂婚後第九十四天
──離婚禮還有六百二十七天──
多虧了邁爾小親親
以及芭貝特以及蕭邦
願意供給雷曼棉花的種植園
從五家成長到七家。

1857 年 9 月
正式訂婚後第兩百七十四天
──距離婚禮還有四百四十七天──
多虧了邁爾小親親
以及芭貝特以及舒伯特
願意供給雷曼棉花的種植園
從七家成長到十家。

1858 年 1 月
正式訂婚後第三百九十四天
──距離婚禮還有三百二十七天──
多虧了邁爾小親親
以及芭貝特以及貝多芬
願意出售棉花給雷曼的種植園
從十家增加到十五家。

1858 年 6 月
正式訂婚後第五百四十四天
──離婚禮還有一百七十七天──
多虧了邁爾小親親

以及芭貝特以及莫札特
願意出售棉花給雷曼的種植園
從十五家增加到十八家。

1858 年 12 月
正式訂婚後第七百二十天
——離婚禮還有一天——
多虧了邁爾小親親
以及芭貝特以及約翰‧塞巴斯提安‧巴赫
願意出售棉花給雷曼的種植園
從十八家增加到二十四家。

「祝你好運！」
二十四家原棉供應商。
從阿拉巴馬到佛羅里達邊界。
從阿拉巴馬到南卡羅萊納。
從阿拉巴馬到紐奧良。
種植園，種植園，種植園：
奴隸群夜以繼日工作的地方
那些原棉
遲早
會由雷曼兄弟收購
一年兩千五百車原棉。
賺得五萬美金
通過蒙哥馬利一間小房間
門把為了紀念亨利還是會卡住。
買進再賣出。
買進再賣出。
買進再賣出。
買進再賣出。
介於兩者之間
在中間
做為「中間人」的
雷曼兄弟。

今日大喜休業
釘在門上的卡片寫著。
而伊曼紐‧雷曼
送上的結婚禮物

是一台美麗的
平台鋼琴
來自
紐奧良。

12
糖的國度　Sugarland

亞伯拉罕的 א
在禁食日之間三週的 ב
男人的 ג
丹尼爾的 ד
孩子的 ה
舍瑪第二部分的 ו
撒迦利亞的 ז
光明節的 ח
植樹節的 ט
以賽亞的 י
贖罪的 כ
篝火節的 ל
摩西的 מ
尼散月的 נ
住棚節的 ס
提別月第十日的 ע
逾越節的 פ
基大利齋日的 צ
小孩子的 ק
猶太新年的 ר
安息日的 ש
提斯利月的 ת

誰知道亨利會說什麼
如果他看到
他兒子
按照月份、先知、猶太節日
記誦字母。

這個小大衛

真聰明。
可能有點人聰明。

絕非巧合
邁爾叔叔和伊曼紐叔叔差旅時
喜歡帶的是
他兄弟：
今天也是，他們打算去路易斯安那。

還有三小時。
儘管地圖上看起來很近
但從蒙哥馬利到巴吞魯日
車程
沒那麼短。
尤其當你想到那些奴隸
是步行
走完全程，
像圓頭迪丘
告訴他們的那樣，
在棉花之前
他曾經
為路易斯安那的製糖業工作。

糖。
指的是蔗糖，當然
不是那種白色
用甜菜根做的
羅莎阿姨
——亨利的遺孀，他們現在這樣稱呼她——
放在玻璃碗裡
小小一塊一塊的那些
當孩子們快把她逼瘋的時候
　　　「貝莎！哈麗特！放過那隻貓！」
只為了享受片刻寧靜
　　　「大衛！可以不要再叫了嗎？」
她會讓他們玩一個遊戲：
「好了，孩子們：一塊糖
你們每個人都有：
現在把糖放到舌頭上

嘴巴閉起來
維持最久的人就贏了！」

只有這種把戲
能獲取些許安靜
在這間用木頭打造的屋子裡
亨利一根樑一根樑建起來的，
他曾在巴伐利亞林帕爾那裡，
用木頭
蓋了一整棟小屋
給他父親的牲口住。

但在亨利留下的四個小孩當中
有一個
向來不太喜歡
把糖放在舌頭上，
理由很簡單
他不需要遊戲
就能保持安靜：
這個小男孩很沉默
天性如此
與生俱來
非常沈默
一個與他祖父亞伯拉罕相配的後代，
的確，他的小名「陀螺」
來自
他還是嬰孩的時候
還在牙牙學語的年紀
震驚了所有人
在節日傍晚
當他拿了一顆陀螺
用他的小手手拿著，毫不猶豫，
字字分明，
以近乎完美的意第緒語說出
「這是陀螺！」
獲得親戚們狂熱的讚賞
擁抱，親吻
祝賀如此珍貴而擲地有聲的登場
一位天生的未來演說家。

他們錯了。
大錯特錯。

對陀螺來說
——其實是用邁爾叔叔的名字命名，
以紀念他是出生時唯一在場的人——
很早就停止說話：
那次噴發
標記了他口才的
開始以及結束。
從那時開始
有好幾年
這小孩規定自己
用一種古怪的方式，計算別人的用詞：
他聽他們交談，眼神凌厲，
突然冒出
一些話，像是
「伊曼紐叔叔，馬這個字你用了二十七次，
交易這個動詞四十二次
很不幸地二十五次
你用了十四次最好不要這麼做，但我還是
然後有建設性的九次，
到底有建設性的是什麼意思？」

這個小男孩著迷於此：
陀螺無法自己發起對話，
他計算人家說什麼
數學般的精準
能夠說出上星期
有多少次
他母親稱呼
他的兄弟，大衛，
渾球、惡魔、畜生。

然後，這也緩緩消失，
他墜入
奇異的沉默當中
這使得

雷曼家
愈加堅信
陀螺在他的沉默當中
對人類置之不理。

對還穿著短褲的小孩來說
可不是件小事。

羅莎阿姨，這麼說吧，
她沒有斥責他。
的確
其他三個實在太吵了
一個安靜的小孩
簡直是天賜，
而且很可能就是
——羅莎阿姨這麼想——
是他爸爸送來的禮物
他走得太早了
像他那樣傑出的頭腦
如此有先見之明，將一個沉默的孩子
納入這有手臂有馬鈴薯
卻驟然失去了
頭腦的
好辯家族。
因此，她接受他，
全心感謝她親愛的已逝的亨利。

然而
每隔一段時間就會有些問題出現
在伊曼紐和邁爾心中。
關於未來，這比什麼都重要。
關於這份事業的未來。

畢竟，顯然
——林帕爾的老亞伯拉罕，甚至寫信跟他們講這件事——
有一天，雷曼兄弟，棉花之王
自然而然
在意識到之前
會滑向

直系晚輩的緩坡，
然後
從牲口商人的三個兒子
到有兩個字母 n 的孫輩雷曼。
然後呢？是誰？

伊曼紐‧雷曼，
固執的手臂
像他這樣比起愛的溫柔，更為肌肉健壯的狂熱所驅動，
不要說當父親了
連要找一位老婆
好像都還很遙遠，
他弟弟認為
當他們初次擁抱
不論是哪位可憐的女性
她的胸肋骨和脊柱都會斷成碎片。

另一方面，邁爾薯仔
老婆懷孕了，
正經驗這分期待
生下男孩
是整個家族事業的未來
因此他每天重複對芭貝特說
「我知道你無能為力，
但如果可以，
別讓他是女孩。」

當他們將信心投向
依重要性排序
向不朽的那位，向機運，向芭貝特的生產，向大自然的力量，
雷曼兄弟倆
同時間
謹慎
觀察
羅莎阿姨的幾個小男孩，
就算乳牙都還沒掉
對他們來說，男孩們已經入列接班隊伍。

沒錯。

這讓他們顫抖。

像亨利那樣的頭腦
連一個錯誤都反覆思量的人
怎麼可能產出這樣的後代
就專業成就來說，這兩個男孩身上
竟連最稀微的希望都看不出來？

既然，陀螺不說話，
他的兄弟，大衛，無疑地
也配得上
和哥哥一樣的小名
和哥哥相同，但意義大不同：
他的話，他自己就是那顆旋轉的陀螺
一刻不得安寧
狂亂，躁動
他曾經誇張到和他媽媽說：
「我不想睡覺，因為浪費時間。」
然而，他把所有時間
投入雜技
所以
好像注定了
顯然
要扮演一個和商人截然不同的角色
而且
── 一路看他長大的叔叔們這麼說──
前途無量，是啊，
如果是在馬戲團的話。

實情是
陀螺和陀螺
牲口商人的孫兒們
不能一起玩捉迷藏
或跳繩
或蹺蹺板
如果邁爾叔叔和伊曼紐叔叔沒有
在旁邊看著的話
他們像兩隻大蒼蠅
看得出在憂慮

如此憂慮
憂慮到大衛一從妹妹手上搶走棒棒糖，
伊曼紐馬上去跟羅莎阿姨告狀
著急大喊
「在我們的家族企業裡，沒人
侵占過別人的資源！」
然後邁爾補充
不祥地
三天前
他問了
他的小外甥，
小男孩居然搞錯
一般麻料和一流的棉花。
無法原諒。

因此宣判出局
魯莽的大衛，
當真注定
要成為運動員、軍人、馬術專家，
兩兄弟的希望
只能寄托在
沉默的子嗣身上
那個眼神如剃刀般鋒利的人
——當他緩緩成長——
每個人或多或少都抱有這曖昧的想法
即使並不可靠
就是，陀螺是極端
濃縮了智慧的精華，
夠格——肯定的——作為頭腦父親的繼承者
腦內主義完美的狀態
他對世界的運轉了然於心
以致於不需要文字來表達他的輕視。
他保持沈默，沒錯，
故意的。

羅莎阿姨
不介意這情形。
而且，她允許
家人為這名三歲小孩貼上

這個標籤
多少授意大家發出驚嘆
關於他是如何介在
哲學家和拉比中間
因此，誰都
——理所當然地——
會假設
他在公司未來有個位置。

因為如此
決定了，陀螺
應該跟隨
邁爾與伊曼紐
年復一年
偶爾
出差
像這次
沿奴隸之路
遠及路易斯安那巴吞魯日。

糖對雷曼家來說也
有無法抵擋的誘惑嗎？
嗯，對。

糖。
第一個提到糖的人
是班雅明‧紐加斯
芭貝特的兄弟之一，住在紐奧良，
那裡蔗糖才是王道：
「你有你的棉花，當然，
你已經找到你的生意路線，那很好，
但我跟你保證，路易斯安那的糖
就像金礦。
如果有興趣的話，你們來，自己來看看！」
當然，伊曼紐有興趣。
畢竟
對一個手臂來說，棉花袖子有點緊
而且我來美國可不是
為了把自己困在蒙哥馬利像在巴伐利亞那樣。

不過，邁爾，不。
他不贊成。
他這麼說，毫不猶豫：
「這裡還有工作要做，然後你一心想要跑去路易斯安那？」
不過，既然馬鈴薯不懂得直球對決
而手臂始終是手臂，即使已經四十歲
三天後，他們在馬車上
伴隨著
一顆沉默的陀螺
上路前往糖城
幾百個幾千個奴隸在那裡
成行排列
切割、修剪、堆疊
整片田地的農作物
直到他們眼睛能看到最遠的地方。

之後
友善打完招呼
手臂、馬鈴薯、陀螺
坐下
在白色陽台有遮陰的地方
啜飲新鮮檸檬汁
和這位滿臉鬍鬚的先生一起
他穿著很白很白的西裝
糖的顏色
據說是這個領域的大王：
「你們說要跟我見面？
老實說，我不知道為什麼。
當然，先生們。雷曼，你們的名聲
已經傳到路易斯安那這麼遠的地方來了：
好像你們事業做很大
在棉花市場……但我沒有經手布料。」

三人當中
手臂、馬鈴薯、陀螺
不幸
是伊曼紐，依本能行事的上肢
開口回應

舟車勞頓因而加重口氣：
「你把我們倆看成賣布商？」
「你們是誰，我就把你們看成誰：
優異的棉花交易商，
我欽佩你們，只是，這不是我的生意路線。
我外甥能為你們來一首鋼琴曲嗎？」

受象牙琴鍵猛攻，尚未安息的幽靈
因恐懼召喚而復活
伊曼紐·雷曼爆出某種咆哮：
「我來美國不是為了
把自己困在區區一條生意路線當中！」
「你是什麼意思，雷曼先生？
你想放棄棉花嗎？
就你們的情形，只有瘋子會這麼做。
塞雷內拉，為我們彈一點蕭邦。」
「把這孩子拴起來：
我沒有要放棄棉花或什麼的，
我只想知道：你的糖怎麼賣？」
「我不和一點都不懂糖是什麼的人
討論我的糖價。」
「你才一點都不懂生意是什麼，
你懂的比我們這個小男孩還少。」

這時
他弟弟插話了
光滑，無臭，像顆馬鈴薯，
臉上織就一抹笑容，
牽起塞雷內拉的手
跟她一起坐到鋼琴前，
在那裡，他們彈起美妙的二重奏，
其間，邁爾輕鬆補充了幾個精心挑選的詞彙：
「先生，我哥要說的是，
做棉花生意實在非常辛苦：
每三天就有麻煩找上我們，
所以──如果能選的話──
儘管我們可能不如我們希望的那麼夠格進入糖業，
但就只是讓味蕾嚐點甜頭？
韻律不要跑掉，塞雷內拉：你有天份！

先生，我們有很多客人：生意人。

我想我們可以做筆好生意，我們和你。

我有預感。相信我。」

這位糖業大王

儘管因為二重奏而開心

看著邁爾·雷曼

帶有某種為難，

不是因為他被惹惱了：

他疑惑

那種小親親的方法

是如何跟旁邊這名男子的無禮相互配合。

想為這狀況加點甜味

他有個波希米亞風的玻璃碗

拿來桌子上

盛滿了彷彿金子一般的糖：

「討論之前，先試試我的糖，

巴吞魯日最好的：上選花蜜。

如果你們喜歡的話，邁爾·雷曼先生，我們就來聊聊。」

他拿出三根銀製茶匙，

品味用。

說來奇怪，有時候

孩子們

會在一瞬間

──就那麼一刻──

從童年邁向成熟

就陀螺來說

（每個人都認為他已經成熟了，也的確比誰都更成熟，成熟到近乎老人家的智慧邊緣）

他卻倒退一步，

這麼做

一瞬間

從沉默天才的上層

墜落到愚蠢小屁孩丟臉的位置

正當

白色陽台上每個人

都稱頌著糖業大王的愉悅，

他打破沉默

說了一句
「我討厭它」
還重複好幾次
　　　「我討厭它。」
堅持
　　　「我討厭它。」
用不再童稚而是男高音的嗓子說
　　　「我討厭它。」
這不足以
阻止
傭人們的表情
邁爾叔叔陪笑道歉也不行
滿臉鬍鬚的糖業商人動怒也不行
鋼琴前塞雷內拉歇斯底里的尖叫也不行
甚至連
迎面而來的一巴掌也不行
那是手臂叔叔
不得不
給這小屁孩上的一課
人生最好保持沉默
相較於冒險
進入說話這危險的領域。

他們離開
回家
沉默：
雷曼家初次造訪
糖的國土
比苦澀更糟
慘痛的災難
如今，陀螺
踏上了破壞這條路
另一層陰影蒙上
家族事業的
未來。

一切掌握在
溫柔的芭貝特手裡
——或是：子宮裡——

孕期最後四個月
都在等待
像在等刑期宣判
等來的可能是
緩刑
或死刑定讞。
如果生下女孩
可能是場災難，
因此
雷曼家沒有人
比得上邁爾和伊曼紐
那樣頻繁祈禱
在焦慮中
度過那幾個月。

那是下雨的午後
當芭貝特
正在玩牌
運氣特別好的一手
突然
盯著羅莎阿姨
像要丟出一張鬼牌那樣
時間只夠她說：「感覺好怪……」
之後，她邊痛苦地彎下腰來
邊把牌卡丟了一桌。

趕快
他們叫圓頭去通知
趕快
她老公和老公的哥哥
趕快
因為等待結束了
要生了。

有人說
正當兄弟倆
激動地
踏進家門口，
他們臉色變白

看到不祥的預兆：
桌上
芭貝特的牌卡
像個預言，留在那裡的
是
四條皇后。

煎熬的一夜
滿是折磨與汗水。
臥室裡，芭貝特在受苦。
但在會客室
他們也在受苦──就算比不上，也堪可比擬
伊曼紐繞著房間踱步，
邁爾坐在他的圓凳上，
空氣裡瀰漫一種恍惚感
好像還有別人
在窗戶打開的窗台上，
雙腿併攏
一手枕在脖子後面。

然後，接近破曉時分
羅莎阿姨在門口出現了
對邁爾微笑
只說了一句
「可以進來了。」

她句子都還沒說完
他們全都跑進去了。

13
愛在紐約　Libe in New York

邁爾第一次來的時候
他幾乎無法置信。
這裡的門把不會卡住
房間也大多了：
可能有兩倍大
比起阿拉巴馬

亨利．雷曼十五年前開始的那一間。

邁爾踏出馬車
就在那
他哥哥跟他說怎麼走：
自由街 119 號
不在蒙哥馬利了：
紐約，
你在那裡呼吸，一股奇怪的味道
混雜了飼料、煙味、各種霉味。

那一刻，他們正在安裝招牌：
黑色和黃色，三個年輕孩子新漆好的
油漆桶在街上。
邁爾．雷曼踏出馬車
他感覺很奇怪
停在
自由街 119 號
看見這塊招牌
雷曼兄弟棉花
來自阿拉巴馬蒙哥馬利
三個年輕孩子正用繩索拉上去
掛在紐約辦公室窗外
如今所有人都知道
所有原棉交易
棉花王朝
在這裡
不在南方。
如今，在紐約
一個沒人看過棉花田的地方。
雷曼兄弟棉花
來自阿拉巴馬蒙哥馬利
神奇地
變成
鈔票

在蒙哥馬利那裡
那間小房間，還在主街上
門把不卡了

因為圓頭迪丘修好了
而櫃台後面
——邁爾和伊曼紐都沒有時間
也不想再待的地方——
有兩名一個月前雇來的帳務員：
彼得‧莫利斯有兩顆兔寶寶牙，
還有艾賽克‧卡索維茲
帶著經文匣的會計
某位亨利在紐約結識的
拉比的外甥。

沒有人要關上
這間在蒙哥馬利的小房間。
當然不會。
那還是雷曼兄弟的辦公室，無論哪方面都是：
雷曼兄弟棉花
來自阿拉巴馬蒙哥馬利
就像黑黃相間的招牌上寫的那樣
畢竟種植園
在阿拉巴馬，當然
不在紐約，
那個沒人真的看過棉花田的地方。
但是，蒙哥馬利
相比於紐約
就像在德國林帕爾，在巴伐利亞那裡：
很適合圓頭迪丘
他在星期天早上彈風琴，
很適合艾佛森醫生
他醫治奴隸小孩的麻疹，
很適合莊園主人家
那些把鋼琴放在陽台上的人。
但是，生意
合同
契約
錢
錢，沒錯
錢
真正的錢
錢

到這裡才能賺錢：
仍曼紐‧雷曼很確定。
又一次
他遵從泰迪‧富貴手‧威爾金森的建議
一個美好的早晨
出發去紐約
去看
棉花大展
真正的買家去的地方
口裡說著「商品」的北方製造業者
他們工廠裡全是工人
做工拿錢的人：有支薪，不是奴隸

「紐約大展？
紐約跟棉花有什麼鬼關係？
在紐約，他們根本沒看過棉花田！」
他弟弟邁爾毫不猶豫地說。
不過既然馬鈴薯不懂得直球對決
而手臂始終是手臂，即使已經四十歲
三小時後，他在馬車上。

伊曼紐從沒去過紐約。
從馬車窗戶看出去時他想，一個兔子窩
各式各樣的人群
用馬匹或徒手拉的貨車
交織在他身邊
紐約
賣家
木箱、紙箱
老人、孩童
紐約
正統猶太教徒和黑人的殖民地
天主教神父、水手、中國人、義大利人
紐約
建築表面石頭的灰色
雕像和花園、噴泉、市集
紐約
傳道者和警察
還有更多動物，戴項圈的狗、流浪狗

紐約
貴族般的小女孩打陽傘
將死的乞丐們
女巫、占卜師
紐約
鼓手
英國紳士
有抱負的詩人、軍人
紐約
制服和長衫
帽子跟牧師袍
紐約
拐杖和刺刀、旗幟、布條
萬事萬物及與其相反的萬事萬物
全在同時間發生
沒有尊嚴可言，明目張膽，而
弘大、華麗、壯美
紐約
巴魯克哈希姆！

棉花大展
可以說霸佔將近一整區。
買家和賣家
擠得到處都是：
折扣表、關稅板
成卷的布
和原棉、加工棉、半加工棉
黑板上全是數字
才寫下來，馬上又修改
好多零
好多零
好多零
好多零
粉筆灰雲霧
不同口音
來自各地的商人：
禮帽和燃燒的雪茄
來自紐奧良，來自查爾斯頓，來自維吉尼亞
莊園主人的彩色條紋衣

從南方來，身邊是豐滿的老婆
相對的，樸素的白、灰西裝
是北方的實業家
從波士頓從克里夫蘭從華盛頓
來這裡討價還價
然後簽約，然後付款：
硬幣叮噹作響
成綑的鈔票
比泰迪‧富貴手‧威爾金森還要多一百倍的
硬幣叮噹作響
成綑的鈔票
然後，背景，在玻璃和鑄鐵圓頂外頭
曼哈頓港的船隻
從美國把棉花
運往全世界。

伊曼紐在人群間穿梭
下巴抬得高高的
無所畏懼，儘管沒有一個人
他認識——熟識——
在他姓氏背後
在雷曼兄弟背後
在阿拉巴馬，在那裡
一年有兩千五百車原棉
準備好了，等待
入列。

「我在找棉花，當然
但我想要的品質
只有阿拉巴馬有。」
這些話
從右邊某張桌子
傳到伊曼紐‧雷曼耳裡
那裡有十幾個打領帶的猶太人正在磋商
雪茄煙霧繚繞：
儘管人群和噪音震耳欲聾
這些話傳到他耳裡
字字分明。
「如果你有興趣，我就是賣阿拉巴馬來的原棉。」

一位個子高挑的男士
頭髮雪白
留著拉比的鬍子，上下打量他：
「你嗎？你有種植園，對吧？」
「我沒有種植園
但我賣的棉花
來自二十四家種植園。」
這位老人家衷心地笑。
「我轉賣這二十四家種植園的棉花：
他們賣給我，我再賣給你。」
這位老人家衷心地笑。
「那，這種工作是？」
「雷曼兄弟：中間人。」
這位老人家笑得更真心了。
「價錢怎麼算？」
「按你跟我都滿意的價錢來算。」
沒有人再笑了。
「好，年輕人：我們碰個面。
我猜你在紐約這有辦公室。」
「現在還沒，先生。
下星期，一定。」
「到時你就找路易斯・桑坦，在曼哈頓。」

說完這些
拿起他的鑲金手杖
這名高挑的男士轉向
人群裡的某人，說：晚了，他想走了。
從一堆人當中，出現了
一襲白色洋裝，一頂草帽
一名女孩，瘦削得像在德國那裡：在巴伐利亞，林帕爾
新栽樹木剛長出來的枝椏。
女孩看著伊曼紐
不到一秒鐘
感到困擾
有趣
苦惱
好奇
因為這名男子盯著她看。
「這是我女兒寶琳」

白髮拉比只夠時間說這句話
然後就挽著他女兒的手
消失在人群當中。

三天後
伊曼紐
告訴弟弟邁爾
他只說在自由街 119 號
有間空房準備好當辦公室。
「因為，邁爾，這是紐約
只有在紐約
棉花
會變鈔票。」

他什麼都沒說
當然
他不會
他沒說
寶琳・桑坦的事。
她的草帽的事。
她的白色洋裝的事。
他什麼都沒說。
除了他得回去紐約
立刻
馬上
快馬加鞭
沒時間了
他要馬上打包行囊
或者，不對
或者，就是
或者，明天早上。

另一位雷曼
什麼都沒聽懂
又或者
什麼都聽懂了
關於一個手臂
有時候也會
暈頭轉向。

14

克第辛 [14] Kiddushin

邁爾住蒙哥馬利。
伊曼紐在紐約。
他們倆，這對雷曼兄弟
分隔好幾英里遠
但他們仍像一體
因棉花合而為一。

一樁商業聯姻
連結蒙哥馬利和紐約。

邁爾住蒙哥馬利
棉花的家。
伊曼紐住紐約
棉花變鈔票的地方。
邁爾住蒙哥馬利
身處南方種植園當中。
當他乘車經過主街
黑人都脫帽表示尊敬。
伊曼紐住紐約
當他乘車通過曼哈頓
沒有人脫帽
因為在紐約，像他一樣的人有好幾百個。
不過，伊曼紐還是感覺很不一樣
最棒的。
沒有什麼比手臂感覺良好
更危險
因為腦袋即使在最糟的狀況下也想得遠
但是——哎——手臂行動。

比如那天
當伊曼紐·雷曼正式
抵達
曼哈頓
帶了一束花

---

14. Kiddushin，婚禮儀式。

到那裡，路易斯・桑坦豪宅的門口
不是找父親
而是女兒寶琳：
「早安，年輕小姐。
你不認識我：我的名字是伊曼紐・雷曼
我會成為重要人士
請你嫁給我。」
女孩
這次穿藍色洋裝
沒戴草帽
花了比一瞬間長得多的時間看著他
感到困擾
有趣
苦惱
好奇
在笑他之前說：
「我已經訂婚了！」
「噢，是嗎？但不是跟伊曼紐・雷曼！
不管是誰，他都不值得你的青睞。
比不上我。」
「誰說的？」
「我說的。你不可能嫁更好了
也不可能嫁得更有經濟利益：
我出售二十四家種植園的棉花。」
「恭喜，但那和我有什麼關係？」
「關係可大了
如果我們結婚的話
你跟我。」
「我跟你？」
「我留給你父親決定日期和婚約[15]。」
「那你留給我什麼？」
「什麼意思？你還想要什麼？」

當桑坦家大門
在他面前
猛力

---

15. Ketubah，婚約。載明合約文字的羊皮紙，常有滿滿的裝飾和象徵符號。婚約列出丈夫對妻子的經濟責任，以求若離婚時能保護妻子。依據猶太習俗，丈夫可以單方面提出離婚，同時必須支付妻子大筆金錢。婚約由丈夫簽名後交給妻子；接著才會誦讀婚禮祝福。

被摔上
伊曼紐‧雷曼沒有失去信心：
他決定重回
此地
一星期後
然後，他把花插進花瓶
就不用再買了。

接下來六天
他和棉花買家賣家見面
在紐約各處
跟生意人簽約，那些從威明頓來的
從納什維爾從曼菲斯；
賣給西部一百噸棉花，
新建的鐵路開到那裡了
所以省下
好一筆
馬車花費。
在自由街 119 號的辦公室
黑黃相間的招牌下
雷曼兄弟棉花
來自阿拉巴馬蒙哥馬利
羅斯柴爾德家和薩克斯家都來拜訪
還有辛格家和布魯蒙索家
此外
一天傍晚
特地邀請
留著拉比鬍子，頭髮雪白的一名高佻男性
拿著鑲金手杖：
路易斯‧桑坦
那位正在找棉花，但只要阿拉巴馬來的
他在雷曼兄弟找到了
當然
數量極大
而且
——這絕非小事——
價錢，就他的情形，比合理還更合理
最合理
因為手臂

如果他是優秀的手臂
就知道如何實際地
採取行動
當然！

「早安，年輕小姐。
我七天前來過：我的名字是伊曼紐・雷曼
我是你父親主要的供應商
請你嫁給我。」

寶琳・桑坦
這次穿淡紫丁香色洋裝
花了比一瞬間長得多的時間看著他
感到困擾
有趣
苦惱
好奇
在笑他之前，又說一次：
「我不是已經給你答案了嗎？」
「對，但不是我想要的那樣。」
「所以呢？」
「所以我留給你父親決定日期和婚約。」

第二次
桑坦家大門
在他面前
猛力
被摔上
伊曼紐・雷曼沒有失去信心：
他決定重回
此地
正正
一星期後
然後他把花插進花瓶
就不用再買了。

接下來六天
他和超過一百位實業家握手
美國和歐洲來的

利物浦來的
馬賽來的
鹿特丹來的
點燃雪茄，傾注威士忌
匯集一捆又一捆鈔票
然後親眼見到
第一次
火車貨運車廂上的字：**棉花**。
他跟生意人簽約，那些從諾福克來的
里奇蒙
波特蘭
聽了好些悲觀主義者討論
那位威脅要開戰的亞伯拉罕・林肯。
在自由街 119 號的辦公室
黑黃相間的招牌下
雷曼兄弟棉花
來自阿拉巴馬蒙哥馬利
所有最卓越的人
和所有最優秀的人都來拜訪：
棉花王朝的皇宮
紐約御苑
尤其，對猶太人來說
或者說
──這絕非小事──
對路易斯・桑坦
所有的親戚
所有的朋友來說
因為手臂
如果他是優秀的手臂
就知道如何實際地
採取行動
當然！

「早安，年輕小姐。
我七天前
還有再七天前都來過：
我的名字是伊曼紐・雷曼
我是紐約最富有的猶太人之一

請你嫁給我。」

寶琳‧桑坦
這次穿綠松石色洋裝
花了比一瞬間長得多的時間看著他
感到困擾
有趣
苦惱
好奇
正打算要再笑他之前
他
料到她的行動
然後
很實際地
像個優秀的手臂：
「年輕小姐，我懂，
七天後，我再來找你。」

七天後他回去了。
然後，又過了七天。
又七天。
又七天。

第三個月
第十二次回來
寶琳‧桑坦
這次穿夏天的洋裝
他發現大門已經打開
一位女僕
等在門口。

「寶琳‧桑坦小姐今天不在家嗎？」
「雷曼先生，她在會客室等著，
和她父親一起。
請給我你的帽子。」
然後，短短兩小時
一切都決定好了：
婚禮日期
婚約文件

猶太婚禮上的彩棚
甚至是婚宴用的桌布。

婚禮當天
他弟弟邁爾來到紐約
和芭貝特‧紐加斯一起
帶著他們第一個兒子，西格蒙德
他還不知道
只因為他的誕生
就鞏固了家族未來的命運。

羅莎阿姨前來
和她四個小孩一起
包括兩顆陀螺
其中一個長保沉默。

圓頭迪丘從阿拉巴馬寄來一隻火雞：
給了僕人們
但沒人敢碰
因為來自南方
你難道不知道他們會下毒嗎？

一名身材魁梧，留著山羊鬍的男子
也受邀了
他在路易斯安那是糖業大王
非常開心地出席：
畢竟，他怎麼能，人不到場，
既然一位小*親親*，
沒把陀螺帶在身邊
耐心
說服他
用一點點糖換取棉花
成就他們共同的利益。

最後
來自北方各地的實業家
和南方二十四個種植園的主人

在婚宴進行到一半的時候，得要被分隔開來，
因為他們開始向彼此拋擲辱罵的語句
和盤子
當奧立佛·卡靈頓點燃雪茄的時候
竟敢說出喬治·華盛頓
——對，他本人，怎樣？——
擁有好幾個奴隸。

那天傍晚
伊曼紐·雷曼
躺平在床上
盯著天花板看
想著，現在確實每件事
都進行得非常順利。
他有老婆了。
一間辦公室在蒙哥馬利。
一間辦公室在紐約。
成捆的鈔票在保險箱裡。
二十四家棉花供應商在南方
五十一位買家在北方
每樣東西上面還都能灑點糖霜。
這些想法哄著他
將要入眠
如此平和
這時，一陣冷風襲來
不到一秒之間
他耳朵抽了一下：
世上只有一件事
足以摧毀一切
那就是戰爭
南方和北方
但這不過是個令人不快的念頭
睡前讓耳朵抽一下的種種想法之一。
他把這念頭拋諸腦後
然後
平靜地
睡著了。

15
脂肪　Schmaltz

邁爾住在蒙哥馬利。
伊曼紐在紐約。
他們倆，這對雷曼兄弟
分隔好幾英里遠
但他們仍像一體
因棉花合而為一。

當然
比起過去
邁爾・雷曼
不一樣了：
他發現要認出自己有點困難
即使是掛在火爐上
那張肖像畫。

邁爾變胖了
沒錯
超級胖
除了生意，還會有其他原因嗎？
因為在南方這裡
要做生意
只能
上餐桌，
午宴六小時長，
瀰漫著烤肉香
和川流不息的酒水。

所以
選個好廚師
至關重要。
這簡直是財政大事。
現在，公司的廚師
比會計師更有價值。
邁爾・雷曼
甚至
——略帶不悅地——

公開表示：
「一名好廚師？
就算要付他錢，我也在所不惜。」

幸運的是
不需要。

芭貝特和蘿莎阿姨
透過她們的廚藝海選
試遍
所有奴隸
總共十八人
無論男女
一視同仁
無論年齡
一視同仁
「讓我們看看你的本事！」
「填隻鵪鶉！」
「燉鍋雞湯！」
「漬點蜜餞。」
洛蕾塔、泰阿、雷迪，和賈馬爾
差一點
燒了廚房：淘汰。
那愣頭愣腦的羅比
分不清糖和鹽：淘汰。
傻傻的納努
沒能區別雞腿和雞翅：淘汰。
圓頭要忙棉花，那邊比較要緊。
克拉媽媽跟她的六個女兒
居然敢問
雷曼家為什麼
禁食豬腿肉：淘汰。

只剩下幾個人
每一個都考怎麼做鹽漬閹雞
最後由老霍爾默贏得錦標。

從那天起
雷曼家的廚房

成了軍事機器
在霍爾默指揮下，這裡就像軍營。
他老婆提爾德看管儲藏室。
埃利斯、朵拉、西斯、碧姬
在最上得了檯面的幾個人裡被挑中
整整齊齊
頭戴帽子
桌邊服務
也看顧銀製餐具都在最佳狀態
拜託老天
他們要辦到。

全新的桌布
和水罐
和玻璃水瓶
和天鵝造型托盤：
飯廳的
投資
資金來源
是公司專款
自從
雷曼兄弟
利潤翻倍
意料之中
自從新的大廚
──在馬鈴薯建議之下──
發明了
恪遵猶太教規傳統的
火雞派佐石榴
　　「你想嚐一口嗎？」
然後是綠番茄醬
　　「坦尼森先生，再來一份？」
法式油煎燉雞
　　「我老婆為之瘋狂啊！」
甜菜泥
　　「魯賓遜先生，食指大動了嗎？」
燉鴨
　　「再來一盤，太美味了。」

還有雉雞湯
　　「令人難忘！」
但是，尤其
除了這些
最令人引以為傲的是
甜點
下重手加糖
「喜歡嗎？雷曼家的糖，來自路易斯安那！」
又名
「大茴香子香料蛋糕」
由羅莎阿姨
親自
端上桌
在簽約那一刻，
必須出大招。
而且，這招奏效。
更棒的是，如果蛋糕先用
一杯珍稀佳釀浸泡，
存放在一邊
直到特殊場合登場。
「無與倫比的滋味！」
「老天這太開胃了！」
「你要寵壞我們了！」
「再來一片？」
「和葡萄酒太搭了！」
「還有嗎？」
「我們簽在哪？」

邁爾‧雷曼
得要
重新訂製
他整櫥衣服：
他的褲子太緊了，
背心扣子都要繃開了，
領帶勒著他的脖子
但這是做生意的代價
他的辦公室
現在
位於飯廳的

餐桌主位
他脖子上繫了餐巾
手握叉子：
「我們簽在哪？」

另一方面
賭注
很高，非常高：
不容許出錯。

因為他哥哥伊曼紐
遠在紐約
——棉花變鈔票的地方——
顯然非常擅於跟實業家們握手
但在這裡
在蒙哥馬利這裡
這個陽光燦爛的淒慘南方腹地
土地被太陽曬得龜裂
吐出
好幾噸，好幾噸，好幾噸
壯麗的棉花
邁爾・雷曼的目標
如今
不再是
不再只是
用最好的價錢賣出
二十四家種植園的棉花
而是
——根莖類的本能——
取得保證
——根莖類的野心——
不只是單次收穫
——根莖類的渴望——
就是
許諾
白紙黑字，從今以後
獨家供應雷曼兄弟
多長時間？
五年？

「我有這榮幸請你吃頓午餐嗎？」
十年？
　　「這方面，我們等甜點上了再討論！」
如果我們簽下十五年可續約保證？
　　「大茴香子香料蛋糕上了桌了！」
還是二十年？一句話。
　　「要來杯消化酒嗎？」

根莖類的自我膨脹：
剪除競爭。

對，就這個原因。
競爭。
邁爾・雷曼
說夠多了
在無數失眠的夜：
他已失去心靈的平靜
自從那個悲慘的傍晚
奧立佛・卡靈頓
從城外小小的種植園
前來告知他
「請不要以為這是羞辱，
我跟你比朋友還親，雷曼先生。
但是今年……
他們跟我更新了報價。
為你獻上最好的祝福，也問候夫人。」

問候夫人？
更新報價？
為你獻上最好的祝福？

還有麼事更可恨
之於他，邁爾・雷曼，
如果有人
不知從哪來的
斗膽
敢來競爭
──這麼傲慢！──
從他這裡偷走客戶？

在他馬鈴薯的心中
從來不曾
從來
沒有一刻
想過
二十四家種植園
不是增加到二十五、二十七、三十
而是減少
像現在
變成二十三……也許二十二，或甚至少於二十。
總之
因此
對雷曼兄弟來說
實際上
存在
退步的可能性

突如其來的認同危機
襲擊一顆根莖類：
這個新的前景
無法想像。

寫信時他沒跟哥哥伊曼紐提這件事
和芭貝特一起時，總是笑呵呵。
沒跟羅莎阿姨說。
然後就像
有些人保守秘密時會演變的那樣
邁爾·雷曼
失眠了。
每當他闔上雙眼
立刻
就會夢到
——誰知道為什麼——
他父親的牲口棚子
在德國，在林帕爾：
美妙的木製牲口棚子
—— 一根又一根樑，都由亨利搭建而成——
擠滿
山羊小母牛公牛

牠們每一隻，身上
很詭異
沒烙上家族品牌的名字
反而出現
——做夢才有的蠢事——
一流這個字。
這還不夠
在飼料槽裡
牲口群找
不著乾草，也沒有燕麥，也沒有飼料
他們的食物
是成捆白色棉花。
在這非常奇怪的馬廄牛棚裡
邁爾踱步
一步又一步
直到他清楚聽見
他父親
在哭。
他跑過去
跪下來安撫他，
但是老亞伯拉罕‧雷曼恩
——即使夢裡還是有兩個字母 n ——
抓住他的手臂
推開他
大吼
「看你做了什麼好事，薯仔：
你沒關好牲口棚子的門！
你看，你這渾蛋：他們偷走了我的牲口！」
的確
一陣喧囂聲如雷貫耳
所有動物
山羊小母牛公牛
都往外跑
一轉眼。
整個棚子空了：空空如也。
根莖類的惡夢。

於是邁爾決定要行動。
連最細微的風險

都要消滅
比如沒把牲口棚子的門關上。

一方面
他得守住客戶：
以前是二十四家種植園，現在就要是二十四家，
包括奧立佛·卡靈頓
那位先生——他確信——會低頭回來。

而且，如果他哥哥亨利
在店外頭
曾經掛上
那塊「**降價只供受眷顧的客人**」的招牌
邁爾·雷曼
不用掛招牌
但可以做得更多更好：
他修正價目表
發明前所未見的優惠條款
難以抗拒
然後
就不會失眠了，
精心規劃
邀請來晚宴
一位接著一位
所有他的客戶
解釋
一位接著一位
這次報價
——獨一無二，難以抗拒——
唯一條件，
就是
他們得簽下
長期
並有約束力的承諾
限定雷曼兄弟
排除競爭者。
於是，開始跳舞吧：
火雞派佐石榴
　　　「你想嚐一口嗎？」

然後是綠番茄醬
　　「坦尼森先生，再來一份？」
法式油煎燉雞
　　「我老婆為之瘋狂啊！」
甜菜泥
　　「魯賓遜先生，食指大動了嗎？」
燉鴨
　　「再來一盤，太美味了。」
還有雉雞湯
　　「令人難忘！」
然後，當然
大茴香子香料蛋糕
配一口珍稀佳釀。

所有美食饗宴
簽約的慶典
要乘上
二十四位老供應商每個人，
每一位
平均
要吃完三頓大餐
才能理解
然後至少再兩頓
才宣告投降
照這樣，他推算
這番商業操作
要能讓他再也不會失眠
等同於
總共
大約一百二十頓大餐
也就是
超過五十公斤的火雞佐石榴
　　「你想嚐一口嗎？」
兩桶番茄醬
　　「坦尼森先生，再來一份？」
一整個雞舍的法式油煎燉雞
　　「我老婆為之瘋狂啊！」
三個酒桶的甜菜泥
　　「魯賓遜先生，食指大動了嗎？」

對一整池鴨子大開殺戒
　　「再來一盤，太美味了。」
讓整個阿拉巴馬的雉雞絕種
　　「令人難忘！」
但是，尤其
除了這些
最令人引以為傲的是
工業產量的
大茴香子香料蛋糕
浸泡其中的珍稀佳釀
如此稀有
比密西西比河的流量更為豐沛。

根莖類的肥胖。

但是既然
堅持總能收獲回報，
邁爾·雷曼
帶著捷報回家：
奧立佛·卡靈頓浪子回頭
二十四家棉花供應商
轉化成
二十四張獨家契約
年限各異
大多落在二十年左右，
也就是
白紙黑字
保證
不管發生什麼事
無論如何
雷曼兄弟
一直會是
市場大亨
棉花王
不容質疑
不容爭辯
如果真的有人有問題
一次午餐宴請就夠了
在這方面

雷曼勝出：
沒得比。

棚子的門
如今
關好了，用螺栓固定好了。

這二十四張契約
裱好框
掛在飯廳，
牆上，
火爐上
那張肖像畫旁邊
畫裡的邁爾還很瘦。

那天傍晚
掛完
最後一幅
第二十四張契約
邁爾・雷曼
躺平在床上
盯著天花板看
想著，現在確實每件事
都進行得非常順利。
他有了一個家。
一間辦公室在蒙哥馬利。
一間辦公室在紐約。
成捆的鈔票在保險箱裡。
二十四家棉花供應商在南方
五十一位買家在北方
每樣東西都加了糖，甜甜的。
這些想法哄著他
將要入眠
如此平和
這時，一陣冷風襲來
不到一秒之間
他耳朵抽了一下：
世上只有一件事足以摧毀一切
那就是戰爭

北方和南方。
但這不過是個令人不快的念頭
睡前讓耳朵抽一下的種種想法之一。
他把這念頭拋諸腦後
然後
最終
平靜地
睡著了。

16
一杯水　**A glaz biker**

分離戰爭第一聲槍響
喚醒邁爾‧雷曼
在蒙哥馬利宣告
成為南方邦聯首都三天後的
破曉之前。
「用棉花敬北方聯邦！」
昨天
連艾佛森醫生那麼冷靜的人
一年前還在紐奧良
為奴隸小孩們治麻疹的人，
都這樣高喊
上街
揮舞新的旗幟。

徵召從軍
上前線：
唯一例外
是那些付得起三百美金的人
比如雷曼兄弟。

分離戰爭第一聲槍響
喚醒人在蒙哥馬利的邁爾‧雷曼
一心念著棉花倉庫。
他打開窗：
蒙哥馬利發狂了
布條、旗幟

人們上街慶祝戰爭
到處都是傑佛遜・戴維斯的海報：
叛亂開始了
棉花州要脫離聯邦
奴隸的
奴工頭的
農場和莊園主人的
種植園州
雷曼兄弟的
南方州：
斬斷，出走，離開美國。
獨立！
「用棉花敬北方聯邦！」

分離戰爭第一聲槍響
喚醒人在紐約的伊曼紐・雷曼
一心念著買家：
如果北方和南方
突然分裂
雷曼家如何能在夾縫中生存？
就像是
在圓頭迪丘
和富貴手之間
搭起一道牆
棉花要怎麼變鈔票？
他打開窗：
紐約發狂了
走調的音樂盒
布條、旗幟
人們上街慶祝戰爭
到處都是亞伯拉罕・林肯的海報：
最後審判的時刻降臨
工業州要正義
廢止奴隸，廢止特權
人人生而平等：憲法和人權法案！
不接受的人
血債血償
因為美國只有一個
總統只有一位！

一場從軍競賽
在蒙哥馬利和紐約同時展開：
軍官入伍有量身定制的軍服
一般人入伍有軍團核可的軍服。
軍帽、刺刀、槍
大砲、砲兵、步槍
北方打南方
南方打北方
嚴整行軍
齊聲回應
亞伯拉罕·林肯率領北方聯邦
傑佛遜·戴維斯率領南方邦聯
夾在其中
兩方之間
擠壓
受困
像一個玻璃杯
一座
巨大的
棉花山。

伊曼紐·雷曼的岳父
在紐約
路易斯·桑坦
高個子，白髮，拉比的大鬍子
狂熱支持
亞伯拉罕·林肯：
「假如南方贏了
工廠就會倒閉，到時候
親愛的伊曼紐
你一磅棉花都賣不出去！」

邁爾·雷曼的岳父
在蒙哥馬利
艾賽克·紐加斯
坐在他的扶手椅上
環繞著八個兒子：
「假如北方贏了

他們會關閉種植園，到時候
親愛的邁爾
你一磅棉花都拿不到！」

夾在其中
兩方之間
擠壓
受困
像一個玻璃杯的
雷曼兄弟。

在自由街
紐約手臂的小小孩
學習記誦
北方人的讚美詩，
而且學到背誦時
要把手放在胸口。

在蒙哥馬利主街上
羅莎阿姨看著遊行：
把手放在胸口
兩個陀螺也在
十歲，或更小一點，
一個扯著喉嚨唱讚美詩
另一個只動嘴唇喃喃，
即使在這樣的狀況下，也不是很重要
陀螺，小名是「沉默的那個」
打破他的沉默法則
在最不恰當的時機
跳上廣場舞台
大吼說他痛恨這面旗幟
引起一陣尷尬。

在紐約
馬車內
北方軍隊的
募款晚餐前
寶琳‧桑坦
雷曼夫人

不想聽到某些敗類的事：
「我警告你，伊曼紐：不准跟任何人說
就算說溜嘴也不行
不准說那間辦公室還開著
在那卑鄙的地方
那個他們還用鎖鏈銬住黑人的地方
你弟妹搞不好還在鞭打他們。」

在蒙哥馬利
馬車內
為了南軍軍靴募款舉辦的
鋼琴演奏會開始前
芭貝特‧紐加斯
雷曼夫人
清楚宣示她支持哪一邊：
「我要你，邁爾，在店門口和我們家前面，
掛上布條
能掛的地方都掛，
對抗那個亞伯拉罕‧林肯。」

夾在其中
兩方之間
擠壓
受困
像一個玻璃杯的
是雷曼兄弟。

開戰第三個月
泰迪‧富貴手‧威爾金森
關上他的工廠：
勞工們
——做工拿錢的人：有支薪，不是奴隸——
全都應徵入伍
——被徵召——
因為他出不起
一個人三百美金。
每個人都上戰場，為了北方！
轟炸鐵路，放火燒車站

合約取消了：
戰時不需要棉花！
圓頭迪丘
及所有史密斯和高瑟種植園的奴隸
都得去填彈藥桶：
彈藥、引信、火藥；
種植園關閉了，焚燬了
戰場：
士兵睡在
曾是原棉的地方。
每個人都上戰場，為了南方！
合約失效：
戰時不需要棉花！
夾在其中
兩方之間
擠壓
受困
像一個玻璃杯的
雷曼兄弟。

賣他們棉花的二十四家種植園
八家毀於大火
九家破產
七家倖存，憑決心和武力。

五十一位買家
三十位倒閉
十位捲入戰火
十一位倖存，憑決心和武力。

南方再也不賣棉花給北方。
北方再也不買南方的棉花。
雷曼在蒙哥馬利的辦公室
闔上百葉窗：
放下窗簾，栓兩道鎖。
雷曼在自由街 119 號的辦公室
窗子破了
招牌燒了

毀於紐約的暴動：
路障
反對戰爭
反對危機
反對北方，反對南方
反對聯邦和邦聯
反對那些不付錢的人
反對那些不賣東西的人。
夾在其中
兩方之間
擠壓
受困
像一個玻璃杯的
雷曼兄弟。

伊曼紐‧雷曼
在紐約
作為手臂
沒有放棄：他要行動。
他在意錢
他在意生意
只有棉花
只有棉花
能救多少救多少：
砲火隆隆之際
（當查特努加市死了十二萬人）
一個雷曼家的人
絕望
（當亞特蘭大死了七萬人）
裝載
（當薩凡納死了四萬人）
七百噸棉花
上船，運往歐洲
沒有戰爭的地方
沒有聯邦也沒有邦聯的地方
沒有北方人也沒有南方人
最重要的是
棉花

在那裡
還賣得出去！

邁爾‧雷曼
同一時間
在蒙哥馬利
作為小親親和薯仔
一顆多愁善感的馬鈴薯
全心全意
捍衛
他的居所，阿拉巴馬
砲火隆隆之際
（當喬治亞死了五萬人）
一個雷曼家的人
英勇
（當紐奧良死了七萬人）
宣示
（當維吉尼亞死了兩萬人）
「我，邁爾‧雷曼，南方的捍衛者！」
用雷曼家的錢
贖回囚犯
用雷曼家的錢
投資軍械
用雷曼家的錢
支持鰥寡、孤兒、傷患
最重要的是
他捍衛
僅剩的棉花！

正是此刻
砲火隆隆之際
雷曼兄弟
還不知道
他們將
奇蹟般
站穩腳跟
因為
當半個美國都支離破碎

無論這方或那方
——北方
——南方
——聯邦
——邦聯
——亞伯拉罕‧林肯
——傑佛遜‧戴維斯
這兩兄弟
伊曼紐和邁爾
高舉他們的旗幟
直到混亂終結
在一片廢墟汪洋當中
就只有
一只
玻璃杯
屹立不搖。

17
贖罪日 [16]　Yom Kippur

一切停擺。
全然靜止。
這世界會不會走到了盡頭？

鐘擺滴答作響
映照出
一道黃色光線
橫越
壁紙。

壓倒性的沉默。
連鳥兒
都不再發聲
那裡，在外面，

---

16. Yom Kippur，意為「贖罪日」。是莊嚴的日子，禁食，並為贖罪和悔改而禱告，於提斯利月（落於九
月和十月之間）的第十天。只有在這個場合，猶太聖殿大祭司會在至聖所宣讀神的名字。目前，猶太會
堂在贖罪日舉辦的慶祝儀式，內容包含鄭重悔罪，以及吹響羊角號。

他們啞然失聲
當看見砲火和烈焰
遍佈視線所及
每個方向。

由羅莎阿姨
縫製的
上好棉製窗簾
放下來了
在敞開
而靜止的
窗戶後頭：
一點風都沒有。

一切停擺。
全然靜止。
這世界會不會走到了盡頭？
超現實的和平
黏稠如膠
沾上裝飾品
沾上地毯
沾上蒙哥馬利主街上這棟大房子的
灰泥石膏牆
陷入重圍
先是士兵
現在是沉默。

一切靜止
這天下午
在贖罪日這天
鄭重悔罪的時刻
羊角號會在聖殿響起。
不是今天。
今天不會發出聲音。
由沉默接掌，
而且不容輕慢。

伊曼紐·雷曼

站在
鋼琴邊。
黑色西裝。
自從戰爭開始
就沒看過他
出現在阿拉巴馬這裡。
他把煙草裝進煙斗。
手指壓了壓。
點燃。
噴氣。吸氣。
讓一陣煙
從鼻腔竄出
盤旋而上
往水晶燈散去。

邁爾‧雷曼
坐在沙發上
隔了幾碼遠
數算地板板條
椅子下
桌子下
沿著牆
謹慎
專注
沒有少算
沒有分心。

遲早
兩人當中某一個
得先開始
在贖罪日這天
下午
鄭重悔罪的時刻
而且，假如上帝願意，
你會受到寬恕。
但在手臂和馬鈴薯之間
要決定誰先開始
不容易，
尤其當手臂有點關節炎

而馬鈴薯所在的園地歷經轟炸。

然而。
然而。很久很久以前
在林帕爾，那裡，在巴伐利亞
曾有個牲口商人
常用寥寥數語
說
「若天空想下雨，
才不管
要從哪片雲開始。」

所以
雷曼家
贖罪日的風暴
無意間
開始了
當手臂
注意到鋼琴上的樂譜
上頭寫著「**伊芙琳·杜爾小姐**」
而這
光是令他想起用象牙琴鍵猛攻的小女孩們
就足以
讓手臂暴衝：
「你還跟那個無賴約翰·杜爾做生意？」
「我以為我們說好了：你管紐約，我管阿拉巴馬。」
「我是問你還跟約翰·杜爾合作嗎，我不喜歡他。」
「約翰·杜爾做棉花交易。」
「約翰·杜爾做適合他的交易。」
「約翰·杜爾做像我們一樣的生意。」
「約翰·杜爾一點都不像我們：
做生意並不會讓他像雷曼家一樣。」
「為什麼，那雷曼家是怎樣？」
「雷曼家不是小販，是交易商。」
「但約翰·杜爾做棉花交易。」
「約翰·杜爾不做交易，約翰·杜爾只會賤賣。」
「你不喜歡約翰·杜爾因為他不是猶太人。」
「噢，沒錯，你說對了：他不是猶太人。」
「你那些北方實業家，他們不都是新教徒嗎？」

「但是他們買東西，他們給我們他們的錢：
我們不給他們我們的錢。
你呢，相反地，是用雷曼家的錢去幫不是猶太人的人賺錢。」
「是不是猶太人，有什麼關係？」
「這很重要。還是你已經忘了我們是誰？」
「如果你只想跟猶太人做生意，我就沒興趣了。
錢不是這種東西，錢不管誰有行割禮誰沒有。
約翰・杜爾讓錢動起來，
雷曼需要他：約翰・杜爾萬歲。」
「那好，我們拿掉家族姓氏。」
「為什麼你想拿掉？」
「我們父親的姓，不是你愛放哪就放哪。」
「等等，你不是拿我們家的錢去資助北方軍隊嗎？」
「你不也是拿錢資助南方軍隊嗎？」
「我贊助制服，你贊助武器：不一樣。
南軍用刺刀，北軍用機槍：
那些軍購的錢從紐約來，
所以我們也有份，你也有份。」
「我別無選擇。
而且，再怎麼說，我很確定你幫南方人取得炸藥。」
「所以，換句話說，我們同時資助兩邊，不是嗎？」
「我們老爸是賣牲口的：
你有聽他問過他的顧客要選哪一邊嗎？」
「你現在自相矛盾。
對啊，你說得對：我們老爸
是他就會跟約翰・杜爾做生意。」

說到這
伊曼紐臉色發白，
好像他活該，
被一顆進取的馬鈴薯
以傑出的口才
加以辯駁
逼到絕路
馬鈴薯的驕傲
讓他又得寸進尺：
「至少我賣棉花給約翰・杜爾，
你呢，你是為哪種生意鞠躬哈腰？」

然而
手臂的天性
就是不負責任
就算他發現自己站不住腳。
就算贖罪日
是認肯過錯的日子，
伊曼紐‧雷曼
沒法阻止自己
大聲叫嚷：
「去你的！你什麼鬼馬鈴薯？
打了一場仗，邁爾
一切都變了：
該死的棉花已經沒戲了，
沒了！沒了！
現在一切都不一樣了！」
「是嗎？哪裡不一樣？」
「我不知道。管他是什麼
最好趕快找出來。」

他對自己感到欣慰。
畢竟，有時候會這樣，
手臂
能在某一刻
放下向來尖酸的措辭
得到
奇異的感受
它的肌肉
不只塑形於苦工或重擔，
居然也能旋轉
一如
──除非有人能提出反證──
雜技演員和舞者的
有創造力的手臂。

就是這樣
贖罪日那天在會客室
一名叫做伊曼紐‧雷曼的
紐約手臂
他

為自己所驚艷
因為一道靈光
逆向而來
就像他哥哥亨利一樣
有了頭腦的價值。

可惜的是
另一邊
一顆根莖類
已經心力交瘁
緣於一場戰爭肆虐，使得四野荒蕪：
「所以你的意思是：
我不應該再跟約翰‧杜爾做生意
而要開始尋找那個你還不知道是什麼的目標？」
「邁爾，你說：是誰發明了棉花？」
「這哪門子問題？棉花一直都在。」
「其實，不是。是某個我們不知道是誰的人
某天早上醒來
在某一刻
想到要用那種植物──就那種植物！──
做出可以穿的衣服！你知道我在說什麼？」
「什麼？」
「我想發明另一種棉花，
在所有人之前，在其他人之前。
邁爾，錢要這樣賺，
不是用約翰‧杜爾的棉花，
那種每個人都已經有的東西。
我想去其他地方！」
「去哪裡？」
「我還不知道。」
「我就說。」

這時，兩人都明白
他們沒辦法輕易脫困
簡單說就是，他們只有兩個人，
兩張票，
沒有共識
就沒有多數。
本能地，他們看向

窗台，窗戶開著，
但是沒有人坐在那兒
雙腿併攏
一手枕在脖子後面。

伊曼紐強烈感受到，這件事沒法解決。
邁爾沒說出口
但也有同樣感覺。
這是第一次
他們倆在同一條河相對的兩岸。

不過，不能說他沒有嘗試，
伊曼紐打出這張牌：
「錢躺在人家皮夾裡，邁爾：
如果要他們把錢給我們，
我們要準備好，準備拿出什麼去交換……」
「交換什麼？」
「誰知道。他們在找的東西。
他們需要的東西。
邁爾：不管是什麼東西。」
「這就是我不喜歡的東西。」
「你根本什麼都不懂：你這死胖子。」
「你這恐怖份子。」

這些就是
他們說的
最後幾個字，然後是
非常漫長的沉默。

另一方面來說，如果，
他們不是坐在會客室
而是坐在大街另一頭
優美的聖殿當中
若是沒被戰火燒得焦黑
如今羊角號應該已經響起。
每個人的罪愆
皆受導正，
歷經二十五小時悔過
又一個贖罪日將告尾聲。

149

如果他們活在
承平時代
他們會用一頓充滿祝福的午餐
結束禁食。

但是，廚師在戰時過世了。
僕人們也不再是奴隸了。

於是，馬鈴薯和手臂沒吃晚餐。
他們沉思
各想各的
想著雷曼兄弟史上
第一個真正的危機。

18
兔子　Hasels

至今好幾年了，伊曼紐和邁爾
不和彼此說話。

伊曼紐在紐約。
邁爾在阿拉巴馬
所以一切都沒變
儘管一切都變了。
一切。

其間，自從北方人打贏這場仗
蒙哥馬利
不一樣了。
掛著黃黑招牌的雷曼兄弟辦公室
當然
還在那兒
門把突然又卡住了。
那沒變。
在蒙哥馬利主街上大宅裡
邁爾·雷曼的陽台也沒變
他老婆，芭貝特，

在那裡給孩子們上鋼琴課：
西格蒙德、哈蒂、賽第、班雅明……
「你們是雷曼棉花先生的孩子」
圓頭迪丘以前這麼告訴他們
當他還會四處走動
頭戴草帽
以前
不過幾年以前，感覺卻像過了千年
阿拉巴馬那時還是有種植園的地方
還有奴隸。

自從北方人打贏這場仗
自從亞伯拉罕·林肯
在紙上簽下他的名字
一秒內
解放了
一秒內
所有奴隸
從那時起
蒙哥馬利不一樣了。
艾佛森醫生
曾在紐奧良為奴隸小孩治療麻疹的那位
搖頭
像他面對黃熱病時那樣：
「自由令人窒息
要一口氣吞下的話，雷曼先生：
像一大塊火雞，太大了
會卡在喉嚨。老天，但如果我是對的……」

圓頭迪丘
再也不是奴隸了：
感謝北方，感謝戰爭，感謝亞伯拉罕·林肯
如今他是自由人。
不用被迫住在奴隸小屋。
沒有發放食物的廚房了
沒有對付滋事份子的鎖鏈
大太陽下沒有勞工
說錯話也不怕鞭子揮來背上。
然而。

然而，再也沒人看到圓頭。
他消失了，圓頭，不見了。
連浸信會禮拜堂
星期天早上
也沒看到他去彈風琴
那雙手太大
總是一次按下兩個琴鍵而非一個。

在邁爾·雷曼寬敞的陽台上，
他老婆，芭貝特，
給孩子們上鋼琴課，
一天傍晚，兩個小的
拖著她袖子
問說
該不會
圓頭
死了。
芭貝特繼續彈琴。
她對他們微笑
讓他們坐到她身旁，
她邊彈
──誰知道為什麼──
邊跟他們說故事：
「很久很久以前，有一位拉比
他很會背誦《妥拉》的教誨
了解每一則
即使是最無聊和最可怕的。
但那位拉比說話說得太快
喋喋不休，引人發噱
於是每個去找他幫忙的人
都叫他『Reb Lashon』，意思是『饒舌拉比』
他一開口，他們就要笑瘋了。
每天傍晚，這位拉比在聖殿禱告：
至高無上的神啊
幫幫我，別讓我的舌頭說得那麼快。
多年後，有一天，他的禱告被聽見了
從那天起，這位拉比說話變正常了
人們可以理解他的教誨了
無聊又可怕的教誨

漸漸地
一個接著一個
人們離他而去
傍晚，在聖殿，他抬起眼睛說：
至高無上的神啊
你錯了，不該把我的舌頭變正常
我話說不好的時候，每個人都聽我說
可是現在……
連隻聽我說話的狗都沒有！」

可是孩子們
一個字都不懂
他們看向彼此
相當疑惑。

本來這也沒什麼大不了的
如果
看來最困惑的那個人
不是可愛的西格蒙德，
最受疼愛的長子，
他真的不懂
究竟圓頭是死了呢
還是變成某種拉比。

現在，他眼裡柔軟的不確定感
──他們之中就他這樣！──
幾乎打動雙親
在這精心安排接班人的計畫裡
他們知道這男孩和其他人不同。

他們曾經審慎原諒過他
為了他早年的天真
以及對遊戲稚氣的愛，
但這份讓步僅止於
缺乏耐心的期待，他會前進
越快越好
進入成人的犬儒主義，和成人的商業世界。
而且，閃現在任何生意人眼裡的
不能只有光明：

陰暗也屬必要，
才能確保他不會掉入圈套。
然而，這層陰影很晚才出現
在這噢多麼溫柔的眼眸
阿拉巴馬小寶貝，西格蒙德‧雷曼：
閃閃發亮的光芒
散發自他的臉龐
沒有一絲惡意，
他如此和藹可親
助長家裡大人們的焦慮。
顯著焦慮。
西格蒙德，簡言之，深受期待
期待他隨時間過去
會展現出某種卓越
某種本能，
某種程度的優異——不論在哪方面——
更不要說些許的商業嗅覺。
他長成了，沒錯，一種典範
但是慷慨的典範。
熱心的慈善家
自我犧牲的模範
還很樂意自己這種模樣
只不過，他的未來，不在收容所或安養院
而是商業割喉競技場。
然而，
即使在玩最普通的遊戲
西格蒙德也表現得楚楚可憐
童稚的笑容如此純淨
而且，不幸的是
輕易就上了以物易物的當。
他甚至用十隻布偶交換兩個甜甜圈
更糟的是，他還為此洋洋得意
於是他父親罰他，把他鎖進
樓梯下頭窄仄的櫃子裡。
這決定很殘忍，
但邁爾不曾後悔，
一部分是因為，這可能會損害公司形象
另一部分是因為，他真心希望
這種不義之舉，也許能激發西格蒙德的怨恨之心。

沒用。
在他被囚禁的黑暗小空間裡
西格蒙德唱起歌來
愉快地
從頭到尾
編出一些關於小兔子的歌曲
當羅莎阿姨
走下去要釋放這名囚犯時
他懇求她：
「拜託：能再罰我久一點嗎？」

從那時起，每個人都明白
因為這隻小兔崽子
他們麻煩大了。

19
黑色高湯　Shavarts zup

自從北方人打贏這場仗
就沒有糖業了。
沒有奴隸
沒有工作
沒有貨品
沒有利益：
甜頭嚐盡
苦味萌發。

確實也沒有人賣糖了，
但是，有人投資咖啡。
更賺。

問題在於，糖你看得到，跟棉花一樣。
咖啡不是。產在墨西哥，在尼加拉瓜。
或更往下，在巴西。
在那些地方，也許還有人
做極為辛苦的工作
而這裡──如今奴隸都自由了──

每個人都等著領薪水。

所以咖啡有搞頭。
有人會買進，上載貨船
然後送到不管哪裡去，
準備出售
背後是那些能抬高價格的人
能省運輸費的人
能讓供應商開心的人。
簡言之，那些商場上
懂得議價學問的人。

「雷曼兄弟在棉花業是領頭羊。
你們在糖業也很成功。
咖啡的話，你們幹嘛不去試試？」
這一字一句
是米蓋爾·穆諾茲
一位身上穿金戴銀多過聖母瑪莉亞出巡的墨西哥人
試著說服紐約手臂
在他面前倒出一整個麻袋
芬芳的深色豆子
「……我的咖啡一流：
如果你不相信我，就來看看。」

然後，伊曼紐·雷曼
跑去看了：
他一路跋涉去到墨西哥
因為我來美國可不是要
把自己關在籠子裡。

滂沱大雨中
隨著一名穿金戴銀的墨西哥熊
伊曼紐·雷曼步行穿越咖啡園
高高的樹木結滿暗紅色的果實：
成千上百的女人和小孩
由守衛帶著狗監視
貨車滿載要去市場
樹幹樹枝晃動
拉著馬匹

鞭打驢子

如果爆發衝突

槍聲響起。

閃閃發亮的米蓋爾・穆諾茲

檢閱他的部隊

像個將軍

唯一的抱怨是泥巴

會噴上他的白色西裝：

「所以，你喜歡這景象嗎，雷曼先生？

就想想咖啡這植物有多美：

它只生長在赤道附近⋯⋯

所以，整個世界如果想要喝上幾杯

不跟我們買，就得跟非洲買⋯⋯

在衣索比亞，人家說，價格很荒謬：

當地人做到吐血

才能換到一碗湯和一間茅舍。

這裡沒那麼好。

不過，反正墨西哥距離比較近，

沒有衣索比亞人能跟我競爭，

至少美國市場來說是這樣：

我用麻袋賣給你，按我想要的價格賣，

之後要賣到哪，只要你想，都是你的了：

從佛羅里達到加拿大，天知道有多少咖啡需求量，

雷曼兄弟可以徜徉其中啊！」

誰知道米蓋爾・穆諾茲是否也賣出了

邁爾・雷曼正在喝的這杯咖啡

在阿拉巴馬

就在此刻

他沒想過

一刻也沒有

他哥哥伊曼紐

正在傾盆大雨的

墨西哥做生意。

可能邁爾・雷曼

於此同時

從早到晚

也在四處兜轉

繞蒙哥馬利打轉
甚至更遠：繞著整個阿拉巴馬
遠及密西西比河之外：去到巴吞魯日
試著自我說服
這場仗沒有打輸
而南方
──憑藉天賜的棉花──
終究
還能站穩腳跟
還剩一口氣。

「下一季收成你要給我多少棉花，丁尼生先生？
我們來簽約吧，和之前一樣，按往例那樣。」
「你在說什麼呢雷曼先生？什麼棉花？什麼收成？」
「我會全部買下來，按平常的價錢。」
「已經打了一場仗，你有注意到嗎？」
「對，但仗打完了，已經結束了：
你的種植園還在，我會收購……」
「睜開眼睛，雷曼，看好了！
還沒被摧毀的
跟已經毀了的沒兩樣！
我們如今得要從頭開始：
從零開始，重建一切！」

馬車上
往蒙哥馬利的回程
他的馬倦了
這天傍晚，邁爾‧雷曼
第一次
注視眼前的景象：
種植園關門了
掛上「**待售**」的牌子
倉庫燒得精光
奴隸從前住的棚舍：全空
柵欄破損
土地被遺棄了
運貨台車像屍體
凌駕一切之上的是
無所不在的

沉默
像是巨大空曠的墳場
有整個阿拉巴馬那麼大
——也許，整個南方——
廢棄
失落
死亡。
馬車上
往蒙哥馬利的回程
他的馬倦了
這天傍晚，邁爾·雷曼
想
也許
就像那次
十五年前
——亨利還在的時候——
火災肆虐
是他們
雷曼兄弟
讓蒙哥馬利起死回生。

隔天
一襲深色西裝
兩禎旗幟下
邁爾·雷曼
站著
微笑著
——他，小親親，知道要怎麼做——
在州長的書桌前
州長，戴著法式夾鼻眼鏡
疑惑地盯著他看
像看到瘋子那樣：
「你再解釋一次你的提議，雷曼先生：
我不覺得我有聽懂。」
「當然，閣下。
我們需要重建。
從頭開始
徹頭徹尾再次打造一切
像之前那樣……」

「不好意思，等一下！
你是要用州政府的錢來重建？」
「是的先生：你們提供資金。
雷曼兄弟會負責重建新的阿拉巴馬，還有……」
「等一下：就我所知，雷曼兄弟
是賣棉花的。」
「我們是原棉交易的領頭羊，閣下
這也就是為什麼我們……」
「慢點，拜託：你講太快了我跟不上。
我，阿拉巴馬州長，要提供重建資金……
給布料公司？」
「我們不是裁縫，閣下：我們是生意人。」
「但是專精棉花。」
「沒錯，先生，是這樣：我們是靠棉花起家。
歸根究底，就像你一樣：
以前你不是也有一家種植園嗎？
如果州長可以靠棉花起家
那銀行為什麼不能靠棉花起家？
相信我。」

說出這句「相信我」的時候
邁爾·雷曼加上
一個燦爛的笑容
如此確信
如此堅定
如此值得信賴
使得阿拉巴馬州長
真的
被說服了
而且也不只如此：他投以信任
因為信任他賦予
一顆前任馬鈴薯
幾百萬元資金。

只有一個條件：
那扇門把總是卡住的
門，上頭的
招牌改了
又一次

改成：

雷曼兄弟

然後

旁邊寫上

阿拉巴馬銀行。

咖啡色的字。

來自墨西哥的咖啡的顏色。

20

兄弟銀行家　**Der boykhreder**

亞特蘭大的A

波士頓的B

芝加哥的C

底特律的D

艾爾帕索的E

沃斯堡的F

格林斯伯勒的G

哈利法克斯的H

印第安納波利斯的 I

傑克遜威爾的 J

堪薩斯市的K

洛杉磯的L

曼菲斯的M

紐奧良的N

奧克蘭的O

匹茲堡的P

伊利諾州的昆西的Q

羅利的R

聖路易的S

多倫多的T

尤寧敦的U

維吉尼亞海灘的V

華盛頓的W

俄亥俄的齊尼亞的X

揚思敦的Y

西維吉尼亞的贊尼斯的Z

飛利浦
按他父親有生意往來的城市
學習字母。

這份清單
他靠記憶背誦
沒有一絲猶豫
顯然紐約不在其中
原因很簡單
紐約是家
不是做生意的地方。

事實上
飛利浦的字母表裡
也沒有蒙哥馬利,
因為他母親
覺得沒必要
讓大家都知道
我們來自那裡。

尤其現在,
當前的氛圍激昂。
自從北方人打贏這場仗
紐約
似乎更美了。
自由街 119 號
換上全新的
黑黃招牌
從沒見過這麼多訪客
各式各樣
自從
伊曼紐‧雷曼
牲口商人之子
成了紐約棉花交易所的
創始人之一。
在紐約這裡
沒人親眼看過棉花田的地方
經手全美所有棉花

市場上所有棉花
所有可以買賣的棉花：
既然戰爭已經結束
一舉擊倒
南方的傲慢
蓄奴的恥辱：
到此為止，結案
人人自由，人人平等
亞伯拉罕・林肯贏了
華盛頓贏了
然而，尤其是
尤其是紐約
在那裡，任何東西
任何東西
任何東西
不只棉花
任何東西
都會變鈔票，因此
棉花王朝
──南方的黃金──
就像伊曼紐說的：
「賺錢，當然
但賺不了大錢。」

自從北方人打贏這場仗
紐約
不一樣了：
奇觀之後還是奇觀
驚喜之後又是驚喜
總是更多
總是更多
總是更好
伊曼紐・雷曼
感覺得到
他能感受到
就在空氣裡
在馬車上
他和老婆，寶琳，
帶著孩子們

彌爾頓、飛利浦、哈莉特、伊芙琳
去希伯來學校。
衣著講究
穿戴整齊
坐得挺直
舉止有禮
他們會和薩克斯家的小孩一起上課
辛格家的
高德曼家的
布魯門薩爾家的：
會像他們一樣在聖殿舉行成人禮
會像他們一樣學習馬術
會像他們一樣試試那種新的
由瑪麗‧奧特布麗琪小姐引進紐約的運動
叫作網球。
然後像他們一樣，當然要，拉小提琴
因為每一個紐約家庭
都有一個孩子會拉小提琴：
小提琴如此令人愉悅
「可以強化形象」
小提琴要站著拉奏
面向所有人
還是個摩登的樂器，
朝向明天，如此纖細
絕非龐然大物
像南方陽台上的鋼琴那樣。

飛利浦‧雷曼
還不到六歲
已經可以完美演奏。
他是班上最好的
希伯來學校裡最好的
唱詩班練習裡最好的
已經能讀能寫
希伯來文、德文、英文
他能數到一百
用希伯來語、德語、英語
然後，聚會中給大家驚喜
母親要他在地圖上指出

那個小圓點
叫巴伐利亞，林帕爾。
飛利浦也能指出
阿拉巴馬的蒙哥馬利，
不過──據他媽媽說──
客人對這比較沒興趣。
「現在，飛利浦，讓大家聽一聽
你在經濟學的天才：
我們家最寶貴的兩項資產是什麼？」
「棉花！」
「棉花？你在說什麼，飛利浦？
聽仔細了！你爸爸常說什麼？
雷曼兄弟奠基於兩大基石
它們是……？」
「咖啡和工業！」
「好極了，飛利浦！現在出去玩吧。」

咖啡和工業。
自從北方人打贏這場仗
紐約
名副其實
狂熱於
一種黑暗的液體，叫做咖啡
還有一種黑暗的地方，叫做工廠。

在棉花交易所旁邊
他們開了咖啡交易所。
伊曼紐·雷曼也是其中一份子
就像高德曼家
布魯門薩爾家
薩克斯家
辛格家：
為了咖啡王朝，巴魯克哈希姆！
完美取代棉花：
咖啡從紐約出發
協商
簽約
付款
裝載

運送，離開，環繞半個世界。
歐洲對咖啡有需求
加拿大也有，全世界都有。
雷曼兄弟過去有二十四家種植園
現在有二十七家咖啡供應商。
但咖啡也
像伊曼紐‧雷曼說的：
「賺錢，當然
但沒法致富。」

能致富的東西
真正的財富
伊曼紐知道
他岳父也確認過
是突飛猛進的工業，
一切都要籌措資金：
填滿整個美國
全部
倉庫和工廠
布料
機械
化工
製藥
從北到南
從東到西
冶煉鋼鐵
從華盛頓遠到洛杉磯和沙加緬度
從大西洋橫跨到太平洋。
就連泰迪‧富貴手‧威爾金森
也轉換跑道了：
去他的棉花
他現在製造鐵螺帽和螺栓，
賺的錢是之前的兩倍。

「稍等，雷曼先生：就我所知
雷曼兄弟是賣棉花的。」
製造商公會檢察長這麼說
當伊曼紐‧雷曼
提出要扮演中介者、仲介的角色時：

我提供原料，你來加工，
如果你想要的話，我也可以蓋工廠：
「是，但究竟為什麼，不好意思，
為什麼我們要把蓋工廠的資金給……
一間布料公司？」

「我不許你羞辱我！」
伊曼紐大吼
暴衝。
即使快五十歲了
他仍然是個手臂。
「我不知道，雷曼：我要考慮一下。」
「當然，先生：我一星期後再來。」

然後，伊曼紐回去
準時六天後
同一個提議：
「我不知道，雷曼：我需要再想一想。」

就這樣
每隔六天
雷打不動
手臂的策略
毫不厭倦
但情況
還是一樣
絕望
不得要領
直到
一天傍晚
他躺平在床上
將要入眠前
伊曼紐・雷曼
感覺到一陣微風
抽了一下他的耳朵
像是最好的解方
而那陣微風
從蒙哥馬利輕輕拂來
帶著馬鈴薯小親親若有似無的香氣

如此強烈而清晰
他馬上出發
隔天一早
破曉時分
前往南方那間門把又卡住了的
小房間。

「聽好，邁爾，我不是來寒暄的。
有件事我已經決定了，這件事跟你有關：
你不能再待在這裡
你要在紐約。」
「我在紐約？
我們之前就說好了，我留在這裡：
我在蒙哥馬利
你在上面那裡
自由街。」
「去你的！你什麼鬼馬鈴薯？
打了一場仗，邁爾，一切都變了：
該死的棉花已經沒戲了
現在一切都不一樣了！
整個美國都要工業化！
而且，我決定了：你來，我需要你，就這樣。」
「我正在重建阿拉巴馬，用州政府的錢。」
「你在紐約也可以做這件事！
事實上：你在那裡，可以做得更好。
現在每件事都在紐約發生。
聽著，我是你哥，我知道什麼事才對你好。」

就在那一刻
從大門的方框裡
出現陀螺始終沉默的臉
他剛過十五歲
腿瘦得像兩根乾樹枝。

這有點玄，有時候
語言
像雪一樣消融
在第一道陽光之前：
那樣的事

在這房間發生了。

一開始
不是因為陀螺
做了什麼特別的事。
他也沒打破一直以來的沉默。

很簡單
門口那位少年
就只是盯著他的伊曼紐叔叔，看了很久
用一種非比尋常的方式
然後盯著他的邁爾叔叔，也看了很久
接著，意志堅定地走進房間
坐下來，沒坐在桌子前面
沒坐在沙發上
也沒坐在哪張扶手椅上
而是
坐在窗台上，窗戶打開
他雙腿併攏
一手枕在脖子後面。

邁爾睜大眼睛，看向他哥，
從他眼中同步讀到
一模一樣的想法，
不可思議又
千真萬確
誰知道是怎麼回事
這名少年成了人偶
受一名黃熱病犧牲者牽動。

和腦袋、手臂相隔同等距離
沉默如膠
邁爾薯仔開口
逼使口舌勉力說出：
「我們在討論去紐約的事，
去那裡不是做生意，而是要開銀行。
伊曼紐想這麼做，我不確定。
那亨利，我們有三個人：你是決定多數的那一個。
你這票怎麼投？贊成還是反對？」

亨利不疾不徐。
這是作為頭腦的特權之一。

他坐著，一動也不動
在窗台上，窗戶打開，
他雙腿併攏
一手枕在脖子後面。

一個字都沒說。

點頭。

於是，他們做出改變。

第 2 部
父與子

Book Two
Fathers and Sons

黑洞　The Black Hole

耶胡達・本・特馬
在《列祖賢訓》[1]中
說：
五十而謹慎
六十有智慧。

伊曼紐・雷曼
在五十到六十半途
毫無疑問
自認
謹慎又有智慧
他沒有一絲懷疑。
因為智慧對他來說就是行動。
而謹慎對他來說也是行動。
所以
如果這就是秘訣
那他以行動
牢牢掌握住了。
僅此而已。

話說回來，住紐約核心區的人
誰沒有行動力？
這裡一切都是動態
這裡一切都是動作
這裡一切都是動能
也因此，手臂
總覺得在這裡怡然自得。

現在尤其如此
出現一個，唯一一個
通關密語：燃料。

摩登時代的奇蹟：
這麼多年，我們怎麼都沒想過？

---

1. 《Pirkei Avot》，猶太拉比傳統道德教訓與格言的彙編，是猶太口述倫理文學的代表之作。

人跟神只差一件事
人得幹苦工。
神不勞動
祂們不把自己搞得上氣不接下氣
因為在上面那裡
顯然
祂們有某種形式的能量，持續不斷。
太棒了。
讓這件事啟發我們。
讓我們學習祂們的榜樣。
換句話說，讓我們給自己，給全人類，
一種神聖的燃料！
只要我們能轉動馬達
人類將無可限量。

「這可能是，誰知道，
一項好投資……」
伊曼紐・雷曼這麼想，
當威爾科克先生——煤礦大王，
邀請他北上，去礦坑，
就去看看。

「我得考慮一下」
伊曼紐對自己說，
發現手臂
到了五十幾歲快六十
居然能給自己一點時間思考。

可惜，這次
思考時間沒有持續很久。

只久到足以發現
連大衛，羅莎阿姨魯莽的兒子，
儘管才二十歲出頭
經過一段時間，也會精力耗盡
甚至得打個小盹，
停下他的胡搞瞎搞
幾個小時。

說來不可思議：
大衛像受驚的馬
在紐約到處閒晃
從曼哈頓到近郊
從近郊到皇后區，
大衛一直打轉
體內有把火在燒
逼得他用奇怪的方式說話：
「嘿耶！叔叔！嗨！
嘿耶！你說啥？會下雨嗎？
你要出門？沒？誒？
在家？對？我？嗯哼！
晚餐？我媽？嘿耶？
馬？哪裡？
走了！晚上回來！
嘿耶！OK！掰！」

然後
大衛一坐下，雙腳就一直動來動去
他站起來
又坐下
又站起來
又坐下
脖子上的肌肉抽動
像某種間歇性痙攣
往上看
往下看
往上看
往下看
然而，儘管如此，
經由某種自然法則
就連大衛·雷曼
這體現為姪子形象的機械金剛
十九世紀末葉的工業奇蹟
每隔一段時間
受制於需要充電
還是得停下來。
他就這麼停下了！動彈不得！
換言之，對他是壞事一樁，

大衛自己──在命中注定的某天傍晚──跟他說：
「叔叔先生！嘿耶！有空？
累了？介意嗎？不？
我算了一下！想聽？說囉！
嗯哼！我幾歲？二十四！
我睡多久？六小時！一天！
所以？懂嗎？每四天就浪費一整天！不？是真的！
每四天！就花一整天在睡睡睡睡睡！誒？
那一年呢？等等！九十一！天！誒？
懂了吧？睡覺！睡睡睡睡睡九十一天！
二十四年？你不會相信！兩千一百九十小時！
或說？六年！六年整！
你呢？超過我兩倍！叔叔？你有在聽嗎？十五年！幾乎！
誒？誇張！哼！你睡睡睡睡睡了十五年！
OK：就想跟你說一下！保重！
走了！掰！」

有時候你真的很想掐死某個人，不管跟他有多親。

生命裡有些時刻
你會意識到，從今天起
有了之前和之後：
伊曼紐·雷曼從腸胃深處
立刻感覺到
這一刻就是如此。

連他父親過世的消息
從德國林帕爾傳來那時
也沒帶來這麼大的衝擊，
並不是因為死訊以短箋抵達，而上面只寫了寥寥數語。
聽他姪子
長達五十七秒，那樣不尋常的論述
為他存在主義式的旅程
標誌了難忘的一步。

一切都是真的。
如此戲劇性，如此真實。

又或者：更糟，

想想那小子無情的計算
是以六小時的睡眠為基準：
伊曼紐怎能承認他要睡八小時？

獨自一人留在辦公室
果斷直面他個人的不幸
伊曼紐意識到
實際上
從他抵達美國算起
實際上
他已經睡睡睡睡睡睡睡睡掉將近十年。
他本來可以做到的一千件事
為了他自己
為了雷曼兄弟
為了他的家人
為了他的國家
為了它的歷史和榮耀所做的一千件事
就這樣睡睡睡睡睡睡睡
從他眼前流逝
於是
他向這種自我欺騙的
荒唐感受投降，
是為了什麼呢？
為了仰賴——與生俱來，可鄙的——
超沒效率的休息機制？

深淵之後，他瞥見光。

於是，他從扶手椅起身
秉持真正的迫切感
為了真正的使命：
如果改造人體不是雷曼兄弟的責任，
那或許可以——必定要——用
一種持續
不歇的生產系統
餵以神聖的燃料，來補強人類
再也不會中止
再也不會暫停
再也不會睡睡睡睡睡睡睡。

這世上，除了手臂，還有誰能
受他姪子驅策，向睡眠開戰？

終究，這是
拯救全人類的基石，
向價值不菲的棉花王朝道別吧，
更何況，正是這一刻
紛飛的思緒使他體認到
臥室裡每樣東西都用布製成：
布床單
布坐墊布枕頭布薄被
於是他感覺自己至少
得為幾百萬張床負責（包括他自己的）
然後
這可能是第一次
有位雷曼兄弟
對於自己身為
棉花交易商
感到一股無法抑制的噁心

夠了。
呆滯的終結。
搖籃曲的終結。
唯一能讓伊曼紐寬慰的是
想到
雷曼家的生意，至少有一部分
是咖啡，睡眠者的敵人。
對此他感到欣慰。

但現在呢？該怎麼行動？

一星期後
紐約手臂
忠於他的營運計畫，
離開城市
緊急出差去
而他弟弟邁爾情願放棄這次機會，
證明了一顆南方馬鈴薯
還沒適應移植北方

寧願選擇
睡眠柔軟的擁抱。

沒關係。永遠向前。
伊曼紐出發了。
這次陪伴他的
──因為直覺理應受到讚賞──
是渾身腎上腺素的二十多歲小毛頭
牲口商人的孫子
他未來的潛能或許受到低估。
不過，還有時間，讓事情往對的方向發展。

他們乘馬車旅行兩天，
大衛‧雷曼在車上
為了戰勝閒散的折磨
裝了又拆
座位套
四次
全程搭配
不停歇的聲音起落
「嘿耶」、「嘿！」、「喝！」
以及其他帶點切分節拍的聲響
是個人特色非常突出的創作。

最後一聲「嘿耶」正巧落在他們朝
一道峭壁下行之前，全是泥巴和岩石，
在一座內裡被掏空的山前
看起來像外科醫生桌上
動過開顱手術的頭蓋骨。
「嘿耶！叔叔！你看過嗎？喝！」
鐵軌和起重機一個接一個出現
噪音大到像在地獄，氣味令人作嘔，
但其中最觸目驚心的，是密密麻麻
來自世界各角落的人群
中國人、印地安人、非洲人、拉美人
以及無數白人──嘿耶！──
不過
皮膚的顏色
不太重要

因為每一個人——嘿耶！——
毫無差別——嘿耶！——
他們的臉都蒙上一層煤灰
跟瀝青一樣黑
像手套那麼厚
只有眼白特別明顯。喝。

「棉花田裡全是黑人……」
伊曼紐想
「……進礦坑就都沒差了。」
這可能引起
一些有趣的，關於種族的反思
但他們這趟任務的目的
並非慈善
而是要前進礦業。

礦坑老闆威爾科克先生在此，
即使拄著拐杖，還是行動迅速
他拄拐杖十年了
自從一場礦坑爆炸炸飛他一條腿：
現代性的代價，
或者，可能是對這座山的獻祭。
依舊不能讓他停下不動
在十九世紀末這追趕前進的狂潮當中。

威爾科克先生只聊煤礦。
光是提到
就能引起一陣顫動
在他三角形的錐子臉上
小鬍子下垂
皮膚像微微被煙燻過：
「歡迎來到黑洞，整個北美
最大的無煙煤礦。
如果你們想下去看看，
就要跟所有礦工一樣，戴上安全帽。」
然後由他帶頭，
飛快躍過石頭
即使他拄著拐杖。

他們下礦坑的經驗，實在難忘。

不只因為這兩個富有的白人猶太教徒
一小時就膚色全黑
激發出意想不到的情懷
對圓頭迪丘
對阿拉巴馬的緬懷。

不只如此。
實際上，伊曼紐・雷曼
深受震撼
感動於所有那些
為工業饗宴提供麵包的人
來自各個角落
正在刮弄地球的腸子
搜刮地球的能量。
純正的能量。

和他姪子一起，握緊
喀拉喀拉作響的貨車
鏽蝕的邊緣
急速下降
伊曼紐・雷曼
沒有一絲恐懼：
反而有股強烈的——輝煌的！——感受
礦工在地球最底層挖採的
不是煤礦
而是雪崩一樣的金磚和鈔票，
雷曼兄弟肯定要出手。
想像一下箇中潛力
對手臂先生來說
但願這種萬靈丹
能夠補償他
沉沉睡去的十五年
就算只有一部分。

另一方面，他姪子大衛，
沒法停下四處又笑又跳：
他徹底覺得自己回家了

在那些混亂的小隊之間，
他妒嫉他們，他們如何投擲十字鎬
匍匐前進，
爬下去，爬上來，
在山腹裡叫喊
用一種獨特的回聲釋放憤怒。
他多希望自己能模仿他們，
但他沒有——為尊重家族姓氏——
不過，他們要離開的時候
無法抗拒這股衝動
他接受了來自威爾科克先生的
至高榮耀：
由三名中國人護送，到溝壑盡頭
點燃兩副炸藥。
他感受到的愉悅
超乎言語：
純正的能量。

那天晚上，真的，他沒法入眠。

隔壁房間裡，他叔叔，也沒法睡。
不只睡不著。
清醒著，眼睛張大
為了補償已經失去太多的時間
他一遍又一遍
讀了至少五遍
他第一份煤礦合約。

2
銀行家兄弟　Der bankir bruder

耶胡達 · 本 · 特馬
在《列祖賢訓》中
說：
五十而謹慎
六十有智慧。

邁爾 · 雷曼

五十歲了
還不懂謹慎是什麼
若謹慎正巧意味了：「停下不動並觀察」
那麼，可能他很謹慎。

他父親
一名牲口商人
一千年前
──在德國那裡，在巴伐利亞，林帕爾──
老說，謹慎的人像樹枝
逆風
拒絕彎曲。
「如果是這樣，」邁爾心想
「我還行。」

沒錯。
因為現在
每個人
都發狂
做做做做做
建造建造建造
發明發明發明
邁爾・雷曼
靜止不動。

比如現在：
在紐約辦公室入口
他們剛完成招牌
寫著：
雷曼兄弟銀行。

他們很快完工。
非常快。

因為那塊老招牌，不過
就是細長的長方形
　──和店面一樣長──
以三塊木板排一直線：
雷曼第一塊

兄弟第二塊
最後是**棉花**。

所以。
紐約施工法：
不費太多力
他們把最右邊那塊拿下來。
最後一塊板子：**棉花**。
已經老舊的
放下來，在地上
在街上。
同一處，他們擺上新的木板
四個字母：**BANK**。
看起來體面到爆。
他們用繩子把它拉上去
對齊，分毫不差
精準，完美
在**雷曼兄弟**旁邊。
木工現在在接合板子
把它們合在一起
把它們釘在一起
然後合而為一：
雷曼兄弟銀行。

邁爾坐在那裡，在椅子上，盯著他們看。

做為一家銀行意味什麼？
對我們來說，究竟會有什麼改變？

馬鈴薯通常冷靜推理：
經過長時間在地下
大幅
減少
它的喜形於色。

這時也是
的確
邁爾薯仔
設法掌握兩個簡單的概念。

首先：做生意的時候
人家給我們錢
我們給他們一些東西交換。
現在我們是銀行
人家一樣給我們錢
但我們不用給他們東西交換。
至少現在還不用。然後走著瞧。

第二點：做生意的時候
如果你兒子問你，你做什麼
你就給他看一捲布料
一車糖
一袋咖啡
小男孩大概就懂了。
現在我們是銀行
不論你嘗試用什麼語言解釋
你兒子都不會懂，他會放棄然後跑去玩。
沒錯，去玩。

「畢竟」
邁爾想
「一定有什麼原因
讓小朋友在玩的時候會裝作
是老師或醫生或畫家
但是，從來不會
永遠不會
有人說『我們來演銀行家』
簡單來說
扮演銀行家的人
會拿走他朋友們的錢，
那他們就沒錢去買糖果了：
所以，這是什麼樣的遊戲呢？」
你試著跟孩子們解釋，
銀行裡的錢是用來服務產業的。
嘗試解釋這個系統
需要儲蓄基金。
邁爾·雷曼
得出結論，也就是

直到他親眼看到
一位銀行家
向孩子們解釋
銀行遊戲要怎麼玩
而且讓他們喜歡這個遊戲。
直到那時，他才能衷心認同
工作上這個新的面向。

邁爾著仔
關於這件事想了很多
在他凝視著招牌的時候
姓氏
整齊排在銀行這個字旁邊。

他兒子亞瑟
兩歲
坐在他膝蓋上：
年紀比他小了半世紀
用手把他的鬍鬚拉上拉下。
邁爾沒有反應：
任由他撒野。
也許因為亞瑟在紐約出生：
他沒有任何一滴
血液
來自德國
或阿拉巴馬。
亞瑟，新的。
亞瑟，嶄新的。
亞瑟，紐約之子。

就這樣
把他們放在一起看
——他和他父親——
他們比較像那塊老招牌
雷曼兄弟
旁邊加上新的字：**銀行**。
這是為什麼路人走過時在笑嗎？
他們在笑，對。
不只因為邁爾打扮很奇怪

像一名有錢的南方佬
穿著條紋綁腿
那種在紐約這裡
從來
沒人
沒人
會穿的東西
連不小心誤穿也不會。

不是的：人們注意到的不是他的穿著
而是邁爾真的就坐在那裡
一動也不動，微笑
在那裡
做什麼？
什麼也不做。
任由他的鬍鬚被拉扯。
奇怪的景象。
在這裡，在金融區的心臟地帶，太奇怪也太好笑了：
自由街 119 號
這裡每一分鐘都是一枚閃亮的美金
自由街 119 號
這裡每件事都有其價格
自由街 119 號
這裡連蒼蠅也有價
這裡
在自由街 119 號
一名五十歲的猶太百萬富翁
什麼都不做：
就那樣坐著
坐在街上，像那樣
抱個小孩在膝蓋上，像那樣
看著一塊老招牌被踩在腳下
上面寫：**棉花**。
「這塊木板怎麼處理？
我們要丟掉這塊老招牌嗎，雷曼先生？」
邁爾沒有回答。
「如果你想，我們可以把它切開
你可以丟進爐子裡燒：
木頭老是老，但還沒爛。」

邁爾沒有回答。
他微笑，沒說出他在想什麼：
他們當然沒法理解。
「好，這樣的話，我們去問你兄弟。」

邁爾微笑，點頭。
那樣比較好。
伊曼紐是手臂，他不會反對
某些概念他也不真的了解：
這些事不在他考慮範圍內。
事實上今天早上他做的第一件事
他——手臂——
出門買了
四桶油漆
因為只要招牌好了
他想要漆一層新的油漆上去
馬上
——毋需延遲——
馬上
一層新的油漆
馬上
立即
不然，新的**銀行**
放在舊的**雷曼兄弟**旁邊，太顯眼了
而且
「……我們會看起來像個老奶奶
戴了一頂小女孩的帽子。」
伊曼紐·雷曼這番發言
並不是要說
這樣會看起來像個老傻子。
「如果我們翻頁了，親愛的邁爾，我們就永遠翻過去了！」
太棒了。

所以呢？
所以新鮮的油漆：新的顏色
不再是布店褪色的黃：
「我現在想要很大的字母
用金色
黑色背景。

你知道為什麼，邁爾？
有個原因，當然！
我做事都有道理：
由黑生金
我的意思是，從咖啡的黑
煤礦的黑
然後……火車頭的黑煙！」

火車頭。
每次伊曼紐一講到火車頭
──而他經常講到──
他的嘴唇就扭曲成奇怪的模樣，
像從微笑的暗示
變成有點尷尬的畏縮。
也許伊曼紐也有意識到，
因為他很快就說：
「鐵路，邁爾！鐵路，一定要的！
火車不是零頭的總和：
鐵路會為我們帶來巨大的資本！」

邁爾盯著他哥哥看。
因為有時候
最近
伊曼紐
沉迷於
這個什麼「零頭」。

他不停重複
像副歌
──「零頭」
──「零頭」
──「零頭」
廣告無止盡
像從前
在德國那裡，在巴伐利亞，林帕爾，
一千年前
每當孩子們
聽到伊澤克叔叔唱的
猶太小曲

接下來幾個月
他們都忍不住重複唱它。

但是現在
這裡
在紐約
自由街 119 號
問題在於
伊曼紐是從
哪位伊澤克叔叔那裡學到
這關於零頭的韻腳
更重要的是
關於會帶來資本的
鐵路的韻腳
看著伊曼紐談了好幾年
但一分錢都沒投入。

鐵路……
伊曼紐也貼上
——在自由街走廊上——
一張北方鐵路的海報
上面有個火車頭在噴煙。
但是，然後呢？
然後雷曼兄弟會繼續前進
煤礦市場
咖啡市場
木材市場
更別提殘存的棉花市場。

簡言之
萬事萬物，除了火車。

一個謎。

然後日子過去，
在自由街能聽到的
唯一的鐵路
是一座木頭的
金絲雀顏色的火車模型。

伊曼紐伯伯送姪子們的禮物
給最小的
亞瑟、赫伯特、厄文：
「有一天，我發誓，我會給你們一台真的。」

和火車一起玩，總是很有趣。

3
亨利的兒子們　Henry's Boys

亨利・雷曼太聰明了
聰明到沒有一個繼承人
有資格接手他的生意。
他們——伊曼紐和他的馬鈴薯弟弟邁爾——
怎麼會想到，像亨利這樣的頭腦
居然真的幫不上忙了，
即便他把頭腦分給了兩個兒子？

簡言之，不安於室的大衛
跟他啞然的弟弟，陀螺，
各自繼承
一部分偉大腦袋
——因生物學瑕疵而比例不同——
來自一位創建之父
一位先鋒
一位開拓者。

這分假設
得先銘記在心。

畢竟，亨利・雷曼是，啟迪人心的人。
終其一生，他動手解決每一件事。
不管他選擇哪條路
結果證明都有其務實的道理
除了
他淪為黃熱病的獵物
那段悲慘時期之外
棉花市場

就此痛失領頭羊。
然後，別忘了，
招牌上的名字
曾經只有他一個人
那時伊曼紐和邁爾
還在牧場上跑來跑去
在那個神秘的，名叫林帕爾的地方。

這是他們不能忘記的。

現在更是如此
在這個階段更是如此
如今
羅莎阿姨的孩子
長成青少年，不是小娃娃了：
大衛和陀螺
都穿著長褲
臉上
剛長出幾根鬍子。

得將他們納入考量。
遲早。

確實：遲早的事。

只是，要交棒給身邊其他人
這個想法
讓手臂跟馬鈴薯
感覺不太自在。

所以他們緩著來。
更何況──別忘了──
羅莎阿姨一家
從未少了他們那一份：
三分之一獲利，按時給付。
關於這點，他們沒什麼可抱怨的。
所以，不著急。

或至少，表面上看來如此。

更何況，日復一日
雷曼兄弟內部
逐漸
有些事在變。

可能是紐約的空氣？
或只是因為
邁爾和他哥哥年紀大了？

簡言之，關於未來的
這些問題
不時出現。
而亨利的兒子們
理應有他們那一份。

首先是，大衛。

總是焦躁不安
動個不停
他無法
老實坐在桌前
像有道強力電壓
灌注
從腳踝到下巴
從大腳趾到耳梢
大衛·雷曼
就他叔叔看來
恰巧值得
英勇的拔擢：
煤礦交易源自於他，
再加上
他把這個家族
從沉睡中搖醒
應當受到高度肯定。
這不是天才是什麼？
這不是生意是什麼？
這不是嚴重忽略了
亨利·雷曼的正字標記
是什麼？

因此
儘管邁爾抱持懷疑，
伊曼紐
反倒因為
還沒好好說一聲「謝謝」，
而在思考是否將他確實
納入
銀行管理階層。嘿耶！

他考慮再三
覺得這事不難，
更別忘了
大衛
那炸裂的過人精力
正展現出可貴的天賦
比起聰明才智
對壓力的物理抗性
是在紐約市場這巨大的牛仔競技場中
無與倫比的要素。
在好幾個場合
派對和晚宴上
他絕佳的幽默感
—— 一項受歡迎的商品 ——
　　「嘿耶！笑話？喜歡嗎？來囉？」
加上德國人的好酒量
　　「再來！倒酒！沒啦！再一輪？」
為雷曼兄弟帶來
生意上堅實的信任
如此豐厚，以至於
比起年齡將近三倍的叔叔們
他大幅跨越了
四小時公關不間斷這關鍵的門檻。
也就是說，假如邁爾
是在完全不一樣的戰場
獲取小親親的地位
他姪子大衛
不留情面大幅超越他
就像拿全新機械裝置和一百年前的

齒輪與車輪相互比較。
他的法寶廣得多：
邁爾當然有
精緻的笑容和懂音樂的耳朵
但大衛
還有
數不盡的雜技
魔術花招
豐富的意第緒傳說
德語歌曲
對英語完美的掌握
還有遠超過健康教育界限的
無恥放肆
然而，他的精力過剩
又立即獲得大家
原諒
出自於
他們深刻的美國精神，
一名水牛比爾 [2]
在猶太和大都會的血脈中
隱隱散發著阿拉巴馬的陽光。
而且
年輕的雷曼
成了女性受眾
相當讚賞的人物
從媽媽到女兒，
媽媽們讚賞的是二十歲小夥子的熱忱
女兒們——有志一同——
著眼於他狂野的舉止
他們在猶太新年 [3] 共舞
直到第一道天光。然後一切從頭再來一次。

在工業界
人們認真地關注
議論

---

2. William Frederick Cody，綽號水牛比爾，南北戰爭軍人、陸軍偵查隊隊長、驛馬快遞騎士、農場經營人、邊境拓墾人、美洲野牛獵手和馬戲表演者，是美國西部開拓時期代表人物。其組織的牛仔主題秀「Buffalo Bill's Wild West」聞名全美。

3. Rosh Hashanah，猶太新年，宗教節日，慶祝一年的開始，以色列於提斯利月的首日慶祝，離散猶太人則於該月頭兩日慶祝。這是懺悔的節日，羊角號（一種宗教號角）的聲音為其特色。

大衛會不會
真的是一台用煤礦、柴油、煤油當作燃料的機器。

伊曼紐・雷曼
因此覺得
他們家有了自己的阿基里斯
這是他袖裡的王牌
心底
已經私自把他算進
阿特里德斯 [4] 家族這支隊伍。

不過，有個問題。

在大衛和陀螺之間
銀行的職缺
並非為跳著波卡舞曲的冒險家所設
而理當交給沉默的王子。

現在，也該提一下
邁爾和伊曼紐兩人
出於神聖的尊重
從未向
一家大小任何人說起
那奇異的時刻
連羅莎阿姨也不知道
那時陀螺
不論從哪方面看來都確實
化身成了
他們需要的那位兄長，決定多數的那一票：
實際上，也多虧有他
雷曼兄弟
現在才能以銀行的身份
在紐約起飛。

叔叔們
有個默契
不想為男孩帶來負擔

---

4. Atreus 是希臘神話中邁錫尼的國王，Thyestes 的哥哥，與其弟為世仇，兩家族間有多種版本的奪權與復仇故事。

於是將這段記憶保留在他們之間，
向彼此承諾
會以公司股份酬賞他
只等他成年，
畢竟
雖然他從不開口說話
窗台事件已經足以
回應任何質疑。

於是，他們準備好有那麼一天
亨利的聲音
會再次響起
在雷曼兄弟內部……
每個角落都聽得見
假使
這聲音真能被聽見
因為陀螺
非但沒有發聲的跡象
就連罕見的幾次嘗試
也算不上成功。

連一台打字機
也無濟於事：
邁爾叔叔的禮物
希望至少
他能用寫的
寫下他藏起來沒跟世界說的那些事。
沒用：紙上一片空白。

試著訴諸於
男孩的自尊心
也沒用。
迂迴表達
讓他理解
也許有一天
他會成為那個
接替父親位置的人
位居銀行核心
沒用。沉默延續。

因此，所有希望封藏於
亨利啞然的繼承者
抵達二十一歲官方門檻前
這仿若悠悠
流逝的時光。

然而，如大家所知，時間是奇異的變因。
人類想像他們能掌握時間
但時間經常反向運作
彷彿遙遠的事
在此不過是一瞬間。

這就是發生在雷曼家的事
大抵如此
陀螺命中註定的生日
無論感覺多麼遙遠，
突然間
即將到來。
無可迴避。

唉
為什麼時光變遷
十次裡有九次
都讓人措手不及？

每個人
此刻都有了
清楚的認知
這名男孩的沉默
隨時間推移而延展
近乎惡意
最廣義來說，彷彿棄絕人性。
而且，毫無疑問
截至目前他們所習慣的
他那些斷續出聲的片刻
一向等同於
以反感為主旋律的幽微變奏，
他也不會為此預先警示。

但事情不只如此。

留心觀看他的行為
一個明顯的印象是
陀螺好像變成了
那些昆蟲
一旦遭受攻擊，第一本能就是反擊
用盡全力
然後在反擊中迎向死亡。

簡言之，一隻大黃蜂
偽裝成陀螺
他的刺
旨在一生僅此一次的攻擊
猛力暴裂
然後一切結束。

不過，假若印象概若如此，
為什麼從未體現？

然而，毫無疑問：
一年年過去
每個人
以羅莎阿姨為首
一開始還存疑，接著確定
感覺愈來愈強烈
陀螺還在成長
內心驕傲地堅信，陀螺擁有致命武器
他的全力一擊會瞬間
引爆
遲早的事
對象不知道是誰，也不知道原因會是什麼
正像
他在路易斯安那的陽台上
侮辱糖業大王那樣
或者，在阿拉巴馬的舞台上
那面南方旗幟。
在第一個例證當中

陀螺還是個孩子
多少可以任性
因此得到饒恕，
至於第二個狀況
情節更為嚴重
只是鎮上大家顧及對他父親的緬懷
於是壓下那些
憤而咒以
霍亂瘟疫甚至更不堪的咆哮。

然而
這兩個例子
──現在看來都更清楚──
陀螺呈現的
不過就是
一次牛刀小試
──對選擇如此理解的人來說，一次預演──
看看這隻大黃蜂，蘊藏了多少毒液。

他們可能低估了。
他們可能輕視了。
然而，同時間，他正把毒刺打磨的更銳利。
他們將會發現。

糖！
有誰當真以為
陀螺‧雷曼會就此止步？

旗幟！
家族裡有誰
會如此輕視他
難道一隻貨真價實的大黃蜂
會因為被吊死的風險
就不敢在戰爭起始時往旗幟上吐痰？

當然不是。
他能做到更多。

假如那些事曾是

昆蟲的惱人之處，
相較於真正的毒刺
它們實在不算什麼
比起在關鍵時刻
出現的，沒錯，那致命的一擊。
而且永誌難忘。
前景如此。
不怎麼宜人。

這男孩正在醞釀他自己
像座火山
為了容許他所有怒氣噴發
他不在意
這樣做是否會
遭受驅逐
不只離開銀行
而是遠遠離開人類的疆界。

會發生的。

只不過至今他完全靜默。

沉默。
鬱鬱寡歡。
陀螺・雷曼
冷酷而平靜
等待他的時機到來。

4
奧克拉荷馬　Oklahoma

一　就像我：一個小亞瑟・雷曼
二　像邁爾把拔和芭貝特馬麻
三　像我和把拔和馬麻
四　像我和我的三兄弟：西格蒙德、赫伯特、厄文
五　像我們兄弟加上羅莎阿姨
六　像是我們兄弟加伊曼紐伯父加寶琳伯母
七　像是我們兄弟姊妹一起

八　像是我們兄弟和阿拉巴馬表親
九　像所有兄弟姊妹加把拔馬麻
十　像所有兄弟姊妹加堂兄弟飛利浦、陀螺、大衛
十一　不知道，因為沒有照片裡面是十一個人的

亞瑟・雷曼
用他自己獨到的方法
學習怎麼數到十：
他運用會客室裡
裱框的家族照片。

價值非凡
因為不是很多人有這些照片。
更有價值的是
他們簡直為了
學習算數而生。

亞瑟
坐在地板上
拿著練習本
抬頭看
看他那些棕褐色的親戚
然後回來寫他的清單：
一、二、三、四……

超過十
你要有一張大家都在裡頭的照片。
我們以前有一張
但伊曼紐叔叔決定把照片寄出去
去一個跨越海洋的地方
非常遙遠
遠到
會歷經
好幾天才能抵達，甚至比
寄去奧克拉荷馬還久。
可是奧克拉荷馬也不算近。

是啊
奧克拉荷馬。

當亞瑟‧雷曼
正在做他傍晚的數數練習
同一時間
手臂和馬鈴薯
在千里之外
看著熊熊火焰
升往天際，
感謝哈希姆的恩惠無限：
不說別的。
他照料過
如此令人不安的場景
發生在距紐約一千英哩以外
這不毛荒原乾旱的土壤
離阿肯色州界
不到半小時的地方。

不難解釋
為什麼雷曼兄弟會在那裡
緣於
微小
難以察覺的
碳元素
碳元素使鋼不同於鑄鐵
改變韌性
提升百分之二十六。

儘管如此，
這趟旅程
和鐵
一點關係
也沒有。

重點在於
本於他對工業強烈的熱情
伊曼紐‧雷曼
刻意
用醒目的冶金術譬喻
表達自己
好一陣子了

成果來自他每日鑽研
機械、設備、製程
及那些最不可思議的
科技進展
他的語言——他是這麼相信的——
必得是現代銀行的語言。

因此
灌輸了這種新的語言
伊曼紐享受於
脫口而出
氧化、焦炭、熔合溫度
然後，更為驕傲地
運用這種冶煉工人的說話方式
評論湯太燙了
或壁紙的顏色
甚至是
理髮師為他剪的髮型。

他弟弟邁爾聽在耳裡心生警覺
因為他很害怕
有血有肉的手臂
把自己重新發明成
由五金驅動的機械手臂，會發生什麼事。

所以他不予置評
當他哥哥
自我陶醉
闡述他那些似乎具有毀滅意涵的
人生哲學：
「我親愛的邁爾，你知道，鐵本身是種愚蠢的元素，
看似強韌，但只要加上一點氧元素，它就麻煩大了，相信我。
但是，如果我們在鐵裡頭加一點碳，
就會得到完美又好用的金屬。
只不過，在這驚人的過程當中，
碳的比例不能超過百分之二，
邁爾，煉鋼的神奇之處
就差在這麼微不足道的數字
就區隔開鋼合金和一般鑄鐵：

兩者都是鐵，但你應該知道差別所在？
所以，必須付出最大程度的關照。
只要搞錯半克碳
連金屬的強度都會產生質變。
我相信你已經聽懂我論證當中
最重要的部分
所以明天早上我們一起出發
赴約。」

邁爾顯然什麼都沒搞懂
除了他哥哥
真的在冒險
成為鋼鐵人
視老化經驗
為氧化過程
而這間銀行，就成了鐵匠的冶煉場。

他渾身顫抖
違逆他的最佳判斷
準備作陪
惦量著生鏽的老瘋子
究竟安排好和
什麼樣的惡魔碰面。

實情是，關鍵
不盡然在鐵
而是造就差異的碳：
伊曼紐的意思是，銀行的實力
——如純鐵般堅強又具韌性——
已經受他推動，移往碳的領域
——而碳於他而言似乎是個絕妙譬喻——
好在工業市場賺錢。
但是，超過多少比例的碳會太過火？
萬一這塊領域崩盤了，他們會變得脆弱
難道沒有過度曝險的隱患嗎？
他的想法是這樣：不要太超過
投資碳，好，
但適度就好，並且保持理性。
因此

為了多元投資
伊曼紐
安排好和史賓賽先生會面
在奧克拉荷馬，
在那裡，一種黑色的黃金由鑽井噴灑而出
仿似湧泉
而這種黑色黃金，每桶賣價
比傑瑞米‧威爾科克的煤
高一百倍。

如果說，前往黑洞的旅程
是個機會
測試
不安於室的大衛
那隔天的任務
——勘查原油前景——
可能是，也應該會是
恰當的時機
與板著臉的陀螺
重啟對話
在他不堪地破壞糖業交易之後
又過了這麼多年。

南下的長程旅途
同時也成就了一段序曲。
他叔叔們問他，其實，現在他二十歲了
可以不用理會
那荒謬的綽號：陀螺
陀螺的反應卻令人不安：
他從鼻子和嘴巴噴氣哼聲，
突然臉色發紫
脖子暴出青筋。
不過，他一個字都沒說
像隻蟾蜍
鼓脹完自己
又萎縮在他那套色調太過暗淡的西裝當中
那套西裝，穿在像他這樣年紀的人身上
讓他看來不像是未來的銀行家，
反倒像個服務生。

他們也跟他點明這件事。
而他的反應
和之前沒什麼差別：
那就讓他像個服務生好了。
就這樣吧。

他們抵達目的地時
已是傍晚。

那條通往
卡爾文・史賓賽先生
粉紅大別墅的大道
每一側都環繞著
高聳的，用木和鐵打造的結構
結構頂端
黑色的血液
詭譎地朝天空噴射
慶祝著
石油全能的未來。
桶子堆疊成排
將馬路
和工作現場隔開
忙碌的機械人員團隊在那裡
來回跳躍
轉動管線網絡上的
閥門與把手。
幫浦活塞
滿載運轉
標記時間
像鐘擺
上，下
高，低
上，下
一切再清楚不過
以黃金秤量的時間
比起用煤礦秤量更值錢。

這些預兆，簡言之，棒極了。
營利前景一片光明。

藍天，南方溫暖的日落：
鼓舞人心的遠景
為雷曼兄弟展開
石油的黃金王國。

他們在室外區域就座，
一旁的白色大理石噴泉
噴灑的不是水
而是黑色液體
持續循環
從海豚張開的嘴巴湧出。
令人印象深刻。
和那座黃金燭台一樣，令人印象深刻
Ｓ造型
正如那個烙印在每一處的符號
代表了**史賓賽石油**。

比較沒那麼讓人欣喜的，當然，
是和那位等待他們來訪的人的第一次接觸。
石油大王
結果，打從一開始，
就很討人厭
瘦，油條
年紀從十四歲到八十歲都有可能
包裹於高級黃色西裝之內
完美搭配了那頂方方正正框住他臉的
金色假髮。
整場面談
他惱人的藍色眼睛
無精打采
一直盯著
那隻小小的
顯然很笨的白色狗狗看
那隻狗對陀螺·雷曼咆哮
沒給他好臉色
——像對他兩位叔叔那樣——
畢竟他穿的像個假男僕。

邁爾發抖。

不是因為他姪子。

而是因為世上只有一件事
比那些喜愛蕭邦的小女孩
更能惹怒他哥哥
就是任性的狗
尤其是狂吠
讓人無法忍受的狗
這遠比石油鑽井發出的器械交響樂還糟。

史賓賽先生的聲音
即使非常低沉
還是穿透了犬科動物歇斯底里的背景聲
抵達雷曼兄弟這頭。

他們推測——主要從他的唇型動態——
石油是一流的
正因如此
石油大王陛下
對合約不是很確定，
更別提——就他所知——
他們已經在煤礦產業了。

邁爾薯仔
謙恭有禮地
回答他：
雷曼兄弟現在是銀行了。
然後他希望史賓賽先生不要問他
這到底是什麼意思。

他沒有。
或至少看似如此：
反而，他們的印象是
在那頭小生物咿！咿！咿！的背後
金髮男人回應：「銀行，當然！
但銀行……跟煤礦生意都一樣。」
於是邁爾薯仔
發自本能
闡述起

一個有趣的理論
（對此他自己也深感驚訝）：
「銀行不屬於任何生意領域，史賓賽先生：
如果真要說，它代表了座落於銀行內的所有生意。」

這概念簡單明瞭，
伊曼紐·雷曼一聽就安心了
他再次確認自己是對的
讓弟弟脫離棉花的掌握
轉換到銀行。

主人家的回應
沒這麼節制。
石油大亨是種奇特的族類
抱持他們專屬的優越感
沒有耐心上
財務管理課
而且還是來自一顆馬鈴薯：
「看看四周：你們知道你們在哪嗎？
　　　咿！咿！咿！咿！
你們置身在通往未來的名片當中：
　　　咿！咿！咿！咿！
明日發生的一切
　　　咿！咿！咿！咿！
都會飢渴於石油，而不是水
　　　咿！咿！咿！咿！
所以不是我需要你們
　　　咿！咿！咿！咿！
是你們需要我！
　　　咿！咿！咿！咿！
這就是石油
　　　咿！咿！咿！咿！
和地球上其他所有產業的不同之處。
　　　咿！咿！咿！咿！
如果你們樂意接受的話，很好，
　　　咿！咿！咿！咿！
不然你們大老遠來，不就白跑一趟。」

這裡。

就在此時
隨情勢發展
那隻小狗
首次嘗試
要讓牙齒陷入
年輕人陀螺‧雷曼的黑色鞋子。

陀螺後退，瞄準，出腿
所幸沒踢中目標
然而王上注意到了：
「雷曼先生們，麻煩跟你們僕人說一下
絕對不要再去踢我的動物，好嗎？」

叔叔們
屏住呼吸
深怕——同時也希望——
陀螺有些言語回應
但即使在這樣的狀況下也還是枉然：
他咬牙喃喃自語
然後狗又開始吠，甚至更大聲了。

邁爾薯仔
一如以往，作為小親親
盡全力嘗試：
「史賓賽先生，你的資產如此光彩奪目，
就和你可愛的狗狗一樣吸睛。
說回石油，這是我們
想再了解更多的市場。」
「你們自然會感興趣！
　　　咿！咿！咿！咿！
你們想撿一根乾淨的骨頭，
　　　咿！咿！咿！咿！
但我很樂意把你們留給威爾科克
　　　咿！咿！咿！咿！
還有他那張蒙上煤炭，髒兮兮的臉！」

這番言論
儘管伴以帝王的微笑
還是讓伊曼紐忍無可忍：

他體內鎔鑄的鐵要造反了
而且——誰知道是怎麼回事——碳含量超過百分之二
和鋼和鑄鐵相互融合：
「我的朋友，你是把我們當成兩個礦工嗎？」
「雷曼先生，你們是誰我就把你們當成誰：
　　咿！咿！咿！咿！
一個兜售煤礦的競爭者
　　咿！咿！咿！咿！
妄想把手伸進石油業。」

就在這時
隨情勢發展
那隻狗發動第二次攻擊
目標是那名沉默的雷曼，
他跳起來
一把抓住燭台，揮舞著
對抗那隻動物
像馬戲團馴獸師和老虎對峙那樣。
「雷曼先生們，麻煩跟你們僕人說一下
不要弄髒我的擺飾，好嗎？
其實，他可以去點蠟燭：天色暗了。」

聽著這些話
又一次
叔叔們深怕（並且希望）
陀螺有些言語回應
但就算到這節骨眼上也沒出現：
陀螺順從地喃喃誰知道什麼東西
把蠟燭一根接著一根點亮。

確實
看見火光
那隻狗暫時安靜下來
一陣神聖的沉默
只受幫浦和諧的背景聲打斷
於是
伊曼紐‧雷曼
趕緊把握這個像綠洲一樣的時機：
「兩件事，史賓賽先生：數字跟報酬！

假如說，我們銀行可以贊助你的
挖掘、鑽探、油桶運輸？」

如此奢華的提議
敦促石油大王
（確知了他面前的人是兩名門外漢）
掛上微笑探詢：
「多久呢？」
「合約每三年一期更新！」
手臂急著回答。

「這就是你們的提案？」
「這就是銀行的任務！」
伊曼紐享受這些字眼發出的聲音。
邁爾呢，從他看來，感覺有點冒險，
但他沒時間阻止他哥
興致勃勃順勢而下，
石油大王
沒讓提案溜走：
「那你們怎麼現在才跟我說呢？
如果你們想留下，我們可以吃完晚餐再繼續談⋯⋯」

不過，沒有晚餐。
因為這時出現了重大事件：
那隻狗
經過那段奇特的沉默插曲
恢復精力
重新發動攻擊
但是這次，對象是另一條腿：
牠直直衝往伊曼紐
伊曼紐，毫無防備，
想都沒想
一把鉗住敵人的脖子
把牠丟到國王的大腿上
國王馬上
站起來
捍衛這位小王子：
「你們這些骯髒的猶太人！
他不過是想表演翻筋斗給你們看！」

「是嗎？我花了好幾天來這裡
可不是為了看一隻動物把爪子伸向空中！」
「他是奧克拉荷馬的筋斗冠軍！
所以我們都叫他小陀螺
旋轉陀螺。」

幾乎不到一秒
從最後一個字的最後一個音節
到別墅被閃光點亮：
陀螺‧雷曼
聽見他的小名居然和那隻狗一樣，那一刻
所有耐性耗盡
他一把抓住點燃的燭台
往黑金噴泉丟去。

瞬間
火焰竄高七公尺
先是引發伊曼紐
喜悅的顫抖
想像鐵融化在爆炸的火爐當中。

但那不過是片刻的愉悅，
他隨即意識到
雷曼兄弟
一家新成立的銀行
正在石油大亨的別墅裡縱火。

一場國王、侍從、諸侯、管家之間的
大亂鬥：
整個油田
慌忙傳遞水桶以撲滅大火
幫浦依舊不停運作
因為石油飛濺，夜以繼日
從不歇息
不斷噴湧而出。

啊！燃燒的灌木！
啊！永不熄滅的長明燈！

最終
他們撲滅了這場大火
而在他們發現之前
雷曼家的人已經消失不見。

他們回家路上
宗教般的沉默籠罩
叔叔們默不作聲。
陀螺啞然。

不過，可以從男孩臉上
察覺到一絲愉悅
像剛證明了自我價值的拳擊手。

除了他們之外
沒有人知道這件事。

可能因為短短幾個月後
陀螺就要二十一歲。

簡言之
不論就哪方面來看
大黃蜂還在等待屬於他的時機。

5
雷曼家　Familie-Lehman

不得不說，孩子們，
在這裡什麼都看不見。
他們得探身
或墊著腳尖跳起來。
在第二十一排什麼都看不見。
儘管又一次，座位分配好了
他們至少可以說，他們有位子坐。

對。
在紐約大會堂

雷曼家有自己的座位：
刻在
第二十一排上頭。

當然：不是第一排。
我們不是劉易森家的人
就算到現在
我們家還有半數
留在阿拉巴馬。
所以，我們要知足。要知足。
第二十一排。
夠好了。
第二十一排。

上面寫著
雷曼恩——家族
有兩個字母 n
親愛的西格蒙德羞赧於這個錯誤：
像隻兔子
發現他藏身的洞穴被堵住了一樣
他盯著他的兄弟們看：
「他們應該可以更謹慎才對
他們為什麼要對我們做這種事？
他們又沒有用三個字母 n 拼劉易森。」

是啊。劉易森家。
他們坐在前排
因為他們掌控的
不是別的
正是黃金市場。
我們不能奢望自己跟他們平起平坐：
沒人能和
那些以克拉計量的人競爭。

畢竟，黃金，我們知道，
影響甚鉅。
所以也不用太意外前三排座位的
競爭總是非常激烈：
劉易森家第一

高德曼家第一
赫爾史鮑姆家永遠排第三。
他們在那裡。
排排坐，黃金的守護者。

至於雷曼家
今天的集會沒有人缺席。

邁爾和伊曼紐並肩站著。

邁爾雙眼闔上：一顆神秘的馬鈴薯。

伊曼紐很專注
高度專注
因為手臂就是手臂
即使在苦修。

一直緊抓著褲子的
是那些不到十歲的男孩們
無聊，打呵欠
像他們父親以前
在林帕爾的猶太會堂那樣。

邁爾的另一側是西格蒙德
臉頰還粉粉的，
一名因大啖甜甜圈而過重的學齡兒童
一隻兔子，雖然年紀還小
口袋裡裝滿了糖果
（不是要吃的：要分給別人）。
西格蒙德：隨時準備變換髮型分邊
直線右分，梳整齊：呼應當下潮流。
為了不要弄亂
他從不戴帽子。

西格蒙德另一側站著，高個，邋遢
不安於室的大衛
一頭蓬亂捲髮
彷彿每天早上都在腦袋裡
填了炸藥引爆，

包括去聖殿集會的日子：
「嘿耶！是今天嗎？真的？假日？喝！」

近來陀螺沉默自省
留了一把濃密的鬍鬚
沿著臉頰往上到眼睛
和他深色的眉毛幾乎融為一體。
他看起來像個正統派猶太人
這不是說他不是，在內心深處他是，
起碼他會
從嘴巴右側
發出嘟囔聲鄙視
任何就他聽來口音錯誤的人。
只不過
一個正統派猶太人
在這間
美國改革派聖殿做什麼
一個沒有女性廊區
有時候還會講英語的地方？

第二十一排
家族姓氏銘刻於此
只有飛利浦，伊曼紐的大兒子，不見了：
一名完美的少年，身穿灰色雙排扣外衣
他坐在前排，沒和其他人一起：
在第一排
因為史特勞斯拉比特別疼愛他
選他陪在身邊
扶著他的手臂。

在他最年輕的表親當中
赫伯特
曾直言不諱地說
他堅決不同意
飛利浦，自己一個人，
往前坐了二十排。
對赫伯特來說，畢竟，
潛在的核心問題
是個政治問題：

為什麼一個人的優異程度應該要
被轉譯成
一種否定其他人的權利？
因此當赫伯特
吸吮著手指
建立關於社會平等的理論時
他哥哥亞瑟
抱著泰迪熊
感到獲准
往前跑，去第一排
坐下去
而且不只他：
他的泰迪熊也要坐在他旁邊
因為聖殿屬於所有人，誰揚言反對誰即遭逢災禍。

飛利浦嘗試
皺眉要他離開。
沒效，
因為亞瑟經過整整六年人生
長成一個頑固分子。

而且，實際上，當史特拉斯拉比說：
「我的孩子，這排座位不是給你的，
這是給劉易森家的人，你沒看到他們的姓氏嗎？」
亞瑟
帶著他的泰迪熊
一起坐在
地板上
因為除非能提出反證
拉比先生
地板沒有寫名字。

於是
為了勸說他
——還用上警方戰術——
他母親，寶琳，得一路過來
從第二十一排：
穿著高雅
披著毛皮大衣

縈繞的
馬鞭草香水
散發飄盪於聖殿，
芭貝特嬏嬏在外頭
門廊之間奔跑
追著她那幾個
戴著蝴蝶結和緞帶的小女孩。

所幸有哈麗特
在所有小女孩當中
她最像爸爸伊曼紐，
想都不想就賞了姊妹們幾巴掌。
西格蒙德鍾愛她打她們的方式
他覺得這真是賞心悅目：
「哈麗特，如果有一天我們結婚，
你也會這樣打我嗎？」
但哈麗特絕不可能和表親結婚：
「不要再吃甜甜圈了，西格蒙德，
不然你永遠都找不到老婆
就算你給她跟你一樣重的黃金也不可能。」

哈麗特擁有這種天賦
能發出連珠炮式的評論。
這一點，她取代羅莎阿姨的位置，
那位也很擅長打小孩耳光的人。

不過，在聖殿看不到羅莎阿姨：
紐約的時尚
並不適合
她的銀髮
最終，她回去阿拉巴馬
那個她曾摧毀玻璃門
再踏過碎玻璃的地方。

她當然試過，試過待在紐約，
你可以說，她很努力。
但若她真的從沒喜歡過紐約，
難道這是她的錯嗎？
她回去南方了，她想留在那裡。

畢竟，時代變了，
而且，「你看，羅莎阿姨，不久之後
我們就可以在家裡裝一台機器
有了它——你在那裡，我們在這裡——
我們可以聽到彼此！」

羅莎阿姨由衷笑了。
毫不訝異：誰會相信這種事呢？

重點是在紐約
就可能相信不可能的事。

羅莎阿姨沒聽過，比如說
那天
世界博覽會上
在圍觀的紐約群眾面前
某位原籍蘇格蘭的貝爾先生
驕傲
展示
一個用金屬和木頭做的箱子
附一條電線和一具接收器
當他徵求一位志願者，
親愛的西格蒙德‧雷曼
微笑上前
像隻兔子
說「我可以試試嗎，發明家先生？
如果你有更好的人選，也沒關係。」
最後一個詞沒被好好聽到
因為他的表親大衛
從背後一踢
把他踢到蘇格蘭人的懷抱裡。
在那之後
抱持一如既往的熱切
西格蒙德
紅通通的
因興奮而爆汗
確認了
他從聽筒聽得大聲又清晰

沒有一絲干擾
他那領主大人市長先生從樓上發出的聲音。
幹得好，西格蒙德：他甚至獲頒勳章
因為他是電話紀元的首位顧客。
他們把勳章別在他胸前
為《紐約時報》拍照
對此他表示：「了不起的經驗！
我相信貝爾先生做得盡善盡美了
我發誓我在聽筒裡聽到的市長
就好像他坐在我旁邊發聲一樣！」

噢，兔子的柔軟。
幹得好，西格蒙德。

幸運的是，沒人注意到
典禮結束時
這隻兔子
以和藹的微笑
和一抹悔意
把發明家拉到一旁
低聲跟他說：
「先生，如果我可以提建議：
我想你要檢查一下那台儀器，
真相是
市長的聲音，我沒法聽到：
只有一個持續不斷的哨音，
我沒這麼說，因為不好這麼說。
還是一樣，幹得好：
聽筒裡的那聲哨音
是我聽過
最好聽的哨音。」

為了表示尊敬
他獻給他一塊糖果。

但這不過是一項小細節
一樁無足輕重的個人小事
在兔子和來自愛丁堡的發明家之間。

真正讓發明家
和像雷曼這些銀行家
感興趣的
反而是
有一天，羅莎阿姨
可以從阿拉巴馬跟她的孩子們聊天
還能問他們
那個當下紐約是否正在下雪。
我們對此感興趣。
另外，當然，儘管
要把電話從緬因州帶到遠至德州
將會需要上百萬根木頭電線桿
以及龐雜的電線網絡：
一樁美妙的生意，涉及一大堆錢。
雷曼兄弟已經簽約了。

「太可惜了，發明家動作好慢，」
伊曼紐馬上想到
「如果比起一天睡八小時
他們可以把自己優先奉獻給像這樣的儀器
那我早就可以聽到我父親
直接從他的牲口棚子傳來的聲音了。」

這是另一個原因
之所以要支持
——像他們在紐約所說的——
進步的火車頭。

是的，火車頭。

有沒有可能，我們是唯一一群
沒從火車賺到錢的人？
有沒有可能，對雷曼來說
鐵路，是一種謎樣的事物？
「我們得找到一種途徑，邁爾：
想想看：
真正有得賺的市場都在鐵軌上運轉，
我不想呆在零頭不動。」

又來那個什麼零頭？

再清楚不過了：他哥哥伊曼紐
有個顧問
隱藏在暗中。
這一刻
關於那位顧問，他只知道一件事
就是這位顧問有個小名：
「零頭」。

6
不安於室的大衛　Der terbyalant David

雷曼兄弟投資石油了。
油田和鑽井，在田納西，在安大略，在加州。
在每一處，除了奧克拉荷馬之外
至於為什麼在紐約沒聽到什麼風吹草動，仍是個謎。

一路走來
進入煤和石油
進入易燃物神聖的殿堂
雷曼兄弟有能源可賣：
機房裡鍋爐火力全開
這就是我們家燃料的力量
讓我們得以
享受入睡的奢侈。

不過，有人不睡覺
真的不用
就是大衛・雷曼。
尤其自從
他的職場生活
專精於情緒與感情部門
或說，專精於
大規模搜索
那種將男性投資人
引向女性勞務供給者的
超級易燃物。

換句話說：
產業基本法則
也就是供給遷就需求
而顧客
在自由市場
選擇他未來的商業夥伴。
不多也不少。

亨利的兒子
就這方面
再謹慎不過：
採購之前
至少商品品質
需經認證
並且唯有
通過親身實證
才能免於購買者收到
假的、損壞的
或次級的貨品。
那樣的話
──如我們所知──
總是可以退回商品
沒有其他責任：
特此敬上
這筆交易順利成交。

商業上的奇蹟。

另一方面
邁爾叔叔和伊曼紐叔叔做了什麼呢
當他們在阿拉巴馬那裡
經營棉花生意的時候？
如果原棉纖維很多
或者絞紗品質很差
他們會覺得自己有資格
中斷合約
而不冒犯任何人嗎？
咖啡呢？煤呢？

最後，石油呢？
「我們只在有報酬的前提下投資。」
太對了。
所謂報酬，我們懂的，
是按一套清楚的標準計算。

正是如此。
清楚萬歲，大衛想：
對買賣來說都很重要。
他父親一定也會說出一樣的話來。

就連他祖父亞伯拉罕
——那名在巴伐利亞賣牛跟雞的人——
也曾寫過這樣的便箋
大衛還裱框了：
「**要能做成真正的生意，兒子們，**
靠的不是好聽的話語，
而是眼睛、雙手、鼻子。」

啊，老人家的智慧。

大衛‧雷曼抱持同樣想法：
別管直覺了，
唯一的法則就是**試試看**。

親身參與
造就真正的雷曼兄弟成員
和一名謹慎的生意人
之間的差別。

當然了：這意味著犧牲。
但如果要付出的是精力，那更好，
只有透過精力
才能保證一樁好買賣。

說完這些
這名小伙子仍然
毫不鬆懈：
一位不知疲倦的工人

一名嚴苛的檢查者
一個在認可之前
堅持獲得實證
確認之前絕不簽字的人。

目前為之,一切順利。

問題是,這樣的證據
對大衛・雷曼來說
無庸置疑
是賣家和買家之間,
身體的連結。

這名男孩已經達到
關鍵成長期
自然而然——可以這麼說——
短短幾年內
在這領域建立起的經驗
授予他
幾乎無人能敵的權威。

大自然的力量。

可能很有用。

他叔叔伊曼紐
在其中扮演了關鍵的角色。

因為,很湊巧
在異常成功地
發展出煤礦相關生意後,
伊曼紐・雷曼
愈發確信
他可以運用
他姪子的天賦異稟
帶領雷曼兄弟
深入運輸界。

不只鐵路。

還有船。
以及商業航運。
以及——為什麼不？——公路和造橋
那些工業所仰賴的
美國肯定如此需要的建設
沒錯，先生
基礎建設
交通連結。

那麼，對，我們能夠突破
終究
那令人窒息的
零頭的屏障！

如果到那時候
鐵路
對雷曼兄弟來說
還是一個頑固分子，
讓我們至少
從港口開始，從航運開始，
從公路網開始！
讓我們直接著手進行
不屈不撓，拋棄睡眠
畢竟這麼多年來
我們已經睡太多了。

完美。
從此開始就是轉捩點。

根據伊曼紐審慎的調查
運輸業
結果還是把持於少數幾人手裡：
十二位金融家全都來自
紐約顯赫的家族
在猶太教徒和新教徒之間
平均分配：
萬中選一的
上層布爾喬亞
也可能比上層還要上層：最頂端。

伊曼紐‧雷曼
做為優秀的手臂
把自己最大程度地奉獻於
研究這十二人當中的每一位
取得一切有益資訊
──即使是最不重要的那些──
關於他們的嗜好、品味、業務、個人偏好。

最後
沒有任何關於他們的事
是他不知道的，
包括他們到哪裡渡假
他們吃什麼
甚至是他們私人寵物狗的細節。
才能完美拼出拼圖。

伊曼紐筆記他們的名字。
不過：他們的影響力大到
他不敢把這些名字寫下來
於是
改用一種加密語言
每位金融家
都被取了個小名
以發跡的城市或地區
當作姓氏
然後，當然，以他們養的狗
──在奧克拉荷馬事件之後──
作為名字。

於是
美國運輸業的領頭人物
變成這樣：

1. 麻塞諸塞伙計先生
2. 芝加哥小白先生
3. 費城小狐狸先生
4. 華盛頓跳跳先生
5. 克羅拉多香蕉先生

6. 辛辛那提王子先生
7. 賓夕法尼亞快快先生
8. 紐奧良蜂蜜先生
9. 舊金山檸檬蘇打先生
10. 加利福尼亞黛西先生
11. 密蘇里櫻桃先生
12. 沙加緬度武士先生

這就是那十二位
能分到大蛋糕其中一份
嚐到甜頭的人
——我指的不是一小片——
唯一的方法
就是受邀與他們共餐。
但是，要如何辦到？

布魯克林幫了大忙。

因為
三月某一天
坐在水邊
看著
新的橋樑建設
突然間，他感覺到一陣微風
拂過耳朵
彷彿最好的解決辦法正是如此：
他之前怎麼沒想到？
需要一座橋
跨越十二條河
連接雷曼兄弟
與對岸。
而且他手上有名工程師
準備好了打造這些橋
一如布魯克林。

事情就這樣開始了
確實
十二人當中每一位——除了一隻狗，都還有——
至少一名女兒

她們——這麼說吧——正值
對他姪子那浮躁血脈感到好奇的年紀。

於是他姪子被找來
私下
遠離其他人視線
尤其是邁爾叔叔的視線
因為蔬菜，如大家所知，性冷淡：
他不會懂。
而且這也不太好解釋。

先是激動的長篇引言
　　　關於有個手臂叔叔的好處
　　　關於煤礦現今和未來的價值
　　　關於家族企業的意義
　　　以及他父親曾經付出的無數犧牲，
大衛・雷曼
被告知
交付給他的任務極為龐大，
負責撬開
——正是——
敵營牆上的一道裂縫
——正是——
用他的男性魅力
做為僅有的砲兵。

當然，這一切
解釋給他聽的時候
是用一種技術化且工業化的語言，
引用
鐵、鎳、銅及其他各樣材質的
多種屬性。

然而
問題在於
要至為謹慎，
永遠在暗中進行
搏得大富人家女兒們的
芳心與信任，

所以每一位
──相信她自己才是唯一 ──
都願意授予這位新的追求者
──絕對而確切的──
保證
讓雷曼兄弟的人
與他父母同桌。

一旦被女兒說服
父親
會配合
無從抵抗。

至少
伊曼紐叔叔自認
他是如此告知他的共謀。

不過
大衛·雷曼
對這份工作的看法
有些微不同
他認為自己得到
官方
認證
必須
用盡各種管道、方法、手段
以達成設定目標。

他們握手。
在那一刻
託付以千萬慎重
叔叔交給他姪子
這張寫了十二巨頭的
命運的清單。

儘管可以自由選擇從哪開始,
不安於室的大衛
展現出令人期待的嚴謹:
謹遵字母順序,

他將刺刀指向
以暱稱「雀斑」為人所知的小姐
加利福尼亞黛西先生
至愛的大女兒。

馬上交好運。

因為正巧這位年輕女孩
之所以聲名遠播
並非因為她整臉都是雀斑
而是因為
毀了她童年的
悲慘事故：
一個愛爾蘭男孩，發表了充滿感情的宣言
請求——六歲的她——嫁給他，
然後滾下前門階梯，摔斷脖子
就在這位小姐
——請教了她的洋娃娃——
跟他說需要時間考慮之後。
自從那偶然的巧合
加利福尼亞小姐
對拒絕心生恐懼
為免再看到其他追求者跌死
她接受
這位追求者的擁抱
未經太多猶豫。

於是
大衛·雷曼
用最好的方式慶祝他的登場：
最初動人的凝視就夠了
但他發現這位大女孩
已經環繞他的脖子
準備許諾給他更多
多於雷曼步入
運輸業的伊甸園。
嘿耶！好一個女孩！
甚至不需擁抱
他已經可以稱她作甜心。

芝加哥小白先生的女兒
一位漂亮的四眼小馬
相形之下，是非常難以
攻下的堡壘：
就這案例來說
一紙正式婚約
是巨大的障礙，
逼使
大衛・雷曼
採取較為間接的方式，
憑著
匿名紙條
匿名花束
當作萬無一失的補救措施
直到這位小馬
被無名氏燃起激情
將馬廄的門
敞開。

一次重大勝利。

因為這讓大衛體悟到
不管在哪一行
親身經驗
所產生的
附加價值：
這名青年恭喜自己
而這份自我道賀
鼓勵他再往前進。

所以
辛辛那提先生的女兒
和克羅拉多香蕉的女兒
在六天內投降，
當麻塞諸塞伙計先生
疑惑著為什麼
他女兒寶莉
明明對每種花粉都過敏

卻忽然享受起
去公園散個很長的步。
他跟密蘇里先生談起這事
那位先生，倒反過來，請教他的意見
關於他家克莉絲蒂
突然間——對煤礦的事——知之甚詳……
「煤礦？」
「煤礦！」

女性靈魂
難以參透的玄奧！

你又如何解釋
幾乎要皈依其他信仰的改變？

年輕的米妮
在新教學校教書
向來嚴厲批評
「暗殺基督的猶太刺客」
居然被看到走近猶太會堂
詢問馬車伕是否剛好
看到她親愛的以撒
（大衛在選擇假名上做得很好）。

還有那些停止睡眠的人
　　　「因為你知道，親愛的父親，
　　　　有多少年被我們浪費在睡覺？」
據說伊維特
舊金山檸檬蘇打先生的女兒
——整座海軍艦隊的業主——
受父親大加讚賞
當她開始用美妙的食譜
為父親烘焙
一種茴香蛋糕
他們在阿拉巴馬做的那種。

無庸置疑：
一種奇異的狂熱蔓延擴散
在顯赫家族的女兒圈。

從狗狗身上都能觀察到
本質上的變化，
如果小狐狸真的
——那隻郵車之王的臘腸犬——
開始在回家路上迷路
使得
牠的年輕女主人
不得不消失好幾個下午
直到每天傍晚
都在捕狗人那裡
找到狗狗。

那賓夕法尼亞先生的靈緹犬呢？
曾經如此精力充沛
驟然變得非常疲憊
花上
比平日多上三小時
繞著整個街區散步。
可憐的快快，現在累斃了。

至於
伊曼紐‧雷曼
已經準備好
成為第十三位運輸大亨。

總之
一切本該
燦爛美好
假使
他姪子
沒有做得太過火：
懷抱使命必達的信念
他未能適時放手
同時
承諾每位年輕女孩
他會跟她們結婚
甚至讓她們成為母親
生三個、四個、十個小孩。

他感覺自己被賦予
肉體上的傑出才能
鼓勵他繼續推進任務，
也在頭腦沒那麼清醒的時刻
誤以為
自己真的可以
同時間
存活
在十二隻雛鳥
十二張並列的床上。

或者應該說：十一。
因為第十二位聯結者
儘管情感澎湃
但這段關係——至少在當時——
僅止於書信往來。

她
其實
豐滿，金髮
極為虔誠
公開露面的機會
唉
遭受嚴格管控
僅限猶太會堂集會。

此外，她父親
華盛頓跳跳先生
是一位嚴格的
正統猶太教家庭大家長
他參加的集會
不在雷曼家去的這種改革派會堂
而是
有女性專屬廊區的會堂。

大衛‧雷曼
發現自己面對一堵磚牆：
想和女孩建立任何聯繫

實際上都絕無可能
除非透過同性別表親。

就在這裡，他鑄下大錯。

他寫了第一封感情豐沛的信
交由一位雇來的小女孩轉交
報酬很大方
有梳子、戒指、彩色緞帶。
然後他等待回應。
等到了
也不過是漫長來往的開端
必須更加感情豐沛
因為一切只在墨水之中。

但是，這段通訊遭到攔截
由女性廊區裡的間諜經手。
這位小女孩轉投了聯盟
可能是良心發現的罪惡感
抑或是要交換更合理的報酬。

事實是
大衛的情書
成了眾所皆知的新聞
三天內
每間紐約會客室裡
都在熱議
像精彩的連載小說。

噢！索多瑪和蛾摩拉！
噢！埃及的瘟疫！
噢！聖殿毀於一旦！

十二名女孩
一把鼻涕一把眼淚
立即
指認出
這種風格，這些譬喻，
這類用字和遣辭

包括最重要的
絕不會搞錯的那一套把戲
茴香蛋糕、煤礦、
在阿拉巴馬過世的父親，
那些耗費在睡眠上的年月
還有最後
──絕非次要的──
說服父母
准許雷曼兄弟
前進控制總部的請求。

「爸爸，是他！是我的以撒！」
「可是他叫末底改！」
「告訴我這不是以西結！」
「你怎麼可以這樣做，索羅門？」
「噢我的嘿耶大師雅各！」
「他說我是他的甜心！」

浩劫降臨
即使是以銀行史的角度來看。

足以跟一年前的災難相提並論，
當傑伊‧古爾德造成
黃金市場崩毀
紐約屏息。
對雷曼家
相較之下
那根本不算什麼。

他們全部人
試著
保持距離：
「大衛？我們向來覺得他是匹野馬。」
「他還是個孩子的時候，我們就說：他最後會去馬戲團上班。」
「我們沒有人想過他會有什麼本事。」

沒用。
傷害已經造成。
名譽盡失。

但既然每次跌倒
你發現自己可以選擇
極度憂心喪志
或者，暫停一下，思考
到底是什麼讓你跌倒，
所以
這次也一樣
雷曼兄弟有些人
統整發生的事情
從事情得出問題
從問題得出有建設性的想法：
金融要處理錢
而錢——我們知道——經常是骯髒的生意
然而
你對銀行的首要要求
就是照看你的錢的人
保持指甲乾淨。
邁爾叔叔是這麼想的。

至於大衛，
作為讖示，他遭受懲戒。

連他母親都沒捍衛他。
事實上，羅莎阿姨當面告訴他
他父親，亨利，
終其一生絕絕不可能
在同一時間
叫兩位女孩甜心。
丟臉。
丟臉。

集結於全體會議
神聖的家族審理委員會上
全場一致
判決
（據說，一人棄權：伊曼紐）
有罪
所有罪名都成立

宣判
褫奪他的上訴權
明天開始
終生流放
去殖民地顧棉花，作為懲罰
他將回去阿拉巴馬
銀行的未來
留給他兄弟。

大衛・雷曼
因此成了第一名受害者
犧牲於
銀行新興道德標準的祭壇。

然後就算雷曼家
不是清教徒
也不是浸信會友、摩門教徒、貴格會成員
全部人都明白
從今天起
銀行的性生活
將幾乎
等同
貞潔。

7
斯圖貝克　Studebaker

歷經上述
難堪事件之後，
雷曼家族
被降級了：
他們從第二十一排
調往後面，第二十五排。

「我們一定得坐在邊疆嗎？」
握著他母親的手，厄文問。

沒錯：在邊疆。

飛利浦・雷曼
坐在第一排，拉比旁邊
幾乎感到羞恥
當他瞥見，叔叔和父親的銀髮和白髮
在邊疆。

他堂弟亞瑟
　　　那個沒人知道他是如何
　　　自己學會算數的人
拒絕接受
得坐在如此接近出口的地方。

就連他弟弟赫伯特
也向每個人宣告
他不同意。
赫伯特認為，潛在的核心問題
是個政治問題：
為什麼個人犯下的錯誤
得以懲罰所有人作為回應？
又一次
他和他的兄弟有所不同
赫伯特只是嘴上說說
但亞瑟總是
將爭議轉為
公開駁火的
都市巷戰
與具體破壞行動。

打兩歲起
如果湯不合他們意
赫伯特會嗤之以鼻
又是呻吟又是啜泣
（因為潛在的核心問題，
是個政治問題）
亞瑟則是
把盤子
狂暴地摔向櫥櫃

好幾次。

兩個男孩之間
因此出現巨大區別，
客廳政治和
性好爭鬥的差異。

好比說
今天在會堂
入口外面
亞瑟坐上一堵矮牆
不打算進去室內：
「你們去第二十五排，
我坐這裡，第四十八排
遠到我都坐到街上
才能確保不會
坐得更後面。」
在那裡，他們在門口
試著向他說明
突然間，一片靜默
因為他們看到劉易森家來了
像從插圖精美的雜誌現身
再也不坐馬車了
而是一台不可思議的機器
滿是燈光和喇叭
一台機械馬車
肯定一樣有馬
——怎麼可能沒有？——
不過，馬被卡在金屬裡頭，可憐的動物，
封進箱子裡面
才不會分心
也不會受雨淋濕。

「斯圖貝克！它們真的存在！」
西格蒙德竊竊私語
附帶兔子咧嘴微笑
確實為他們鼓掌之前
還給了私人司機一顆糖。

「我完全了解為什麼他們可以坐第一排，看啊：
他們花在一台斯圖貝克的錢
就能買下整座會堂了。」
天生措辭得體的
哈麗特這麼說。
然後是赫伯特：
「潛在的核心問題：
劉易森家以自動馬車代步，
他們坐第一排，
然後，他們的名字不會拼錯，
不像我們被寫了兩個字母 n
好像多一個是種奢侈。
誰能告訴我為什麼
我得步行來這裡
然後幾乎坐進院子裡嗎？」

所幸
赫伯特·雷曼
——在他青春歲月最好的時候——
在幾乎成為馬克思信徒之前
他哥哥亞瑟
救了他。
亞瑟分散大家的注意力
展現於又一次他那日常即奇觀的身影：
他追著劉易森家的汽車跑
然後，當一位年輕女孩
爬出汽車的時候
他名副其實地撲向她
像個瘋子一樣大吼：
「在我家
他們說你手碰到的每樣事物
都會馬上變黃金：
我想知道你能不能也把我變黃金！」

這位小女孩
（別人叫喚愛黛兒的時候，她回應了）
顯然並不習於
抵擋抗議人士
更別說要處理公共不滿。

她唯一在意的
似乎是專注於
她的頭飾
無法挽回的傷害
一個亮藍色的大蝴蝶結
——誇張，不成比例——
創造某種奇怪的效果。
當她的眼淚如山洪暴發
芭貝特‧雷曼
徒勞地嘗試
安撫他兒子，因為他一氣之下
把那個蝴蝶結
丟到泥巴裡踐踏。

人類記憶的運作方式
多麼古怪。

因為這家人
對那一天的記憶
分成兩派。

有些人記得的是
當時一名雷曼家的人
毀損了劉易森家的財產，
但這無傷大雅，因為毀損的只是六塊錢的蝴蝶結。

其他人記得的
卻
不過是
那時候我們妒嫉
他們的斯圖貝克。

沒錯。因為
對大人來說，那是一記重擊。

劉易森家坐在汽車裡。

他們在那裡。
沒人這樣想像過。

伊曼紐看到他們
直覺感到一股輕蔑
之後他才為了即將開展的未來而興奮：
汽車已經開上街了
那我們，與其像什麼都沒發生那樣繼續睡覺，
為什麼不投資它們？

另一方面，邁爾則是又驚又懼：
如果這些怪物接管紐約，
他哥哥將再次出擊
帶著他的零頭理論。
而那，確實，就是接下來發生的事。

唯一
看到斯圖貝克
而毫無評論的人
是陀螺。
不過，這不代表什麼。

兩小時後
集會一結束
伊曼紐‧雷曼
搭著他弟弟的肩膀
把他拉到一邊
臉紅得像發燒：
「有人用自動馬車代步。有人坐火車。
該死，雷曼兄弟在幹嘛？
靠雙腳，或者，還騎馬。
我們落後了，邁爾：我們落後了」
「在第二十五排。」
「更糟！在第八十排，第九十排。
喂！你有聽到那台引擎是怎麼發出怒吼的嗎？」
「老實說，伊曼紐，你真的相信那些機器嗎？
你會帶家人去坐車嗎？」
「當然會！你在說什麼？
我已經在二十世紀了，而你呢，你老了，過時了！
事實是，你腦袋裡裝的還是棉花！」
「讓我提醒你

我們是雷曼兄弟
我們的一切都靠棉花！」
「拜託，讀讀報紙吧，邁爾，天哪！
他們想在埃及挖運河。你知道嗎？」
「埃及人要做什麼跟雷曼兄弟無關。」
「那你就錯了，先生，是這樣的：
他們要挖運河，他們會這麼做，然後他們就會從蘇伊士出來。」
「我聽不懂。」
「印度洋上會有一個小港口，你懂嗎？
一個服務港口，通往地中海：
到那時候，邁爾，印度棉，瞬間就會入侵歐洲。
而且你知道嗎？印度棉更便宜！
這就是為什麼我已經跨足別的產業了。」
「什麼產業？」
「引擎，火車：任何會動的東西！」

手臂老化的過程
實在是科學上的謎。
不但沒有變得安分
還像個瘋子一樣拼命動。
伊曼紐對移動有種癡迷。

另一個謎
對寶琳來說
是為什麼伊曼紐
　　——既然如今棉花已經過時
　　因為天知道埃及人會做什麼——
還要南下阿拉巴馬
和他弟弟一起
說他有一筆布料還等著出貨。

這種藉口誰會信。

其實，伊曼紐沒得選擇。

無論如何，他得跑一趟長途旅程
親自
和羅莎阿姨洽談
銀行營運

亨利的股份。

他們跟她說他們想了很多。
決定了，至少現在
不去推進任何新人任用
比較好：
羅莎阿姨和她的孩子們
當然還是保有他們那份收入
——三分之一收益，一如既往——
但若要讓陀螺
進入標記管理的房間呢……
總之，我們不要心急：
還不到三十歲
　　　你懂的，羅莎阿姨
年輕人還沒準備好
而且，不到三十歲
　　　你懂的，羅莎阿姨
他只對女孩子感興趣
而一家銀行
　　　你懂的，羅莎阿姨
並非一門適合二十多歲的生意。

羅莎阿姨沒有異議，
她默默地聽
把大茴香子香料蛋糕切片
放到茶盤上。

然而，最後，
在她小叔們把叉子
放進嘴裡品嚐第一口之前，
羅莎・沃夫——摧毀過一扇玻璃門的人——
砰地一聲拍響桌子
彷彿身在布朗克斯的酒館：
「讓我跟你們倆把話說清楚，面對面。
你們之前不來談，現在才跑來這裡，拖到最後：
就裝作是碰巧如此吧，
畢竟我不想把你們想成壞人。
說到這，讓我重複一次：我要把話說清楚。
我丈夫成立雷曼兄弟的時候

他二十六歲，這事千真萬確。
伊曼紐，我看著你扛達阿拉巴馬
當你還是個孩子，還會去拉貓尾巴的時候，
你哥哥跟我說
『我得扮演父親的角色，不然他會惹麻煩。』
至於你，邁爾：你跑來跟我哭
因為你想念媽媽，難道你都忘記了？
我沒忘，我記得。記得牢牢的。
所以，少跟我胡說八道：
你們是來告訴我，因為不到三十歲
你們倆沒準備好進公司工作嗎？
好啊，那：我們先把這放一邊。
但是任何協議──如果這是你們要的，親愛的──
都得白紙黑字寫下來：
我的孩子們有資格參與決策，
不只拿你們為他們賺來的錢。
你們得考慮我們家這一份。
創立這樁生意的不是你們：
而是我親愛的亨利，頭腦，他一手包辦
你們後來才來，坐享其成。
所以，如果我們全都同意，那就沒問題：
現在，一切保持原樣，
不過，一旦我們的長子
成年了，
從那天起──你們必須保證──
把一切交棒給他們。
你們曾是三兄弟：
他們也是三兄弟。
你們均分：一人三分之一，
他們也是，沒有差別。
對你，伊曼紐，飛利浦是老大。
至於你，我沒記錯的話，應該是西格蒙德，
而我，你們要把位子傳給陀螺：
這是他的權利，我也不作他想。
你們沒有其他選擇，未來就是如此安排。
聽好了：我不是為我自己這麼說，我這麼說，因為這是對的。
夠清楚嗎？我說完了。
吃完你們的蛋糕，跟以前一樣好吃。
吃完，就回家：任務完成，

跟你們的太太問好，親一親我的姪兒姪女
至於你們
小心點
因為所有事亨利都在看
每個月
他都會來我夢裡。」

她沒再說什麼
也沒什麼其他的要說了。

至於兩兄弟
他們把蛋糕吃完。
不然還能怎樣？留在那邊也不對。

事實上，他們把蛋糕吃完，
像結盟的證明。
一點都不剩。

蛋糕在他們胃裡，感覺很沈重。

8
太吵了！　Tsu fil rash!

邁爾·雷曼想投資瓦斯。
他喜歡瓦斯，很喜歡，因為瓦斯是透明的。
聽不見。看不見。
不會弄髒手，幾乎不佔空間。
他哥哥如此熱愛的
煤和石油
讓他厭惡
因為黑色是暴力的顏色。
你怎麼拿它跟瓦斯相比，當瓦斯看來存在又不似存在？

伊曼紐沒有馬上反對：
招牌上寫了**雷曼兄弟**，
而且，在姪子們入主之前
由他們兩個做決定
不受干擾。

不過，說真的
一個真正的手臂
會有興趣把錢投入
無法碰觸、沒有重量、不能持有的瓦斯嗎？
怎麼比得上鐵！

所幸，紐約
是商業之都。
邁爾薯仔
已經簽下一筆瓦斯合約
就在那天下午
當伊曼紐買進更多鐵的時候。

瓦斯和鐵：前進兩步。
而且，實際上——機運總是會出現——
家族的座位
在猶太會堂裡，被往前移了兩排。
第二十三排：
孩子們可以看得比較清楚
因為那裡比較亮：
我們在窗戶下面。

也許這就是為什麼
繼邁爾·雷曼的瓦斯之後
他們也想試試看玻璃
像瓦斯一樣透明。
不會弄髒你的手。
看似存在又不似存在。

「玻璃？你在說什麼？
玻璃賺的是零頭，不是資本！
你想成為一個零頭銀行家嗎？」
他嚴厲質問他弟弟。

邁爾沒有回應。
他通常都不回答：相反，他微笑。

就像現在：他點頭微笑。

又一次自問
是誰
把那首關於零頭的主旋律
塞進他哥哥的腦袋裡。

同時間，他點頭微笑。
穿著條紋綁腿
那種在這裡沒人
——包括他哥哥在內——
會穿的東西。
就像昨天，在猶太會堂
當邁爾走上講台朗讀的時候
每個人都看著他。
笑他。
一顆穿著綁腿的馬鈴薯。
從來沒在紐約看過這種事。
「為什麼大家都盯著你的鞋子看？」
他兒子厄文問他
盡他所能的平心靜氣
——厄文是個沉著的孩子——
他們幸運找到他，
他坐在會堂台階上
（厄文經常走丟，
並不是因為他會跑走，
原因很簡單
每個人都忘了他）。

「為什麼大家都盯著你的鞋子看？」
他問父親，
那個欣喜於沒把他搞丟的人。

邁爾看著他
微笑
但沒有回應。

他可以說，當他剛來這裡，從德國
——巴伐利亞，林帕爾——
那時每個人都盯著他的鞋子看
所以

如果他們盯著你的鞋子看
表示你來自一個很遙遠的地方
只是，太太太過遙遠了。
他可以這麼說。
但他沒有。

又一次
邁爾說得很少
他已經這樣好一段時間。
他，曾經
贏得
那樣的稱號——好一個稱號！——**小親親**
現在忍著不說話
雙唇緊閉。
他微笑。他點頭。

他放棄了。
已經這樣好一段時間。

多奇怪啊，人生到了某個時間點
你發現自己
不知不覺間
思考和說話
都變得像你那年邁的父親：
將近十年了：
從最後一封短信
抵達阿拉巴馬
總是寫了給兩位「**親愛的兒子**」
然後署名「**你們的父親**」。
然而，那位有兩個字母 n 的雷曼
從死去那一刻起
不知如何辦到的，就彷彿移動來到美國這片土地
讓大部分自己
進入他兒子們的身體。

比方說，邁爾‧雷曼
常用一種聲明的方式說話。
他避免討論，偏好格言。
因為他對生活感到疲累嗎？

或者，也許，是受到開源節流的動力驅使，
把降低資源消耗這個概念，應用到
他發言的慾望？

邁爾常在思考這件事。
認為這不是巧合
從好幾年前開始
在阿拉巴馬，在他的蒙哥馬利，
突然間
就連那裡也是
每個人都染上一種「說話病」：
這個想法
——他的想法！——
關於戰後南方的重建
被轉化成
滔滔的言詞
川流的空氣，七嘴八舌的話語
人們不是去建設牆和籬笆
人們做計畫。
一疊紙。
小冊子。
書。
工作計畫
用細節描述
超過十年、二十年、三十年、四十年的承諾。
「四十年之後我早就死了，我怎麼能簽名呢？」
「雷曼先生，現在每項好的投資，都是長期投資。」
「是，但如果我永遠都看不到報酬，我怎麼能簽名呢？」
「雷曼先生，沒有冒犯的意思，這些事都跟商業目的無關。」
「但這跟我有關。」
「雷曼先生，你是銀行，就做出承諾：給一句話。」
「四十年時間，我可以給什麼話，銀行搞不好都垮了？」
「這也跟商業目的無關。」
「那什麼才有關？」
「就給一句話。」
「什麼話？」
「一個字：好。」

字，確實。

然後
情況又變得
更糟
當他跟芭貝特
抵達紐約這裡
每個人都在說話，從來不會安靜下來。
就連在猶太會堂
集會時
也持續竊竊私語
沒有暫停，到處都是字
字：固定在牆上，在海報上
字：在街上，在酒吧裡
字：在商業銀行裡
全是一場聲音的惡夢
問題—答案
答案—問題
問題—答案
答案—問題
字和更多字
字和字
字和更多字
一整片話語的汪洋
比布魯克林可以望見的海更宏大
多到——邁爾認為——這裡的人染上了
字的毒癮
然後在紐約
的確
就算在夜裡
每個人
睡夢中也還在講話。

更不要說：
最好連想都不要想
等他們有電話之後，會做出什麼事來。

9

證券交易所　**Stock Exchange**

走鋼索的人
沒比小孩大多少。
名叫索羅門‧帕普林斯基
兄弟是猶太教堂司事。
索羅門停步
在這棟
大型建物前
選好兩盞路燈
相隔五十公尺。
好：這兩盞。
距離大門
不過幾公尺。
索羅門打開行李箱
拿出他的鋼索
爬上
燈柱
固定
筆直
繃緊。
街道蓄勢待發：
鋼索固定好了。
他還需要什麼？
勇氣。
索羅門‧帕普林斯基
掏出酒瓶
吞一大口干邑
然後
往上爬。
索羅門‧帕普林斯基
就位
起步。
漂亮。
在上頭。
輕盈仿若羽毛。
索羅門‧帕普林斯基
未曾踏錯一步：

他是紐約史上最優秀的
走鋼索的人。
今天
他決定了：
每天
早晨和傍晚
他都會在這裡
練習。
鋼索筆直地
在路燈之間繃緊
這裡
距離新的門廊
不過幾步路。

因為
如今
這個喋喋不休的城市
甚至開了
嶄新的
巨大的
場館，在華爾街
名叫
「證券交易所」。

字面上意思是
商品在此交易。

但是入內
沒有商品！
頂多，你會看見它們的名字
寫在每一處
就好像，一家店門口
寫了**麵包交易所**
裡頭卻沒有麵包，
或**水果交易所**
裡頭卻連個蘋果核都沒有。

真正重要的
當然

不是商品本身，是其價值。

「一個聰明的點子！」伊曼紐說；
「一個紐約的點子」邁爾想。

重點在於，比起在鋼鐵交易所
就鋼鐵價格討價還價
在布料交易所商議布價
在煤礦交易所協調煤價
在石油交易所談判石油
他們成立單一的
龐然的
巨型的
紐約交易所
一間猶太會堂
天花板高過猶太會堂
那裡有好幾百人，群眾，部隊
從早到晚
談論
發言
議價
叫喊
毫無間斷；
從早到晚
談論
發言
議價
叫喊
毫無間斷；
從早到晚
毫無間斷
因為這不可思議的地方
──至少，對邁爾來說似乎是如此──
在華爾街，在那地方裡面
沒有鋼鐵
沒有布料
沒有石油
沒有煤礦
什麼都沒有

但是
那裡什麼都有
大量的
言語
隔著山頭
拋來拋去：
張開嘴
巴拉巴拉巴拉吹氣
然後談論
然後發言
然後議價
然後叫喊
從早到晚
毫無間斷
然後
在外頭
在這座言語聖殿正前方
今天起
每一天
索羅門‧帕普林斯基
會練習他的
鋼索。

誰知道那些嘴巴
吹出來的空氣
最終會否引發一場暴風雪
將他
吹落地。

這是邁爾薯仔
心裡盤算
唯一的想法
當他穿著他的條紋綁腿
沿華爾街人行道
走向
大門的時候。
入口大門。

其實：

這不是
他唯一的想法。

他另一個想法
是關於
飛利浦
他姪子
一定會喜歡華爾街，肯定會：
他會，沒錯。

邁爾是對的。
因為飛利浦
——伊曼紐之子
生於紐約：
他的血液裡
沒有任何一滴
來自德國或阿拉巴馬——
他是一尊說話機器。
非比尋常。
飛利浦，在他叔叔眼中，是另一個謎。
他是手臂之子
但一根手指也不抬：
他的才華全在唇間。
二十歲的
飛利浦能言善道
建構論點，沒人能出其右
他提出問題，然後再說——他自己的——答案：
「親愛的史特勞斯拉比，
恕我無禮，我想請教您一個問題。
我們家，如您所知，擁有一家銀行。
這一點，親愛的拉比，讓我們比較特別
『特別』一詞包含各種價值，
至於是哪些價值，我無意於也不應該為此打擾您。
不過，親愛的史特勞斯拉比，在所有追求卓越的動力之中，
顛撲不破的事實在於，拉比，一個銀行家族
擁有金錢投資的本事
很少有人能如此誇口的能力，
我這麼說是因為，我知道我不應該覺得這能歸功於我個人
一點都沒有，絕非自誇，史特勞斯拉比，

就連程度一般的虛榮也不值得原諒
不論家族財富是受到餽贈，來自繼承，或其他。
現在，親愛的拉比，身為一家銀行，我們的成功
——如果我可以這麼說的話——
賦予我們非凡的任務
即使身在一個小小的社群：
史特勞斯拉比，我們確實幫忙了希伯來學校，
還有醫院和孤兒庇護所，
這些幫忙未曾受到任何形式的妥協。
太好了。
我跟親戚們交換了一下意見。
因此前來請教您的意見：
您不覺得，以您的智慧來看，
把錢投入行善的人，居然沒能展現他們為此自豪
反而為此感到羞恥
抱持這樣的想法不太明智對吧，史特勞斯拉比？
坦白說，對那些把自己藏在幾近反感之中的人，您怎麼看
他們怎麼不去邀請其他人做一樣的事，來支持猶太會堂？
你認為，如果我們就這樣把頭別開，
是不是會讓給予變成了一種犯罪呢？
您點頭贊同，我看見了，也感到欣慰：
我同意您，史特勞斯拉比，完全同意，
捐錢給猶太會堂
應該要引以為傲，而非不好意思，
而且——跟您一樣——我也如此相信，史特勞斯拉比，
這樣的話，本著完全同意您的批准，
我會請司事將我們家族
從第二十三排移到至少第十五排。
那麼，請見諒，我還有別的事要處理，
獻上對您的尊敬，親愛的拉比，我先走一步。
再見。」

就這樣。
可能因為他打網球
——向來如此——
打網球，球不能漏接
不能打到場外：
一直往上，飛利浦
一直向高處瞄準，飛利浦

一直在空中，飛利浦
他就這麼做，做得很好；
他的對話方式也像在打網球
用他的言語
絕不讓球落下。
他是這樣談經濟，飛利浦
談政治，飛利浦
談金融，飛利浦
談猶太教
談文化
談音樂
談時尚
談馬
談畫家
談烹飪
談風景
談女孩
談價值
談友情
尤其是，談紐約。
飛利浦在這裡出生：
「我不相信世上還有更好的城市
親愛的叔父大人：紐約
在我眼前展示最好的美國，也反映出歐洲
我不知道你是怎麼想
不過，如果你問我對這件事的想法
我會說，紐約之於地球
就像奧林帕斯之於古希臘：
是又神聖又人性化的地方，親愛的叔叔大人：
或者，如果你想聽我打個希伯來比方
我會說，紐約就像長明燈
毋需聖油就能燃燒：
通過人為創造，同時成就奇蹟；
對那些不喜歡這城市的人，我們只能說，
他們像在拒絕承認太陽的光芒，親愛的叔父大人；
如果您是那樣想的話，請別跟我說：
您會失去我對您抱持的高度尊敬
所以，即使我對您的答案很好奇
這樣一想，還是別知道的好

為了不讓您難做人
說到這裡，請見諒，我還有其他事要忙
獻上對您的尊敬，親愛的叔父大人
我先告辭。」

太驚人了。

新的，飛利浦。
全新的，飛利浦。
紐約之子，飛利浦。
沒錯
他會喜歡華爾街
無庸置疑。

10
五旬節[5]　Shavuot

人類有時很奇怪
他們如此沉浸在自己的事務當中
取得成果
然後後悔。

伊曼紐·雷曼
一度決心向睡眠開戰
現在卻不計代價想換一夜好眠。

不是因為他太努力工作。

關鍵在於，人有時晚上會做夢。
伊曼紐·雷曼卻總是做同一個夢。

一開始像遊戲。
有一間牛棚，裡面有牛。
所以我們應該是在德國那裡
在巴伐利亞，林帕爾。

---

5. Shavuot，意為「星期」，節日，紀念猶太人在西奈山上獲得《妥拉》這項禮物，在逾越節七週後舉行。也被稱作五旬節，因為落在逾越節的五十天後。古時候在這節日慶祝首季水果和豐收。據說，每到這天，天空會在非常短暫的瞬間打開；若能在那一刻許願，願望就會得到應許。

牛棚裡
有兩個年輕男孩，他跟邁爾。
他們在玩他們最喜歡的遊戲：
金錢塔。
很簡單。
在地上擺一個錢幣。
然後往上加一個
再一個——輪到伊曼紐——
再一個——輪到邁爾——
再一個——輪到伊曼紐——
再一個——輪到邁爾——
再一個——輪到伊曼紐——
再一個——輪到邁爾——
再一個——輪到伊曼紐——
再一個——輪到邁爾——
然後，這堆錢幣
一個接一個，保持平衡
長高
長高
長高
長高
長高
長高
在他夢裡，這座塔很高，非常高
高到
伊曼紐開始向上爬
爬上塔去：
他向上攀爬
向上
向上
向上
更高
伊曼紐
再往上
往上
往上
往上
更高

伊曼紐
爬得更遠
直到
上到最頂端
幾乎要觸碰到風的時候
天空打開了
突然之間
天門敞開
像五旬節那樣
轟隆隆隆
一聲狂吼震耳欲聾
一輛火車頭
衝出來
發狂
奔馳
呼嘯而來
全速前進
直衝伊曼紐
──「火車！」──
直衝伊曼紐
──「火車！」──
直衝伊曼紐
──「火車！」──
直衝伊曼紐
──「火車！」──

自從他老婆寶琳，
長眠於大理石碑下
再也沒有人
握住他的手
當伊曼紐掉下來
垂直
墜落
從塔上
摔下來
碎屍萬段
因為那受詛咒的火車。

這個夢夜夜返還。

伊曼紐等著它
但是坐在他的搖椅上：
他坐在那裡，入睡。
因為躺在床上
軌道上的煙
會讓他覺得快窒息了。

不過，這是秘密。

因為自從他老婆寶琳，
長眠於大理石碑下
世上再也沒有人
知道火車的事
這輛夜班車：
總是準時抵達。

這不太好理解
身為手臂怎麼能
在華爾街跟人家說
他有一家銀行
但是不願意投資鐵路
只因為每天晚上
他都被火車嚇壞了？

伊曼紐不能說。

他沒法說
這是第一次
——即使確實如此——
他被嚇壞了。

這問題很大。

因為在紐約，每個人
都在談論鐵路
最重要的是
他們在華爾街討論。
在那裡

走出陰暗的門口
索羅門‧帕普林斯基在外頭
每天早晨
固定好他的鋼索
吞一大口干邑
在他的鋼索上行走。

空氣裡的言語
如今成了一種折磨：
「你肯定會投入鐵路市場，對吧，雷曼先生？」
「到底你投資哪一家？太平洋鐵路？還是芝加哥聯合？大西洋橫貫？」
「我們在西北身上賭一把了」
「也許你會考慮中南部？」

華爾街
空氣裡一定有什麼
奇怪的作用力
連魚
都想開口，
開口討論鐵路。

沒有別的解釋。

因為就連
厄文
他弟弟邁爾最小的孩子
都展現出對鐵路的興趣：
當他們幸運
找到他
坐在紐約車站某一階，
他鎮定地說：
「伊曼紐伯伯！我看到了
兩台運貨火車，還有三台載客的。
你送我的那個木製火車頭──我知道那不是真的──
但是，有什麼辦法能讓它冒煙嗎？」

唯一的安慰
──解套辦法──
對伊曼紐來說

是他的年紀。

因為如今他理解了
——伊曼紐只得理解——
手臂
年紀大了
依然是手臂
但手肘取代了手腕
而雙手
——實際執行行動的部位——
總是鞭長莫及……
因此
有可能
——肯定是——
年邁的手臂
不再受人吩咐執行
而是吩咐別人執行。

太棒了。
不再行動
而是鞭策別人行動。
那股貫穿他一生的執迷
關於去動，去做，去試
現在變成：「你去動，你去做，你去試。」

對他來說，一家銀行不能
停滯不動，真的。
他不想錯過任何機會
如今產業順利發展
工廠數以百計地成長
到處都是
——做做做
建設建設建設
發明發明發明——
就連
紐約的說話風格
也逐漸落地生根
連工人
都想開口發聲

啟動了一種東西叫工會。

都一樣。
有工會或沒有工會
伊曼紐不想錯過任何事
如今華爾街就在隔壁街開張
所有市場都要通過那裡。
伊曼紐發顫。
幾乎無法克制自己。
還要更多？
還要更多。
他感覺好像整個世界
突然縮成
一顆鈕扣
紐約就是扣眼：
只要一個渺小、細微的手勢
世界就在我們手中。
所以，去做。
所以，去成就。
去冒險。
去冒險。
去冒險。
但是，既然手肘能做的事比手腕有限
伊曼紐不自己駕駛這輛馬車：
他對那位新進跟隨他們的馬車伕下指令：
「如您要求，親愛的父親大人
在煤礦市場，我已將雷曼兄弟推進到核心；
所以，今天起我們會掌控
整個燃料市場明年的收入，以華爾街稅後計算。
然而，我有義務告訴你，親愛的父親大人
我之所以完成協商，完全只因
受你要求，因為我全然相信
（也不只是我這麼想）
我們只投資煤礦市場，太不合理了
短短幾年內，一定會被超越，親愛的父親大人
鐵路產業會支配一切
我能列舉它的好處
沒錯，如果你想，可以看一下這些數字。」
「為什麼，飛利浦，你也著迷於鐵路嗎？

兒子啊，我們已經有資本了：
全紐約的鋼鐵煤礦咖啡都在我們掌握中。」
「我會這麼形容
——容我用自己發明的這種說法——
它們就像零頭市場
更多更多的零頭和零頭。」
「最後還是為我們帶來幾百萬。」
「加總三十頁之後。」
「如果你有我的經驗，飛利浦……」
「我頭髮還沒白，親愛的父親大人
正因為我頭髮還很黑
我得說，如果我要好好運用接下來的人生
我想投入在小數點之前的數字，而非之後的。
如果您同意，我們應該砍掉拖後腿的咖啡市場
轉投鐵路。
不過，如果您比較喜歡數豆子，不去數幾百萬的鈔票
為了不讓您難做人，那麼，請見諒，我還有別的事要處理，
獻上對您的尊敬，親愛的父親大人，我先告辭。」

如果這名年輕的零頭馬車伕
他本人
打算對抗
五旬節的火車頭呢？
飛利浦的零頭
正形成一種執念。
但如果他真的聽他的話呢？
也許伊曼紐
就可以回去睡個好覺……
如果這名年輕的馬車伕
是要往上爬
保持平衡
在錢幣塔上
直上頂端
在那火車呼嘯而過的地方
然後
可能他會停步
一身大汗地醒來
像個麵包師傅？

可能
假設我們投注在飛利浦身上……

畢竟，他是手臂之子。

他像個會說話的手腕。

而且
他那種零頭
帶有紐約式的機巧，
有時甚至有點虐待狂。
更別提殘酷。

毫無疑問：
飛利浦可能是最後一張王牌。

11
成年禮[6]　**Bar Mitzvah**

耶胡達・本・特馬
在《列祖賢訓》中
說：
五歲適習經書
十歲研讀〈米書拿〉[7]
十三始重戒律[8]
十五應識〈革馬拉〉[9]。

這個嘛
此時，本世紀將近尾聲

---

6. Bar Mitzvah，字義為「戒律之子」。 由「兒子」（bar）和「戒律」（mitzvah）組成。這個詞彙是指青少年達到宗教認定成熟期的成年禮慶祝儀式。從那天起，年輕人不再依賴他的父親，要開始為自己的行為負責。而且，既然享有成人的權利與責任，若他犯罪，就得承擔懲罰。慶祝儀式在男孩十三歲生日後的第一個安息日舉行。為了慶祝，他的家人會聚首猶太會堂。儀式中，男孩受邀首次誦讀《妥拉經》。

7. Mishnah，希伯來語源的意思是「背誦課程」、「研讀和複習」。〈米書拿〉是口語傳統的規範，由摩西傳承下來的教誨本體，是組成《塔木德》的兩部之一（第二部是〈革馬拉〉）。〈米書拿〉的最終版本，可追溯自西元二世紀末，包括六十三篇短文，分為六節，內容關於宗教規範、社會關係、民法和刑法、婚姻等。

8. Mitzvot，上帝為每個猶太教徒帶來的戒律，包含在《妥拉經》裡，目的是教導男性依照上帝的旨意生活。共 613 條，其中 365 條為否定形式，248 條為肯定形。另一種 mitzvot 的分類法，分為：平行 mitzvot ——處理人與人之間的關係；垂直 mitzvot ——處理人與神之間的關係。

9. Gemara，亞蘭語字義為「結論」、「完成」。《塔木德》的一部分，集結對〈米書拿〉的評註和討論，發展於西元四世紀到六世紀之間。此一詞彙也是整部《塔木德》的同義詞。這些教誨以東亞蘭語寫成，也被稱作「塔木德的亞蘭語」。

紐約的雷曼家族
成員年齡
範圍很廣。
他們不缺小孩：
總共十一名
伊曼紐四名
邁爾七名
至於他們的年紀
各自不同。

幸運的是，沒有人
需要在聖殿墊起腳尖，
一部分是因為他們長高了
另一部分因為家族座位
往前移到第十排了。

現在
雷曼家走進聖殿
一路走過整條側邊通道
看都不看
那些悶悶不樂的俄羅斯人
坐在後面，第二十一排
柯沃斯基家的人：
「爸爸，前面那些人是誰？」
「他們是鼎鼎大名的雷曼家。」

但是
赫伯特·雷曼
不認為往前坐
是對的。
他抗議。

赫伯特十一歲
上希伯來學校。
不久
──和他哥哥們一樣──
考試時
他得說明大衛王的崛起；
馬加比家族的故事；

約瑟夫生命中每則細節；
以掃和一碟扁豆；
約拿在大魚肚子裡
及該隱如何殺害他弟弟。

最後一個故事
其實
是
赫伯特
特別感興趣的
因為他哥哥亞瑟
（向來難相處，但人長大後可能更糟）
習慣跟他要錢
「只借一下，赫比！」
每週都花光他的零用錢。
亞瑟可大他五歲呢，
見鬼，不是應該反過來嗎？

按自然法則
應該是
弟弟輩
透過家族裙帶關係
獲得優惠銀行貸款
破盤貸款利率。

不。
不是這樣。
現在反過來了。
亞瑟・雷曼從赫伯特那裡拿錢
也不擔心他會抱怨。
「亞瑟你欠我一堆錢！
可以跟我說你什麼時候要還嗎？」
「你真丟臉，赫比：你沒良心。」
「我有權把我的錢要回來！」
「沒有，而且，你要當心，免得觸犯憲法！」
「憲法，憲法跟這有什麼關係？」
「你白痴啊！美國憲法保障每一個人
——包括我在內——
快樂的權利！

我要拿你的錢才快樂，
如果你要回去，讓我不快樂，
我就可以去舉報你。別激動，赫伯特。」

赫伯特‧雷曼
還太年輕
甚至無法說「我不同意」：
只輕哼一聲
好幾天後
他意識到受騙了
於是
決定不能屈服
他發誓要撥亂反正。

首先
他把整部憲法
背得滾瓜爛熟。
而這件事影響他一生！

然後
再三確認
憲法賦予他的權利
他決定諮詢家裡大人，
不太出於他們是道德權威
而是考量他們身為銀行實務專家：
「父親大人，如果債務人不還我錢，
我可以怎麼做把錢追回來？」

他父親，邁爾，看著他。

這種銀行病
居然連孩子們都染上了。

因為男孩不肯放棄，
邁爾解釋整個情境
關於附加費用
及逐次遞增的罰則。

赫伯特不同意：

除了本來
亞瑟已經拒絕還他的，
難道他不應該要回更多錢嗎？
潛在的核心問題是：
有人欠債，我們不加利息嗎？

還好有伊曼紐叔叔，他給的建議
更實際
——在發出適切的正式通知之後——
沒收動產。

所以，赫伯特
在無數最後通牒之後
入夜
開始從他哥哥臥室
沒收東西
拿走這些個人物品：
——2 顆皮球
——3 張地圖
——1 個布製熱氣球
——7 本圖畫書
——1 支口風琴
——2 支筆和墨水瓶
——3 件奶油色襯衫
——1 頂草帽，屬於某個不知名的圓頭

於是，現在，亞瑟
只剩他的床
赫伯特去找他伯伯出主意：
「我可以把床也搬走嗎？」

不過
可惜的是
看來就算是金融業
也得保有最低限度的良心
即使身為一家有力的銀行
也不能讓親兄弟變流浪漢。

但是對赫伯特來說，這樣還不夠

他決定，至少要打恐嚇牌：
半夜，他躡手躡腳跑進哥哥房間
盡可能戲劇化地
猛然把毛毯拉走
用大聲公宣布：
「這張床再也不是你的了：
如果你想好好睡覺，
亞瑟，還錢！」
沒等對方回應
他得趕緊溜出去
然而他哥哥
——驚醒而滿腔怒氣——
跳到他身上，用手抓住他的脖子
對一個小貪財鬼傾洩的侮辱
他反而選擇
用奇妙的數學定律回應：
「我讓你拿走床的機率
和你得付出的代價成正比！
立刻滾出去，要回來就拿出正式的搜查令。」

簡言之
讓赫伯特操心的事很多。
現在
他坐在教室最遠的角落
總是分心
甚至忘了起立
當史特勞斯拉比
——嘴裡的牙比頂上的毛還多——
每個月來班上視察一次
向孩子們發問：
「今天在這裡，
我跟你們一起思考
懲罰一詞的意義。
懲罰是一種補償的形式。
它絕非不公不義。
懲罰促成這世界的平衡。
如果你的作為是取走了什麼，
上帝就會降下災禍，導正這樁過錯。
這就是為什麼上帝要懲罰埃及人。

因為他們奴役天選之人。

現在，當我叫到名字

你們就按照順序背誦

埃及十災：

從你開始，羅斯柴爾德少爺。」

「上帝將尼羅河的水變成血，史特勞斯拉比。」

「沒錯，羅斯柴爾德。第二災，沃爾夫。」

「上帝讓青蛙湧入埃及，史特勞斯拉比。」

「正確，沃爾夫。第三個和第四個災禍呢，利伯曼。」

「上帝給他們蝨子，史特勞斯拉比，然後是蒼蠅。」

「第五災輪到你了，史特勞斯少爺。」

「上帝殺光埃及的家畜。」

「很好，史特勞斯。換你的兄弟來跟我說第六個。」

「人跟動物都長瘡，史特勞斯拉比。」

「很優秀，你們倆都是。第七個呢，艾爾楚？」

「降下冰雹。」

「降下很多很多，艾爾楚。第八災，博洛維茲？」

「蝗蟲入侵。」

「蝗蟲，是的，先生。倒數第二個災禍呢，柯恩？」

「落入黑暗，拉比。」

「最後一個災禍我要你回答，赫伯特·雷曼。」

「上帝殺死所有埃及的小孩。」

「錯了，雷曼：上帝沒有這麼做。」

「可是我不同意。」

「你向來如此：只想表達你個人的見解，不好好學。

經文說：『夜半時分，主使得

每一個在埃及這片土地上的長子猝死。』

說的是長子而不是孩子，雷曼！」

「可是我不同意上帝這樣決定，拉比。」

「雷曼！」

「說真的，我不同意每一項災禍。」

「聽聽你在說什麼！」

「其實，我完全不同意

就上帝的位置來說。

拉比，潛在的核心問題，是個政治問題：

為什麼屠殺埃及人民

那些無辜的人？」

「大逆不道！」

「就我看來，上帝

——與其浪費時間在降下災禍——
應該直接殺死法老
就能馬上解放以色列人，然後……」
「上帝不聽從赫伯特‧雷曼的建議！」
「可是赫伯特‧雷曼是天選之人之一。」
「住嘴，小男孩！立刻！」
「我會閉嘴，拉比，如你所願，我表達清楚了
我不同意！」

雖然他才十歲
很少有事情
赫伯特‧雷曼
會表示同意。

他不同意
光明節的時候
只有一家之長可以點燃蠟燭。
他不同意
在**普珥節**
只有那天，能吃油炸餡餅。
他不同意
——堅決不同意——
要從那些開了花的樹上
砍下桃枝
只為了**猶太植樹節** 10 的裝飾。
最重要的是
他無法理解
為什麼他的兄弟們
有一整套
成年禮儀式
但是姐妹們——就不一樣——
她們的
女性成年禮
沒有走上講枱
也沒有發表她們對《妥拉》的理解
就只是回答幾個家務的問題。

---

10. Tu Bishvat，植樹節，也稱「樹木的新年」。字面意思為「細霸特月的第十五天，」或希伯來細霸特月最中間的那一天。

他們試著跟他解釋
這是傳統
而傳統呢，親愛的赫伯特
不像舊衣服
要被拋棄
然後，猶太女性和男性不一樣
即使
紐約的說話風格
也逐漸落地生根
讓女性
也想開口發聲
進而造就許多爭吵
關於那種叫選舉權的東西。
如今，我們想改變傳統？
赫伯特搖搖頭：
他不同意
一名兄弟怎麼會比一名姊妹
更重要。

他們家現在人丁興旺
有很多
兄弟姊妹。

比如說
他哥哥厄文
現在十三歲了。
十三歲又一天。

他總是被遺忘
因為他最卓越的能力
就是讓人視而不見。
但不是今天。
今天他是關注的焦點。
因為今天
是他的成年禮。

每個人都來聖殿。
整個家族都在
兄弟，姊妹，每個人

包括在阿拉巴馬出生的人
和紐約的孩子們。
重要的一天。
厄文要成年了：
從今天起，厄文是個大人
厄文必須負起個人責任
遵循哈拉卡[11]。

他會念一段《妥拉經》
在講台上
他的第一次。
然後會和別人
討論經文。

就是這樣：
他會討論。

這一點有些尷尬。
不幸地
除了厄文·雷曼
也有其他人
在今天
舉辦成年禮
——同一天——
而那位其他人
不是別人
正是高德曼先生的
捲髮繼承人。

高德曼家族做什麼都傑出
而且引以為傲。
他們處理錢
——跟雷曼家一樣——
簽合同
——跟雷曼家一樣——
打造生意往來

11. Halakha，字義為「要遵循的道路」舉止、行為。《妥拉》中以書寫和口語規範的部分，包括行為管理和日常生活的律法素材。咸認為是摩西在西奈山上接受的啟示，因此含括在《妥拉》內，同時以文字和（相較於文字更為重要的）口語方式表達。之後在《塔木德》和密德拉西中被編成〈米書拿〉，以 halakhic midrashim（哈拉卡密德拉西）為人所知。

──跟雷曼家一樣──
簡言之
沒什麼
是雷曼家做了
而高盛 [12] 家
沒有
同樣
參與其中。
他們就連起點都一樣：
都是
德國家族。
也都有
度假別墅
位於埃爾伯朗：
鄰居
就這麼巧。

唯一的不同
──實話如此──
在於，高德曼家
經手那特別的金屬
黃金
而且如此引以為傲
驕傲到連姓氏都鑲金 [13]。

因為這樣，就因為這樣，
他們坐在聖殿
第二排。

在雷曼和高德曼之間
怨恨由來已久。

相似的家族
經常分化於
怒氣沖沖地較勁。

---

12. 高盛（Goldman Sachs）家即高德曼家族與其姻親 Sachs 家族。高盛公司由 Marcus Goldman 於 1869 年創立，1882 年高德曼的女婿 Samuel Sachs 加入公司營運，公司於 1885 年易名為高盛迄今。

13. 高德曼原文「Goldman」包含「Gold」（黃金）。

他們住在河兩岸
雷曼兄弟和高盛：
河水從中流過
金色的水。
兩邊都去釣魚
在同一條河
然後他們看著彼此
盯著彼此
準備撲向對方
我們在這
你們在那
——既然河是同一條
那魚也是——
然後，華爾街
如今出了自己的報紙
《華爾街日報》
由人行道上的報童叫賣
當索羅門·帕普林斯基
每天早晨
吞一大口干邑
然後起步：
在鋼索上行走
從不跌落。

今天他們就在那裡，列隊。

兩邊。
在聖殿。
為慶祝十三歲的成年禮。
兩邊都穿戴合宜。
兩邊都很漂亮。
我們是雷曼兄弟。
我們是高盛。
我們往右邊。
你們往左邊。
我們是雷曼兄弟。
我們是高盛。
我們和我們家的人一起。

你們和你們家的人一起。
找們是雷曼兄弟。
我們是高盛。

女士彼此微笑。
男士握手致意。

但真正的戰爭
在兩位母親之間
當他們在聖殿兩側
整理男孩領帶的時候：
「加油，兒子，上去講台，輪到你了，你是
高德曼家的：為了你父親，好好幹。」
「兒子，加油，上去講台，輪到你了，你是
雷曼家的：為了你父親，好好幹。」
「兒子，你得完美朗誦：不要出錯。」
「你不會想讓我們看起來，比他們家厄文差了一點，對吧？」
「兒子，你代表偉大的姓氏，別忘了。」
「永遠不要忘記那些高德曼家的人，
是在我們屁股後面抵達美國的。」
「記好了，那些雷曼家的人有南方血統：他們不像我們。」
「如果他們家小孩說了什麼，你就挺身而出嗆他。」
「如果那個捲髮男孩開始做鬼臉，別理他。」
「現在聽我說：如果他跟你說他們有煤礦股份，當面笑回去。」
「上台前別忘了：如果他跟你說他們賣咖啡
你就聳聳肩，然後說：『老掉牙。』」
「最重要的是，兒子：我要你答應我：
你得發誓不管發生什麼事
絕對不能提到菸草生意。」

是。
菸草。
雷曼兄弟最新擘畫
可能因為他們真的大吃一驚
看到
如此廣大的一批人
彎腰勞動
像極了阿拉巴馬種植園。

往昔記憶施展魔力
即便手臂如此善於抵抗傷感。

不只如此。
還有別的原因。

菸草要揀選，
菸草要製作
菸草要捲
或薄切
或裝箱。
也就是說，菸草就是苦工和勞力。

而這兩位雷曼人的血液裡就流著
低頭工作
完全付出
零暫停
零休息。

甚至有些過頭。
因為飛利浦‧雷曼
就不是如此熱衷於
他們那樣的辛勤勞苦。
「親愛的父親大人
你不需要讓自己那麼勞累：
勞動的部分就留給僱員
你高高坐在這裡就好：
別忘了你是創業者
你的任務就是協調
移動棋盤上的棋子。」

也許他是對的。
現在，伊曼紐確實在協調：
他像下棋一樣調動人力
不再離開辦公室
他分派工作給其他人
監督業務
然後生意蓬勃發展：

每一天
跟前一天相比
都能畫上一個加號
那裡
在那些會計簿上
邁爾現在已經停止
做紀錄
不是因為他的眼力變弱
而是因為再也不可能註記每一件事
現在，辦公室裡有
六個人負責
這份工作
由雷曼支薪
一天十小時
只做這件事。
「親愛的叔父大人
你不需要再做會計了：
讓我們把那些記帳的事留給僱員
你高高坐在這裡就好：
別忘了你是創業者
你要做的只有簽名。」

也許他是對的。
現在，邁爾的確在簽名：
每天
和他哥哥一起
到了晚上
在帳目旁邊畫一個＋號。
＋號：邁爾／伊曼紐・雷曼。
＋號：邁爾／伊曼紐・雷曼。
＋號：邁爾／伊曼紐・雷曼。
這麼多年。
總是一個＋號
因為美國
在紐約這個跑道上
是匹急速狂奔的馬
而雷曼兄弟
就是騎士。

十號：邁爾／伊曼紐‧雷曼。
十號：邁爾／伊曼紐‧雷曼。
十號：邁爾／伊曼紐‧雷曼。

「親愛的叔父大人
親愛的父親大人
你們不應該做審計的工作：
讓我們把那些簽名的事留給經理
你們只要高高坐在這裡就好：
別忘了你們是創業者
你們只需要選擇
投資誰和投資什麼
當然，也不用你們自己來。」

正是這樣：不用他們自己來。

12
聯合鐵路　United Railways

很遺憾
隨著邁爾‧雷曼愈漸年長
他愈加意識到自己是棵蔬菜。

根植大地：
從土塊中長成，伴隨陽光，和水。
這就是為什麼
最近
他對菸草
特別
感興趣。
只對這件事。
他的喜愛與日俱增。
菸草是深棕色的：
像馬鈴薯長成的土地。
然後，菸草要秤重，放進麻袋：
和從前從前的棉花一樣
雖然現在已經不在招牌上了。
菸草是物質

產生的數字不是空氣
會在四十年內成真。
邁爾在會計簿裡寫下數字
精準，微小
小到
他為了塗寫這些，眼睛都給搞壞了
鼻樑上架兩片鏡片。
一顆馬鈴薯，戴著眼鏡。

「你搞壞了眼睛，親愛的弟弟
都是你那可惡的菸草的錯！」
「菸草跟我的眼睛有什麼關係？」
「零頭加零頭加零頭。」
「你在講什麼？」
「菸草的數額太小了，邁爾
它們都在小數點之後。
比起數幾百萬的鈔票，難道你比較想數雪茄？
我不滿足於加總一堆零頭：我想賺的是資本。」
「我們已經有資本了，伊曼紐：
我們已經掌握很多市場，像鐵、煤礦、咖啡、石油、菸草……」
「零頭加零頭加零頭。」
「賺了一百萬。」
「要把三十頁加在一起之後，對了當然，再加上兩隻眼睛。」
「每個人身上都有職業傷疤。」
「你到底在說什麼，邁爾？」
「我像雷曼家的人一樣說話：
我們老爸被牲口傳染疾病
亨利從種植園染上黃熱病
我則是可以為菸草失去視力。」
「聽我說：我頭髮都灰了，邁爾，
如果真要耗盡我僅剩的生命
我想投注在小數點之前的一串數字，而不是之後的
這就是為什麼我們要投資鐵路。」
「你第一次跟我說這些的時候，亞瑟還在吸他的大拇指
現在他都上學了。」
「鐵路是救贖。」
「鐵路只是空話。」
「我開銀行，不是為了零頭」
「我開銀行，不是為了空話。」

就在那一刻
伊曼紐突然理解。
第一次懂了
他反覆出現的夢境
以及他弟弟所說的
「鐵路不過是空話。」

像有一束光照進房間那樣
每件事都變得清晰：
鐵路，讓他們嚇壞了，他們倆
因為他們從沒見過真的鐵路。
那是想法，不是事實。

但是一切都會改變
一旦他們親手觸碰
那狂熱的激動
親眼見識──鐵路──被建造出來！

為了終結這股夢魘
他們得去看那些正在鋪設的鐵軌
營建中的車站
被拴緊的螺帽
旋上的螺絲
鎖好的螺栓
然後傾聽燃煤劈啪作響
鋸木廠刺耳的聲音
幾千幾百萬幾億的
木板
一列列鋪在鐵軌之間！

邁爾心裡還是個南方人，
他的心留在阿拉巴馬。
三十年前
邁爾沒有前往北方
去看泰迪‧威爾金森的工廠
在那裡，機器已經噴出蒸氣了！
就是這個，對，蒸氣！
工業奇蹟，然後現在是火車奇蹟！
邁爾怎麼可能對鐵路懷抱信心

如果伊曼紐沒帶他
去看看這是怎麼建造出來的
不可思議，充滿驚喜
最重要的是，機械
真實的，如此真實
確切存在，如此確切
全由鋼鐵打造
火焰、黃銅
火花、鉗子、切割器？

他決定了。
他得行動。
他得點亮他弟弟植物的心
正如三十年前，拜訪泰迪·威爾金森
點亮了他的心。

他放話出去。
彷彿點燃引信
因為在紐約，言語飛揚：
不論在哪，每個人都得知了，這兩名雷曼兄弟
──雷曼兄弟銀行的擁有者──
終於
對鐵路市場
感興趣：
他們想要親手觸碰
施工中的鐵路
親手觸碰未來的起點；
他們不會只憑信任接受一切：
雷曼家的人要親眼見證。

一場會面安排好了
十一月底。
巴爾的摩鐵路。
建設中。
伊曼紐的熱忱？
無法遏抑。
整趟旅程
他向邁爾熱烈講述
──沒有一刻──

停下
關於等待他們的：執勤勞工
比種植園多上一百倍
一千倍
放眼所及到處都是
因為美國如此遼闊
必須鋪設鐵軌和車站
從東岸到西岸。
「一樁浩大的工程，邁爾
就像埃及法老
那種真正參與歷史的一份子；
不像你那該死的菸草
從鼻子噴出來就消失不見了！
也不像你那墨西哥朋友生產的
該死的咖啡！」

儘管邁爾這時得提醒他
那位老米蓋爾·穆諾茲
根本不是他的朋友：
他們不僅從沒碰過面
而且，伊曼紐才是那個去墨西哥的人
戰爭一結束
就想方設法
找棉花以外的生路。

伊曼紐堅持：不是這樣
不，先生
十年或更久以前
是邁爾要這麼做
只從墨西哥人那裡買咖啡
加上一打零頭。

邁爾覺得委屈：夠了。
他不能讓他哥
一直把功勞搶走
又迅速
對他抱怨連連。

伊曼紐嚷著：「聽好，邁爾！

雷曼兄弟就像海綿，得吸收源源不絕的生意，
我們不能任由自己光站在那裡看！
我們必須吸收！」

然後伊曼紐
丟出許多其他譬喻
其中有些比較成功
就像他從沒這麼說過一樣；
因為手臂就是手臂
不是半調子
不論行動
或說服別人去行動。

在這情況下，他描繪出令人驚奇的圖像
關於美國鐵路工業：
勞動中的工人，原物料
熔融的鐵水流動
然後是鋼鐵尖銳的聲音
然後是地獄的噪音
然後
然後
然後……

……然後他們抵達
他們驚訝於
一片靜默。

全然的靜默。

有三個還四個人在等待。
來自聯合鐵路。
穿戴整齊？不只。
精心打扮。
嶄新訂製的西裝。
以及滿溢的笑容。

其中一人走上前。
比起人
可能更像一張笑容

只不過以人形顯像；
「我叫阿奇博爾德·戴維森，為您效勞！」
自豪地
他舉起手
指向那片奇觀。

邁爾費盡眼力看。
他心想，那些咖啡數字
——在小數點後的那些——
真的完全摧毀了他的視力
因為動工中的鐵路奇觀
在他看來，似乎
實在是
——怎麼說好呢？——
什麼都沒有。

那裡什麼都沒有。
沒有建設出什麼。
沒有在建設什麼。
沒有要建設什麼。
沒有。

什麼都沒有。

一個谷地。
一條河。
灌木叢。
蒼蠅。

「鐵路會從中開過：
路線已經白紙黑字決定好了。
這裡：你們可以看一下計畫
畫好了。」
「那工地呢？什麼時候開工？」
「等你們提供我們資金。」
「以書面形式？」
「以書面形式，雷曼先生。」
「那鐵路什麼時候會蓋好？」
「依合約條款而定。

不過這對你們來說──就商業目的而言──無關緊要。」
「十年？」
「也許要二十、三十、或四十年：這無關緊要。」
「那什麼才要緊？」
「你們讓我們開始。」

那大大的笑容
名叫阿奇博爾德・戴維森的人
還有好多話想說
接著掏出至少六張或七張紙
跟床單一樣大，
上面完美畫出鐵路。
白紙黑字。

雷曼家的人點頭，當然。

他們點頭同時
邁爾想著，墨水
跟咖啡一樣，顏色很深
這麼多墨水就這樣流淌在紙上
所以也許
──比起火車！──
搞不好
投資墨水市場
是個好主意。

伊曼紐・雷曼
卻默不作聲，一動也不動，說不出話來
──以非比尋常的驚奇──
雙眼直盯著
那些聯合鐵路的人身上的
訂製西裝：
首選的西裝
用品質最好的
布料製成：
棉花
如此耀眼
最昂貴的
棉花。

當一部分的他
努力遏制一股哀悼過去的誘惑
有個聲音從他背後
響起
洪亮
清楚
像馬車伕
從馬背上回話：
「親愛的阿奇博爾德‧戴維森先生，
你這一疊紙上，滿是足以讓小孩著迷的圖畫
但我們從紐約來這裡
不是為了看這些圖畫，然後說『幹得好』：
那些在猶太學校的小孩，都很懂得如何用粉彩
畫出房子啊橋啊，可是沒有人會把他們當成建商，然後資助他們。
親愛的戴維森先生，我父親伊曼紐，和我的邁爾叔叔，
對你們期望更高：圖表、數字、實質的東西。
你需要我們銀行投資多少？
你打算付多少利息？
針對我們投入的資本，還款期多長？
請注意，你是在跟雷曼兄弟談生意，
──容我代他們說一句──
我父親，伊曼紐，和我的邁爾叔叔
已經準備好投資鐵路
以獨有、專屬的方式
假設銀行獲益能達八位數。
幾百萬，親愛的戴維森先生，你一定理解。
如果這也是你設想的規模
這條鐵路就能冠上雷曼的姓氏
我們會說：『就蓋吧。』
然而，如果你比較執著於這些圖畫，為了不讓您難做人，請見諒，
還有別的項目要投資，
獻上我們對您的尊敬，親愛的戴維森先生，
我們先告辭了。」
「等一下，不好意思。你是？」
「飛利浦‧雷曼。」
「雷曼先生，你剛剛說的資助鐵路：
指的是，你們發行債券，好提供我們資金嗎？」
「親愛的戴維森先生，你是否不小心把我們誤認為布料商了呢？
還是，錯得更離譜，咖啡批發商？」

你以為站在你面前的是誰？煤礦商人？還是賣瓦斯的？

站在你面前的，我父親伊曼紐，以及我的邁爾叔叔

意思當然是，我們發行債券：

購買的人會給我們錢，我們回饋他們一點小利息。

同時間，你會得到資金，然後你會付給我們可觀的利息。

這中間的差價就是利潤。

我們的利潤，當然。

也是你的。」

「聯合鐵路預計回收五百萬。」

「親愛的戴維森先生，

在你面前，無論是我父親伊曼紐，或我的邁爾叔叔

都不是來這裡自取其辱。

我從他們眼中看到一絲不值得。

可能你還沒搞懂，我們的公司名稱叫做**銀行**，不是**慈善機構**。

就如我剛剛所說，銀行設想的是八位數。

換句話說，兩倍：一千萬。」

「以我的立場開價七。」

「今天在這裡，我父親伊曼紐，和我的邁爾叔叔，

都不希望低於九。」

「聯合鐵路沒辦法超過八。」

「親愛的戴維森先生，容我先不參與這場令人不快的討價還價。

我想你們全部人，應該都不會屈就這麼低的利潤。

關於這部分，雷曼兄弟有段偉大的歷史：

我們不希望在你面前表現得像果菜市場小販。

唯一可能達成的協商點，就是一千萬，一毛不少。

也就是說，如果聯合鐵路認為這個數字不合理，

要否決，我們也不會覺得無禮

但今天在這裡的人，無論是我父親伊曼紐，或我的邁爾叔叔，

都不希望被貶低得好像他們只不過是棉花商人。

因此，如果你願意接受一千萬，我們握手達成協議，

如果你不接受，我們還是可以握手，就此道別。」

然後。

他們握手。

老實說

不論是邁爾或伊曼紐

沒人搞懂

這次握手究竟是達成協議還是道別。
總之：他們握手。
握手時間很長。
儘管不了解他們為何而握。

不過，因為飛利浦笑了
他們便也感到開心
這讓他們認為，肯定
發生了一些重要的事
而那種滿足的笑容
歷史時刻才會出現的笑容
掛在每個人臉上。

自那天晚上起
伊曼紐‧雷曼
再也不用睡在搖椅上
而是躺平在床上。
他再也不會受到什麼火車驚嚇。
因為他的馬車伕
驟然成為
車站站長。

還有。
雷曼兄弟
感覺像一列車隊
由火車頭的動力驅策
此時此刻
沒有任何
一趟旅程
是銀行不能轉念前進的。

時序來說
這是第一次
他們從聖殿第十排座位
往前移到第五排。
伊曼紐和邁爾探出窗外
像兩個孩童般慶祝
他們如此樂在其中
以至於沒人敢提醒他們：

隔天，飛利浦・雷曼成年
羅莎阿姨條款將全面生效。

簡言之
以**雷曼兄弟**為名的火車頭上
三位新進鐵路工
即將上車。

第一位是一聲不吭的陀螺。

第二位擁有兔子的特徵。

第三位是飛利浦・雷曼。句點。

13
華爾街　Wall Street

隨你怎麼說，
不過，三位堂兄弟
二十以上三十未滿
咸認
不足以勝任公司營運。

這想法
多多少少
浮現於手臂和馬鈴薯心中
在他們每天早上醒來的時候。

在我們引領下
這間家族銀行
安然度過
戰爭
從阿拉巴馬到大都會。
我們為什麼
得下台？
因為羅莎阿姨說了算？

高端金融

可不是什麼
初學者的玩意。

就像
那天
一隻兔子
通紅地，因興奮而汗流不停
生平第一次
踏進
華爾街股票交易所，
在那裡，金融業者
──就連最平靜溫和的人也一樣──
繃緊了臉
怒視彼此。

上午十點鐘
在索羅門‧帕普林斯基
完美平衡
行走的鋼索下
有人看到
四人列隊而行：
伊曼紐‧雷曼
帶著他兒子，飛利浦，
還有邁爾‧雷曼
帶著他兒子西格蒙德。

前三人一身黑，
第四位穿白色西裝
沒戴帽子
才不會弄亂他不時梳理的
頭髮分邊。

前三人一臉嚴肅，
（這幾乎成了華爾街行規），
第四位維持一貫的表現
──混雜了喜悅和不安──
像個第一天上學的
小男孩。

前三人縈繞著好鬥的氣氛，
第四位隨時掛著微笑
像發糖果一樣衝著每個人笑
不論敵人、盟友，還是背叛者
一視同仁。

前三人雙唇緊閉，
第四位臉頰上有糖粉
早上第一份甜甜圈的
殘留物。

前三人很清楚我們人在哪。
第四位全然格格不入
像一隻貓
矗立通往狗窩的大門。

然而
來程路上
西格蒙德已受吩咐
每個細節
如何行為舉止
才符合
踏進那扇門後該有的樣子。

當他的伊曼紐伯父說，
股市交易所就像醫生的手術間，
在那裡，每一天
會對所有銀行
及上市公司
做一回全身檢查。
　　　「當然，伯父大人：我懂。」
不過，醫生是靠
聽你的心跳
檢查
健康狀況，
華爾街
檢查的不是你的健康
而是
每一家機構在市場上贏得的

信心指數。
「親愛的西格蒙德，生意場上
談論信心
就是在談論力量
因為，世上沒有任何人
會把他們的錢放進
一個鎖壞了的抽屜裡。
程序一模一樣，沒有差別：
金融系統決定的總是
錢放進哪個抽屜
最安全
為了這麼做
它檢查這些鎖
木頭的強度、鑰匙的形狀
還有，最重要的
金融系統會無情地
質問
櫥櫃從前的
信譽。」
「當然，伯父大人：我懂。
非常清楚，感謝你。」
「西格蒙德，我要強調：
信心就是力量
要不計代價維護信心。」
「不計代價，伯父大人：當然。」

沒錯。不計代價。
正是這原因，
邁爾補充，
為什麼華爾街
會像個魚市場：
每個人都高喊他們家銀行的優點
每個人都喊破喉嚨要賣出他們的金槍魚
每個人都自誇他們家烏魚的品質
每個人都講其他家鯛魚的壞話
然後，只要有一箱鯷魚
半價出售
立刻
就莫名其妙

改變了鯡魚和鱸魚的
商業命數。

「父親大人，我已經全盤理解了：
我準備好要善盡職責了。」

「你的職責就是抵抗攻擊者。」
他們正要轉過街角時
他堂弟飛利浦總結。
「總之：
要在華爾街存活
唯一的法則就是
絕不放棄
我的意思是
金融業者沒有一刻可以
鬆懈：
假如他停步，他就輸了
假如他暫停，他就死了
假如他放鬆，別人就會踩過他身上
假如他停下來思考，他會後悔不已
所以，準備好你自己，親愛的西格蒙德：
每位銀行家都是戰士
這是戰場。
我確定你能接下這份挑戰。
如果沒辦法的話，只要記得：
歇斯底里的笑
永遠好過流淚
過於多話大勝猶豫不決。
一般說來
誇張絕對沒錯。
如果有什麼事不對勁，
別說你是雷曼家的人。
不過
如果一切都很順利，
要大聲清楚說出來。
如果你不小心全面失控
準備好能適時派上用場的
假名
也不失為一個好主意，

我建議像利伯曼或考夫曼都不錯
對我們來說差不多：
他們都是敵人，任你選。
啊！如果你突然遭焦慮襲擊
為了避免丟臉：
不要尋求幫助，反正也沒人會幫你
採取預防措施
躲到男士洗手間，
如果可以的話，鎖門。
就這樣，堂哥，沒別的了：
需要什麼，不要找我
華爾街在等著你
玩得開心。」

他一踏進
華爾街的殿堂
西格蒙德·雷曼
就感覺他的胃往下沉。

高聳的
窗戶透入
一道預期外
奶油白的光線
灑在
每樣事物上
使得
人在那裡盤桓
不可能
不為所動
每一刻
那些臉上全都一樣又全然不同的
細節
無限增生
如同他們在筆記本
匆匆記下的
股份、證券、價格。

西格蒙德
絕絕對對不會相信

地球上
存在這樣的地方
在這裡，數學
成為信仰
儀式是
大聲唱誦
一串數字禱文。

他聽到的第一輪對話
來自兩個大鬍子野人
內容類近於：
「哈囉，查爾斯。」
「早安，歌德法登。」
「你想要 12.70 ？」
「14.10 ！」
「淨值？」
「加上 3.5 的手續費。」
「11.10 乘上多少？」
「最多 91 或 94。」
「你又提高兩趴。」
「那之後我跌了 4。」
「因為你，我開 12.45。」
「假如這樣你有利潤。」
「跟你沒得商量。」
「那就再會了。」

分心於這些計算
西格蒙德落單了：
其他雷曼家的人消失於人群中
數字卻到處蹦來跳去：
那天鐵的賣價是 13
煤炭在 5.30
石油下跌到 24.6
　　至少，直到
　　一個瘦骨嶙峋四十歲的人
　　在躺椅上回神
　　一躍而起，大叫：「漲！漲！漲！」
　　看板上寫在石油旁邊的數字
　　才從 24.6 升到 24.62。

咖啡固定在 2.12
瓦斯飆到 11.70
鐵路股漲了三點。
而菸草，走勢向下。

在那股數字漩渦中
漲和跌
似乎是
唯一獲准使用的言語，
彷彿世上所有東西
都能被簡化為
漲或跌
漲或跌
漲或跌
漲！漲！漲！
跌！跌！跌！
漲！漲！漲！
跌！跌！跌！

西格蒙德·雷曼
不禁忖度
他自己
　　　身為個體
　　　身為生物有機體
　　　身為有知覺感官的生物
究竟是**漲**還是**跌**
他選了後者
無庸置疑。

眾所皆知，人類
──某些品種的兔子也算這類──
有時會幫自己設陷阱
就像那些畫家
畫起肖像畫
執迷於
一縷頭髮
尖尖的鼻子
臉頰的弧度
然後

太專注於
那項細節
使得別的東西都不存在了
他們迷失其中。
發生在西格蒙德‧雷曼身上的事正是如此，
只不過十分鐘過去
開始發現四周
除了下巴和牙齒，沒別的了：
咧開的嘴巴
準備把他撕裂
好像他真的是隻兔子
一不小心，掉進
一池鱷魚當中。
而且，還是用餐時間。

對啊。
即使所有人
講到華爾街
都跟他說起野生動物的事，
西格蒙德
這麼說吧
並未體會其中奧義
他想像的
不是森林
而是動物園裡的花園
那個地方，當然有野生動物
但都好好鎖在籠子裡。

在這裡，相反的是，牠們野放。

而他身處牠們之中。

他的神經一觸
即發：
他拔腿就跑。
數字像膠緊黏住他：
13.18 從肩膀上脫韁而去
兩對 99 正要攀上他的膝蓋
他右手成了 7 倍數的受害者

手指是 11,111
而在他的胸口
不停翻攪之前
他差點來不及把眼睛從那些 8 移開
襯衫底下
他感覺 48,795,672.452
將要爆炸
於是
他宣布和畢達哥拉斯休戰
氣喘吁吁
冷汗直冒，通紅地
他躲在一尊大花瓶後頭，花瓶插滿了花
有些開著有些凋萎
或說
有些上漲有些下跌。

上天有時會保佑衪的子嗣。
或至少，看來如此。

所幸
他堂弟飛利浦
正好停步花瓶前
和一位來自新墨西哥
獨具魅力的金融業者：
飛利浦用兩根手指示意請他
幫忙點燃雪茄
那位先生欣然協助。
由此開啟了一場對話。

西格蒙德傾身向前
與大理石花瓶融為一體：
他的白色西裝成了保護色。
沒人發現他在偷聽。

飛利浦是真正的大師。
他一條接一條列舉
為什麼雷曼兄弟是最好的：
這一行的佼佼者
商業的成功

盟友的網絡
源源不絕的合同
還有用火車、石油、煤礦
引起對方極大興趣
當自信滿滿的他被問到
他是否──碰巧──知道
某個不安於室的大衛
同時締結
十二椿婚約
飛利浦絲毫不受驚擾：
「知道，當然。太糟糕了：
高端金融界有些卑劣的人。
但我可以告訴你，詳情是……」

西格蒙德大吃一驚
飛利浦開始敘述
那個大衛・利伯曼
那場愛的冒險
「噢不對：可能是考夫曼家的兒子吧，
不過，那不重要。」

他堂弟這堂課
穿透花瓣和花蕊直達耳裡
對西格蒙德・雷曼來說
是貨真價實的教育。
這鼓舞了他。
甚至：
讓他突然覺得自己準備好了
他的內在引擎升起漲幅號誌。

他拉直領帶
梳好頭髮分線
盡可能撫平起皺的袖子
棄花店攤子不顧
換上金融業者的不苟言笑。

上天有時會保佑祂的子嗣。
或至少，看來如此。

在某個角落，他相中
一位年邁而打扮得體的男士
頭戴一頂恨天高的大禮帽
他可能來自密西根。
或紐澤西。
無論如何，
他判斷不論這位先生來自哪裡
他很快就會回去。
西格蒙德靠近他。

他用兩根手指示意，請這位老先生
幫忙點燃雪茄
老先生欣然同意。
點燃火焰。

可惜西格蒙德不抽煙
他口袋裡也沒帶雪茄。

然而，尷尬稍縱即逝：
這隻兔子反應靈敏
漂亮地從下跌跳到上漲：
他假裝自己疏忽了
用徹底值得信賴的語調
咒罵自己
把雪茄盒掉在
談判桌上了。
這位老先生點點頭：
講到心理遊戲
他肯定是位專家，
於是，他們倆衷心笑了
就此打開通往天堂的門。

西格蒙德打出手上所有牌。
像具備創業家精神的年輕人
他開始列舉銀行所有榮耀：
這一行的佼佼者
商業的成功
盟友的網絡
源源不絕的合同

還有，火車、石油、煤礦
節節高升的熱情
如此強烈
讓周圍聚集起一小群人
受這怪異的場面吸引
看著一隻兔子
歌頌胡蘿蔔。

而這位老先生
盯著他看，一言不發，
著迷於如此高昂的精神。

發現他受到包圍
這位年輕的雷曼
言詞間使勁加油添醋：
漲紅著臉，興奮冒汗
他甚至沒注意到自己在喊叫
當他用有些過頭的語調
向這位老先生熱情訴說
「……金融鉅子的姓名
已刻上未來好幾世紀
我卓越的同行，雷曼兄弟，
總有一天會登上美國國旗
因為，我卓越的同行，世上所有人
都願意不計千里，
只為了把半塊錢
存進我們家銀行的保險箱
全美最安全的地方。
現在，告訴我，我卓越的同行：
你操作哪一塊金融領域？
假設我們聊的是數字
我們要聊什麼樣規模的投資？」

當他等著答案
想像這位老先生是
斯圖貝克總裁
或汽車公司大亨
他感覺到，有一隻手
抓住他的外套，

把他拖離這場勝仗。

那是飛利浦和伊曼紐：
「你到底以為你在幹嘛？」
「我就快達成金融結盟了！
你們幹嘛打斷我？」

沒人回答他的問題：
伯父和堂弟
非但沒有稱讚他
還急忙，離開，前往出口
穿越群眾
所有人大笑。

邁爾，他父親，
擔起這項吃力不討好的任務，告訴他：
「西格蒙德，那是門房。
然後，如果你想知道更多，他聾了。」

14
玩牌的人　　Der kartyozhink

耶胡達・本・特馬
在《列祖賢訓》中
說：
十八考慮婚姻
二十起跑
三十而強大
四十而精明。

飛利浦・雷曼
方格全部勾選
不留一點空白。
因為飛利浦・雷曼
不會錯過任何事物。
從十六歲起
他有本日記
總是攤開在書桌上

其中，他以大寫字母記下
所有問題
日復一日
也必得以大寫字母記下
答案。

解方已經在那，只要找出來
飛利浦·雷曼以
大寫字母寫下
這些字
寫在每一本日記的
第一頁。
他決定寫下這些字
就在那天
當自由街上
戴著大禮帽的侏儒
穿得一身黃
出現於街角
在水果箱上
玩三張牌的把戲。
飛利浦待在那裡好幾小時
站著
一動也不動
盯著他看：
幾乎沒人贏得勝利
勝出的牌一直被藏起來。
但它就在那：
在那三張牌當中
它在那裡
覆蓋著
但它在那。
伸手就能碰到。
好簡單。
只要翻對牌。
好簡單。
問題是什麼？
要翻對牌
就不能分心。
那天，飛利浦竭盡所能集中精神：

眼睛緊黏那個侏儒靈巧的手指
定睛凝視那雙手
——「不能分心,飛利浦!」——
無情地
——「不能分心,飛利浦!」——
盯著牌卡
——「不能分心,飛利浦!」——
緊跟動作
——「不能分心,飛利浦!」——
「勝出的牌是這張!」

然後,他贏了。

他知道那不是運氣。
是技術。

飛利浦並非試試會不會贏:
他**決定**要贏。

從那時開始
從那一天起
飛利浦‧雷曼再也不分心。
他專注,堅定不移
不容許任何例外:
他知道,如果他能保持控制
勝出那張牌就逃不過他的法眼。
緊跟動作。
盯著侏儒的手
不要跟丟牌卡
保持控制
保持控制
控制
控制
控制
像打網球
確保球
總是落在界內
確認
遵循

控制。

而且，飛利浦・雷曼有充分的自制力。
他當然如此！
永遠：
因為他的生命
絕不寫成斜體字：
總是大寫。

二十歲
——對耶胡達・本・特馬來說，是起跑的年紀——
飛利浦・雷曼奔跑
——他當然要跑！——
他追逐營建中的火車
賽跑，
他以大寫字母
寫日記：
鐵路＝資本，資本＝雷曼
而且
——目光不曾跟丟侏儒的手指——
他挑中在所有鐵路當中
那些東西向的
而非南北向的
因為
——目光不曾跟丟侏儒的手指——
飛利浦・雷曼了解
新的戰線是東西貫線：
南方如今有什麼用？
南方除了回憶，沒別的了。
然後，有上千個瘋狂的傢伙
此刻去西部
都想淘金
所以，還有什麼比得上給他們一列火車？
符合邏輯的主張。
準備萬全的解方。
「勝出的牌是這張！」

然後，他又贏了。

走運？
不。
技術。

三十歲
——對耶胡達・本・特馬來說，是力量的年紀——
飛利浦・雷曼愈漸強大
——他當然如此——
擁有油井，在遙遠的地方。
他在日記裡
以大寫字母記下：
工業＝能源，能源＝石油
在所有可投資的油田當中
他沒選那些所有人急於投入的
那些很快就會榨乾：
他
——目光不曾跟丟侏儒的手指——
在加拿大，在阿拉斯加，找新的油田
在冰河之中：
因為
——目光不曾跟丟侏儒的手指——
飛利浦・雷曼體認到
最好做涉足該地的第一位
去沒人去過的地方
到那裡插旗。
符合邏輯的主張。
準備萬全的解方。
「勝出的牌是這張！」

又一次，他贏了。

走運？
不。
技術。

然後
四十歲

——對耶胡達‧本‧特馬來說，是精明的年紀——
飛利浦‧雷曼很精明
——而且，這是他的長才——
他以大寫字母
寫日記：
一九〇〇＝精神官能症，精神官能症＝娛樂
在娛樂業所有投資選項當中，
他沒選擇大部分人看中的
也就是，酒
酒廠
——猶太人的天下——
不行：太簡單了。
飛利浦
——目光不曾跟丟侏儒的手指——
下注在國產香菸
沒錯，先生，明智之舉
因為香菸很小，適合所有人
他們變得像麵包一樣
而且，如果你想賺錢
你得去找簡單的東西
在他們變得簡單之前：
「勝出的牌是這張！」

然後，又一次，他贏了。

「親愛的，這不是運氣：
只不過是技術，你懂。
只是技術！」

每一次
飛利浦都這樣
對他老婆說。

他們已經結婚多年。
因為在他十八歲
生日的隔天早晨
飛利浦‧雷曼
在日記裡寫下：

解決婚姻大事
↓
選擇好的<u>對</u>的老婆

經過審慎考慮
飛利浦・雷曼
——目光不曾跟丟侏儒的手指——
定出最重要的條件：
她應該性情溫和
她應該門當戶對
她不應該愛花錢
她不應該支持婦女參政權
她應該喜歡茶勝過咖啡
她應該鑑賞藝術
之類的
一張審慎考慮的清單
羅列大約四十條
——涵蓋心靈及家庭兩者——
全以大寫字母記下
每項從 1 到 5 評分
總計最高
200 分
那就是他的
完美嬌妻。

搜尋。
搜尋。
搜尋。

不僅如此
飛利浦・雷曼計畫
周詳的策略
調查
列出十二位候選人的短清單
他從聖殿捐助人的名單中
親自挑選
找名字。

數字十二
並非出於巧合
因為飛利浦下定決心
為了仔細研究
他為每一位獻出一個月
所以在十二個月
也就是一年之間
——目光不曾跟丟侏儒的手指——
他就可以
解決
婚姻這個問題
才能
繼續前進
前往其他
更有利可圖的生意。

於是婚姻之年
展開了
一絲不苟
筆記
他的行動
以大寫字母
——按固定格式——
寫進他的日記：

月份：細罷特
候選人：愛黛兒・布魯門薩爾
外型：寒酸
性格：無趣
學識：傳統
總結：比她的時代古老
分數：60/200

月份：亞達
候選人：瑞貝卡・金茲貝格
外型：好鬥
性格：易怒
學識：惱人

總結：難以馴服
分數：101/200

月份：尼散
候選人：艾達‧盧特曼 - 迪斯雷利
外型：樸素
性格：嚴厲
學識：最高等級
總結：一位拉比
分數：120/200

月份：以珥
候選人：沙拉‧納赫曼
外型：孩子氣
性格：不成熟
學識：不足
總結：還沒準備好
分數：50/200

月份：西灣
候選人：波萊特‧魏茲曼
外型：神秘
性格：暴躁
學識：深不可測
總結：有風險
分數：30/200

月份：塔模斯
候選人：埃爾加‧羅森伯格
外型：招搖
性格：生硬
學識：基本
總結：瓷娃娃
分數：71/200

月份：埃波
候選人：黛博拉‧辛格
外型：吸睛
性格：知識份子
學識：進階

總結：學術
分數：132/200

月份：以祿
候選人：嘉麗‧勞爾
外型：簡樸
性格：不慍不火
學識：一般
總結：家常
分數：160/200

月份：提斯利
候選人：莉婭‧海勒‧赫茲爾
外型：邋遢
性格：陰沉
學識：有底子
總結：愛哭
分數：70/200

月份：瑪西班
候選人：米拉‧霍爾伯格
外型：悠哉
性格：親切
學識：尚可
總結：故作害羞
分數：140/200

月份：基斯流
候選人：蘿拉‧羅斯
外型：明豔
性格：輕快
學識：興趣廣泛
總結：太愛笑
分數：130/200

月份：提別
候選人：泰莎‧古茲堡
外型：少女
性格：宜人

學識：比不錯再好一些
總結：完美
筆記：她不能生小孩
分數：沒用。

總結 160/200
↓
嘉麗・勞爾
↓
明天早上預約和
伯納德・勞爾先生見面

「我親愛的勞爾先生
首先，感謝您，願意接受我。
我想您已得知我造訪的原因
為了嘉麗
可愛的女孩
您唯一尚未成婚的女兒。
您可能會說，我們還年輕
但我想跟您說，如果我得用此生立下婚姻的誓約
那我比較希望
以在我面前的多年立誓，而非身後的。
您也可能會說，時間還沒長到
在我們之間滋養真正的感情
如果是這樣的話，容我以內燃機舉例說明
因為我
——沒錯，我——
曾說服
家父和叔父
投資汽車市場
在不清楚專利的狀況下
新的內燃機
為我們帶來許多利益；
我親愛的勞爾先生
這件事讓我理解
因並非總是出現在果之前
所以婚姻可以先行，之後再培養感情
感情不見得是婚姻的基礎。
若您同意

我們可以開始安排一樁可敬的婚事。
不過,如果您比較希望為了不知何原因而稍作等待
為了不讓您難做人,
那麼,請見諒,還有別的事要處理,
獻上對您的尊敬,親愛的勞爾先生,
我先告辭。」

婚禮
舉行了
──在合宜的文定之後──
以飛利浦日記中
用大寫字母標記的
時間和方式進行。
他寫下每件事
掌控每件事
從婚禮彩棚的顏色
到婚宴餐具的數量
包括服務生的名字。

嘉麗‧勞爾
就她這部分來說
從最一開始
就被認證為對的老婆
對的母親
對的女主人
對的婆婆
對的金主。
不多。
不少。
對的。
像顆網球
永不越界;
不少
不多。

然後又一次
飛利浦‧雷曼
得承認
他押注在

對的牌上。

「親愛的，這不是運氣：
只是技術，你懂。
只是控制！」

15
沉默協議　　Der stille Pakt

每天早晨
西格蒙德・雷曼
微笑步入這棟灰白色建築
雷曼從這裡掌控美國。

每天早晨
他親切地向桌前職員們打招呼
給擦鞋匠三元小費
然後
爬上階梯進入辦公室
把他的外套遞給
薇薇安・布魯門薩爾小姐
他的秘書。

布魯門薩爾小姐的工作
包含
確保
桌上
有杯咖啡等著他：
有時她忘了
西格蒙德微笑提醒她。

陀螺・雷曼也
步行上班
到自由街 119 號
每天早上
沉默無聲。
他坐在他的辦公室裡
堅實的桃花心木書桌後頭

點燃今天第一根雪茄。

傍晚前
他會抽四根。

第一根度過早晨時光
一邊對帳。
第二根雪茄
搭配午餐
亦即公關活動
其間，陀螺保持沉默
不浪費一個字
裹覆於他的煙雲當中。
第三根雪茄下午抽
慢慢品味
他邊讀報
用紅色鉛筆圈選
未來可能拓展的領域。
最後，陀螺抽第四根雪茄
等最後一位員工離開，
全然獨處時
經常手握
一座地球儀形狀的
紙鎮
他父親亨利之前用過的，
半世紀前
好壓住他那些棉花帳目。

如今他叔父邁爾和伊曼紐
將銀行交棒
給他們的兒子，
陀螺‧雷曼
是最年長的合夥人。
說來有點好笑
因為他仍滿頭黑髮。
也蠻好笑的是
在那些冗長的會議中
聽到人們叫他
總裁

三名堂兄弟
肩並肩
坐在
桌子主位
儘管最終
只有飛利浦開口，跟他們的顧問說話。
西格蒙德不開口，因為他最好不要。
陀螺不開口，因為他不想，或不能。

然而
據知情者表示
亨利沉默的兒子
顯然，有讓自己的聲音被聽見。
只不過，用的是他自己的語言，
一種不動口舌的方式，
他這麼做
可以節省呼吸。
一種全新型態的節約。

比如
多虧了陀螺
雷曼兄弟
才會投資郵購型錄。

典型來自陀螺的點子。
因為，顯然
走進商場
你得說上至少
五、六個詞彙
　　首先**哈囉**
　　最後**再見**
　　中間是**我需要這個**
然而，毋需
任何口腔活動
就能翻閱西爾斯百貨型錄
然後郵寄訂單
買第七十八頁的平底鍋：
一場無聲的交易
隱士的理想

陀螺以沉默
熱切支持：
展示給他的堂兄弟們看
資料夾達三英吋厚的剪報：
美國之聲
（還好，它發聲）
終於將其需求轉向了
盡可能簡化的
大規模消費
或許也因為
有成千上萬戶人家
住在遙遠的牧場和小木屋
在沙漠裡，在山上
離最好的傳統商店
一千英哩遠：
難道我們希望他們永不購物？
難道我們想排除他們
在偉大的商業循環之外？
而且
如今，工廠
給每個人工作
有薪水可花，
還有什麼比
從郵購型錄頁面
買下任何一切更好？

幹得好，陀螺。
雷曼兄弟
會將資本投入
一支軍隊
成員不是士兵
而是郵差和倉管人員。

兩位老雷曼
對這場新的冒險並未感到不悅。
不只因為
這讓他們往前
從聖殿第五排移到第四排
他們在那裡享受絕佳視野

前方是那些黃金守護者
第三排的赫胥鮑姆斯家，渾圓一如金元寶，
正前方是高德曼家，發出錢幣一般叮鈴噹啷的聲音
最終是劉易森家，在第一排閃閃發光。

這三家人都不會
絕對不會
從郵購型錄
買平底鍋。

但邁爾，沒錯：
他堅持這麼做。
因為，至少這是
真正的**貨物交易** [14]
實際交易貨物的地方！
投資這個領域
樂趣是看得見的。

不像飛利浦那麼喜愛的
那些債券：
一堆有風險的紙張
上面寫那麼多數字
那些雷曼員工
大量發放的紙張
為了
籌措資金給
明天的火車
明天的建築
明天的工業
和其他許多事物
一切
總是
明天的
明天的
明天的
如海報上所言
那些飛利浦印出來

---

14. 原文和「證券交易所」同字。

貼到紐約和紐約之外
牆上的海報：
如果需要的話，遍佈全美國。

債券？
摩登的發明。

錢，當然，進來銀行。
按飛利浦所說，如洪水湧入。
更勝老三寶
棉花──咖啡──可樂
如今那些是上輩子的事。

邁爾微笑。點頭。
伊曼紐跟進。

然而，實際上
他們倆都不知道
究竟
正發生的是什麼
在房間裡
那間曾屬於邁爾的房間。
門上有個名牌：**飛利浦·雷曼**
兩位老人家
在樓上同一間辦公室裡
有兩張書桌。

只有一件事
兩人都很明白
當查爾斯·道
那位年輕記者
在華爾街
發行報紙的人
來到
自由街 119 號辦公室的時候。

查爾斯·道
是要
採訪

退休總裁。
飛利浦坐在
房間遙遠的另一頭
聽著,眼睛眨都沒眨。
可是,當問題問到:
「假如把銀行比作麵包店
什麼會被視為麵粉?」
伊曼紐說:
「火車!」
邁爾:
「菸草!」
然後,伊曼紐又說:
「煤礦!」
邁爾接著:
「曾經是,棉花!」

飛利浦
於是
出聲了
在經文上加註
如同夾在聖殿裡那些大人之間
將領受成年禮的男孩一般:
「親愛的道先生
關於你問的麵粉
那不是商務
也不是咖啡
不是煤礦
不是鐵軌的鋼鐵:
我父親和叔父現在在這裡
無懼於讓你知道,我們是
金錢交易商。
你知道,一般人,只用錢買東西。
但那些──像我們一樣──擁有銀行的人
用錢
買錢
賣錢
借錢
交換錢

然後我們——相信我——
就以此做麵包。」

邁爾微笑。
伊曼紐跟進。

像兩名麵包師傅
迷失了
前往烤爐的方向。

陀螺・雷曼
包裹在他下午的雪茄霧靄中
將整個場景看在眼裡，
但他
什麼都沒說：
他堂弟替他發言，
他樂於讓他說話。

而且
貸款轉讓
是雷曼兄弟擅長的領域：
由飛利浦親自
經手
附上他自己的簽名和保證
在其他人參與之前。

這項機制很簡單：
有債務人的銀行
把這筆貸款賣給
用較低價格購入的另一方。
「也就是說」飛利浦向他父親解釋
「如果你欠我十元
我擔心你還不出來
我就把整樁交易轉給其他人
那人顯然不會給我十元，只給八元：
但對我來說夠好了，因為十元裡我可以拿到八元，
對他來說更好
因為他雖然得先付八元，

但是等你還清，你會給他十元
所以他什麼都不用做，就可以賺兩元。
父親大人，再乘上一百個債務人：
銀行就有兩百元入袋。
我們甚至可以大膽地說
高端金融系統
只會希望那些人不要還債：
穩當的貸款當然是門好生意，
但是，轉讓給第三方的債務
打造不同凡響的機會。
你喜歡我的創舉嗎？」

烘焙麵包
怎麼變得
這麼複雜。
這是邁爾唯一的想法。

伊曼紐同意。
但他加上一絲
家長的驕傲
因為飛利浦畢竟是他兒子。

飛利浦
省去
沒說的是
這不是他的想法。
的確：實情是，他抄來的。
不是從那些誰知道哪來的經濟學家那裡。
而是受他的小堂弟啟發
好辯的亞瑟，
今年二十歲
依然，經常，
欠他弟弟赫伯特錢。
有一天，亞瑟出現在銀行
要求和飛利浦會面
他提議：
「你拿錢還我弟，
然後把錢從我的薪水裡扣除
反正——遲早——我會

來這鬼地方工作。」

飛利浦嘗試擺脫他
提出至少三個理由：
首先，兄弟之間不該偷取彼此的財物
再者，身為堂哥不該冒這風險
第三，銀行不是——真的不是——什麼鬼地方。

不過，和亞瑟‧雷曼協商並不容易：
「幫幫忙，飛利浦，你這小氣鬼。
如果這不足以說服你的話，那我只能說：
你根本就不懂要怎麼做生意
銀行才是最終贏家啊，可惡，你看不出來嗎？」
「冷靜下來，亞瑟。」
「沒有人能叫我冷靜下來，
尤其是耀武揚威的堂兄弟。」
「思考一下，亞瑟。」
「你在說什麼？我是要思考的人？我？
過去十五年來，我弟可是
一直威脅說要沒收我的床？」
「音量放低，亞瑟。」
「我不要，我想多大聲就多大聲！」
「在我的銀行裡不行！」
「上頭也掛了我的姓氏。」
「說得好：那就去問你哥西格蒙德。」
「不行：我欠他的錢比誰都多
雖然我已經計畫好要用甜甜圈拖延。
拜託，飛利浦：我是在提供你一個真正的機會。
就算打七五折，赫伯特也會接受
就給他這些錢，然後我再還你百分之百。
但我幹嘛跟你說呢？你又不懂。
下次我去美林：
儘管他們是我們的競爭對手
但至少他們知道要怎麼做生意！」

有時堂兄弟也會派上用場。
或者再加上：二十歲年輕人社交的衝勁。

飛利浦‧雷曼

突然理解箇中含意：
從扶手椅上一躍而起
掩上門，然後
不只接受提議
同意亞瑟
一次付一大筆錢
還從他那裡獲得
這想法的擁有權
——不去問為什麼也不去問錢要從哪來——
債務轉讓
或者，隨你怎麼稱呼都好。

他們寫下來
然後簽了同意書。

從那一刻起，飛利浦・雷曼
甚至說服自己
是他打造出這令人驚奇的機制。

亞瑟，就他這部分來說，
獲得了三重利益。
他不只解決和弟弟之間令人尷尬的狀況。
也不只成功保住他的床。
更重要的是
多虧飛利浦
在那電光石火的一瞬間，他終於體認
在金融代數這方面
他獨具天賦：
純由方程式組成的無邊大草原
在他面前突然展開
準備就緒，只待付諸實現。

有時候，生命獻上
某些突如其來的靈感瞬間。
一如亞瑟經歷的此刻。

然而
陀螺・雷曼
滿足於旁觀，不作聲：

如果說，他堂弟精通於轉讓貸款
他就精通於轉讓其他一切事物
包括他半張床。

因為陀螺
安排好
——遠遠超出大家意料之外——
和某位赫達‧費雪
結婚
一位家世背景非常好的年輕小姐
他們在埃爾伯朗相遇
在大西洋岸
那些坐聖殿前十排的人家
每年都去那裡渡假。

有些流言
——毫無事實根據——
關於那些最低限度的求愛
是如何發生的：
僅止於眼神交流？
僅止於書寫？
透過媒人？
還是肉體關係？
或者，不過是天雷勾動地火？

邁爾叔叔
想出大家廣泛接受的版本，
以雷曼兄弟也涉足的
瓦斯作為譬喻：
瓦斯看不見，也聽不見
然而，無庸置疑，能點火。
那麼，為什麼他姪子
——儘管身為頗為冷調的瓦斯——
不能為愛燃燒？
他當然可以。

事實上。
陀螺像氦氣。
陀螺像甲烷。

一個充滿暗示的想法。

不過，說來最讓眾人吃驚的是
一隻大黃蜂怎能
——長了毒刺
隨時準備發動攻擊——
有辦法結婚。

每個人都這麼想。
但是，沒人說出口。
羅莎阿姨可能也抱持同樣疑問
只不過，如今一切都太遲了。

那就祝你好運！
誠摯恭喜！
至少這次
不像大衛
沒人索賠！

然後——也該交代一下——
赫達是非常安靜的女孩！
自孩提時代
她就為頭痛所苦
得遠離噪音：
就這方面而言
和陀螺一起
於她是上乘的選擇。
再加上
赫達甜心
鑲了蕾絲邊的打扮
是如此純潔：
驚奇於每件事
除了驚喜的表情
總是說著
「我不知道要說什麼。」

如果她都不知道要說什麼
為什麼還要找話說呢？
他先生不需嘗試，

就能
完成圓滿的循環
他們可以完美理解彼此
對空洞的八卦閒聊公然宣戰。

陀螺和赫達。
誰知道他們會不會稱呼彼此的名字
或者，打從一開始就有默契，用手勢溝通：
好事者
宣稱
他們住的公寓
有療養院的氣氛
像神秘拉比的住家。

即使到了克第辛，
當一整家人
坐在第五排
緊張地
等著聽這位年輕男子的聲音，
似乎
面對最重要的婚禮問題
他沒回答「是」
而是非常節制地
點了點頭。
儀式主持人
嘗試用其他方式引導：
（顯然他也下了注）
「大聲一點，雷曼先生：我們聽不到。」

但赫達插話：
「我聽到了，我想這就夠了。」

於是
他祝福他們：
願他們幸福美滿
開始慶祝！

不過：要怎麼慶祝呢？
舉杯，就夠了。

在前額一吻。
祝福家人。

赫達的禮服鑲了蕾絲
陀螺嘴邊叼根雪茄
一張感光底片
為這樁大事留念。

之後
再會了，各位：
新娘頭有點痛。

祝你好運。
百年好合，子孫滿堂。

16
西格蒙德的學校　Eine Schule für Sigmund

對啦，不安於室的大衛
讓我們很沒面子
徘徊留連在
那十二套床單之間。

但是，會不會
堂兄妹聯姻這件事
也只是五十步笑百步？

西格蒙德・雷曼
嚇壞所有人
包括他父親。

他出現時
胖乎乎的臉
手挽哈麗特
伊曼紐的女兒。
他們看向敬重的兩位父親
聲音有些猶豫

幾乎同聲宣告
「若您允許，父親大人，
我們想要結婚。」

然後，她補充：
「他說如果我嫁給他，他就要放棄甜甜圈
所以我想他一定很愛我。」

哈麗特的妙語
——儘管帶有奇怪的諷刺感——
沒讓他們的嘴角抽動分毫
只有西格蒙德自己突然大笑
又馬上停住
因為似乎不太妥當。

「親愛的女兒……過去你曾甩你的堂兄弟姊妹巴掌，
現在從他們當中挑丈夫？」
「父親大人，小孩才賞巴掌，大人要用拳頭。
而且，沒有哪位鬥士能比老婆更強悍。」
令人喜愛的哈麗特
對語言很有一套：
如果出生在英國
她可能會成為一名幽默大師。

總之：用一盤甜甜圈換來
他和堂妹結婚。

至於他……
你要怎麼形容他呢？
他們的子孫
會變成一半肌肉一半蔬菜？
外面的世界
有各式各樣的適婚族群
連出去看看都不要，會不會太瘋了？
堂兄妹聯姻
的確
是你能搆到的
最低點

不只懶散
更
缺乏對感情的想像力。

無論如何
他們依然成婚了。
哈麗特・雷曼成了雷曼太太。
沒什麼好興奮的，連姓都沒改。
男方和女方
親戚們都一樣：
我們會省下——至少——
婚禮邀請的費用。

就這樣。

但是。
度完蜜月回來
該釐清一些事了。

和西格蒙德
小小商談一下的
時機已經成熟。

來，坐。
別打斷
聽好。

就是
我們最好攤開來說
只說一次：
你還不足以
擔起雷曼家的名號。
沒那麼容易。
經營銀行
不同於其他工作
就算你是馬鈴薯之子
也不能忘記
你仍然是德國馬鈴薯之子
與生俱來的硬度劑量適中

不能和普魯士蔬菜
混為一談。
如果必要的話，這樣好了，
讓我們忘記薯仔這個用詞，
從現在開始
稱為洋芋[15]。

然後，拜託，體面一點：
作為家族銀行的
領導者之一
你不要老在
口袋裡放糖果
還有
處理美國高端金融的時候
從早到晚
都不能把地精小矮人的笑容
掛在臉上
加上你又圓又紅的臉頰
還有從褲子裡爆出來的大肚腩。
合宜的禮節，每個人都需要。
所以，關於這件事
──不論你喜不喜歡──
得要用心點。

然後
這個家族
沒法擺脫
那些
道德上的罪過：
大衛·雷曼
不能再提
為了維護我們的好名聲，
不過
坦白說
親愛的西格蒙德並沒有
讓我們的形象好到哪裡去。
也就是說：

---

15. 相對於「薯仔」的原文為 bulbe，即意第緒語的馬鈴薯，此處原文為 Kartoffel，即德語的馬鈴薯。這裡譯為「洋芋」，以表現原文的語源差異。

這男孩得改變。

真的。

為了
以最直接
也最實際的方式行動，
這任務，就交給
他堂弟飛利浦：
讓他找出方法
割掉兔子
可愛又柔軟的耳朵
把麋鹿的角
插到他頭上
把鬥牛犬的獠牙種進他嘴裡
用犀牛的盔甲罩住他的鼻子。

太好了。
要怎麼進行
飛利浦一點問題都沒有：
他堂兄需要
──德式──
強化教育
那將教會他劑量適中的
暴力、無情、犬儒主義
也就是
換句話說
沒錯，先生
一間能讓他成為金融業者的學校。

確認加速訓練課程的
重點之後
飛利浦
向這間假想大學
符合擔任主任資格的
唯一權威
尋求協助：
亞瑟·雷曼
這名學生的胞弟

小他十歲
卻是傲慢冠軍
以第一名的榮耀畢業。

然後，家族也認可這項任命。

於是
飛利浦和亞瑟，
在他們的親戚聚會當中
被指名
執行這項偉大的任務，
以應有的嚴厲
實踐每件事。
他們討論了好幾個小時
終於
起草教學計畫
為了這名學生
保證成功：
四個月內
——精確說來，是 120 天——
西格蒙德‧雷曼
最終
將轉化為
銀行界傲慢的模範。

首先：
美學品味的革命。

穿夠了野餐用的白色裝束：
用整套紐約證券交易所風格的
深灰色套裝
打造全新衣櫃。
然後，拋棄頭髮分線：
選用換然一新、沒那麼孩子氣的髮型
濃密的鬢角
如果可以的話
效法軍人的鬍鬚。
最後，獲得哈麗特協助，
強力執行腰圍縮減

徹底消除
豐滿而歡樂的兔子
塞滿糖與甜甜圈的記憶。
金融是四肢細長的。
金融是嚴肅的。
金融是瘦削的。
所以，西格蒙德
至少
得縮成
西格米 [16]
兩方面同時瘦身。

以上只是外在形象。

然而，無論外在形象有多重要
——如大家所知——
這還不是最關鍵的。

這正是為什麼
飛利浦和亞瑟療法
更明確
瞄準
這隻兔子的心
提供一種
幾可說是洗腦的療程：
「西格蒙德，聽好了：
所有教育都和學習有關
而學習意味了犧牲：
所以，從今天算起
120 天
每天早上
每天傍晚
站到鏡子前面
看著自己的眼睛
好像你在對天發誓
重複誦讀
——不但要用心默記，也要大聲念出來——

---

16. 原文為 Sigmy，也就是縮短了 Sigmund 的暱稱。

這張清單，上面有 120 項要點
是我們作為老師認定最關鍵的
也是
你最終轉化
最好的基礎。」
「亞瑟，我聽不太懂：
我每天得念一條不同的規則嗎？」
「你要花 120 個早晨和 120 個傍晚
念全部 120 條。
飛利浦和我會輪流
在門外
監督你：
你的聲音
要大，要清晰
讓我們聽見。」
「我不確定……」
「沒有時間可以浪費了：背誦這張單子。」

就這樣，在二月的第十一天，
他被鄭重交付
一個信封，封箋了
蓋上銀行章
裡面是清單
有四頁
用陀螺‧雷曼從沒用過的那台
打字機印出來：

鏡前守則一二〇

一、西格蒙德，這世界不是魔法森林。
二、絕對不要相信任何人，西格蒙德！
三、太慷慨，西格蒙德，是浪費！
四、西格蒙德！冒犯總比受苦好。
五、只有笨蛋才一直笑，西格蒙德！
六、讓人懼怕的人，西格蒙德，不敗！
七、西格蒙德，你的弱點就是別人的優勢。
八、掠奪者收獲，西格蒙德。
九、等待就輸了，西格蒙德。
十、西格蒙德，拖延的事，永遠都做不到。

十一、攻擊，西格蒙德，比防禦好。

十二、西格蒙德，別把錢花在我們不讓你花的地方。

十三、贏家，西格蒙德，是第一個抵達的人！

十四、知足是一種恥辱，西格蒙德！

十五、西格蒙德，謙遜帶來的只有傷害。

十六、與其讓人失望，不如說謊，西格蒙德。

十七、西格蒙德，凡事先計算：後計算就太遲了。

十八、熱情，西格蒙德？造就欺騙。

十九、放棄一次，西格蒙德，你就會一直放棄。

二十、西格蒙德，戰場無和平！

二十一、如果你不捍衛自己，西格蒙德，其他人就會打倒你。

二十二、脆弱，西格蒙德，帶來沈重的代價。

二十三、抱怨沒法帶你去任何地方，西格蒙德。

二十四、沒有報價的收成，西格蒙德，造成災害。

二十五、讚美你自己，西格蒙德，貶損其他人。

二十六、沒有什麼事，西格蒙德，不需要付出代價。

二十七、盟友，西格蒙德，永遠都是暫時的。

二十八、西格蒙德，主張好過詢問。

二十九、感性在銀行業無用武之地，西格蒙德。

三十、人類，西格蒙德，並非善類。

三十一、西格蒙德！永遠用事物真正的名字稱呼它們！

三十二、自我欺騙的人，西格蒙德，會付出代價。

三十三、如果你跌倒了，西格蒙德，馬上爬起來。

三十四、大吼大叫，西格蒙德，比受苦受難好！

三十五、唯一的錯誤，西格蒙德，就是承認你錯了。

三十六、西格蒙德……只有傻子會期待禮物。

三十七、愛比恨帶來更多受害者，西格蒙德。

三十八、最好作最壞的打算，西格蒙德，因為這經常發生。

三十九、西格蒙德：沒人會無緣無故幫你忙！

四十、真正的敵人，西格蒙德，比虛假的朋友更好。

四十一、西格蒙德，錢沒有心。

四十二、行動才是真的，西格蒙德，想法只是想像。

四十三、落後一吋的人，西格蒙德，會下沉一哩。

四十四、西格蒙德！撒謊比招供好！

四十五、驕傲是最好的保護，西格蒙德！

四十六、如果你輸了，西格蒙德，永遠低調。

四十七、西格蒙德，絕對，絕對，不要承認你自己錯了！

四十八、注意，西格蒙德：朝你伸出手來的人，背後都藏了把刀。

四十九、該付的帳單總是會來，西格蒙德。

五十、西格蒙德！硬幣永遠有兩面。

五十一、沒什麼事情是不可能的，西格蒙德：遲早的事。

五十二、被人追著跑，西格蒙德，比你跑去求別人來得好。

五十三、慎選你想身處的環境，西格蒙德。

五十四、西格蒙德，尊嚴是個人資產。

五十五、一步都不後退，西格蒙德！

五十六、每個人都有弱點，西格蒙德。就從那裡開始。

五十七、西格蒙德，你給出去的東西，永遠都不會回來。

五十八、永遠保持適當距離，西格蒙德。

五十九、西格蒙德！記得你是誰，忘掉你不是誰。

六十、表露情感的人任人宰割，西格蒙德。

六十一、恐懼，西格蒙德，浪費時間。

六十二、恐懼，西格蒙德，損耗元氣。

六十三、恐懼，西格蒙德，製造的只有受害者。

六十四、恐懼，西格蒙德，本身就結束了一切。

六十五、恐懼，西格蒙德，等於做白工。

六十六、不要對任何交易抱持期待，西格蒙德。

六十七、西格蒙德！自我批判是自我打擊。

六十八、言語，西格蒙德，除了空氣，什麼都不是。

六十九、看路，西格蒙德，你才不會滑跤。

七十、為別人著想的人，最後會惹上麻煩，西格蒙德。

七十一、意志力，西格蒙德，是唯一的武器。

七十二、西格蒙德！你想跟敵人做朋友嗎？

七十三、死於過勞，西格蒙德，好過死於無聊。

七十四、誠信，西格蒙德，是一種抽象概念。

七十五、世上只有兩種人：利用人的和被人利用的，西格蒙德：
你自己選。

七十六、穿上盔甲的人，西格蒙德，不會受傷。

七十七、西格蒙德！接受你付出的那些人，只會想要更多。

七十八、尊嚴，西格蒙德，失去得快。

七十九、保守行事的人哪裡都去不了，西格蒙德！

八十、西格蒙德，該是你的就拿。

八十一、做人狠好過放狠話，西格蒙德。

八十二、狡猾，西格蒙德，比善良好。

八十三、那些不欣賞你的人，西格蒙德，不值得理他。

八十四、你越重要，西格蒙德，他們就願意付你越多錢。

八十五、每件事都待價而沽，西格蒙德：親愛的，至少要推銷自己。

八十六、西格蒙德！受人妒嫉就是力量！

八十七、西格蒙德！遭人怨恨是好兆頭！

八十八、今天吹捧你的人，西格蒙德，明天就嘲笑你。

八十九、任何好處都有代價，西格蒙德，反之亦然。

九十、好運，西格蒙德，可以召來。

九十一、壞運，西格蒙德，可以送走。

九十二、西格蒙德！你怎麼讓別人看你，別人就怎麼看你。

九十三、勉強達標比止步不前好太多了，西格蒙德。

九十四、在歷史上，西格蒙德，溫順沒有任何立足之地。

九十五、過去的事，西格蒙德？現在已經過去了。

九十六、記清楚你要去哪裡，西格蒙德。

九十七、西格蒙德，太多問題只是製造噪音。

九十八、西格蒙德，除了勇氣，沒別的了。

九十九、溫順，西格蒙德，和笨蛋攜手同行。

一〇〇、除非值得，西格蒙德，除非值得……

一〇一、別人有多悲慘都不關你的事，西格蒙德。

一〇二、人決定自己要成為什麼，西格蒙德，人不會自己變成什麼。

一〇三、只有一個聲音，西格蒙德：其他所有你聽到的，都是回音。

一〇四、冒險好過後悔，西格蒙德。

一〇五、咆哮無用，西格蒙德，除非你狠咬對方一口。

一〇六、西格蒙德，每逢休息時間，算算你自己身價有多少。

一〇七、打擊恐懼感，是唯一安全的正道。

一〇八、西格蒙德！別被內心的魔鬼嚇倒了：好好善用它們。

一〇九、還好，西格蒙德，人類仍是一種動物。

一一〇、沒人能告訴你什麼，西格蒙德。

一一一、邪惡可能不好，西格蒙德，但有用。

一一二、誹謗很愚蠢，西格蒙德，但撒下質疑的種子很聰明。

一一三、西格蒙德，質疑每個人是種智慧。

一一四、那些話說很快的人，西格蒙德，很可能什麼也沒說。

一一五、信任其他人，西格蒙德，就是和自己妥協。

一一六、每個人，西格蒙德，都會先救自己。

一一七、西格蒙德！如果你幫助某人，其他一百個人都會聽說。

一一八、追悔是多餘的，西格蒙德。

一一九、輕裝簡便讓船行駛得更好，西格蒙德。

一二〇、西格蒙德·雷曼由大寫字母寫成。

過了一百二十天
之後
大約到了六月中
雷曼家每隻眼睛
都盯著

家族裡這隻兔子看：
療法
如此激烈
能奏效嗎？

西格蒙德抵達辦公室。
深色鬍鬚，可能染了。
頭髮微捲，灰色鬢角。
深色西裝配倫敦雨傘。
屁股的份量至少小了一半。

沒和書桌前的會計們打招呼。
沒給鞋匠小費。
嚴厲地看了一眼
布魯門薩爾小姐
好像她忘了幫他準備熱咖啡。

接著
他在老位子
坐下。

17
尋找夏娃　Looking for Eva

積雪深及膝，陷入其中
靴子裂了一半
老傑夫
　　　佝僂的背像魚鉤
　　　全身關節炎
　　　這還不夠，一隻眼也盲了
每鏟一次雪
就發出一聲嚎叫：
　　　「哎咿嗚嗚啊啊啊！」

深沉的，動物的聲響
來自身體最深處
因為他不只痛，他飽受折磨
但他嘴裡的聲音在發聲之前

受凍於冰雪，
然後全衝出來，在那一聲「哎咿嗚嗚啊啊啊！」
極度痛苦。

不過，又能怎樣？
抱怨沒用：
雪下了一整夜
而清理學校入口
是傑夫的工作。
他至少得花上兩小時
只要他的肺撐得住。
所以，他深吸一口氣
又繼續：
「哎咿嗚嗚啊啊啊！」
「哎咿嗚嗚啊啊啊！」

從這聲「哎咿嗚嗚啊啊啊！」到下一聲之間
連他也沒留意
有名男孩，駐足
馬路另一邊
至少一小時
讚嘆於他所付出的大量勞力。

一動也不動，看著他
他在道德上擁護
每一聲「哎咿嗚嗚啊啊啊！」
某種程度，它們成了他自己的一部分
他也許會走上前去幫忙
如果他不是
像現在這樣未經世事的小毛頭。

因此
他讓自己僅限於道德支持。
隔了一段距離。

手插在大衣口袋裡。
圍巾緊緊繞著他的脖子。
一種表達支持的方式
同時見解明晰，帶有憐憫

對老鏟雪人的辛勞
這其中揭露的問題，就他看來，埋得很深
然後成了政治問題：
「我目睹了什麼？
說到底，這個人怎麼了
不就是社會公義失靈的象徵嗎？」
　　　　「哎呀嗚嗚啊啊啊！」
「為什麼像他一樣冒著生命危險在鏟雪的
總是那些最悲慘的人
那些最應受保護的人？
他代表了一種典範。」
　　　　「哎呀嗚嗚啊啊啊！」
「富裕的人可以自己照顧自己，買藥，
獲得良好的醫療，坐在爐火前取暖。
可是，哪些人
生病了反而風險最高？
不是富人，而是這微不足道的老人家啊。」
　　　　「哎呀嗚嗚啊啊啊！」
「今天稍晚，他可能會死於肺炎
因為他家的窗戶破了，
而社會把他陷在外頭雪中
財富引發失衡：
這個人相信他鏟的是雪，
實際上，他鏟的是社會不平等。」
　　　　「哎呀嗚嗚啊啊啊！」
「正是這樣。無庸置疑。」

赫伯特點頭。
他從口袋拿出筆記本。
在標題「工人冬天應有的權利」之下
快速筆記。

之後
瑟瑟發抖
他一路走向
麻塞諸塞州的威廉斯學院。

為什麼
這名來自紐約，二十來歲的年輕人

如此讓老師們感到害怕
並非緣於他的家族姓氏。
完全不是：赫伯特從來不用他的姓氏
施壓。
與此相反，他隱姓埋名。

實情是，這名青年是顆硬柿子。

他不是出色的學生。
功課過得去。
但是，給他低分
對任何稍微謹慎的人來說
都不是個好主意：
給他低分的人
會發現自己如此不智
在無盡的理論死巷盡頭被逮個正著
在那裡，每件事的潛在核心都是個問題，
政治問題
而教室
瞬間變作國會：

「麥斯威爾教授，如果有權輪到我在此發言，
我要捍衛的，不是我個人的利益，而是一般性的原則。
我不想耽擱你，只因為你給我打了『C』：
儘管持保留態度，原則上我接受。
我覺得更大的問題在於
──如此優秀的機構也確實不該有──
打分數的方法：
為什麼，一班三十個學生
法律強制老師
必須要給
十個人低分
十個人中等分數
五個差強人意
三個好
然後只有兩個接受表揚？
這從假設就錯了，
還不用說到據此傳達出來的訊息！

我應該要因為在這個禮堂裡表達
關於社會公平的想法而害怕嗎？
不好意思，我還沒說完：
在一所真正人人平等的大學
老師應該完全不去約束學生。
還是，我們真的寧願相信
三十位美國公民之中
有三分之一在學習上都沒救了？
我還沒說完，抱歉：
你們不覺得，這種規則
這種你們必須依法遵守的規則
是——退一萬步來說——違反民主的嗎？
然而，這樣做可能引發的後果是
只有十五分之一的學生可以追求最高分，
這豈不是
公然抵觸
每位公民都有
權利
——我說的是『權利』，麥斯威爾教授——
受平等對待的原則？
抱歉，我還沒講完：
讓我們假設一下
如果因為出了什麼差錯
這間學校最優秀的三十名學生
都被放進同一班：
那你們要懲罰其中二十個人，
給他們打低分，不覺得很蠢嗎？
我還有話要說，不好意思：
如果有一個班
全部學生
都高聲叫囂
然後燒書，
是要以什麼為名
讓我們得按照規定
表揚至少兩個人
以國家認證的榮譽？
還有……」
「夠了，雷曼：拜託！
你說服我了！我會跟校務委員會

和校長盧瑟福先生討論！
我們會對這個體系做些調整，如果你想的話。
現在，我可以繼續上課嗎？」
「我還有最後一點觀察要說：
你給我的課堂作文『Ｃ』，
題目是『湯瑪斯・傑佛遜總統的影響。』
你現在說我的論述說服你了
──既然我的論點是權利──
那你不覺得你給的分數扭曲事實嗎？
我誠摯地相信，我已經向你展現
我是如何在方方面面
體現傑佛遜總統對後人的影響。
然而，如果……」
「好！我同意！雷曼，你贏了！
給你最高分可以嗎？」
「我想還算公平。
而且不是為了我，是為了每個人。」

對。
能讓湯瑪斯・傑佛遜的繼承者
獨一無二的原因
在於他不能只想到自己：
每件事，對他來說
要馬上投射至
社會的規模
反映出不太一樣的價值。

嚴肅而複雜。

有些人猜想
出現這種成果很自然
如果童年飽受問題摧殘
還要冒險
試著沒收哥哥的床
就因為這樣
赫伯特・雷曼
完全皈依於
極致版本的慈善事業。

有可能。

可以確定的是，
這種敏感度
讓人很難
跟這位青年聊
稀鬆平常的話題：
你怎麼能跟他要一杯水
當他認為玻璃杯
象徵
西方的供水系統？
你怎麼能跟他埋怨雨天
當他馬上跟你說起街友？
你又怎麼能為孩子的玩笑發笑
當他對嬰兒死亡率
有所顧慮？
更重要的是
銀行家的血液
怎麼可能
──儘管通過蔬菜過濾──
流淌在對金融模型
毫無信仰的
血管當中？

赫伯特・雷曼
甚至
把紐約證券交易所稱為
蛇窩。
且是在眾目睽睽下。

簡言之
既然他看起來
對金融產業沒興趣
只能希望
他的人生道路
帶他遠離
自由街 119 號。
一家人
都這麼想

包括他父親邁爾，
以及他哥哥西格蒙德
那位被問及此事時
以第七十號法則
回答的人。

只有飛利浦很奇怪
他似乎不在意。

不是因為他
為哪種特定情緒所打動。

重點在於，親愛的飛利浦
堅信
家族關係，
包含那些透過婚姻
收買的關係。
喔對了，
在我們用以
描述這類狀況的
所有動詞當中，
這個用詞：收買
不就清楚表達出
一椿婚姻蘊含的
商業意味嗎？

一點不錯。
比方說他表弟赫伯特的婚姻
就本益比計算而言
飛利浦・雷曼
覺得
對這椿收購極為滿意
足以讓他對那徹底民主黨的堂弟。
抬高心中評價

這椿聯姻怎麼出現的
本身就是個故事
沒人
──包括飛利浦・雷曼──

能徹底明白。

其實，它就這麼發生了，
雷曼家和艾茲薛爾家的連結
馬上證實其潛在的核心
是個嚴肅的問題
成了一項政治問題。

不過，簡言之：
沒人意識到實情如下。

剛畢業
毫無意識
赫伯特就被捲入
最難也最危險的政治領域
也就是
義憤填膺地捍衛權利
引領著這人
踏出自己的個人領域
入侵他人的親密關係
以伸張某種公理。

嗯。
就像那些二十來歲的人
常會發生的事
赫伯特．雷曼發現自己
幾乎碰巧
透過朋友
闖入艾茲薛爾家某位女兒的
人生大道
以夏娃為名
她這聖經的名字，對赫伯特來說，
還蠻貼近她的美貌。
事實上：他認為完全名符其實。

因此，扮演著
熱情洋溢的
角色
當代亞當他一腳踏進人間天堂，

理所當然地認為
他們很快會吞下禁果。

然而，並非如此。
因為伊甸園顯然
已被侵門踏戶。

造成問題的那條蛇
——因為是撒旦——
很快就被發現
可以斷言
是證交所那些野蠻爬蟲類的其中一員。
更準確地說
不是別人
就是摩根索家的長子
真正的巨蟒家
最顯赫的家族之一
和雷曼兄弟正面交鋒的敵手。

對亞當來說，這是殘酷的一擊：
他全身顫抖
憤怒於
一旦思及
這位美好的女性典範
注定要獻身華爾街響尾蛇。
他沒仔細推敲，實際上
夏娃由哈希姆創造
如創世紀所述，是要做他的伴侶，
不是嫁給蛇
蛇不過是次要角色
一名邪惡的小配角。

目前為止都好，
畢竟人類的妒嫉
亙古永流傳。

問題在於，赫伯特往前推進。

夏娃·艾茲薛爾

——因為她萬中選一的美貌——
必須從眾多追求者中將她搶來
才能據為一人所有
作為某種社會不公平
這件事很快打中他。
尤其，摩根索握有強權
將不平等的概念
擴展成欺凌。
從濫用到壓迫
不過一步之遙：
這樁婚約
侮辱了美國人民
是時候
築起抗爭的街壘（為了他自己，但他沒說出來）。

然後
任何傳奇
都有些自相矛盾的地方
赫伯特忽略了
這位遭受邪惡殘害的人
不只是羞怯的處女，
還是艾茲薛爾家的財產繼承人，
他們是美國經濟的支柱
圈內人皆知的稱號是「獒犬」
顯然，名聲並不是太正直。

也就是說
浪漫即將引爆世仇
在雷曼、艾茲薛爾、摩根索三家之間
紐約金融界三巨頭
比起開戰
本有更多理由該攜手合作。

不過，這就是政治：
衝突之必要。

赫伯特，即便不知曉一切，
說到底。肯定已經猜到。

就這樣。
要迎戰這明目張膽的不公不義
赫伯特開始了
在他幸運的職業生涯中
第一場真正的政治鬥爭。
西奧多‧羅斯福相較之下是業餘人士。
亞伯拉罕‧林肯比起來像個學生。
喬治‧華盛頓可能會想請他當私人家教。

首先
發起一場無情的反資本主義運動
反抗摩根索家
當然，秘密進行
並妥善隱藏雷曼的姓氏
所以
接下來數十年
社會主義神話學
歌頌一位無名的民間英雄
卻不知道
那是一位金融小開。

於此同時
如同任何戰爭
他引發毫不留情的地下運動
從那些屈從於暴君的群眾下手
煽動叛亂；
因為，這個情勢
就他看來
夏娃是強權下的受害者
（他從沒想過，也許女孩樂在其中），
赫伯特開始追求她
每天
用激昂的書信
轟炸她
送花
執行一切政治上的權宜之計
以助長她
迫切想要叛逆的動力。

就這件事，他得到
受害者妹妹的幫助
某位伊迪絲，友好的女孩
比起艾茲薛爾獒犬
更像年輕的貴賓狗
可能因為多年來她都
籠罩在聖經天后的陰影下
成了一位永遠在等待的女孩。

就伊迪絲‧艾茲薛爾來說
民主政治宣傳
讓她找到一種出乎意料之外的發聲方式：
這名女孩奉獻的原因
是被熱切的政治狂熱攪動
為了高貴的道德目標
她全力抵抗
破壞姊姊的婚事
追求反抗金融的戰爭（並因此反抗她父親）。
值得讚許的伊迪絲：
在黨和家族間
她選擇前者。
畢竟，女人，如今不是
已獲選舉權了嗎？
她對政治的熱忱不過就是自然而然：
總是如此，再加上新的體驗。

既然美國政治
鮮少揚棄目標，
赫伯特和他副手伊迪絲的協議
成功了
費盡氣力之後
產出第一批成果。

那是一個乏味的夏日午後。

花了好幾個月
在競選活動上
終於
得到期望的結果。

經過無數請求
只為一次簡短的私人會面
目前為止都被婉拒
夏娃·艾茲薛爾終於回覆，有一絲希望：
她同意接受一次造訪
這樣她才能當面看著這位先生
告訴他，他讓她
多尷尬。

這顯然是個計策。
伊迪絲也這麼認為：
檢視潛文本
是優秀秘書的首要才華。

時間定好了：七點整。
地點定好了：艾茲薛爾家的花園
像在說伊甸園歡迎孩子們回家
在哈希姆的觀照下
不會有蛇。

準時七點鐘
伊迪絲打開大門
反覆慎重告誡
她引亞當穿過山茶花叢
「跟我來：夏娃在等你。」

的確，夏娃，就在那：
她現身在匆匆越過草地的赫伯特面前
然後，一如預期，
她的眼神不再充滿敵意，
為選舉勝利帶來希望。
整個花園都安靜下來
即使赫伯特彷彿聽見
普天同慶的
合唱。

然而。

啊！政治，多麼奇怪的藝術：
那意想不到的翻轉
和任何馬戲團相比，都毫不遜色。

那天也是如此，群花簇擁之間，
誰都會說
「亞當」雷曼
在他的夏娃面前，發現自己
突然領悟，這位女士正是
他奮戰好幾個月所對抗的
高端金融布爾喬亞的體現？
在他面前，這個銀行一手掌控的美國：
如此大鳴大放，如此燦爛
如此完美、年輕、迷人
如此迅速改變效忠對象
如此能言善道
如此願意出售給出價最高者
第一次
當他自問
他對美的想法是什麼
他突然明瞭
答案就在問題裡。

為夏娃而戰值得嗎？
這個跟摩根索家族要好的人
值得他信任嗎？

既然選委會
難免受到譴責，
赫伯特・雷曼
更進一步：
放下此事
儘管這麼做恐怕影響甚巨。

如果真的要結黨，變得強大
就得拉攏已經準備好
為未來奮鬥的人。

於是，亞當離開這個人間伊甸園

沒和夏娃一起
而是和伊迪絲手挽著手。

當一切以民主之名發生
——因此尊重每個人的權利——
新聞爆出頭條
說艾茲薛爾獒犬和雷曼家結盟了。

這，也是政治。

18
二十分硬幣　Tsvantsiner

耶胡達‧本‧特馬
在《列祖賢訓》中
說：
七十盤點
八十坐賞風景。

邁爾‧雷曼及他的兄長
要七十歲了
不過，還沒著手
盤點。

可能他們考慮過一切
卻沒發覺自己
頭髮灰白了
經手一張又一張紙
上頭盡是算式。

現在他們多少了解了
事情是這樣運作的：
雷曼家決定要投資什麼
但是，與其直接投入資金
他們讓其他人這麼做
以貸款的方式：
你拿你的錢雇我
我再還你

「多久之後，多少利息。」
同時間
我會使用你的錢：
發行貸款
然後我拿利息。
貸款給實業家
貸款給營建商
貸款給管他是誰的產品製造者
貸款給管他是誰都行
遲早
帶來資本。

精緻的遊戲，當然。
嶄新又聰明的經濟學。
非常聰明
──可能太聰明了──
對這兩兄弟來說
出生在德國那裡
在巴伐利亞，林帕爾，
在牲口就是黃金的地方
他們指望的是牲口別死。
但更重要的是
──說來讓人難以置信──
伊曼紐和邁爾
真正的問題
在於
喝一杯水是一回事
但要喝掉整片海洋，是另一回事。
而這片海洋，就是金錢。
利益，沒錯，收入。

因為
實情是
雷曼兄弟
賺得多到不可思議。
錢不停流入。
一大堆錢，不停流入。
可能，太多了，不停流入。
該不會最後我們會被淹沒？

無論伊曼紐或邁爾
都沒忘記
那二十分錢原則
千年之前
在德國那裡
在巴伐利亞，林帕爾，
裱了框
像幅畫
掛在牆上：
由雷曼先祖
用牲口
賺來的
第一枚二十分硬幣。
這幅畫旁邊
是另一幅。
第一百枚二十分硬幣
還有另一張
第一千枚
然後
就這樣
因為「一千枚二十分硬幣
就是財富，吾兒
巴魯克哈希姆！倘若有朝一日
你們能積富如此豐盛。」

無論伊曼紐或邁爾
都想著
——即便他們都沒說出口——
有一萬枚二十分硬幣
每天
流入雷曼兄弟
而且，你需要
無窮的
畫框
才得以展示這些硬幣
如果
把它們全部排成一條直線
那會搭起一座橋

從紐約
到巴伐利亞。

金錢如河川。
甚至更多。

今日它更像漩渦
幾百萬美金
自門口流入
再由窗戶流出。
邁爾和伊曼紐
再也沒法明白：
究竟
我們是用什麼
賺錢？

跟飛利浦談這也是枉然：
對他來說，這家銀行
是座火車站
你在此來往只為繼續前進
永不停歇。
「親愛的叔父大人，親愛的父親大人，
這對我們的資本來說，不都一樣嗎？
我們不能抱著錢不放
而要投資它們：
這些錢來到銀行
一進來
就得馬上再出去。」

至於那位沉默的姪子
他只旁觀。
要求他解釋
那是浪費時間
因為那意味著
從他的古巴雪茄煙圈當中
尋求答案。

那假如我們去問西格蒙德？

伊曼紐和邁爾
坐在他的書桌對面。
時間久到足以看見
裱了框的一百二十條守則
掛在保險箱上
燭台之間。

「西格蒙德，我們想多了解清楚一些：
你不覺得，我們家銀行過度曝險了嗎？
我們投入每一種市場
幾乎記不起它們的名字。
你能不能為我們闡明
這家銀行在這時間點上到底是什麼。
換句話說，我們是什麼。」

西格蒙德讓他們說
眼睛沒離開帳目
畢竟時間就是金錢
不該浪費。
直到現在，他挪了挪眼鏡
看向他們
許久許久
摩挲起雙手皮膚。

「我會告訴你們：這世界不是魔法森林。
言語除了空氣，什麼都不是
你們要我解釋得更清楚嗎？
太多問題只是製造噪音。
你們問我，我們是誰？
感性在銀行業無用武之地！
如果可以，我倒有些問題想請教你們。
我會很強硬，因為表露情感的人任人宰割。
所以，我有些話要告訴你們。
我的兩位堂兄弟都這麼想，
即使出於不同原因
他們倆都不會
用這麼多字把他們想的事說出來。
愚蠢：溫順和笨蛋攜手同行。
就這樣：我代表共同利益發言。

然後，邪惡可能不好，但有用。
傑出：在這些辦公室裡，在這些房間裡，
要是你們還沒注意到
我們有工作要做
贏家是第一個抵達的人。
這就是我們得做的事：生產。
我們必得這麼做。
等待就輸了，拖延的事，永遠都做不到。
所以，與其問我銀行是什麼
不如更專注於
老年這個概念。
永遠用事物真正的名字稱呼它們！
現在，請見諒，我有個會要開。」

如大家所知
兔子
—— 一旦牠們想這麼做——
吞食起獵物
可比獵豹更兇狠。

從他們驚喜的反應看來
先排除了
任何負面推斷，
兩個堅定而正面的想法
出現在
這兩位老銀行家的心中。

首先
受家族旨意，專為西格蒙德開設的
犬儒主義學院
產出了
明星畢業生。

其次
壞兔子先生
可能
觀察準確：
他們要問的不是銀行
而是他們自己的心

如果沒辦法
至多
就去找某種
精神導師。

因此
他們前往拜訪
史特勞斯拉比
他似乎更熟悉
老年的概念
既然他現在嘴裡的牙多於頂上的毛。

「親愛的伊曼紐和邁爾，
為了要回答你們，我想反思一下
年紀一詞的意義。
年紀難道不是指生命中的某個位置嗎，
如同我們生活的
環境和領域？
每個年紀都是一座城鎮、一座村莊，
或者──如果你比較喜歡這樣想── 一個國家
我們每個人都得通過這趟旅程。
然後，就如同世上每個地方
都有它自己的氣候，自己的語言，和自己的風光，
老化也一樣：
我相信，這就像是住到國外去，
到了那裡，之前居住國的規則
就再也行不通了。
然後，就像是住在國外
你得學習新的語言
太陽叫太陽
月亮叫月亮：
到那時，你才會發現
太陽，就是那個照亮整個地球的太陽
就算到遠得要命的地方
會改變的，也只不過是名字。
換句話說
人的不同年歲就像不同國家：
當你是異鄉人，一切都很難
等你最後變成公民的時候

一切會變得友善宜人。」

那就這樣吧。
不過，這是什麼意思？

伊曼紐和邁爾
突然了解
他們帶伊里亞・鮑曼
營建商人
到銀行報告的事。

兩位雷曼兄弟和他會面
因為，
「就我們看來」
是有潛力的投資。

關於這件事，邁爾想了很多。
關於這件事，伊曼紐也想了很多。

想法一致，直覺一致：
美國工業正在成長
所以會有更多工廠
所以會有更多工人
所以會有更多移民
所以……他們要住哪？
需要兩倍住宅。
蓋越多越好
打造全新市郊。
安全的投資：磚頭、砂漿。
保證有報酬，期限又短。
理由清楚得不得了：
飛利浦他自己也會做出這個決定。
投資勞工住屋。
完美。
投資營建商人：伊里亞・鮑曼。

「不知道你們怎麼想：
我們覺得這很有前景。對吧，邁爾？」
「當然如此，伊曼紐。

而且他是個可靠的人。」

沒錯。

伊曼紐和邁爾
說完
所有人
一陣漫長的沉默。

陀螺咳嗽：
他正在跟
第三根雪茄搏鬥。

沉默。

西格蒙德挪了挪眼鏡
擦亮鏡片
把它們戴回去。

沉默。

飛利浦坐在主位
幾乎像個黑影
和自由街二樓
這全是玻璃和鏡子的房間
從後頭射入的光線形成對比。

沉默。

陀螺捻了捻他的鬍子。

沉默。

西格蒙德給自己倒了一杯水。

沉默。

飛利浦微笑。

沉默。

陀螺翹腳。

沉默。

西格蒙德把領帶拉直。

沉默。

飛利浦把一張紙折起來。

沉默。

陀螺理了理領子。

沉默。

西格蒙德擤鼻子。

沉默。

飛利浦起立：
「親愛的父親大人，親愛的叔父大人，
我們對你們的提議
致上無比敬意
容我代表每一位
向你們這項貢獻表達感謝。
我說得對嗎，西格蒙德？」

西格蒙德清了清喉嚨
注視著水晶吊燈：
「只說對部分，飛利浦，
因為，你知道，事情是這樣的
這世界不是魔法森林
而感性在銀行業無用武之地。
既然任何好處都有代價，人要記得凡事先計算。
看路才不會滑跤，而該付的帳單總是會來。
所以，讓我們永遠用事物真正的名字稱呼它們：

自我欺騙的人會付出代價。

那麼。蓋房子？拜託！

我們真的想跟敵人做朋友嗎？

我們想要往後退一步嗎？

落後一吋的人就會下沉一哩。

工人的家？

獲益呢？沒有報償的收成造成災害。

更不用說

我們踏足營建業

是全新的領域

預期之外

缺乏一致性

錯誤

災難

帶來損害

此外，更重要的是：

在投資給拉美移民住的房子之前

我們是不是要問一下，這國家是要走去哪？

冒險！冒險！冒險比後悔好。

知足，我說，是一種恥辱，

保守行事的人哪都去不了，

所以，抱歉：我的答案是絕不！

各位，真正重要的，是勇氣！

過去已經過去，

我們可能為美國建了鐵路

但是，那樣做現在不夠了：

連結好美國東西岸

我們為什麼不把目標放在連結七大洲？

驕傲是最好的保護！

野心才是美德！

長話短說，我的想法是：

我們建立一個金融業聯盟：

有二十、三十、五十家銀行

然後我們跟巴拿馬政府申請

一百年租約

在太平洋和加勒比海灣之間

九十九公里長的土地上。

那樣的話，我們就會把陸塊一切為二

從一邊到另一邊

從這片海到那片海
我們米蓋一條還不存在的運河
整個世界的商務往來
都得做個選擇，是要付我們錢，然後通過
還是要繞行合恩角
花上一天又一天航行。
我說錯了嗎？
明天的錢就在那裡！
意志力是唯一的武器！
你們要說不？是因為害怕嗎？啊！
恐懼浪費時間！
恐懼損耗元氣
對：恐懼本身就結束了一切。
恐懼，各位，就是做白工。
我說完了。喔不對，還有：
我們是雷曼兄弟
是用大寫字母寫成的。」

然後，西格蒙德站起來
怒氣沖沖，全身通紅
然後，他離開時，幾乎把門都給拆了。

沉默。

陀螺噴出一口煙。

沉默。

飛利浦用指尖
摸摸鼻子：
「親愛的父親大人，親愛的叔父大人，
如果你們覺得合適
還是可以請鮑曼先生送出一份書面申請：
我們會以它應得的關注
好好考慮考慮。」

伊曼紐點頭。
邁爾也是。

然而，從那天起
再也沒人看到
兩位老人家
出現在自由街
那全是玻璃和鏡子的
二樓房間。

19
奧林匹克運動會　Olympic Games

一切始於
命中註定的那天
當飛利浦・雷曼
在日記裡寫下
大寫字母
將我自己奉獻給聖殿

不過，這並非某趟
神秘旅程的開端。

他指的也不是那座金融聖殿
華爾街證券交易所
他已在那完成很多交易
花在那裡的時間
比在他自己的辦公室還多。

將我自己奉獻給聖殿
下頭
還有幾個字
在括弧裡
意義不明：
（麥西・朗贏得比賽）

在一本銀行家的日記裡
聖殿
和美國的運動英雄
可能有什麼關聯？

說不定飛利浦・雷曼
──希伯來學校的長期捐贈者──
正籌劃什麼活動
想邀請這位新的紀錄締造者
去學校
見見孩子們？

不。
完全不是。

那些字
將我自己奉獻給聖殿
說的其實是
無可逃避的需求
以釐清某些
懸而未決的問題
也就是那些
讓飛利浦
感到可恥的問題。

這件事同時關係到
清晰的商業操作
因為銀行
──從飛利浦的角度看來──
除了直接了當的成功
沒有其他目標。
而且，他會達標
以緊盯侏儒手指的方式。
對這一點，他很確定。

另方面
雷曼兄弟
已經蓬勃發展：
保險箱滿載
投資成果優異多元
所以
沒有理由
沒有任何理由
不為他們自己開心。

那麼，問題出在哪？
是什麼事讓飛利浦・雷曼感到焦慮
打攪他平靜的心靈
讓他的想法蒙上陰影？
什麼事擾得他晚上睡不好？
更重要的
是什麼樣惱人的痛苦
有天突然浮現
開始影響他的心智，
成了一種執迷
甚至一種折磨？

一切於他變得清晰
像透過夢境
經常發生的那樣。

巴黎奧運
才剛開始。
在他夢裡
飛利浦・雷曼發現自己身處體育場
跑道邊
看向
四百米短跑決賽。
麥西・朗正為比賽做準備
打扮得很奇怪
衣著不是美國運動員的顏色
反而
全身上下都是黃色
上面寫了
雷曼兄弟
大大的字母。
裁判
（神似史特勞斯拉比）
搖鈴
你看運動員們
衝刺出發
整個體育場的人都站了起來：
群眾呼喊著
所有人重複著

「麥西・雷曼・朗！」
「麥西・雷曼・朗！」
像一陣風
推進偉大的冠軍
催促他再跑快一點
彷彿他後頭有一輛斯圖貝克
然後他一直跑
一直跑
一直跑
和敵手們拉開距離
「麥西・雷曼・朗！麥西・雷曼・朗！」
一直跑
一直跑
一直跑
衣服上寫著雷曼兄弟
奇蹟般
衝向終點
「麥西・雷曼・朗！麥西・雷曼・朗！」
多少人看著
然而
突然間
麥西失去平衡
好像是被自己的腿絆到了
整個人滑倒在跑道上
逼得其他人只能跳過他，或從他身上踩過去。
「噢噢噢噢噢噢！不！！！！！！！！！」
整座體育場哭嚎著
不只他們：整個巴黎。
看著他的英雄倒下在地
飛利浦・雷曼
──儘管這只是夢──
可以感覺到他的胸口在燒
彷彿有四把奧運聖火點燃他：
他衝向跑道
抓住麥西・朗的手臂
拖著他的肩膀
像個瘋子一樣開跑
瘋狂地
瘋狂地

瘋狂地
超前一個人，又一個
瘋狂地
瘋狂地
當他終於超越最後一個人
瘋狂地
抵達終點
飛利浦．雷曼
衝過終點
肩負麥西．朗
迎向勝利！
勝利！勝利！勝利！
每個人都尖叫
除了他堂哥陀螺
只是點頭。
體育場發狂了：
「麥西．雷曼．朗！麥西．雷曼．朗！」
到處都是回聲
大合唱中
飛利浦
拖著他的冠軍
走向講台。
但是，他被制止向前：
裁判
（神似史特勞斯拉比）
給他一個大大的擁抱：
「雷曼先生，恭喜你的付出：
真是一場精彩的比賽。
現在，如果你不介意，我要去頒獎給三位贏家了。」
「什麼意思？我們拿到金牌！」
「不，先生，應該說：你贏了競賽，
但金牌當然不是你的，
也不是銀牌，更不是銅牌：
在頒獎台之外的人拿不到任何獎項。
請見諒。」

嘿？搞什麼？頒獎台？
這什麼狡猾的伎倆？
誰敢搶走他的勝利？

麥西‧朗贏了比賽！
麥西‧朗贏了比賽！
麥西‧朗⋯⋯

這時，飛利浦‧雷曼
睜開眼睛。

儘管他不清楚每項細節
他相當確定
金牌
去了劉易森家。
銀牌是高德曼家。
銅牌則是赫胥鮑姆斯家。

等於說
從現在起
雷曼兄弟
可以贏得每場競賽
但永遠維持老四
因為
他們的位置
在聖殿第四排。

於是
新的優先順序
馬上
出現在日記裡
將我自己奉獻給聖殿
（麥西‧朗贏得比賽）
從那一刻起
對飛利浦來說，沒有別的事比
拉近距離更重要
——距離很短，當然，但差別甚巨——
從第四排
到以賽亞‧劉易森的位置。

每一動
都經過審慎安排
以及考量：

沒有一件事是偶然
只要飛利浦・雷曼
坐鎮控制室，
更何況
既然現在
家族銀行
已經決定宣戰
向那高不可攀的黃金三兄弟。

首先
他得趕上
依里亞・赫胥鮑姆斯
第三名。

他是一位耆老
受女兒軍團敬重的父親
她們順從而
忠心耿耿
常在這位大家長後頭列隊
因此，上流社會
都叫她們
「赫胥鮑姆斯的紅十字女孩們」。

如今
事情是這樣的
親愛的老依里亞
妥善運用
他的女武神
供給他本身
非常有效的家族網絡
控制煉取黃金
遍佈北美：
他的七位女兒，每一位
都嫁給
一位美國的銀行擁有者
尤其專注在
黃金為王的
那些領域。
每慶祝完一樁婚事，

這位新女婿
就讓他的銀行
加入這位老岳父在紐約銀行界的聯盟
而且
以此方式

　　　從加州到克朗代克
　　　從內華達到科羅拉多
　　　從阿拉斯加到黑山
赫胥鮑姆斯家——可以說——
手指持續按住整個市場的脈搏
這讓人貪戀的黃金流
要開要關
就在他們一念之間。

更重要的是
飛利浦·雷曼
當然清楚
儘管赫胥鮑姆斯的房子看來樸素
關於這家銀行的神聖事務
卻幾乎滴水不漏。

然而對飛利浦來說
比對這些女兒們的新居
和《華爾街日報》的
銀行界新聞就夠了：
只要
另一場金融危機
在南方各州爆發
他會立刻以此為由，採取行動
又一次，用大寫字母
他在日記裡寫下
這些推論要點

　　　　1.**赫胥鮑姆有個女兒在德州**
　　　　2.**每個女兒都嫁給銀行家**
　　　　3.**每個女婿的銀行都和母銀行結盟**
　　　　4.**所以赫胥鮑姆在德州一定有分行**
　　　　5.**好極了：我們要去第三排了**

第五點信心爆棚的語調
實際上
出自
那天的頭條新聞：
德州州長
本於一股反資本的怒氣
雷厲風行
要在至少十年間
認真取締
所有德州的銀行家。
罪名：詐欺。

消息出來還不到一天
史特勞斯拉比
收到一封未署名的短箋：
聖殿第三排
應該以正義的眼光看待自己
與法庭站在同一陣線
一幫違法人士
受法令驅逐
還不是哪個鄉村法條
而是真正的州法？
新聞剪報如附，
您信念堅定的
忠誠追隨者

實際上
第三排享有的視野
實在好太多了：
「無與倫比，飛利浦！」他老婆說
接著問，為什麼
赫胥鮑姆斯的紅十字女孩們
全體降級
彷彿她們染上瘟疫。
「我真的不知道，嘉麗。
我都看不到她們，她們去哪了？」
「我想，是那裡：第十排之後。」
「真的？都到德州邊境去了！」

他本來可以多說幾句
像是，雷曼家確實
值得
這次拔擢，
但他沒有。

有一部分是因為他老婆
在那當下感覺到
共將超過一百下陣痛的第一下
也就是說，六小時後，
她會為他產下一子。

但是，除此之外，
沒有其他事更重要了
他的想法已經鎖定
往前
越過第二排
直接
瞄準劉易森家無上的王座。

中間當然
沒少了高德曼家的人坐在那
然而，對飛利浦·雷曼來說
這不構成
任何阻礙。

遠遠稱不上。
計畫已經展開。
簡單而完美。
所以
一抹滿意的微笑
浮上他唇間
每當他想到這個計畫：
高德曼家會擔任
台階的角色
鋪墊通往劉易森家。
換句話說，
他會利用他們。
對，利用。以超越他們。

因為
在內心深處
——飛利浦懷疑——
要擊敗敵人
還有什麼方法
比和另一人結盟
等到
取得勝利
再像廢鐵一樣處置敵人來得更好？

只要時機正確
就能結束漫長的戰爭
和亨利·高德曼
簽署新的協議：
協議相互支持
歃血為盟的兄弟情深：
免不了
和一位敵人結盟
因為沒有其他敵人了
只剩競爭對手。
盡在他的掌握中。

才說完就付諸實踐。
天意提供機運
加上史無前例的時機
這就是方法。

那是星期四下午。
一陣細雪，仿若許諾。
聖殿微微亮光
飛利浦·雷曼
緩慢
向前
胸前抱著一個白色襁褓
和他的黑色大衣形成對比。

出生後
八天

依律法規定
羅伯特‧雷曼，小名「巴比」，
要行割禮。
他的血脈中
對德國
對阿拉巴馬
對很久以前的老紐約
當他爺爺伊曼紐
開展自由街辦公室那時的紐約
連一點稀薄的記憶都沒有。

飛利浦停步。
他舉起襁褓
然後，典禮開始：
從今天起
他兒子會有個名字
在割禮之後
他會庇蔭於猶太父輩先祖。

一切都很完美。
如果不是
有另一人出現
一身全黑
也抱著
一個襁褓
沿走道前進
他最終停步
在雷曼先生身旁。

這位新來的人
在現場引起一陣騷動：
沒人預料到這件事。

只在某本日記當中
結果
全在意料之中：
同時迎接長子
巧合般的割禮。

昨天是男孩們的成年禮。
今天是新生兒的割禮。

一股強大的好運：
面向依里亞的座位
——願祂守護兩位孩子——
兩位家長
各自懷抱襁褓
飛利浦・雷曼
亨利・高德曼
發現他們
肩並肩
同一陣線
驕傲地
抬頭挺胸
完全沒有眼神交流。

兩個襁褓都在尖叫。
兩位太太——在第二和第三排——
也沒有眼神交流。

沒人想過
驚天動地的事
影響深遠的事
即將發生
就在今天，在聖殿。

無疑地
破冰很困難：
飛利浦主導
他知道得走這一步：
「哈囉，高德曼。」

家族新成員齊聲尖叫。

「哈囉，雷曼。」
「誠摯地恭喜你，高德曼。」
「你也是，雷曼。」

驚惶不安的淚水浸濕襁褓。

「我說，好奇怪的巧合，親愛的高德曼。」
「是很奇怪。」
「有點難為情？」
「也許。」
「無可避免，親愛的高德曼。」
「我同意，親愛的雷曼。」

兩名王位繼承者刺耳的尖叫。

「另一方面，大自然是無法控制的，亨利。
我可以冒昧稱你為亨利嗎？」
「大自然才不管什麼該死的銀行，飛利浦。
至少沒有誰能控制她。」
「也沒有誰能控制神聖的戒律。」
「噢沒辦法：沒人能。」

從嬰兒那裡，爆發一陣嗚咽。

「所以說，他們說的並不真確，亨利。」
「什麼事不真確，飛利浦？」
「說高德曼家可以用黃金做到任何他們想做的事：
說到底，有些事，他們仍然無法掌控。」
「照你這麼說，雷曼家不也一樣，無法愛怎樣就怎樣。」
「所以，你承認了？承認你不是無所不能的？」
「如果你承認的話。」
「就假設我承認吧。」
「那樣的話，我們倆都如此承認。」
「我們倆都承認什麼？」
「承認不論我或你，都無法愛做什麼就做什麼。」
「說得好。不管是我或你，都無法無止無盡地擴張。」

下一代大聲抗議。

「亨利，分頭進行，我們確實不能。
但如果，某種程度上，我們同心協力……
那樣的話，也許……」
「某種程度上，飛利浦？」

「某種程度上，亨利。」
「你說的是？」
「華爾街。」
「股市？」
「股市。」
「報價？」
「報價。」
「發行股份？」
「發行股份。」
「雷曼兄弟和高盛？』
「金融戰略合作，亨利：
建立夥伴關係，商業聯合。
我們的力量——如果能結合——將無與倫比。」

後代子孫暴動，反抗資本主義。

「我得想一想，飛利浦。可以給我一點時間嗎？」
「典禮結束之前。」
「如果時間不夠呢？」
「那我就會找別人結盟。已經有人向我提案了，亨利。」
「是誰？」
「劉易森家。」
「發誓你說的是真話。」
「只要你發誓接受這個提議。」
「我們倆都發誓。」
「以什麼起誓？」
「我們的兒子。」

來自前線的噪音一陣合唱。

「巴魯克哈希姆，飛利浦！」
「巴魯克哈希姆，亨利！」

據說
他們握手了
當其他每個人
都盯著他們看
從一側到另一側
不理解

為什麼這隻狼會舔舐那隻熊
反之亦然。

雷曼兄弟。
高盛。
為勝利而結盟。

有人注意到，問起
怎麼
從現在開始
他們可以一起坐在
第二排⋯⋯

赫伯特・雷曼和他老婆伊迪絲，
馬上抗議：
民主不就是分享？

實際上，這問句足以
引來一些笑聲
並且很快
傳染開來。
然而，不論西格蒙德握了多少次手
警戒自己抵抗
任何情感流露，
女人們開始和彼此聊天
老人們小心地為彼此斟飲料
男孩問女孩名字
亞瑟・雷曼逗孩子們大笑，
告訴他們，他弟弟如何
嘗試要沒收他的床。

簡言之
不管實際上是什麼
似乎像在慶祝。

只不過，兩名嬰孩
從未
停止哭泣
陀螺・雷曼

隔了適當距離
看著
裹覆在他第四根哈瓦那煙霧當中：
坐在角落
——和他沉默的赫達一起沉默——
他一刻都沒分心，
留心觀照每件事。

不過，就連這件事
也被預料到了
在飛利浦的日記當中。

甚至，像是，接下來的一切。

20
黃金飛利浦　Golden Philip

因為安息日
紐約暫時停下腳步。
商店關閉
辦公室空蕩蕩的。
華爾街交易
週五傍晚就收盤
這是好事
因為星期六
不會有人在那。

安息日也看不到
索羅門・帕普林斯基
那位在華爾街
走鋼索的人。
他沒去那裡
像每天早上那樣
在路燈之間
拉直鋼索
他也沒喝下
那口干邑
就在

離陰暗門廊不過幾步路的地方。

紐約
因為安息日停下腳步。

據說
連蒙克‧伊士曼
也沒派手下嘍嘍去開槍。

自從航船
每天
在美國碼頭
卸下
數以百計的移民
紐約
四分之一的公民
擁有猶太姓氏。
然後，好幾個月了
在布魯克林的牆上出現塗鴉
寫著：

猶約

也許這些猶太人
跟以前那些不一樣。
不一樣，先生。
他們跟我們很像，但不一樣。
嘉麗‧雷曼想表達清楚
這是經常出現的話題
最熱門的談資
每天下午
當
她招待
亨利‧高德曼的
老婆
在她位於 54 街的豪宅。
如今，這是個儀式。
一如她們的先生
雷曼和高德曼
會一起吃午餐

每天
在戴爾莫尼克餐廳。
太太們不會出席。
不一起吃午餐。
她們只是，一起喝茶。

「她們告訴我那家猶太潔食的肉鋪
隊伍排了二十碼長。
再添點茶，高德曼太太？
飛利浦從英國帶回來給我的。」
「那些猶太人，最終他們會
賣我們爛掉的肉，只為了要做生意。」
「我跟肉鋪小弟說了
我們會多加一點錢，不要呼嚨我們。
你的茶加牛奶嗎？」
「一點糖就好，謝謝。
不過，別相信那些僕人，雷曼太太：
我們家廚子會偷我們家東西。
我等亨利從巴拿馬回來，就讓她走。」
「我們家廚子已經在這做六年了，這點我不擔心。」
「不要把話說死。我們家的做更久了。
看看她怎麼對待我們的！
我一想到要僱有色人種就發抖。」
「噢不！會在屋子裡走動的幫傭不能是黑人。」
「我問過聖殿的大家了，看來希望渺茫。」
「實情是，近十年跑來的猶太人，都從俄羅斯那邊來。
你根本聽不懂他們在說什麼。
他們又很窮，穿得破破爛爛的！
我看過有些人下雪了也不穿大衣。
再來一杯，親愛的高德曼太太？」
「當然，親愛的雷曼太太。
我先生說，不該再讓他們入境。」
「飛利浦也這麼覺得。
他們真的沒什麼好抱怨的，
誰叫三個猶太人裡面就有一個變罪犯。」
「當我讀到《紐約時報》的新聞
我承認我真的蠻害怕的。
尤其當我先生跑去加拿大的時候。」
「飛利浦也越來越少待在紐約

不過，那些猶太幫派不會上來這邊。
槍擊案都發生在那裡，靠近下城的區域。
來一小片蛋糕？」
「一如既往的美味。」
「過獎了。」
「無論如何，明天，你應該來我家。」
「親愛的，真的很抱歉，但我沒辦法：
明天早上我兒子，羅伯特，
要去牽他第一匹馬。」

馬。
巴比‧雷曼
還不會說話，
已經擁有至少十匹馬。

馬的命運
多麼奇怪：
他們曾被用來拉馬車，
但如今街上到處是汽車
人們把馬拿來當禮物送小孩！

也許有一天
等我們都用飛船代步
汽車就變成新生兒的玩具了。

雷曼家
現在有三台汽車。
一台是飛利浦在用，深藍色的
黃銅合金。
司機叫傑拉德
來自法國
是個聰明的孩子。
然後，比起用黑人，由白人司機
送你到華爾街
別具功效，
尤其，如今在紐約
好像所有黑人
生來
就準備要套上他們的僕役制服。

傑拉德，一頭金髮，
顯然增添了些許階級差異。

這家人第二台車
是最新款的
斯圖貝克：
西格蒙德通勤全靠它
——以節省時間——
因為現在有哈麗特和兩個孩子在等他回家。
他的司機叫圖里，義大利人，
造成誤會的深色外表：
他令人生厭的習慣是會說個不停，
即使西格蒙德很少回應。
的確，有時
他拉上簾子
隔開司機座和乘客空間
表示該閉上嘴了
除非他想丟了這份工作。
他不會是第一個要走人的。
沒錯。
要為西格蒙德・雷曼工作
並非易事。
過去幾年內
他已解雇至少三名司機
更別提家裡的幫傭
布魯門薩爾小姐也是如此
她得離職走人
先是來了麥克納馬拉小姐
接著是莎莉・溫福德
現在則是蘿雷塔・湯普森，
這位，為了保住工作，
永遠聽候差遣。

好吧
這世界不是魔法森林
（而感性在銀行業無用武之地），
但現在西格蒙德也許
開始走得太遠了：
害怕自己尚未

充分吸收他的《塔木德》，
他每天都確認
將一百二十條鏡前規訓的其中一條
付諸實行。
這樣的話，他認為，
理論就能幾近自然地轉譯為實踐，
抹除
這隻兔子曾經蹦跳的
所有記憶。

假如正統派猶太人
為了要成為一名好的猶太教徒
得遵從
全部六百一十三條戒律，
那麼，他也
能每天應用一條原則
督促自己成為更堅毅的金融家。

於是
他身邊的人，開始
付出他們的代價
嚐到非人道訓練的苦果
特徵是最刺眼的犬儒主義，
拒絕任何利他行為
同時持續不斷地
自我謳歌。

然而
從未發現自己得以如此有力地
實踐
鏡前教條
西格蒙德
產生致命的想法
彷彿他向來是
貪婪的
最高楷模
並因此對一切都懷恨在心。

於是

西格蒙德
不相信任何人
害怕人們的言說
憑空感知背叛：
對他來說，聽到一個字說錯就夠了
一旦抓到一個不夠服從的眼神
他馬上咆哮說是陰謀
因為我有我的尊嚴
任何人要是以為他們能打倒我，
都大錯特錯：我的名字叫西格蒙德·雷曼
全由大寫字母寫成。

所幸
他老婆哈麗特，
體內流著她的家族血液
附上她個人完美的頭字母縮寫。
否則，恐怕
他已經把她趕出家門
指控她策劃某樁陰謀
要偷走他的財產。

然而
人真實的本性
即便迫使改變
也不會徹底消失，
西格蒙德·雷曼
白天的暴怒發狂
越來越常間或以
突然流淚的夜晚
彷彿在銀行家冷冰冰的睡衣底下
仍有一隻柔軟的、毛茸茸的兔子
往外探。

這是
哈麗特·雷曼面對的處境
發現她老公
溫柔地滿盈淚水
在枕頭上，在她的臂彎裡
像個小男孩和媽媽一起

聽他用絕望的聲音
懇求她：
「跟我說你還愛我。」
還這個字顯示出
他全然意識到自己近來的轉變。

哈麗特在呵欠之間發出
一聲「愛啊」
就足以
讓他回到斷斷續續的睡眠
直到早上
當他雙眼清澈地醒來
投入這並非充滿魔法的世界。

然而，如果
——有時會如此——
這帖藥方不足以退燒
哈麗特就得
編造一個故事，關於
——最多——
幾年之後
他和她
會如何手牽手
離開這個虎穴
逃離每一件事和每一個人。

「我們會去哪，哈麗特？」
「很遠的地方，西格蒙德。」
「很遠的哪裡，哈麗特？」
「到海上，西格蒙德。」
「那裡有魚嗎，哈麗特？」
「有魚有海鷗，西格蒙德。」
「你保證，哈麗特。」
「我保證，西格蒙德。」

「媽媽，發生了什麼事？爸爸在哭嗎？」
哈洛和艾倫問
揉著眼睛
像兩個小精靈

偷看家長的房間。

「噢對，沒錯：爸爸在哭，因為
銀行的成功，讓他太開心了
你們該回去睡覺了，明天還要上學。」

沒錯：上學。
隔天
哈洛和艾倫都
設法在作文裡寫
銀行家多麼善良：
每當銀行賺錢
他們就喜極而泣
而且，很幸運地
因為銀行蒸蒸日上
他們每天晚上都在哭泣。

被如此豐沛的情感打動
埃爾曼小姐給他們打了滿分
而且覺得，應該要
讓家人也讀一讀
這些受到銀行福祐而令人歡欣的文章。

「你們瘋了嗎？」西格蒙德
斬釘截鐵地開場
隨即開導這些小兔子：
「感性在銀行業無用武之地，你們懂嗎？
這些胡說八道的東西，沒有立足之地。
你們搞錯了，你們以為我在哭
其實不過是眼睛發炎。
明天你們就去跟埃爾曼小姐說
這些都是你們自己編造的，每一個字，
你們去請求更正
然後把你們的版本更正回實際發生的事。」

這是
通訊時代的開端：
「從現在起，我禁止你們
在班上談論金融。」

銀行人的生活，是艱苦的生沽。

更艱苦的，按哈麗特所說，
是因婚姻的神聖結合而與他同行的
另一人的生活。

幸運的是，工時
在自由街 119 號
很長，而她先生
早上第一道曙光升起
就坐上由青年圖里駕駛的斯圖貝克離開。

順道一提。

雷曼家第三台，也是最後一台車
理論上是陀螺的
不過，實際上
陀螺或赫達都不太坐這台車：
太麻煩了，太吵了。
沒下雨的時候
他們讓司機薩米
（一位矮小的有色人種，留著灰色鬍鬚）
載邁爾先生和伊曼紐先生
在紐約四處兜風：
行車版的手臂和馬鈴薯
如今他們的腿
出現毛病
最好不要冒什麼險。

兩位老人家
已經很少踏進自由街
那家銀行。
如果薩米晃超過一個街區
兩人之中就會有一位
從後座
趕緊叫出聲來：
「該死！薩米，你沒發現很晚了嗎？
你要帶我們去哪？掉頭！」

於是他就掉頭。
對薩米來說有差嗎？
只要他們有付錢就好了。

但是
對他來說
他最享受的駕車路程
是去聖殿：
那趟服務
他可以花上一整個小時
在街上
和五十幾名司機同行
說說笑笑
因為現在所有猶太人都買了自己的車
而且是最好的車
在聖殿外面
排在一起展示
擦得閃亮
彷彿汽車展示中心。

當然，司機得有腦：
有些規則
不容忽視。

比如，幾天前，
傑拉德被其他人說服了
說最多再半小時
就會有場暴風雪。

去年
雪下了整整五天
當紐約變得一片雪白
路面就成了
交通的夢魘。

傑拉德沒有浪費時間：
儀式還在進行

他打開大門，
環顧四周
在所有會眾之中
上下
搜尋
然後
最後
他看到他們了，雷曼家，
在前排，講壇前面。
「不好意思，雷曼太太！夫人！
我想我們得趕快離開！
快下雪了，別再祈禱了！」

如今這些僕從就是這樣：
你如果不教教他們，他們就讓你蒙羞，
傑拉德也不例外，
雖然他還不是最差的那種
不過——為了讓他明白他幹了什麼事——
他被減薪。
大幅地。

畢竟
沒有哪種語言能更清楚表達：
要有效管理關係
錢是唯一的工具。

飛利浦·雷曼
對這點堅信不移
尤其是現在
他已贏了戰爭
得以掌控聖殿。

劉易森家呢？
讓他們保有那些小盒子的鑰匙吧
假如那裡面真的只有黃金的話：
那種黃色金屬確實有價值，
不過，那是往日陳跡了
隨著一天天過去，也不再閃閃發亮。

我們這個時代的黃金
——飛利浦寫在日記裡——
是那龐大的錢流
隨時
從某個買家的口袋
輕巧地溜進
某個賣家的保險箱！

金塊？礦產？
可以保值，當然。
但要怎麼和
數鈔票的沙沙聲相比
幾乎看不見
幾乎感覺不到
卻會形成一聲轟鳴
你能想像全世界都如此嗎？

嗯，對：世界。
畢竟
侷限在國家範圍內思考
毫無意義：
貿易沒有界限
因為沒有界限
雷曼兄弟
想要一手掌控。
以數字。
以簽名。
以契約。
以貸款。
以匯票。

所以
誰會贏得
最前排的所有權？

是載滿好幾公噸黃金的
劉易森家？
還是，沒什麼事能壓倒他們的

雷曼家？
我們的實力都在數字！
我們之所以能立足於此
都是透過完美、神聖的計算。

重點在於：
劉易森家知名的木頭長椅
——如果他們不趕快離開的話——
會在手推車和起重機的重量下
以坍塌告終
在黃金的重量下
相繼斷裂，
然而，我們
將輕巧旋轉
毫不費力
把財富置入腦袋
而非塞進皮夾。

話雖這麼說：
讓我們看看實際情形。

劉易森家賺多少？
一年六百萬美金？
或甚至是七？
太強了，劉易森！
和長期敵手
結盟時
雷曼兄弟賺的還不超過四。

太棒了。讓我們從這裡開始。

強強聯手
結合高德曼的資本
和雷曼公司的腦筋
我們肯定得以發動
決定性的一擊
正中系統核心：
我們會是工業的銀行
我們會是交通的銀行

我們會是商務的銀行
我們也服務新型態連鎖商店
像沃爾沃斯
那家什麼都欠我們的公司。

一家現代銀行
服務今日的美國

飛利浦・雷曼
已經用大大的字型
寫下來了
寫在新摩天大樓
高聳的白牆上！

劉易森家賺多少？
一年六百萬美金？
或甚至是七？
太強了，劉易森！
收購沃爾沃斯之後
雷曼兄弟達到五了。
不夠：全速前進！
更多！更多！
永不後退！

一家服務每個人的銀行
迎向所有人的財富

飛利浦・雷曼
已經用巨大的字型
寫下來了
寫在六呎布條上
掛上布魯克林橋！

劉易森家賺多少？
一年六百萬美金？
或甚至是七？
太強了，劉易森！

現在股市報價
雷曼兄弟落在 6.40。
不夠：全速前進！
更多！更多！
永不後退！

一家今天的銀行
投資你的明天

飛利浦・雷曼
已經用大大的字型
寫下來了
寫在火車小船大船上！

劉易森家賺多少？
一年六百萬美金？
或甚至是七？
可憐的劉易森！
雷曼兄弟已經衝到 7.80
成了華爾街的當紅炸子雞。
不夠：全速前進！
更多！更多！更多！更多！
永不畏懼競爭！

一家勇敢的銀行
準備接受任何挑戰

飛利浦・雷曼
已經用大大的字型
寫下來了
寫在火車小船大船上！

劉易森家賺多少？
一年六百萬美金？
或甚至是七？
我憐憫你，劉易森！

現在每個人都在談論
雷曼兄弟已經突破 8.60
不夠：全速前進！
更多！更多！更多！更多！更多！更多！

雷曼兄弟
在第一排

飛利浦・雷曼
將欣然接受
聖殿外這麼書寫
在劉易森家座位往後搬的時候。

高端金融
有時
真的很滑稽：
如今，在華爾街
他擊敗了黃金巨頭們
他們就稱他為「黃金飛利浦」。

「那些人怎麼會坐到後頭那麼遠的地方？」
他兒子問他
當他看著那些匈牙利人入座時。

「有時候，最晚起步的馬在賽事裡能後來居上
巴比，你懂這道理，對吧？
運動員也是這樣：
麥西・朗就是箇中大師。
而且，他現在還是紀錄保持人：獨占鰲頭。」
但是，當他這麼說的時候
黃金飛利浦咬起嘴唇。

人們不是都說在巔峰
空間只夠容納一人？
第一排，也是一樣。

華爾街人人都說
雷曼足因為和高德曼結盟
所以獲得成功，那沒關係。
飛利浦當然有資格坐在
第一排，那沒關係。
那些都沒關係。

只不過，他們不是唯一在那裡的人
飛利浦無法接受。

他必須找到一種方法。
他必須翻開對的那張牌。

同時，保持耐心。

於是，那天傍晚
黃金飛利浦
在他的日記裡
寫下：
假如高德曼不在那裡。

21
七天哀悼期　Shiva

坐在藍絲絨椅子上
背向牆
老雷曼三兄弟的最後一位
等待
打招呼
道謝
門關上
又打開：又一個人進來。

當小羅伯特
問他
他的鬍鬚怎麼這麼長
他跟他說
他們以前就這樣做

在那叫做林帕爾的地方
然後，他們也為亨利叔叔這麼做過，在阿拉巴馬。
然後，羅伯特
在一張紙上畫畫
很多人鬍鬚長到腳邊
——連女性也是——
——連狗狗也是——
展示給每個人看，他說：
「這是林帕爾，在阿拉巴馬。」

羅伯特喜歡畫畫。
如果他們問他
他長大以後想做什麼
他回答：
「畫家！」
他母親嘉麗對這件事，
即時微笑
非常明瞭
在她老公的日記裡
完全不是這樣計畫
更正他：
「巴比！你要說銀行家畫家。」

然而
那時候
巴比・雷曼對他未來的職涯
沒興趣：
他環顧四周
看他爸爸和其他所有人
都在進行奇怪的儀式
要做三天。

因為雷曼家
已決定遵循所有規矩：
七天跟三十天
像他們在歐洲那裡做的那樣，
所有規矩
彷彿我們還是巴伐利亞猶太人。
一星期不出門。

不準備食物：
拜託鄰居，接受食物，就那樣。
他們已經撕破一件衣服，像規定的那樣
從老墓園的葬禮
一回家，就把衣服撕成碎片。
他們也背誦了**禱文**
每天
早上，傍晚
全家人
小朋友在第一排
從哀悼期開始。

現在
低語著
雙眼疲憊
坐在藍絲絨椅子上
背向牆
老雷曼三兄弟的最後一位
等待
打招呼
道謝
門關上
又打開：又一個。

他們已經把人放入深色棺材裡
沒有把手
沒有裝飾
什麼都沒有
一如半世紀前
亨利的那樣。

自由街 119 號辦公室
和水晶吊燈一樣高的窗戶
今天仍然關著。
今天跟昨天前天都一樣。

雷曼兄弟辦公室
已在自由街 119 號
將近五十年

這麼久以來，從沒關過。
即使在華爾街
證券交易所
降半旗的時候，也沒關過。
「有趣」——老雷曼心想——
因為
他和他弟弟
已經很久沒踏進那裡；
現在他們在那裡談的全都是
股份、債券、股市。

坐在藍絲絨椅子上
背向牆
老雷曼三兄弟的最後一位
現在
等待
打招呼
道謝
門關上
又打開：又一個人進來。

群眾
——曼哈頓所有猶太人——
現在在房子前門
已經排隊排了好幾個小時：
他們看到《紐約時報》的新聞
這則消息放在頭版。
「有趣」——老雷曼心想——
因為
他和他弟弟
連一頁報紙都不讀；
因為他們現在寫的全是
股份、債券、股市。

群眾很沉默。
一次兩個人，走進
五十四街上的大房子，
百葉窗今天放下來了：
街道

不會被那巨大吊燈發出的光
照亮
那座
──嘉麗為此感到高興──
不是由煤氣，而是由電氣所驅動的燈。

群眾很沈默。
一次兩個人進門。
索羅門‧帕普林斯基也在那裡
這位在華爾街走鋼索的人
二十年來
從未
自他的鋼索上墜落。

一切都按規矩來
一切都像在林帕爾的巴伐利亞人那樣
即使現在
只有一個人
真的記得該怎麼做。

22
馬　Horses

心宿二的A
布蘭登的B
卡里普索的C
達科他的D
老鷹的E
菲力克斯的F
吉普賽的G
西斯特的H
伊西多羅的 I
朱尼兒的J
國王的K
幸運的L
美樂蒂的M
奈傑爾的N
奧林帕斯的O

胡椒的P
魁北克的Q
魯比爾的R
希爾佛的S
探戈的T
尤里西斯的U
絲絨的V
懷特的W
索洛斯的X
約克的Y
札格爾的Z

巴比
用雷曼馬廄裡的馬
學習字母。

此外
即使才七歲
他已經為牠們瘋狂。

打從第一次
飛利浦和嘉麗
帶他去看賽馬：
巴比再也沒把
眼睛從賽事移開，
就連馬匹
跑過
貴賓席前
揚起一大片沙塵時
他也沒閉上眼睛
從那天起
在學校
他沒有一張畫裡
沒有馬。

這男孩知曉每個品種
他能辨別柏布馬和蘇格蘭馬
阿拉伯馬和純種馬
他了解某個品種的價值

也了解另一品種的價值。
目前
在紐約這裡
自從進入新世紀
價值成了通關密語。
每樣東西
都有其價格
每件事都標價。
在紐約的一切
都掛上價格標籤
像商店櫥窗裡的鞋子
市場小販的水果
但讓人心跳加速的
真正的心跳加速
在於，實際上
價格
能夠
必須
一直
變動
改變
改變
改變。

然後：
正如巴比‧雷曼熱愛會跑的馬
他爸爸飛利浦，熱愛變動的價格。

當然了：
坐在看台
追蹤賽事很容易
透過望遠鏡：你只要看。
要追蹤價格變動可就困難多了。
但飛利浦‧雷曼沒有灰心
而且已經開始投資
其繼承者的
金融訓練：
「羅伯特，聽我說？
你先不要畫畫了，我這裡，有更好玩的事情喔。

我們今天來玩個股市價格的遊戲。
要怎麼玩？很簡單。
很久很久以前，巴比，有一支雨傘。
這隻雨傘要花三塊錢。
但是，假如《紐約時報》突然宣佈
天氣會持續變壞兩個月
你知道會發生什麼事嗎？
雨傘會跟鬆餅一樣狂賣
價格會上漲，因為沒有人想淋濕
所以，為了不要淋濕，他們會花這筆錢。
你喜歡我們這個遊戲嗎？好極了。
現在，假設，突然間，人家開始說
雨傘會招來閃電……
誰還想要雨傘？
雨衣就好上一千倍……
於是，雨傘價格馬上下跌。
太棒了，親愛的巴比：你已經學完了。
你知道嗎？這家冠上你姓氏的銀行
就跟雨傘一模一樣
我們不斷被股市檢驗：
那些相信我們的人，會買進一小部分你的姓氏
然後他們可以持有，或賣掉。
（巴比，好好記牢了，這叫「股份」。）
如果這家銀行很健康，夠強壯的話
它的股份就很有價值
沒人想把它賣掉。
但是，如果這家公司摔跤了
──因為人家說『會招來閃電！』──
那任何持有股份的人都會想賣掉它
拿回他們的錢。
這種糟糕的狀況叫做崩盤。
就好像有一匹馬
當牠，沒辦法贏了，價格就下跌
但是，如果牠獲得勝利，就會價值連城。
懂了嗎？對了，羅伯特，我希望雷曼兄弟
成為
最棒的馬廄
養一群永遠勝出的馬匹。」

巴比全都聽進去了
沒錯過一個字。
而且，他也覺得他懂了。

然後
有一次
他試著要畫出股市，
可是，整張紙一片空白。
然後，他試著要畫出銀行
也沒成功。

於是，他畫了一匹馬。
上面有一把傘。
然後，他揣度
會不會
一家銀行可能真的就是這樣。

好問題，巴比。
你不是這個家
唯一一個提出這問題的人。

或許這就是祖父和孫輩相似之處
雷曼家族裡還在世最年長的人
一直疑惑，
家族裡
這種
對馬的熱愛是打哪來的
畢竟他在巴伐利亞林帕爾看過
各式各樣的牲口
但那裡從來沒人養過馬。
然後，這位老人家不說了：
典型他的思維——作為一個好手臂——
因為他現在應該已經知道
在紐約，1+1 絕對不等於 2
生命的必然性，
在這裡都消散於風中。

這就是了：
伊曼紐有時想著

今天一家銀行
要選商標
可能
就要選一匹馬。

因為這樣
當他問
孫子巴比：
「你長大之後想做什麼？」
他回答：
「賽馬騎師！」
他沒有太驚訝。
針對這點
巴比的母親嘉麗，
即時微笑
非常明瞭
在她老公的日記裡
完全不是這樣計畫
更正他：
「巴比！銀行家騎師。」

如果那時飛利浦還沒去證券交易所
她會聽到他更正她
用大寫字母寫成的：
「金融家騎師。」

沒錯。
現在
——自從邁爾叔叔過世——
少說
過了好幾年
招牌上的**銀行**那個字
飛利浦覺得太侷限了
像繞在他脖子上的領帶。
招牌不再由木頭製成
而用玻璃和鍛鐵
沒差，
由合適的建築師負責
自由風格的設計：

對於雷曼兄弟，
他們在股市被詢價
他們發行股票配股
提供建議
操作市場，
這四個字母：B-A-N-K
幾乎像差辱。
飛利浦想改名：
他夢想
雷曼兄弟公司
然後
每當他抵達
自由街 119 號前門
他好像就看到招牌已然在那裡。

但，然後呢？

然後，他總有別的事要忙：
他的行程就和日記一樣滿到爆
但他總覺得自己有些神聖的力量
像摩西，像亞伯拉罕
因為他從不疲憊。

這一點多多少少
也是他在思考的事
當他看著巴比臥室牆上掛的
—— 一點也不撫慰人心的——
那些黑灰色版畫。

事情是這樣的
一星期前
聖殿的長老理事會
決定
致贈他們的捐贈人
象徵感謝的小禮物
因此送給雷曼家
一套精美的版畫收藏
每一幅分別裱框
偉大先知的肖像

大衛王和歌利亞
諾亞和方舟
巴別塔
金牛犢
和身處死者骨頭當中的以西結，
總之
令人印象深刻的聖經畫廊
每幅畫下頭
包含一節詩篇。

問題在於，這些版畫
用墨顏色之深
表現出令人震驚的細節
看起來
比其他任何東西
都像要懲罰迷途的靈魂。

不過
它們表達出更強烈的東西：
飛利浦覺得很有啟發性
因為對他來說以色列的歷史
就是家族歷史
而他清晰地看見自己
作為家族宗長。

因此，他下令
把如此陰暗
如此令人不安的
整套版畫
都掛在巴比床頭：
這些會是他每天晚上
入睡前
最後看到的畫面。

相對地，飛利浦
辦公室牆上
掛的是麥西‧朗
往日的奧林匹克運動員
一幅瞪著無神雙眼的肖像。

飛利浦認為他知道
這股無神打哪裡出現：
既然如今你已打破每項紀錄
還要追尋什麼獎牌？
這一時刻會降臨
當最偉大的登山者
發現自己已經登上
全世界最高的山頭……
然後呢？
這時他還有什麼別的目標？

簡而言之，飛利浦‧雷曼
感受這一切。

他也在日記裡
寫下：
大問題：絕不能出錯。

對他來說，這成了一種執念。
他用這件事持續測試自己。

他打開《紐約時報》
隨機挑一篇文章
然後
開始整理每項細節
寫下他的預測：
他從不出錯。
某個政客的政治生涯？
飛利浦研究證據，然後猜對了。
某位實業家的未來？
飛利浦研究證據，然後猜對了。
某項專利的成功？
飛利浦研究證據，然後猜對了。

他兒子巴比
從沒想過
這是他熱愛賽馬的唯一理由：
賭哪一匹會贏

以驗證他的直覺
從不出錯。

也有人看過他
走進
在長島的
拳擊訓練俱樂部。
並不是因為他喜歡：他恨透拳擊。
他得測試自己。
坐在角落。
他看他們訓練。
他聽他們交談。
然後他拿出
日記
寫下「**明天格里菲斯會贏。**」

他們來他的辦公室
從早到晚
提案
各式各樣的投資：
飛機、滑翔機、
汽車、城市運輸系統。

每一次，飛利浦
問完所有必要證據
把自己關在家裡的會客室
直到深夜
入睡前，他知道該怎麼做。

「雷曼先生，銀行的領頭羊
像你們
不能不關注
七位數收益的郵輪產業：
我們提供空間給社會各階層顧客
——當然，不同階層會分隔開來——
以卓越的品質服務跨大西洋線
每件事都悉心設計
從門把，到最低階服務生的制服
或送上龍蝦的盤子

還供應各式法國紅酒和魚子醬。
現代社會正快速擴張
你們就是驅動力，雷曼先生：
現今你們已跨越全美
最遠的地方也升起旗幟，
我想請問，你們會錯過這個，
征服海洋的機會嗎？
一家銀行的名字並非用墨水寫成
更可能用水寫成。
我可能會搞錯，但你們不會後悔
投資我這漂浮的耶路撒冷。」

然而
就算銀行的名字真的
毫無疑問
能用七位數銘刻在波浪上，
飛利浦・雷曼
認為，也許
把名字寫在船上
並不是他最大的野心。
讓其他人去做這件事吧。

所以他沒出資：鐵達尼號。

23
鳳梨汁　Pineapple Juice

上大學
巴比表現很好：
他的成績非常好
尤其是美術史。
他也加入馬球隊。

飛利浦和嘉麗
去看過一場比賽
巴比進了十球。

嘉麗真的很開心。

但他先生並不是。
這段時間，他心不在焉。

有時候，男性心智如何運作，是很奇怪的事：
家族的保險箱滿盈
馬廄裡都是馬匹
他們坐到聖殿第一排
然而
有一陣子了
憂慮的氣氛
飄蕩在
自由街 119 號的房間裡
影響到這位黃金男士的心情
和日記。

讓我們從頭說起：陀螺。

飛利浦並非
沒注意到
他堂哥漫長的沉默
確實出現變化：
將近五十歲
裹覆於雪茄煙霧中的
他
臉上
戴了一副厚重的深色眼鏡
使得
他連眼神都無聲
——陀螺僅存的語言形式。
假如飛利浦和西格蒙德曾想過
在那之前他們曾有過某些形式的交流
通過學習辨識皺眉、噘唇、抽搐眨眼或漲紅面容
這些詞彙的含義
突然間，這本字典變得毫無用處：
他們堂哥的貢獻
越來越
侷限於
見證人的角色

只在重大時刻
體現為神聖的在場
當他這一票
——贊成或反對，沒得討論——
以最低限度的點頭或搖頭來表達。

再者，
會議當中
陀螺坐的那張椅子
成了酷刑的場域：
他發展出一種習慣
狂暴地
用他的指甲
搔抓
皮製把手
像被關在籠裡的動物
然後，用他的鞋跟
不斷地
刮蹭桌腳。
同時間，他扭來扭去，
像是和椅背有仇
無法安靜坐好
又突如其來地
抽搐
他的雪茄末端有好幾次
燒到他的手。

陀螺
受到壓抑的某種躁動
彷彿隱匿得
猶勝以往
——他們當然覺得——
那將
很快產出大黃蜂儲存多年的
極致的毒液。

此事讓飛利浦憂心。
到痛苦的程度。

尤其是，當陀螺的妻子
　　受邀參與
　　他們近期購入名駒伊達爾戈的慶祝聚會時
　　手拿一杯鳳梨汁
似乎不怎麼憂慮於
她丈夫即將到來的爆發：
當然，她聽飛利浦講完他的顧慮
理解他焦慮的語調，
然而，相較起其他形式的反應
她只是困惑
當
她伴侶的苦痛
被鉅細靡遺地描述。
她唯一的反應是「我不知道要說什麼」
當她被問到能否提供一些協助時
她只是微笑：「你們自己去討論吧，他沒跟我說這事……」

眼裡看著他們新的伊達爾戈騰跳行走
飛利浦針對這句幾近冒犯的回應
沉思了好幾小時：
該不會她和陀螺聯手
嘲弄這個家族企業？
還是，那神秘的措辭「……他沒跟我說這事」
暗示他其實有對她說了其他什麼事？
也就是說
他真的有跟她說話
只不過對他們保持沉默？

坦白說
他不確定
比較喜歡哪個解釋。

第一個嚇壞他了
畢竟那樣冒犯家族關係。

第二個同樣令他心煩
──甚至更為憂慮──
因為那和他自己完全相反：
有多少次他的嘉麗

抱怨
得和一位寡言的丈夫一起生活，
實際上是從不說話
即便她從新聞上聽到
他的公開演講多麼成功
有多少次飛利浦回家
覺得元氣不足
——也不只是元氣，連慾望都沒有——
開口說一句晚安？

有一次，確實，
在巴比被擢升為
馬球隊隊長之後
（並且獲得銀色獵鷹的稱號，）
在巴比解釋的時候，飛利浦心不在焉
那些因為所以
只有最後
在冗長敘述的結尾
飛利浦拍拍他的肩膀，說：
「幹得好！巴比！這運動真是太棒了，棒球。」

如果飛利浦得選擇
哪面獎牌比較值得
是父親／丈夫，還是銀行家／金融家
毫無懸念
他會選擇當華爾街的黃金男士，
而絕非在他回家之後
得扮演的兼差身分。
實情如此。

現在
他表哥
卻可能在溝通技能上
對自由街有所保留
反而是留給新娘房
在他看來，這個想法，匪夷所思：
怎麼可能有人這樣想？
把丈夫的角色擺在銀行家之前？
怎麼可能有人和家族艦隊逆向行駛

僅以某個如此侷限的事物為名
限縮於自我存在的範圍內？
這足以
讓陀螺成為他眼中
應該立即解僱的人選。

這些反思
全發生在伊達爾戈的蹦跳之中
被騎士以精湛的安撫
馴服了。

可能這就是為什麼
飛利浦
在他的日記裡
只寫下：
抓緊馬的韁繩。

西格蒙德，就他的部分來說，
對這問題缺乏興趣：
他父親過世後
他已開拓出
自己在這家銀行裡的一片天
可以說
完全避開其他人
幾乎獨立
作業
把自己藏在
以痛苦和敵對組裝的
冰冷的面具後頭
代價是
以加侖為單位的夜之淚水
由哈麗特見證。

相對地，白天
他像進行禮拜般遵從那 120 條戒律
使他
比金屬更冷酷。

也正是

一陣金屬聲響
——在十一月的——
某天早晨
西格蒙德敲響
他堂兄弟辦公室的門。

不過：
不是敲飛利浦的門。
是陀螺的。

從走廊小聲咕噥著
一句「我可以請教你一個問題嗎？」
聽起來已經夠奇怪了，
一部分是因為
在自由街這裡
沒人
想過要向
戴深色眼鏡的獅身人面像尋求建議，
另一部分是因為，這問題
來自誰？來自他？
來自西格蒙德
這位花四個月
站在鏡子前面
晨昏定省
一再確認
他可以也應該要鄙視這世界的人？

然而，陀螺
沒表示反對。
隔一段距離
他審視他堂弟
尋找是否有什麼
他還沒發現的含意。
沒有，他再怎麼看，
也沒能找到任何小兔子的痕跡。

同時間，西格蒙德確認走廊沒人，
把門關上。
他穿透那層煙霧

靠近書桌。
坐下。
把椅子往前挪。
在所有可能的開場白裡
他選了最不可能的一句：
「你喜歡水果嗎？」

好像還嫌不夠，他複述。
「你喜歡水果嗎？」

兩次。三次。
直到嘗試第四次
他感覺到一絲認同。

在接下來的長沉默中
陀螺
沒把眼睛從他堂弟身上移開。

他生氣了嗎？

還是，這股突如其來對園藝的熱情
是因為
他拙於掩飾喪父帶來的悲慟？

當然，還有其他解釋
不過，此刻
他甚至不想予以考慮。

也因為
西格蒙德先開口了：
「那我們就有兩票，陀螺，
因為我實在很喜歡水果。
我來找你討論
是因為這世界不是魔法森林
然後，親愛的陀螺，戰場上沒有和平。
飛利浦，不是這樣，你知道嗎？我怕他並不喜歡水果。
其實，我蠻確定只有我們喜歡，我跟你。
嗯！飛利浦喜歡算數
他喜歡用股份在股市變把戲：上！下！上！下！

所以，我不想去敲他的門：
他不會懂的。也或許他會，
但是用他的詮釋，那種我不喜歡的方式。
他用錢在思考。但我，是用影響力。
我對華爾街是誰在跟我打招呼不感興趣
我想掌握的，是那些坐在國會裡的人。
我們的家長留給我們一艘漁船
我想把它變成捕鯨船
一艘航向整片大海的船
完全不怕怪獸。
而且，既然驕傲是最好的保護，
我來這裡提出一個協議。
協議——嗯，好像怪怪的？——以水果之名。
或者，這麼說好了：以聯合水果公司之名。
你知道我在說什麼，對吧？」

陀螺吐出一大口煙，
希望噴出比煙囪還多的煙霧
得以盡可能讓自己消失。
同時
他重整自己的臉部肌肉
盡量避免顯示絲毫認可之意：
他當然知道在討論什麼
但更希望讓西格蒙德解釋
但願
聽聽這些比喻。

「聯合水果經手香蕉、椰子、酪梨、芒果，
還有很多其他美味的水果，這裡都不種的⋯⋯
這份事業很有價值，陀螺。
我甚至會說，是慈善的：
我們從中美洲那些窮苦的國家買進好幾公噸水果
然後我們付他們恰好的錢
我指的不是市價
我們的小錢對他們來說很大。
也就是說，如我們所知，每件事物都有其價格
只有傻子才會期待免費禮物⋯⋯
沒錯。所以，重點來了，我的朋友。」

陀螺吐出另一口煙，
然後限制自己
思考
他已
如此迅速
從血緣關係的身份
移到比較平凡的一般朋友。
顯然更適用於這個狀況。

「我們必須一心一意：
後悔無用。
所以，我就直說了：
聯合水果是很棒的投資。
不是因為我喜歡鳳梨
也不是因為來自波多黎各的那些水果。
我們這麼做是在資助農夫
只為了形象：
透過控制市場
我們就有政治手腕控制他們。
瓜地馬拉、宏都拉斯、古巴、尼加拉瓜：
我們能掌握他們，你懂嗎？
私有財產，我們做我們的，
然後，因為最好預期最糟的狀況
假如有一天真的需要，我們已經在那裡了，
準備好做任何事。」

講到任何事
暗示對整個範圍的強調
陀螺
吐出一縷長長的煙
像抹香鯨噴出水柱：
也像在傳達一則訊息
莫比‧迪克 [17] 尚未被殺
捕鯨船可能還沒找到目標。

「重要的是勇氣，我親愛的朋友，而且我有。
對。雷曼兄弟無法說不：

---

17. 經典小說《白鯨記》中的巨型白鯨之名。

世界上只有兩種人：利用人的和被人利用的
我們不可能永保第一
即使我們在股市勝出。還是遠得很……
你知道那是什麼嗎？華爾街的乳牛也許奶很多，
但你想終其一生都被擠奶嗎？
美國在利用我們
而我想保有自己的尊嚴：
我想成為那個操作槓桿的人。
政客們要求我們幫忙……
如果我們幫了，我們不只在擠奶
還負責整座牛棚。
畢竟，我們的姓氏，雷曼兄弟
是用大寫字母寫成的。」

即使被奉承為
大寫字母圈的成員之一
陀螺
沒有回應，
仍然不為所動。

他希望他的沒回應
跟有回應一樣好，
讓他免於因為移動臉頰
而造成的肌肉疲勞。

經歷極為單調平靜的
一小時後
西格蒙德
感覺到他堂哥極為稀微的蔬菜傾向：
深吸一口氣
在滿是香菸的空氣中
站起來
然後一走出房間
就踏過整條走廊
去飛利浦的辦公室。

他沒關上陀螺的門
顯然
不是巧合：

攤牌的時間到了。

他敲門
等候回應
然後開門。
陀螺只聽到他
問：「飛利浦，你喜歡水果嗎？」
然後
他就消失在房間裡。

據說，馬匹
感應得到
即將出現的危險。

沒人知道是不是真的。

但是
幾天後
雷曼馬廄新來的那匹馬
突然恐慌發作
瘋狂亂踢
掙脫韁繩
甩開騎師
跨越柵欄
往森林全速奔去，
牠的雙眼驚慌失措
嚇壞了
沒有原因。

他們得將牠安樂死
因為牠逃亡期間受了傷

「恐懼」西格蒙德評論
「是浪費時間和精力。」

「還有錢」飛利浦補充。
「伊達爾戈花了我四十萬。」

丟到水裡的錢。

24

玩具國歷險記　Babes in Toyland

耶胡達・本・特馬
在《列祖賢訓》中
說：
四十而精明
五十而謹慎。

西格蒙德・雷曼
說不出他是否抵達
精明歲月的盡頭
但他覺得自己已進入
謹慎的階段：
老實說，
如果他能和耶胡達・本・特馬討論
他會問
生命中哪個年紀
他有望獲得最低程度的明晰。
坦白說，就少了這個。

他常坐在一家餐廳的
大扇窗戶邊，
花上整個午餐時間
看路上的人。
他對他們穿什麼不感興趣。
他在意他們是獨自一人，還是跟其他人一起。
他盯著他們看—— 一個又一個——
只為了搜尋西格蒙德・雷曼。
另一個他自己。
看他走路。
聽他說話。
見證他每個手勢。
然後，誰知道，也許最後會懂得
住在你體內的那個人是誰。

又一次
西格蒙德失去線頭
一段時間了。

生而為兔子
接著變形成眼鏡蛇
多虧銀行界《妥拉》的戒律，
他在雙重人格的
相對兩端之間
擺盪
至今已好幾年了：
醒覺時冷若冰霜
入夜則極度絕望。

一開始
他希望
這種不便是暫時的
可能因為改變太快
必須付出代價
沒有中間階段
從畏懼到使人畏懼
從顫抖到令人顫抖
最重要的是
從被取笑到取笑別人。
這不是條容易的路：
眼下他正付出代價。
希望一切趕快過去。

不過，他錯了。
隨時間過去，情況愈漸惡化。

雪上加霜的是，同時
西格蒙德
開始
堅信
他的心情擺盪總有一天
會使他不得不接受病狀並且辭職，
不論從事哪種行業都會發生的自然風險之一：
吞噬他的這股焦慮
之於銀行家
就像老繭之於打字員
或燒燙傷之於消防員。

夜復一夜
他爆發的哭泣
變得失控，
只有婚姻牧歌
足以緩減他的症狀：
考量家裡的團結一致，哈麗特
被迫承擔
她先生的失眠
為她那位（沒付錢的）觀眾朗誦
他們逃亡去海上的劇本：
「我跟你保證，西格米：他們絕對找不到我們。」
「我們什麼時候該啟程？」
「遲早的事。」

一說出
遲早的事
哈麗特就開始自問
她先生的眼淚
該不會，是為了
要哭成一片海洋
讓他自己能在上面航行。

不過，就像有時會發生的那樣，
自愛的微光
從災難邊緣拯救了西格蒙德：
如果他無法徹底扼殺
心裡那隻兔子
至少
他以為
要給兔子一點協助
然後，一些偶然的機會
讓他午夜的淚水
在白天也找到出口。

這真不容易。
一部分是因為，感性在銀行業無用武之地，
另一部分在於，為了打造冷酷的名聲
他已經付出這麼多

可不能因為在辦公時間大哭
付之一炬。

所以，西格蒙德
嚴肅地
自問
在哪種社交場合
銀行家流下淚來
這種無可想像的荒謬情境
不只獲准
還可能會受到嘉許。

所幸
他想到好幾個可能
經證明非常有用。
對他則是，極端重要。

首先是，葬禮。
畢竟
雷曼兄弟不就被期許為
一家友善的銀行
在最黑暗的時刻，不只為了國家
也為每一位投資者
提供憐憫和支持嗎？

從宣傳的角度來看
有利的葬禮
和這三種形式的屍體有關：
1. 美國士兵
2. 那些沒有繼承人的有錢死者
3. 知名藝術家或傑出人士

在這些精選場合
連最不通人情的銀行家
也逼自己，在掬一抔土放進棺材的時候
擦拭眼淚
如果他這麼做
會獲得所有在場人士一致贊同：
「你看到沒？他這麼頑固，卻為我們而悲慟！」

西格蒙德的兩位夥伴
在這方面
完全欠缺天賦。
當然，他們試過，
偶爾參加葬禮，
但成果不令人滿意：
陀螺把自己關在沉默中，
不論葬禮有多麼可敬，
他還是
無法表達
連在耳邊低語
一句簡單的「節哀」都
說不出口。
大體上，這不受人欣賞。

最糟糕的還是飛利浦
連最輕微的一絲情緒
都無法
流露：
他的表情—— 一抹嘲弄的微笑——
無可抑制
只會讓他在葬禮的現身
帶來反效果。

西格蒙德就不是這樣了。
他被證明是優異的哭泣者。
尤其當美國
開始處理黑幫
街上佈滿了屍體：
雷曼兄弟多所涉入。
「你看到了嗎？他明明是暴發戶，可是他看起來多麼痛苦。」
真的，他流下豐沛的淚水，
使亡者後代感到欣慰
而他自己也得到不少紓解。

除了葬禮，他也上劇院。
西格蒙德
從來不是
音樂粉絲

他也從未想過
一家銀行會發掘
任何對劇院的興趣。

不過，貴婦們
扮演金融顧問的情形，
並不罕見
是他的哈麗特
帶他第一次
光臨百老匯。
原先目的，老實說，
主要是為了娛樂，而非銀行業務，
不過，就這樣：
當他們看著
《玩具國歷險記》的成功
——坐在美琪劇院——
西格蒙德
注意到他四周
上演一齣奇怪的手帕交響樂。
當富裕的小氣鬼，
幾乎要成功綁架小波比
把她從吹笛人之子手中奪走時：
他感到他，西格蒙德，就在台上
打扮一如那名卑鄙的金融家。
而且：
這個老巴納比
不正是半條華爾街的縮影？

然後，奇蹟降臨。

西格蒙德環顧四周。
紐約的
頂級金融布爾喬亞：
他們不只沒被冒犯
還滿眶淚水。

就像收到一份驚喜禮物：
排洪閘門大開
他也加入

這股愁苦，投向波比，
這位犧牲於資本主義聖壇上的受害者。

從兩排之後，他聽到人家說：
「你看到了嗎？他是隻鯊魚，但他居然為了波比而哭！」
然後，他超乎尋常地開心。

實際上
他想了一想
百老匯劇院
做為投資並不太差：
他們總是完售
然後這具娛樂機器
沒有一刻停下。
此外，如今美國
如此癡迷於工作
不正是思考閒暇娛樂的
時機嗎？
從消遣
賺進大把鈔票
這可能是一樁生意。

西格蒙德著手行動
小心翼翼地追劇：
一星期有五個晚上都在劇院
雙眼紅腫
浸濕手帕
一開始，他偏好通俗劇，
接著愉快地跨足喜劇
因為他在街上聽人家說：
「今晚我笑到都哭了。」

他為大都會歌劇院的歌劇而哭。
他為公主劇院的音樂劇而哭。
他為佛羅倫茲・齊格飛的喜劇而哭。

他也落下淚來
——這次是因為開心——
當劇院首次

通電
用六十四顆燈泡
點亮街邊招牌的時候。

有那麼一瞬間，他甚至想像過
雷曼兄弟這些字
像一齣輕歌舞劇
閃爍五彩燈光。
他覺得這想法很感人。

總之
秉持極為專業的精神
冷冰冰的西格蒙德·雷曼
——華爾街所有秘書和司機都這麼認為——
流下一桶又一桶眼淚
把時間分給
葬禮
劇場首演夜
和慈善活動。

最後這項
可能是他的大絕招。

其實
一股奇異的潮流
就這樣開始襲捲
證券交易所辦公室：
用各種投資方法
榨乾美國人薪水的
銀行
居然被一股社會道德感
掌握
這段時間，一直在比賽
看誰能為遺孀、乞丐、殘疾人士
付出最大筆捐贈。

這在道德形象上的回饋
非比尋常。

然而
就西格蒙德‧雷曼而言
這件事帶來了
無可匹敵的淚水爆發：
當其他銀行被質疑
根本不是為了利他而是利己才這麼做，
卻沒人心生一絲懷疑
當人們看見雷曼堂兄弟中最狠心的那位
如此觸動
如此感動。
於是
和醫院的人一起
和孤兒一起
和聾啞人士一起
然後親吻矮小的老婦人
以及獲得文憑的文盲。
這一切，當然
都濕透了。
不只是因為香檳。

這些多如繁星的流淚機會
讓西格蒙德對要企及不可能完成之事
抱有一線希望。

然後
——作為補償——
他努力讓慍怒的面具更堅硬
日日揮舞他犬儒主義的彎刀
大膽出擊，
堅信
那些爆發
將被淚水的洪流
澆熄。

但是，這還不夠。

一項出乎預期的因素
悄悄出現在這故事裡
還裝得很無害

他兩個兒子
哈洛和艾倫。

他們倆不是尋常生物。
註定為新世紀而活，哈麗特想，
當她開始注意到他們
那奇異電流的早期徵兆。

打從他們還很小的時候
——比起世上其他小孩——
他們就很不一樣
超乎常規，極度聰明。
太超過了，毫無疑問。
也很麻煩。

他們的洞察力勢不可當：
任何事都瞞不過他們
即使在孩子們玩遊戲的年紀
他們也不像兩個小男孩
而更像是從現代萬神殿現身的兩名權威人士
已有資格獲頒諾貝爾獎。

玩玩具火車時
他們蓋出鐵路工程系統。
用蠟筆著色時
他們臨摹十七世紀矯飾主義畫家。
世界上謎樣的事物
——對一般生物來說充滿魅力——
他們用哲學家思辨的懷疑論加以審視
甚至，他們的說話方式
很快就如
公共演說家一般，鎮靜又自信。
他們對語言的精通程度讓人生厭。
精準，適切。

嗯。
如此巧妙的情形
讓西格蒙德發現
自己在其中沒有任何幫助。

孩子們的眼神能看穿他
讓他無處可躲
而且他
回家
滿心歡喜期待
孩子最低限度的天真無邪，
畢竟一天中其他時間
這世界不是魔法森林。
結果卻是，事與願違。

男孩們還不到十歲時
他們攔下他
無預警地
在會客室外頭走廊上
正當他要離開：
「你想要我們成為像你一樣的人
還是我們可以把別人當作自己的模範？」

而那不過是
延續了好幾年的
一長串問題裡的第一個
也不是出於惡意：
哈洛和艾倫
只不過
想用無私的
客觀的
二十世紀的眼光
審度世事，
彷彿夢的時代
已經與恐龍相偕消亡
而他們這個世紀叫做「現實」。
時不時
西格蒙德忍不住想
他和他兒子之間的
差別，就像
繪畫和照片。

「是你選擇在銀行工作

還是銀行選擇了你？」
十二歲的時候，哈洛這樣問他
當他們在吃雞肉的時候
（這件事，對西格蒙德來說，馬上往錯誤的方向前進）。
然後，他還沒回答
艾倫就幫他說了：
「我沒選擇要叫艾倫
我沒選擇要生在這個世界上
我沒選擇要當男生
我沒選擇要當猶太人
我沒選擇要住在美國：
最重要的事情，都沒得選，哈洛，
你承擔，就這樣。」

「那自由呢，自由在哪？」他兄弟出聲抗議。

「你可以選擇要吃水煮雞肉或烤雞。」
艾倫說，幫自己倒了一杯飲料（只是水而已）。

對西格蒙德來說
家族午餐
逐漸變成一種折磨。

十五歲時
他們和西格蒙德一起
在公園湖邊用石頭打水漂，
這次由艾倫發動攻擊：
「你有想過嗎，會不會你負責管銀行
只是因為你姓雷曼？」
西格蒙德出於本能反應
把石頭瞄準
一隻鴨子的頭，
但就連那隻鴨子接連地撲動翅膀
也沒讓他漏聽哈洛的話：
「可能他比較希望沒這個姓或這家銀行。」

這個小男孩說對了嗎？

於是

床邊淚水時間
變成每日例行
（而且不是那些孩子們的，而是沉默的淚水）

然後，進入青春期
顯然，
這現象沒有改善。
反而，如果可能的話，
變得更為深埋
造成具毀滅性的效果。
兩人輪流
形成讓人受不了的
團體賽
最終見證
他們父親的消亡。

哈洛，回想起童年，問道：
「我們年紀還小的時候，
你老是跟我們說，雷曼兄弟
為所有美國人做好事。
大人總是跟小孩說些荒謬的故事，
所以我不為這件事怪你。
可是今天，老實說，你真的這樣相信嗎？」

或是艾倫，用一種拉比的語調：
「如果上帝有十塊錢，
你認為祂會把這十塊錢給雷曼兄弟嗎？」

哈洛，帶著無比的機智：
「誰知道邁爾爺爺會不會說你很聰明。」

艾倫，一副假好心：
「不能說你沒試過。」

哈洛又來，使出必殺技：
「但你真的很尊敬飛利浦叔父嗎？」

最後，一如每場戰爭，
關鍵性的

最後一役
兩名敵人全面進攻
所有槍枝一起發射：
「昨晚我們聽到你在哭，
你覺得你還能扛多久？
也許你應該好好問自己。
不只為了你自己：也為了其他每個人。
你知道的，就算你離開
銀行還是照樣運轉。」

子女的愛
支持著父親們
鼓勵他們踏上漫長的旅程。

於是
經過長久等待
這隻兔子
膽怯地
從他的藏身處現身。

他擦乾眼淚
嗅聞空氣

穿上他的救生衣
和哈麗特手牽手，開始游泳。

25
T型車　Model T

耶胡達・本・特馬
在《列祖賢訓》中
說：
五十而謹慎
六十有智慧。

飛利浦・雷曼
不確定智慧和做夢有沒有關係
但實情是

晚上他做夢。
總是夢到同一件事。

一開始像遊戲。
在一棟老屋的花園裡
有飛利浦和他父親伊曼紐。
陽光刺眼。
這是住棚節：
棚屋傍晚之前會搭好
屋頂用柳枝、葉片、花彩搭建。
曾經，
他們每年都這麼做
像以前在德國
在巴伐利亞林帕爾那裡那樣。
陽光刺眼。
伊曼紐已經搭好了
整座棚屋：
現在要裝飾屋頂。
「輪到你了，兒子：
把這個蘇克棚
盡你所能做到最好
我會看著你。」
飛利浦走上前。
陽光刺眼。
他爬上梯子：
在屋頂上
鋪好常春藤
——「幹得好，飛利浦！」
棕櫚葉
——「幹得好，飛利浦！」
樹枝
——「幹得好，飛利浦！」
水果
——「幹得好，飛利浦！」
花環
——「幹得好，飛利浦！」
但接著，他的兄弟姐妹
抵達花園
「我們來把屋頂變得更好，飛利浦！」

他們帶來
其他嫩芽
——「再來，飛利浦！」
其他樹葉
——「再來，飛利浦！」
其他枝幹
——「再來，飛利浦！」
其他花環
——「再來，飛利浦！」
但接著，這一區的猶太人
抵達花園，一大群人
他們也帶來葉片
枝幹
一整棵樹
蘇克棚的屋頂變得很龐大
非常巨大
——「都快塌下來了，飛利浦！」
但接著，整個美國
——白人、黑人、義大利人——
抵達花園
帶著石頭、棍子、圓木
「都快塌下來了，飛利浦！」
「都快塌下來了，飛利浦！」
「都快塌下來了，飛利浦！」
「都快塌下來了，飛利浦！」

自從他太太嘉麗，
為了平靜和他分房睡
沒人再
握住他的手
當飛利浦掉下來
垂直
下降
翻倒
在蘇克棚下
因大棚子的崩塌
而碎屍萬段。

一椿秘密。

沒告訴任何人。
也沒寫進日記
因為大寫字母
拿夢沒轍
這次，侏儒雙手有三十根手指。

那麼，你要怎麼辦？
你怎麼能跟大家說
雷曼兄弟的天才
不但沒睡好
還被驚醒
當如今所有人
在美國的
所有人
都趕上了
這波股市熱潮？

華爾街
歡欣鼓舞
一直上漲。
在查爾斯·道和瓊斯先生
發明的那個
指標前面
永遠有個加號
他們把美國
表現最好的
前三十名產業
放在一起。
道瓊指數
向來有個加號。

不然還能怎樣？
在美國，每個人
真的每個人
都在投資
債券和股份：
「我要買兩百股國際蒸氣！」
「我要三百股通用電氣！」
「四百股金貝爾兄弟！」

因為
誰不想發財
買進正乘勢而起的公司
其股份
兩三年內
獲利三倍
於是：
「美國人，今天買進：
你明天就擁有資本！」
盛況
就連猶太教堂司事
負責點亮和熄滅蠟燭的老人家
那位走鋼索人的兄弟
一天早上
也現身
櫃檯前：
「我有一些錢想投資。
讓你們其中一位老闆來跟我聊聊。」

沒錯。
讓我們先在此打住，聊聊這句話
和這名要見其中一位老闆的
頭髮油亮的老先生。

畢竟，生命這條道路上
總有許多交叉點
（銀行的生命也一樣）
這位老司事
如此急於投資
發現自己並不知道
會面對三種極端可能。

第一種，發現自己面對一堵用煙砌成的牆。

第二種，比較讓人安心，是不得不面對飛利浦‧雷曼。
這種情況下，對話長得像這樣：

「巴魯克哈希姆，雷曼先生！
我這老袋子裡有一萬元

但我希望他們最後至少能變兩萬：
他們跟我說，你讓錢成倍增加。
所以說：我該投資什麼？」
「親愛的帕普林斯基先生
有上百種股票都會在幾年內利潤翻倍。
不要問他們是怎麼投資你的錢：
這問題沒有意義。
就算我們身在這位置也沒法告訴你！
這麼說吧，比如說，你有一塊地：
你去找個優秀的農夫
讓他來耕種，生產農作物。對吧？
然後，這農夫要做什麼？
他用鏟子和耙子把每樣作物都種一點：
果樹、蔬菜、沙拉葉菜。
之後—— 一年之後——
他交給你一筆可觀的錢。
你為什麼想知道這筆錢
是來自蘋果、番茄、還是胡蘿蔔呢？
你只要說『我的田地很賺』就夠了！
那存款也一樣：
你把所有現金交給雷曼兄弟
我們把它投入
任何會賺錢的事業。」

飛利浦這樣告訴他。

非常可能的是
講完農業與銀行的寓言故事後
這位司事會交出
他那整整一萬元
投資股票。

但是，現在
讓我們退一步。
想一下，假如和這位司事
會面的，不是黃金飛利浦
而是銀行第三位總裁
逃去大海航行的兔子
其新晉接替者：

「巴魯克哈希姆，雷曼先生！
我這老袋子裡有一萬元
但我希望他們最後能至少變兩萬：
他們跟我說，你讓錢成倍增加。
所以：我該投資什麼？」
「帕普林斯基先生，你這問題很複雜。
因為潛在的核心問題
是個政治問題：
我的確可以告訴你，把你的錢給我們
我們會幫你把錢投入股市……
不過，華爾街是這樣的
有時它會創造強大的幻象。很危險。
我記得幾年前，當我還是個小男孩，
我媽媽，芭貝特——她人很好！——
決定把一些家具從她的臥室搬到樓下。
因為很重，她找了幾個工人來幫忙
兩兄弟，肩膀很寬，
我記得很清楚：他們姓基爾代爾。
托比和強尼·基爾代爾。
然後：他們用背把家具舉起來
一次一階這樣走下樓
晃都不晃的，你知道？真的很厲害。
他們好到我母親又請他們搬
一座六呎擺鐘，然後是一張桌子、一張沙發
一座朱諾雕像和一座墨丘利：
基爾代爾兄弟可以搬起這個世界。
這對他們完全不是問題：
他們知道他們的背很強壯。
可能他們對自己太有自信了
所以，問題來了：
當我媽媽給他們看一架平台鋼琴
來自——想像一下——阿拉巴馬，
基爾代爾兄弟沒有拒絕，
但在下樓梯的半路上……
你看過鋼琴起飛嗎？
太令人驚艷
太難忘了，帕普林斯基先生。
所以說，華爾街的肩膀

　　　　再堅實
也不是大埋石，更不可能永遠存在……
我建議你自己照顧自己的錢，
把它們放進安全的存款帳戶，你隨時可以拿回來
就和現在一樣
一點風險都沒有。」
「但是這樣錢就沒法變兩倍。」
「當然不會。但你知道重點是什麼？
假如我母親沒動她那台鋼琴
到她七十歲的時候，還可以彈它。」

這就是為什麼
比起歡欣雀躍
飛利浦·雷曼
如今
飽受惡夢折磨
睡在扶手椅上
感覺沉重
又孤單：
真正潛在的核心問題是
赫伯特逆風乘浪
而這問題成了……

噢親愛的，政治問題。

赫伯特為理想而犧牲的
程度
達到他和伊迪絲領養了一個兒子。
他名叫彼得。
極可能來自貧寒的家庭。

飛利浦恨透了政治
真心如此。
因為讓一大群人用投票做決定
在他看來太不適當。
他們要投票，也該付錢吧：
一張票一塊錢。
或一分錢。
但是完全免費……

無法想像。

飛利浦‧雷曼
在漫長的失眠之夜
出現
讓他更為煩心的想法
自從蘇克棚的屋頂
在他的惡夢當中
不再由枝幹和樹葉覆蓋
而成了畫布、油畫、水彩、肖像畫：
他們從船上卸載
每件藝術品都由一位騎師夾在臂膀下
他騎在馬上
指揮運作過程
是他，他兒子巴比。

自從他以優異的成績
從耶魯畢業
這名男孩
一直在世界各地旅行
培養出收藏藝術品的熱情。

因此
每個月
一封從歐洲寄出的信
來到飛利浦的書桌上
這名男孩是這樣通知他的：
「我要買一幅魯本斯：爸爸，你知道它有多美！
以你對藝術的品味，不可能對它說不。
我應該買嗎？寄錢給我，爸爸！」
然後是莫內。
　　　「寄錢給我，爸爸！」
然後是哥雅。
　　　「寄錢給我，爸爸！」
然後是維拉斯奎茲。
　　　「寄錢給我，爸爸！」
然後是伯拉孟特。
　　　「寄錢給我，爸爸！」
然後又是魯本斯。

「寄錢給我，爸爸！」
然後是卡納雷托。

所以，在夢裡，現在
這不讓人意外
當巴比高聲指示他的騎士們：
「各位，把畫放上屋頂！」
然後，他好像聽不見他父親
正對他大吼
「巴比，住手！你在做什麼？
你看不出它快塌了嗎？」
「我買了一幅魯本斯：爸，看它有多美！
各位，把它運到屋頂上！」
「住手，巴比！」
「這一幅是林布蘭，我跟一家畫廊買的：
用力，用力，搬到屋頂上！」
「住手，巴比！」
「看：莫內！喝，到屋頂上！」
「住手，巴比！」
「看：維拉斯奎茲！喝，到屋頂上！」
「住手，巴比！」
「看：塞尚！喝，到屋頂上！」
「住手，巴比！」
「看：竇加！喝，到屋頂上！」
「巴比！」
「伯拉孟特！」
「巴比！」
「佩魯吉諾！」
「巴比！」
「卡納雷托！」
「巴比！」
「雷諾瓦！」
「巴比！」
「蓬托莫！」

收完畫家
他開始關注雕塑
火力全開。

對一個可憐的人來說，要做什麼
才能好好入睡
當他受到虐待狂兒子的
迫害
把棚屋屋頂誤認為
羅浮宮？

這個又是馬又是藝術收藏的
夜間住棚節
已經比工廠裝配線
還有效率。

嗯，沒錯。
就和很多事情
就那樣發生一樣
在某個好日子
飛利浦·雷曼
感覺需要
像他爸爸以前那樣做：
實際摸摸看
去現場親眼見證
去理解
——為了他自己——
那些
了不起的
令人驚嘆的
讓全世界都妒嫉的
美國工業
到底是什麼。

高地公園工廠。
飛利浦·雷曼先生
預約
早上十點
和亨利·福特先生碰面。
然後，誰在意
他是不是反猶太主義：
我們是銀行家，不是拉比。

全新福特Ｔ型車
會在他眼前
組裝完成
在整整
九十三分鐘內。
手裡拿著錶
亨利・福特要開始了。
輸送帶就位。
工人就位。
各就各位。
整束裝備。
準備好了嗎？
可以嗎？
開始！
四缸引擎
93-92-91-90
後輪傳動
89-88-87-86-85
變速箱和軸承
84-83-82-81-80
側閥
79-78-77-76-75
二段變速排檔
74-73-72-71-70
倒車檔
69-68-67-66-65
冷卻系統
64-63-62-61-60
溫差環流散熱器
59-58-57-56-55
鋼質底盤
54-53-52-51-50
單片彈簧
49-48-47-46-45
電流表
44-43-42-41-40
啟動手搖曲柄
39-38-37-36-35
鼓輪煞車

34-33-32-31-30
腳踏板控制
29-28-27-26-25
飛輪發電機
24-23-22-21-20
化油器
19-18-17
座位底下的油箱
16-15
軟墊座椅
14-13
絨布鑲邊
12-11
啞光黑色車體，全部一樣，
10-9
大燈發電機
8-7
回火過的鋼輪
6-5
跟馬車一樣的木幅條
4
黃銅配件
3
福特商標前後各一
2
喇叭
1
準備
上市
每一加侖汽油
跑五十英哩。

飛利浦·雷曼
啞然無言。

他轉身看向亨利·福特
驕傲的微笑。
他看向
那些工人的臉

各就各位
準備投入
下一台Ｔ型車的
九十三分鐘。

實情是：
從那天起
自從造訪過亨利‧福特
如此龐大
高效率的
組裝線
如今
飛利浦‧雷曼的夢中：
他兒子的藝術品
不再由騎士搬運
而是透過輸送帶
由福特工人整理。
放眼望去，連綿不絕。

住棚節那座棚屋
被圍攻
每天晚上
在九十三秒內
崩塌。

26
戰場　Battlefield

多年來
雷曼家總是擺著新鮮水果。
銀行的房間裡也是：
一整盤疊好的香蕉和鳳梨
擺在玻璃桌上。

只有陀螺的辦公室
沒有：
它們無法在煙霧瀰漫中存活。

每當飛利浦
走進那間房
他就懷疑
這對他肺部的影響
和歐洲那邊的
士兵所感覺到的
有什麼不同
當德國人使用双氯乙基硫
那種被稱為芥子氣的東西。

「將化學可悲地應用於戰爭的藝術。」
飛利浦・雷曼評注
當室內樂自走廊盡頭
最新型留聲機中流洩而出。
那些劈哩啪啦的聲音
陪伴工作人員
從早到晚
當作背景
彷彿企圖
遙遙
掩蓋海洋另一側，歐洲那裡的
戰火隆隆。

他們像野獸一樣相互廝殺
在那片古老大陸上：
哈布斯堡人對抗法國人
鄂圖曼人對抗英國人
普魯士人蠻確信他們會取得勝利。
由他們去吧。

「此刻那對我們沒差」飛利浦評注
「我們對歐洲興趣不大。」

不過
有人不同意這份評估
是他堂弟赫伯特，
他越來越不友善
幾乎踩在冒犯邊緣：
「親愛的堂哥，你身為銀行家這麼無足輕重的位置，

你真的相信歐洲戰爭會跟我們沒關係嗎？
只因為中間隔了一片海？
地球變了，我們已經不在十九世紀了……
現在，潛在的核心問題是：
我們全都身處在同一個系統裡。
這是一個政治問題，飛利浦：
沒有什麼事，和整個世界沒有關係。」
「赫伯特，那你怎麼不去讀中文報紙呢？
你怎麼不去學印度人或毛利人的語言呢？」
「你這是在嘲諷嗎？」
「不是：我是請你實際一點：
相信我，銀行家，是一種實際的存在。」
「實際意味著只看事物表面：
前所未有的戰爭在歐洲爆發
然後你只把它看作是鄰里間的鬥毆？」
「我的頭髮在變白了，跟你不一樣：
我想我知道自己在說什麼。」
「潛在的核心問題是：
你們這些銀行家向來以為你們知道自己在說什麼。」
「容我提醒你，你也是銀行家？
你和陀螺和我，都是雷曼兄弟的總裁。」
「我只是試著說明，我不是和你一樣的銀行家。」
「我感覺到一絲鄙視的暗示。」
「你錯了：這並非暗示，也不只一絲。」
「別忘了我有多年資歷。」
「別忘了我有大學學歷。」

這就是飛利浦和赫伯特
每天爭辯的語調。

畢竟
還有其他可能嗎？
實際上，他們沒有任何共通點。

或說：他們有一項共通點。
每天都——毫不意外——拿來
作為和解的最後手段
當爭執過於激烈：
「你是普羅大眾的剝削者，飛利浦！」

「而你是歪理的理想主義者，赫伯特！」
「你要經營的不該是銀行，而是屠宰場。」
「如果你不喜歡我的方法，那就投票反對我啊。」
「我真的會，而且我會一直這麼做，直到我嚥下這口氣為止。」
「只要我一口氣還在，我就會讓你知道你錯了。」
「多麼偉大的前景。」
「將帶領我們毀滅。」
「沒那麼快：我想：也許我們該來杯威士忌？」
「我永遠不會對威士忌說不。」

威士忌是眾神的花蜜：
高端金融界飲盡好幾條威士忌河。
而且，沒有哪位銀行家的辦公室裡
沒有滿滿的酒櫃。

每天，多多少少
這件事就這樣發生
在飛利浦‧雷曼，伊曼紐之子
和赫伯特‧雷曼，邁爾之子之間：
爭吵
仿若空前
在以大寫字母寫成的雷曼，
和總是準備好要如馬般使勁一踢的雷曼之間
拔劍出鞘
在手臂之子
和植物之子之間
無從和解
卻又
及時
和解
透過一支單一麥芽威士忌。

就連今天
在他們面前也有一瓶
當三位雷曼合夥人
討論起
威爾遜總統的話語：
「戰爭不關我們的事！
我們不渴望霸權

美國為和平而立國
我們不像德國人
那麼瘋狂。」

今天每個人都在討論這些話。

可能包括高德曼家的人
和幾個外來者。

對飛利浦來說，他們一直在他心裡：
「他們跟我說亨利‧高德曼的汽車用純金字母 G 裝飾。
你知道這件事嗎？赫伯特？」
「像你和高德曼這種銀行家，無論如何都要把錢花掉。
比起把錢拿去做金飾，我寧願去投資一些比較正經的工廠。
如果你做了一個 L，我不會驚訝。
或甚至是：你的全名飛利浦。」
「我欣賞你的幽默感，赫伯特。
我會轉告高盛家你的批評指教。」
「等他們回來之後。」
「為什麼？他們去哪了？」
「是的，先生：他們去了德國。你不知道？」
「我沒聽說過……
高德曼家和德國人有生意往來……」
「你沒發現嗎？潛在的核心問題：
你們這些銀行家真的無法
不從盈利面看任何事：
搞不好他只是去玩！」
「搞不好他是。搞不好不是。
好個老高德曼：好個德國……」

沒錯：高德曼家。

有些戰爭用槍戰鬥。
有些戰爭卻很沉默。
在雷曼和高德曼之間的持久戰屬於後者：
表面上是盟友
實際上是敵手。

如今，事情有時候很奇怪

不過幾個字
就足以點燃導火線
引爆炸彈。
威爾遜總統描述
瘋狂德國人的用詞
在飛利浦·雷曼金光閃閃的心中
產生類似效果
他還沒意識到
就忙著開始行動：
在歐洲爆發的這場戰爭
或許有其優點
即便還很遙遠。

假設有尊特大號
失控的大砲
突然朝西方
發射
而且，受適度風力協助
──跨越整片大西洋──
完美擊中
只擊中了
高盛辦公室。

他不在意他們會否被毀為斷瓦殘垣。
他只希望他們停止運轉
好舔舐傷口
一年，可能兩年。
最多三年。

對。
肯定：
德國人這場邪惡的戰爭
可能幫他一把
如果能有智慧地運用，
如果消息傳開
因為目前高端金融
最倚靠的就是八卦閒言。

或說：靠別人傳遞八卦。

這不太一樣。

要把這想法付諸實踐
他兒子，巴比，
幫了大忙。

當兒子第一次
在父親的算計當中
證明他幫了大忙
這是特別的時刻
彷彿他是個英雄。

當兒子注定會成為「華爾街之王」，
這轉變就更加重要。

在一封巴黎寄出的信裡
巴比跟他說
他相中一幅十七世紀聖母像
但這次
「爸爸，你不用寄錢來：
我需要多一點時間。」

延遲的原因
直到六個月後，才解釋給飛利浦聽：
他的出價對手是名富有的葡萄牙人
巴比深信
他不是真的要買。
然而，他仔細做筆記
發現他的對手
比起藝術藏家，更像傭兵。
於是，他說服畫廊
不直接把這幅畫放入市場，
同時間
他安排
受邀參加社交活動和晚餐
帶著明確的目標
傷害對手信譽。
名聲上獲得信賴之後
他在這個戰場

取得勝利：
「七苦聖母在我的掌握之中：
爸爸，現在可以寄錢了！」

有時候，你從孩子那裡能學到很多！

飛利浦念著同一句話。
不過，
他想的是更大的規模：
已經不像從前那樣
像他的邁爾叔父橫霸棉花時
用蛋糕當作武器！
在紐約高端金融界
每個人都移往一個大聲公
名叫：「媒體」。

任何對該機制有影響力的人
都有望贏得任何戰爭。

於是，飛利浦在他的日記裡
問：
1. 報紙如果不是公司，還會是什麼？
2. 公司不需要錢的話，還需要什麼？
3. 雷曼的工作是，把錢投入公司
4. 明天早上聯繫業主

三位媒體大亨都
極為親切：
和那些石油巨頭
沒什麼不同。
唯一差異在於產品型態。
否則，他們的目標都一樣。

飛利浦說得很明白：
報紙發行量的普及
讓雷曼看見巨大的利潤空間
《紐約時報》
《華盛頓郵報》
《華爾街日報》

究竟，他們是什麼，難道不是剝削的工具嗎？
於此同時
擁有像雷曼這樣一家銀行的助力
他們將創造多麼巨大的成長？
「我夢想未來每個人在街上
——就算在中國，就算在澳洲——
臂彎都夾了一份報紙。
如果真能如此，的確，你們會很開心。
而我，作為銀行，也跟你們一樣開心。」

這不就是雙贏？

媒體大亨看看彼此：
現在很明白了，為什麼這個人
可以生來就擁有以克拉計算的姓氏。
他們也決定，好，簽約。

然而
就在他們要起身離開的時候
飛利浦・雷曼
揭曉真正的目標：
「各位先生，對歐洲戰爭，不知道你們是怎麼看的？」
「雷曼先生，我們跟大家想的都一樣：
我們害怕那些德國人的瘋狂。」
「噢不，各位，不會吧：我不同意。
普魯士沒有錢打那麼久的仗。
軍隊背後，顯然，一定得有銀行支撐。」
「喔嗯，這倒是。你熟德國金融界嗎？」
「我們早就跟巴伐利亞斷了聯繫。
不過高德曼家，我知道他們還有，
他們昨天才回去那裡：我來問問他們
再跟你們說。」

一顆種子，掉進土壤，
通常需要一些時間
才會發芽。

這次非常快：
《紐約時報》

《華盛頓郵報》
《華爾街日報》
不到五個工作天就發出質疑
又大聲又響亮：
有些人是不是用美國的錢
資助德國的槍砲？
首要的是，高盛家，他們站哪一邊？
為什麼他們
「如此頻繁」造訪普魯士國土？

飛利浦自己
對這發現帶來的效果
確實感到驚奇：
很快地
華爾街
幾乎所有人
一看到高德曼家的人
就改走別的方向。
這不是勝利是什麼？
這不是正義是什麼？

如果這場世界大戰
對這家族銀行
帶來的貢獻僅限於此
那也已是
成效卓越。

情況不是這樣。
有些事，往不同方向發展。

沒過多久
在自由街 119 號
一個尋常的雨天傍晚
飛利浦・雷曼
赫伯特・雷曼
和一尊裹覆於煙霧中的形體
圍著桌子坐
面對彼此。

飛利浦結束了他的長篇論述
清楚聲明
他講完最後一個字，就會完全停下
後面沒其他事了。

所以他往後靠
等著他的堂兄弟們
表決他的提案。

可是，這次，毫無疑問：
潛在的核心問題是個政治……

「其他銀行會怎麼做？」赫伯特問。

「庫恩‧洛布、摩根大通、和洛克菲勒家都準備好要開始了：
他們在英國已經有聯絡人。」
回覆如上
這時，環繞陀螺的煙幕
變得仿若倫敦的雲霧。

「目前，就我看來，我嚴重懷疑：
潛在的核心問題，
我想問的是，銀行是否可以，應該（或甚至想要）
在戰爭中資助軍隊。」
「回頭的話，赫伯特，就是怯懦。」
「我說的是在理想情況下！
你老在計算那些獲益！」
「你老在說那些理想情況
那就是為什麼你一直搞錯狀況。
我呢，相對來說，遵循事實。只看事實。」
「請用你的高度智慧開導我。」
「沒問題：德國人恐嚇說，要支持墨西哥，對抗我們：
他們要幫他們把德州拿回來。
注意：這是事實。不是理想狀況：事實。
容我提醒你，雷曼在德州有石油有鐵路。
第二個事實：現在他們的潛水艇每天都瞄準我們。
盧西塔尼亞號已經被擊沈。

這個，赫伯特，不是理想狀況：
還是你想知道到底死了多少人？
第三個事實是，如果我們放著事情不管
結果會很糟：
如果德國贏了，他們會控制半個世界，
如果協約國贏了，權力會落入俄國手中，
但如果我們參戰，就是我們掌控一切。
事實，赫伯特：這些全都是事實。」
「你就覺得我們一定會打贏：
我會說那不過是幻象。不是事實。」
「那你又錯了。因為現在美國只有幾個士兵。
但是，一旦銀行大舉投入
一年內就會有一百萬。
有一百萬士兵，就打贏了這場仗。
這是顯而易見的事實，親愛的赫伯特。」
「了不起。太優秀了。
聽你說話真是難得的款待，飛利浦：
我們就在懸崖最邊緣的地方。
你對資助一場戰爭
居然沒有一絲猶豫
然後，我們談的還是世界大戰！」
「所以呢，一句話，你反對嗎？」
「這爭論牽扯太廣：
要花上一個月，才能深入研究！」
「可是，我只能給你幾分鐘：
威爾遜總統在尋求支持
我們不能跟他說
雷曼兄弟需要比國會還長的時間來決定。」
「我只是說要看清事實
我說的是考慮和反思
我說的是用我自己的方式詮釋
那些我們作為全人類的一員
都應該做到的事。」
「你是銀行家，赫伯特，你不是拉比。」
「而你是戰爭販子。」
「錯：是普魯士人好戰，不是我。
你想要德國人統治全世界嗎？」
「完全不想。」

「那就要打倒德國人，
不是用語言，用手榴彈。」
「還有我們的錢？」
「用美國的經濟，赫伯特，
雷曼兄弟有幸參與其中。」
「我沒辦法把問題簡化成一個短短的是或否：
這底下還有一千個問題，
而你，飛利浦，拒絕去看。
如果國家向銀行尋求協助要資助軍隊
那銀行可以要求什麼事情作為回饋？法律？條例？
你知道這先例一開，有多危險？」
「這些都不過是空話。」
「還不論
人家把錢放進銀行帳戶，是為了投資成長，
但你現在要把它用在殺戮：
你不覺得，理論上，我們應該先問過每一個客戶
看他們是不是同意要把錢拿來這樣用？」
「我說你不要在這些清談當中迷失自己了。
語言只是浪費時間，赫比，就像是用水稀釋威士忌。
所以，少一點空話，多一點實質的東西。」

然後，赫伯特應該要以
為他倒一杯單一麥芽威士忌作為回應，
但是，在他這麼做之前：

「我可以發言嗎？」
來自陀螺
把雪茄撚熄。

他站起身來。

從口袋裡掏出一本筆記本。

清了清喉嚨。

說出這些話：

27
許多字　A Lot of Words

那我就開始了。

在阿拉巴馬，當我出生的時候，
（那是大半世紀以前）
有名黑人男性，老是戴著帽子
我們叫他圓頭。
他有一台馬車和兩匹小馬，
他會在馬車上上下下搬運棉花。

有一天──我還不到五歲──
他駕馬車載我
我們一起去棉花田。

大家都說我是數字天才：
四歲我就會數數
連我媽都很驚訝。

所以，我們出發前
圓頭微笑用手指著我說：
「主人，你現在會數數了，
你得告訴我，在我們去甜蜜山丘這一路上
我們看到幾台馬車、幾匹馬
幾隻狗、幾個小孩！」

現在我知道了，他那時候在開玩笑。
但是，對小孩來說？
小孩沒法分辨是玩笑還是說真的。
所以
我接受挑戰：
我喜歡數數，我很厲害。
於是，當圓頭握著韁繩
我就盯著馬路看：
1, 2, 3, 4 台馬車
20, 30, 40 匹馬
8, 9, 10 隻狗
50, 55, 60 個孩子……

那天
圓頭
顯然在一定程度上折磨了我的心靈
因為一整趟路程
他都在唱讚美詩
沒有一刻停下。

我試著堅持
盡我所有可能：
他唱歌，我數數。

到了甜蜜山丘的院子，他一停下馬車
我就馬上用手指著他：
「我全都數完了！我知道正確的數字！」

他有點詫異：出乎意料之外。
但是為了回應我，他說：
「主人，我希望你沒撒謊，
因為根據我的宗教──我相信你的也是──
編造謊言是嚴重的罪……」

「我發誓都是真的！」我叫喊：
「有 43 台馬車
90 匹馬
21 隻狗
78 個小孩。
如果要算那個從井邊跟我們揮手的就 79。」

圓頭微笑。
沒顧慮到後果
他就說出他的想法
是那種會滲透
深入內臟的想法
一路直探到底，關於那些
你沒辦法也不知道該怎麼處理的東西：
「但是，主人，我怎麼知道你說的是不是真的……
因為你知道，那些駕馬車的人，他們不會數其他馬車
鞭打馬匹的人，不會點經過的馬，

那些想要避開狗和小孩的人，
更不會花時間算他們。
然後，你聽到了：我都在唱讚美詩
只有保持沉默的人，可以把數字算清楚。
主人，你了解我在說什麼嗎？」

我確實了解。
當然，我了解。
也許我太了解了。

於是，那天傍晚
馬車新增到 116 台
馬是 320 匹
狗變成 98 隻
小孩有 204 個
還沒算進
17 個孕婦
11 個士兵
7 個乞丐
還有好幾個理髮師
之類的
極度準確。
一個都不放過。

目前為止
人類可以分成兩種：
一種人會在駕車的時候唱歌
另一種人——安靜而且拘謹——
數著馬車、馬、和所有其他東西。
我是後者。

突然間
簡而言之
在我面前，我能清楚看見
我的角色是宇宙計數家：
我觀察世界流轉
持續數數
永不分心
永不失去頭緒。

好幾年過去了
我沒遇到其他人在做一樣的事
但對我來說，沒什麼關係：
每個人爬上馬車座位就只為了駕駛
沒人會把韁繩交給其他人
除了我之外，沒有人。

此外
周遭的干擾
──就像圓頭和他的讚美詩──
太具有毀滅性了。

對我來說，這是另一個
不該放棄的原因：
讓他們說話
讓每個人說話
但是──我的話──我數數。
1, 2, 3, 4,
170, 1300, 4000⋯⋯

對我來說，就是數字
不是文字。
但我不是抱怨。

超過六十年來
我沒停下過數數。

當然，我經歷過困難的時候：
任何生來就對加總有天分的人
都會在某些情況下，面對
最極端、最令人畏懼的敵人：
和要數的東西相比
突然覺得
自己太微不足道了。
嗯：那很不容易，
有時真的很恐怖。

我遇過一次

面對一個裝滿糖粉的
水晶碗：
不可能數。

還有一次，
南北戰爭開始的時候：
廣場上從來沒有這麼多
頭、手、帽子、旗子。
我數不了。

然後，一旦錯過，
就很難再開始。

二十歲的時候
我曾像數實際物品那樣，數別人說的字
但是兩者相較之下，我比較喜歡前者：
在那個人生階段的我
覺得相較於你在思考什麼
在你面前經過的，不管是什麼，
好像都比較重要。
然後，如我們所知，每個人都會改變。
當我們發現內在比外在還糟糕的那一刻
開始跳舞吧：
你已經成人了。

體認這一點通常需要一些時間。

真正的轉捩點，對我來說，很戲劇化：
我和你們父親
一起去奧克拉荷馬出差。
那次也一樣，我遇到嚴苛的考驗：
要數鑽井
然後分辨它們和油井的差別
還有井和管線的差別
這些努力，都被
一隻動物的嚷叫給破壞
牠從頭到尾
不停惹我。
不過，我沒有因為這樣出錯：

我不是業餘的。

關鍵點很微妙。

當我聽到那隻動物跟我有同樣的名字
天空就像被打破了一樣：
一模一樣的微小的聲音
怎麼能同時用來描述一個數數天才
和一隻根本不懂要怎麼數數的動物？
就在那一刻，有個想法出現在我心裡：
「得要重整
文字的秩序。
要為這些跟瀝青一樣黑暗的說詞
帶來某些光亮。」

為了標記我這新任務的開端
我點燃石油
名符其實地帶來光亮。
他們呼喊失火了，
當然如此：
光亮，清晰。

那於我是很關鍵的一步。

那天傍晚，我停止數數
開始數文字：
一切都在文字裡。

圓頭說得對：
那些駕駛馬車的人滿腦子只有駕駛。
現在我知道，那些說話的人
除了說話，什麼也不做。

我把數字寫進這些筆記本裡：
沒有盡頭。
你們也在當中。
沒有例外。

持續不斷

一年又一年
我一直在聽你們說什麼
然後，我把數字寫下來。
不是感覺：數字。
剛剛，飛利浦，你說什麼？事實。
文字也是事實。
而且它們比事實還事實。
你使用文字，是事實。
他們產生效果，是事實。
比兌了水的威士忌好。

在這些房間裡
過去三十年來
我問你們：是哪些字不停迴盪？
你們都在說哪種語言？

我在這裡的第一年
每個人嘴裡都在講三個詞：
你們說了 21,546 次**所得**
我聽到 19,765 次**收入**
17,983 次**收據**。

過去幾年
這些字
不再是清單上的前幾名了。
第一名變成**利益**，25,744 次
之後，你說了 23,320 次**有生產力的**。
而這，親愛的堂弟，不只是膨風，
我相信是實質的事。
因為**所得、收入、收據**
是進來的錢：你看得到它們。
邁爾叔叔和伊曼紐叔叔
每天傍晚整理收據。
（順帶一提，飛利浦：你從來不說**賺錢**，你都說**有利可圖**）
但是，另一方面，**利益**呢？它在哪？你看得到嗎？
你們一直在談「**有利益**」……
當你們這麼說，意思是這家銀行沒被排擠：
你們要確認我們的名字被包含在內，
管他什麼——對我就是這麼認為：管他什麼——交易。

如果哪天他們說，霍亂，
會引領商業風潮
你們也會想染上霍亂、生病
只消說「**我有利益，算我一份。**」

就我而言
我不想得霍亂。

另外還有。
單單去年一年
你用了**收割**這個動詞 3,654 次
但以前你會說：**得到、成功、達成。**
擴張你說了 2,978 次
衝突 2,120 次。
我還注意到，你以前會說**競爭者**，
現在你說**敵人**。
你以前說**工具**，你現在說**武器**。
我在想，儘管你現在才徵求我們的許可，推動實質進展。
會不會其實你已經
參戰好一段時間了。
這些不都是事實嗎？
難道是兌了水的威士忌？

全部這些，當然，
是我聽到你在用的言語：
不是那些你明天開始會用的言語。

因為，我親愛的堂弟們，
既然我已經花了一輩子在聽你們說話
我想，問你們一件事還算恰當。
就只有一件事。
因為這是所有問題當中
最重要的，做為一個人
該捫心自問的：
你們想用哪些言語？

如果這是明天──或十年後──的筆記本
有哪些話是你們不想從自己嘴巴聽到的？

嘴巴遵命行事，沒有獨立意志。
嘴巴得到它們的報酬。
每個人發出他們選擇的聲音。

所以
你選擇說什麼。
以及不說什麼。

哪些言語你會拒絕。
哪些言語你會驅逐。

這家銀行
擔負我們的姓氏
可以自己決定它要說什麼語言。

就這樣。
我講完了。

*

之後
陀螺恢復沉默。

夜深了。

他打開門
消失在空蕩蕩的走廊上。

從那天起
再沒人看過他，出現在
雷曼兄弟。

第 3 部
不朽

Book Three
Immortal

1
沙皇雷曼　Czar Lehman

誰知道是不是我們的錢
摧毀了林帕爾。

赫伯特・雷曼沒法不去想這件事
如今，報紙
每天報導
歐洲在打仗：
徹夜轟炸萊比錫
德勒斯登漫天火雨
美國之鷹飛越法蘭克福

「飛利浦，你看報紙了沒？」
「我看了，赫伯特。」
「你不擔心？」
「真要擔心，我寧願擔心俄國革命：
我不太喜歡人民掌權這個想法。」
「我們正在蹂躪歐洲！
這是第一次，一場戰爭
先在銀行間開打，然後才是軍隊。
你不覺得這會開先例嗎？」
「容我糾正你，赫伯特：
戰爭向來都要用錢打，
原因很簡單，武器不會從樹上長出來。」
「所以你是要跟我說，戰爭對銀行有利可圖？」
「親愛的堂弟，戰爭就像發燒：
很麻煩，但它讓身體排毒。
等你的體溫回復正常，你會感覺比之前好一千倍。」
「你總是有些殘酷的想法。」
「我只看沒修飾過的真相，而你詮釋它。
這就是金融和政治的差別所在。」
「所以你是說我是傻子？」
「沒有，我只是要給你一杯威士忌。」

自從飛利浦和赫伯特
成了銀行唯二的營運者
酒精就開始扮演中間人的角色：

在金融和理想之間
它提供唯一可能的共通點。

於此同時，每天晚上，
赫伯特夢見一隊飛機
全寫上雷曼兄弟的名字：
他們的出現帶著威嚇
噪音轟隆
飛過銀行
然後，突然一齊
用純金炸彈
轟炸紐約。

當赫伯特驚醒大叫「找掩護！找掩護！」
他兒子彼得看著他，像是他瘋了一樣：
「爸，我們家沒有掩護，我們連地窖都沒有。」

同時間，飛利浦
夢見一群哥薩克人
頭戴高毛帽
和身穿制服的布爾什維克人士
正圍攻自由街
嘶吼著「去死吧沙皇！」
飛利浦害怕自己就是那位尼古拉二世。
再說
沙皇還有資本
九億美金。
其中有部分投入了雷曼兄弟。

然而飛利浦無法理解
夢裡某項小細節：
為什麼
有一隻銀色獵鷹
突然從天空直衝而下
用爪子抓住他的肩膀
把他帶往安全的地方？

他們說，有個人，在歐洲
——猶太人，我們的一份子——

一直在思考要怎麼解釋夢。
發生在夜裡的每一件事，似乎都有其意義。
關於這件事，他還寫了一本書。

飛利浦‧雷曼
仔仔細細閱讀。
然而，一個字都讀不懂。

或者，這麼說吧：佛洛依德醫生寫得並不差，
但飛利浦想要，找到
他自己那本字典
教他如何把他的夢──原封不動──
一對一轉換成
大寫字母
寫進他的日記。
然而，沒辦法。
眼前一片迷霧。

銀色獵鷹一直沒有現出原形。

現在，
奇怪的是
人類怎麼有時會
突然意識到
他們低估了一些問題，
將之視為理所當然
嚴重到
甚至不曾自問
是否需要去了解一下這些問題。

這發生在飛利浦‧雷曼身上
當巴比──終於──回到
美國本土，
這名小伙子──懷抱著青年的熱情──
下定決心，無論如何，都要從軍
為了「保衛歐洲藝術」。

沒錯。
不是為了保衛我們的利益。

而是為了保衛歐洲藝術。

再說。
戰爭前那幾年
飛利浦從未試圖干涉，
叫巴比把興趣放一邊。
相反地：總有一天
要把銀行交棒給
對馬和藝術充滿熱情的
紈褲子弟繼承
這想法似是神來之筆
對運動界和文化界
也對全球金融界有所貢獻。

還是他太自以為是？

他現在回頭想一想，巴比，
口裡從沒說過金融事務。

他從耶魯畢業，對，先生。
但他從來不談
他對經濟學的想法。
即使對話
開始
聊到他的大學生活，
也像是提供他一個機會
趕緊聊聊
他當大學馬球隊隊長的成就罷了。

沒錯。他樂於談那些事。
還有藝術。
或者賽馬。
或者，有時候，聖經故事
他年復一年看著
那一系列帶有訓誡意味
懸掛在他臥室牆上
伴他成長的
可怕的版畫。

所以
一點也不意外
於那些留鬍鬚的先知
　　那些燃燒的樹叢
　　那些被海浪分開的海水
　　那些被彈弓殺死的野獸
作為他睡前最後看到的圖像
透過冥想
刻在他的心版上
使得
他們為他帶來某種印象
成為他的一小部分？
所以
經常
他在晚上
夢到
他得去打造一艘方舟
或者，他得殺了歌利亞
如果他沒被約拿的鯨魚吞食……

童年，終究，會在你身上留下印記。

嗯，
也就孕生了這個念頭，無論如何，都要進入戰爭的地獄
（他認為這是某種孩子氣的一時興起），
巴比
可能沒意識到
這會將他父親置於嚴重的風險當中：
一匹注定要在環繞大半個世界的賽馬場裡取得勝利的馬
不可以被送往阿爾貢地區的泥沼
閃躲手榴彈和機槍射擊。
而且，如果他不小心陣亡呢？

就是這樣。
風向就是風向，而年輕人經常追逐潮流。
他想扮演年輕軍人的角色？由他去。
畢竟，我們每一個人都玩過我們幼稚的遊戲。

然後，所幸，他毫髮無傷地回來。

但是，戰爭——真正的戰爭——
恰巧還沒開始。

一頓漫長的家族晚餐
其間，巴比
被問及他對證券交易所的想法
他回覆
對華爾街一樓展示
表現主義油畫的讚賞
飛利浦·雷曼
終於提出這個問題
問他兒子是否
在世界大戰的勝利之外
也準備好要在銀行界取得成功。

畢竟，他說，
他在他身上投資了這麼多，
因為他身為一名父親
也因為他是一名銀行家。

每筆投資，我們知道，
都有目的。

所以
隔天
在那些最容易被忘記的
日子裡的其中一天
極為沉著地
他父親決定與他會談。
不是在家裡會客室。
而在銀行，他的辦公室：

「我親愛的兒子
我有很多種方式可以開啟這場對話
而我決定要打個比方。
比如你的熱情所在：馬球運動。
比賽裡，每一局，你都會更換馬匹。
如果我沒搞錯的話，這是最重要的規則，

而這就是為什麼只有少數人能參與這項運動
因為要玩，就得養五、六匹馬。
太好了。我們繼續。
雷曼兄弟
從你祖父傳承到我手上
和馬球比賽沒什麼不同：
需要的不只是一匹馬，而是好幾匹馬
才能進入這個領域。
而這就是為什麼，我親愛的兒子
我認為應該要
盡快
讓你進入銀行核心。」
「進入銀行，爸爸？
老實說，我不確定我有沒有興趣。」

飛利浦・雷曼
清楚感覺到
他沒聽懂。
於是，他極為和藹地
沒表現出一絲不悅
重新表達這項提議：
「我親愛的兒子巴比，
你爸承接這家銀行的時候
還是零頭生意：
我讓它茁壯
甚至，我塑造它成為一種典範。
我們是為樹帶來生命力的樹液，
如果我們停止，就算只是一瞬間
這個系統馬上就會崩潰。
所以，那些肩負了雷曼姓氏的人
註定會被委以重任
就像騎士，巴比，隨時準備上場。」

飛利浦微笑，
他揀選賽馬作為譬喻
好取悅他兒子
也似乎真的打動了他：
「這一切都很棒。」
「沒錯。你是天選之人，巴比：

你的位置就在這裡，在我旁邊。
將來有一天，這張桌子是你的。」
「謝啦，爸爸，我由衷感謝，
可是就像我說過的：我沒興趣。」

飛利浦·雷曼
清楚感覺到
他沒聽懂。
他深吸一口氣
回返戰場：
「我親愛的兒子，我親愛的巴比，
你是聰明的孩子。
你老實說：當諾亞打造方舟
你覺得有人問過他：『你想這麼做』嗎？
還是伊利亞？耶利米？約拿？
你覺得有任何人問過他們
他們想做先知嗎？
還有，大衛王？他被派去對抗歌利亞
也沒人先徵求他同意……」

又一次
他選擇用聖經的譬喻
想召喚他兒子身為接班人的榮耀
但結果不如所願：
「因為那是哈希姆啊，爸爸，如果我沒搞錯的話……」

飛利浦保持冷靜，
嘗試用另一種譬喻親近他兒子：
「如果你是喬托、波提且利、圭爾奇諾，
你覺得你可以選擇要不要畫畫嗎？」
「沒錯，爸爸：你講到重點了。
我不覺得我有做生意的天份。」

所以，該是用
軍事紀律的語言——他兒子很熟——的時候了：
「我在交付你一項任務，
受徵召執行任務者，責無旁貸！」

他的回答很無辜：

「我從來沒被銀行徵召過，爸爸。」

那一刻
飛利浦
不顧自己腸胃抽筋的感覺
以為人父母的慈藹作為武器，
努力嘗試尋找可商議之處：
「夠了！你會成為一名銀行家！
已經決定好了，我如此期待，我也如此要求。」
「不是因為我不想：而是我不能
既然我不能，那我就不該。
所以，去找別人吧。」

就這樣。
直接讓飛利浦
碰了一鼻子灰。
這也是第一次
（不只是那天下午的第一次，而是他生命中的第一次）
他沒有答案。

太糟糕了。
而且他兒子還沒說完：
「爸爸，在這世上我認識的所有人當中，
我想，我是最不適合這份工作的人。」

在父子關係當中
有些特定時刻
他們會發現彼此站在十字路口
在勝利和死刑之間
而且通常
哪條路是生是死難以看穿。

飛利浦·雷曼
另一方面
看到了替代方案，像已經寫好了一樣。

他駐足於十字路口
端詳這兩條路
可以清楚看見兩條地平線。

他毫不猶豫
做出選擇。

2
亞瑟方法　The Arthur Method

以完美的幾何
裝飾
是今天克第辛
最重要的事。

聖殿甚至
被分成
兩個半圓。
走廊將他們切成一半
像一個圓的直徑
兩邊
都對稱地佈置
有 60 座成人席位和 22 座孩童席位。
女性建議不要戴
太過繁複的帽子
才能平均兩邊量體。
這是目前關於會眾的考量。
典禮本身
會在半圓形外頭
沿水平線展開
不過，和聖殿的直徑成直角。

當她罩著絲質面紗
抵達的時候
誰知道在她記憶的某個角落
這位新娘
會不會還記得
那次
當一名小雷曼
把她最愛的蝴蝶結踩在泥巴地上
試著羞辱她。

這項細節絕非偶然，
因為那名小男孩
很快就會成為她的丈夫，
因而完滿各樣時空循環
——以及，商業循環——
形成一個橢圓。

尤其是
最後這方面
（對飛利浦來說很重要
但也受到整個家族的歡迎）
相當明顯
因為那些參加婚宴的人
只能是
雷曼家或劉易森家的人
也可以說是
奧運冠軍之間的某種協議
華爾街之王和黃金大王訂定的公約
聖殿前排之間的聯繫
以及——為什麼不？——
一巴掌打臉高德曼家
那家人哪裡都不見人影。

雷曼—劉易森。
字母縮寫是兩個L，加上領袖就有三個L。
亞瑟和愛黛兒
字母縮寫是兩個A，加上算數就有三個A。

因為算數
在這樁婚姻
構成中
扮演非常重要的角色。

而且，怎麼可能有其他因素
既然
目前，在亞瑟·雷曼的生命中
沒有一樣東西
不具數學含義？

他好辯的天性
從童年就廣為人知
亞瑟
在成長過程中
以一系列
狡詐的妙舉著稱。
向來粗暴的舉止
——加上自我辯護——
經過一段時間的操作，
他獲得的美名
最保守的說法是
傳奇：
——他想盡辦法從他兄弟的口袋裡偷錢
然後從銀行的保險箱裡拿錢還他們
——他說服姊妹們抵押她們的玩具
——他嚇壞西格蒙德，因為他計算出
西格蒙德一年吃掉多少噸甜甜圈
——甚至，連他推伊曼紐伯父的輪椅到公園去
也要以小時計費。

剛開始，
大家把每件事都歸因於
與生俱來的膽大妄為
（而且是典型的巴伐利亞馬鈴薯
帶有的酸味餘韻），
但在他的青少年時期
這名男孩開始由外自我審視
回應
親戚們輕率的偏見：
他不是他堂哥大衛。

而且，就這件事，他越想
越覺得，他的精明
似乎是為了掩飾某些
看似詭詐但其實不然的東西：
在其中
他反倒隱約看見
對科學的志趣

也就是說
任何以為他的天份
僅限於家族那些被丟去
印第安保留區的怪咖
就犯了天大的錯誤。
就讓他們嘲笑他的奇思妙想：
幾年內
他們會為此付出龐大的代價。
只想收回那些話。

總之
就像經常發生的那樣
亞瑟自己決定
什麼才是真正的價值。

他不知道那到底是什麼，
但他接受那些什麼的挑戰。

此外
在他等待事物成形時
他隱姓埋名
和親戚們約定
在未來的某一天
——時間尚久，但可以確定的是——
那一天，他們會發現他站在成功的巔峰。

也就是說，
家族之中
如我們所知
以憐憫和同理心之名
（祖上有訓）
對那些似乎受到病態野心影響的人
容許一段豁免期。
這段期間告一段落之後
他們得選擇比較尋常的路徑。
這段時期
傳統上要數年時間，
會被視為
笑料和非難的混合物

程度不一
很多時候，讓查理曼大帝也感到灰心。

不過
就亞瑟的案例來說
這段隔離期過得快多了
——或者，不過是，一轉眼的時間——
當這名男孩
專注於起點：
他安身立命的位置，
說到底，就一個詞。
也就是：一堆數字。

事情是這樣的
在這位青年成長過程的某個關鍵時刻
亞瑟
碰巧找到一本筆記本
裡頭有他還是孩子時，隨手寫下的 1 到 10
他無法自拔於
那簡單幾筆黑色墨水
理論上能夠
創造出多少種組合：
數學統治宇宙
若他能掌握數學
一切都逃不過他的手掌心。

這是起點。

這例子揭示了，有時候
一瞬間的本能，如何足以
為接下來數以萬計的時時刻刻
賦予完整意義。

大體說來，這是抒情的經驗。
亞瑟不是很詩意
他用比較乏味的方式描述：
「我會勝利，而且我會用數字取得勝利。」

因此

亞瑟‧雷曼的
人生計畫，結合了
科學和支配
一般而言是不祥之兆，
這讓我們希望
畢達哥拉斯一直是畢達哥拉斯就好
別走上拿破崙的路。

就這狀況來說
至少
命中註定
與軍事無關
無論結果如何
──最壞最壞──
也只與金融相關：
然後，由於這兩個領域
依然涇渭分明（儘管不會持續太久），
人性能毫髮無傷地全身而退。

對亞瑟來說，這是令人興奮的一步：
有那十個數字幫忙
他得以確保的，不只是他自己的未來
還有這間家族銀行
可以馬上確認
「獲益」這個概念
和代數運算的奧秘
沒什麼不同。

於是
接下來這一年
他全心投入於
數字這項漫無邊界的雜技當中：
他不停工作，幾乎精疲力竭
經常日以繼夜
直到頭痛為止。
他饑渴地吞咽方程式、對數、質數。
他成了一名理論大師：
無論面對哪樣問題
不曾出現一絲恐懼。

這裡講的不只是四則運算。

相反地，
這才是要害。

對他來說，微積分
就像河流
迅即衝破堤防
引致災害。

相較於他弟弟赫伯特
連喝什麼湯
都要訴諸政治，
很快地
亞瑟做為人類而存在的
方方面面
都能為數學拆解：
每件事，就他看來
（而且，越來越是如此）
一團混亂
只能透過數字邏輯組織，
必須重整秩序
必須拯救野性。

如果亞瑟受邀上餐廳
卻沒算出
一項特定的公式
他就連簡單的問題都無法回答
像是「你喜歡這一餐嗎？」：
設 X_Q 為整體經驗的價值，
要求得答案，必須加總
I（成分）和 S（服務品質）
再減去
M（他當天傍晚的心情）。
當然，還要除以 C+C+C（每道餐點各自的成本）
於是，他最終的答案
總計為：

$$X_Q = \frac{(I + S) - M}{C + C + C}$$

此外
他服膺於
經濟學這普世宗教，
認為所有事物
都能被納入成本—效益的系統
每樣東西（連空氣也一樣）
不過就是一項會計條目
寫入世界最高銀行宏大的總帳中。
所以，他提出
非常他個人生存法則的合成公式：
既然地球
是由各種資源組成
（因此以繼承物的頭字母 P 為代表），
那麼，每個人
只為了自己（P_1）
透過呼吸、行走、飲食（$P_B+P_W+P_E$）
就耗費了一些共享資本，
相對地，褫奪了其他人的資源。
然而，同時間，
個體透過他們的勞動（L）、貢獻（C）、生殖（P_r）
也為其他人提供社會福利（B）。
用這種方式
為每項指標設立從 1 到 100 的指數
可能得出量化的 X_{SR}
用以顯示個體的社會經濟角色。

$$B=L+C+P_r$$

$$P_I=P_B+P_W+P_E$$

$$X_{sr}=（L+C+P_r）-（P_B+P_W+P_E）$$

就是在這
瀕臨精神錯亂的階段
亞瑟‧雷曼（AL_1）和愛黛兒‧劉易森（AL_2）重逢，
發現她截然不同於
往昔記憶裡的她 $[AL_2(t=now) \neq AL_2(t=then)]$。

她
從蝴蝶結（T_b）的創傷中存活下來，
經過時間累積出
女性運算法
不容小覷的魅力
[AL_2(t=now)=$f AL_2$(t=then)]，
使亞瑟受到
相當可觀的吸引 [$f AL_2$(t=then) $\not\subset AL_1$]。

最讓他傾心的
是因為她跳舞（f_j）。

不是因為他特別喜歡跳舞。

而是因為那天（D）
在公園偶遇（D_p），
她覺得他看起來很奇怪
就算是她最為天馬行空的想像
也想像不到
他正在計算鳥（X_b）
如何在經濟體系當中影響綠地（GS）。
她覺得他有些緊張過度，
不排除是天花後遺症的可能。
而她是如此被記憶中
仍是個孩子的亞瑟所觸動
於是主動踏出了第一步
邀請他
到一間知名的紐約劇院（T）
參加她午後的舞蹈課（D_d）。

坐在圓凳上（S）
像在人生另一個十字路口
AL_1 發現他對數學秩序的想法
出乎意料之外
在舞台上
成形：
每個人都在行走

但是沒人數他們的腳步
或開場舞的手勢。
然而，舞蹈卻需要
創造完美的和諧……
在他看來，一切都很清晰：
笨拙的動作之於 rond-dejambe[1]
一如野蠻生長的商業之於金融
所以
經濟學就是人類的舞蹈！
而他呢，
他要成為編舞家！

但是，
除了儀式女祭司 AL_2
還有誰，能在
這一片混亂的地球上
與他共享惱人的旅程？
她身上
每樣細節都讓他感到強烈的愛
他如此喜愛她的 allongé[2] 和 port de bras[3]：
他深愛她表達秩序的語言
連她的小指頭都在控制範圍內
遵循高階數字系統的
嚴謹與規範
沒有一處僅止於偶然。

多可惜，在那個系統裡（Σ）
排除的不只是偶然（C）：
感覺（FF），這種失序的媒介
也不予以考量：

$$(C+FF) \notin \Sigma$$

確實，它們甚至變成威脅。

---

1. 芭蕾練習動作，用腳在地面劃圈。

2. 芭蕾手部延伸。

3. 芭蕾手部動作運行。

AL_1 以最糟的方式理解這件事：
決定
馬上求婚
然後盡快安排婚事，
他
發現自己在這女孩面前
看著他腳下的土地敞開：
每回向她示愛
儘管出自真心迷戀，卻無法出聲
他實在無法
發出一個完整的聲音
除了一句毀滅性的
「現在我看著你⋯⋯
你的雙眼不對稱。」

當然，不用說
這樣的讚美
讓 AL_2 以相稱的反應回敬，
她立刻請
劇院門房
無論什麼原因
禁止他踏入大廳。

AL_1 從這次打擊中恢復：
難道，鑽研數字這些年
已經讓他變得如此冷酷
連最輕微的衝動
都無法承受嗎？

不過，他想，
有些因素沒估算到：
如果人談戀愛的技術性目標，是為了組建家庭（F），
那為什麼
社會風俗
非得
浪費這麼多時間在求愛（T_{cort}）？

不是他錯了：
是人類搞錯方向了。

那麼，如果他們一眨眼
過完了生命
他們就不能抱怨：
他們的時間，和所有資源一樣，得更善加運用。

然後，考慮到這一點，他聚焦在
女性特有的問題
就是太在意那些與愛相關的儀式性（違反經濟原則的）行為
閉上雙眼，他夢想著，未來的世界當中
不用這麼拐彎抹角
α 可以問 β：「我想要你，你呢，是或否？」
如果回答是
他們可以直接前進到生殖的問題。

不論她的舞姿是多麼出色
（而跳舞，對 AL_1 來說，純粹是工程學）
AL_2 的想法似乎有所不同
每當他出現在劇院旁的大街上
硬邦邦的像個稻草人
還口吐白沫
她寧願直接走過。

為了將來別再遇到他
她甚至放棄舞蹈
同樣成功地投入
另一種古老的興趣：古典豎琴（CH）。

這個改變，實際上
沒什麼效果
因為在 AL_1 的黑板上
已經用代數項表示
舞蹈（f_j）等同於音樂（M）
因此也等同於金融：
如果舞蹈使動作變得和諧
音符也同樣使噪音變得和諧，
銀行則是以物易物的狂歡聚會：
對他而言，交響樂團
和雷曼兄弟董事會
似乎沒什麼不同。

所以他來說服她
甚至到錫盤街外頭
她一週去那裡錄音三次（3 天 $\times$ RCA=AL$_2$），
在那裡，一週三次
還是沒解開這項定理：
「小姐！有什麼我能為你效勞的嗎？」
「為了我，買下錫盤街
然後在上面綁個蝴蝶結！
喔抱歉：我忘了，你把它們踩到泥巴裡了。」
「沒有比較便宜的東西嗎？
節儉是美德……」
「那就追求美德吧：你省錢
我省得麻煩。」

這些戰事
每三天
發生在
錫盤街林蔭大道上
當甜美的豎琴手行步匆匆
一刻不停留
而 AL$_1$
為了節省精力
從他的車裡跟她說話
搖下車窗
匍匐前進慢慢開。

只有一次例外
那天下午
他離開他的 T 型車
到她面前
阻擋她前往演職員入口
然後屈服在——違逆了他的意願——
最低限的浪漫主義（R）需求下
他的開場白有望成功：
「我可以為你讀一首我的詩嗎？」
接獲她幾近立即的首肯（Y）之後
（他需要小小的鼓勵）
他開始為她朗讀一首十四行詩（S）

情緒急促，像在念火車時刻表（RT）。

但是，除此之外，

他被不太一樣的原因打回票：

「這首詩不是你寫的：是艾蜜莉·狄金森。」

「不好意思：你在說什麼鬼東西？

如果我送你花

你會因為它們不是從我家花園摘的就拒絕收下嗎？

你當然會接受啊，因為是我買的。

如果我送你一個戒指（這只是理論上的假設）

你會因為不是我自己鍛造的

而是從珠寶商買來的，就拒絕收下嗎？

那好，我從書商那裡買下這首詩。

做為一種可出售的資產，它可以被購買。

因為被購買，它可以轉手給其他人

跟花一樣，跟戒指一樣。

所以我們在講什麼？我有資格用它。

狄金森小姐，一位詩學專業人士，

把她的產品放在市場上

讓我今天可以使用它，對它產生需求。

請注意：我不是免費拿到這首詩的

我付了三塊二十五分，

再加上我的時間成本

為了在這裡現身——沒有出席——更有利可圖的活動。

說到這裡：我相信你是某種形式的投資

只要我們能維持某種聯繫，你懂我的意思嗎？」

「那如果不是呢？」

「放心，墊腳旋轉小姐：我不要求任何回報。」

這些話

似乎讓他表達出一首真正出色的詩作

甚至超越艾蜜莉·狄金森。

但是，鐵錚錚的事實在於：

男性對詩的概念（$P_{\male}$）

和女性的概念（$P_{\female}$）並不相符，

而且

前者甚至可能

越界為某種侮辱（I）。

不論如何，整體來說，

詩從那天起

在 AL_1 的眼裡

成了效用不明的產品。
作為消費者，他覺得幻滅。

那亞瑟的方法
是怎麼生效的呢？

實情是，他不放棄。
而且，不是因為音樂家讚賞他的韌性。
拯救這名科學家的
是他對數學無所不能
堅信不移的極致行動：
將最不為邏輯所動的敵人，
轉變為邏輯公式。

鼓起勇氣
他在紙上
寫下
愛（L）
只取決於兩個因素：
直覺（IN）與自大狂（MEG）：

$$L=f(IN,MEG)$$

雖然第一項不可能改變
但第二項有操作空間
這樣的情形，畢竟，在高端金融很常見。

他審慎思量效果和反效果。
他研究命題，檢查公式。

最後，他決定了。
前去拜訪他的堂哥飛利浦
他提出一份二十年投資案
利潤很高：
他非常確定
美國的未來是音樂。

「你怎麼回事，亞瑟？
你要我們把錢投進劇院的管弦樂團？」

「噢不，飛利浦。不只那樣。
我所想像的遠超過百老匯。
我的想法遠大：極為狂妄。」
「我在聽。」
「我聽到有人聊起某個叫愛迪生的人。
還有某個叫特斯拉的人：兩位發明家。
他們正為一項專利交戰。
想想看，家裡有一台機器──每一家都有──
你只要轉開，就能聽見同時間
他們正在明尼蘇達聽見的，同樣的音樂。
這個奇蹟，飛利浦，叫收音機。
一位豎琴家在紐約演奏，一百萬人都能聽見。
收音機能帶你進入會客室、廚房。
你決定你想聽什麼
還有臥室、閣樓、浴室。
全世界有一大堆人
都等著轉開旋鈕，聆聽。」
「你不覺得你太誇張了嗎？」
「沒錯，幸好，當然。
一項好的投資，飛利浦
仰賴兩件事：直覺和自大狂。」

然後，就在那一瞬間，他領悟了
實際上
每項投資
就是愛的考驗，
於是，他拿出一張紙，在上面寫公式
給他堂哥看：

L=f(IN,MEG)

「這個『L』代表什麼？」飛利浦問。
「你問我嗎？當然是勞工。不然呢？」

3
不　NOT

即將展開的這一章

不是最單純的。

真正 ——不能用別種方式定義的——禍害
就要大舉肆虐
從阿拉斯加到新墨西哥。

歐洲戰爭已經獲得勝利，
但是，即將徹底毀滅他們
襲擊他們的砲彈
不是來自德國。

美國航空工業
難道**不**是大戰的創新嗎？
這個嘛。
滿載著**不**的
魚雷和飛彈
現在就要
從美國的天空落下
那架戰鬥**轟**炸機
並**不**是由空軍飛行員駕駛
而是由一名鬱鬱寡歡的參議員
他蓄了**不**尋常的鬍鬚
名叫安德魯·沃爾斯泰德。

雷曼家**不**全是酒國英豪：
除了飛利浦和赫伯特
和解的威士忌，
酒精之河**不**曾在自由街
流淌。
然而，沃爾斯泰德法 [4]
在這裡也**不**曾被忽視·

並**不**是因為美國釀造業者
幾乎全是猶太人：
這**不**是重點。

重點在於，其實，說**不**的暴雨

---

4. 根據美國憲法第十八修正案而成立的全國禁酒法案，於 1919 年提出，1920 年生效，1933 年廢除。

突然氾濫成災，暴烈如颶風
不會有任何人不被淋成落湯雞。

經熱切的基督教徒沃爾斯泰德
書寫成文
如今，這些不字成了州法。

以大寫字母寫成
不可能有任何人看不見它們
它們透過各種方式，出現在每一處：
在會客室裡你擺脫不了它們
在廚房裡你遠離不了它們
在臥室裡你忘記不了它們
而銀行辦公室也不例外。

彷彿腦中有一面鼓
敲擊著不的聲響越來越響亮：
若不是完全陷入瘋狂
少說也飽受偏頭痛危害。

雷曼銀行也一樣
滿滿的不，一路堆到天花板。

尤其，自從氣氛變得焦躁不安：
自從再也看不見陀螺，
銀行的舵手
不再成三，只剩兩人：
飛利浦和堂弟赫伯特，
兩者之間的維繫，目前為止
不就只依靠如今遭禁的威士忌。

少了這點
他們的共存變得清醒卻不安。
或說：連一丁點殘存的和平也不剩
招牌上的**雷曼兄弟**
若意味的是兄弟情深
也許要改成**雷曼不是兄弟**
才與那些從大街上就能聽見的嘶吼相稱。

說到底，這難道不可笑嗎？
還**不**到一天
那位小鬍子飛行員還**不**曾吹嘘
他那一千個**不**字
不會毀了美國，
馬上
雷曼兄弟
面臨危急存亡之秋。

只要喉嚨還乾著
這場堂兄弟間的戰爭
注定**不**會有了結的一天。

他們什麼時候**不**進行唇槍舌戰？
而且，就算一滴酒精都**不**沾
他們的對話也沉醉於許多**不**字：
「飛利浦，你**不**覺得，
銀行**不**再是存錢的地方，而成了一塊數字板
這實在**不**是什麼好主意，也**不**存在任何意義？
雷曼**不**能變成華爾街的爪牙！」
「我**不**同意，親愛的赫伯特。
你**不**喜歡股市，這也**不**是什麼新鮮事。
但你的意見**不**也只是偏見？
如果你**不**介意的話：這個世界**不**是市場，還會是什麼？
人要存活就**不**能沒有錢。
他們**不**用錢來填飽肚子嗎？**不**用穿衣服嗎？**不**用移動嗎？
不要告訴我你**不**曾想過這一點：
世上**不**會有哪件事**不**是由買賣所支配。
所以，我**不**懂：你有什麼好**不**開心的？
華爾街是商業聖殿——**不**是別的什麼東西
世上**不**會有任何一個地方**不**在進行交易：
連**不**曾開化的人也一樣，
誰**不**用六顆椰棗交換一顆鳳梨？
而且，假如椰棗還**不**熟，
不就改變了這份交易的意向嗎？
親愛的堂弟，就算你**不**喜歡，
每個地方都在交易，**不**只是證券交易所。
華爾街和猶太集會堂沒什麼**不**同：
哈希姆**不**只存在那裡，

就算你摧毀聖殿，祂也根本不會在乎。」
「不要假裝你聽不懂：我才不會受騙：
我不能接受這間銀行對人民漠不關心，
我不想把自己關在證券交易所的大門之後
還有，我對金融家俱樂部不感興趣！
而且，飛利浦，不要忘了：
這不是我們父親心裡的構想：
這件事，我想，不是次要的細節。」
「你和我不了解彼此，我不知道還有什麼好說的！」

說完這句話──還來不及思考自己在做什麼──
他走去櫥櫃找酒瓶
當然找不到。
唉，於是他繼續：
「你不能接受的是，現在已經不同於過去。
我們的家長不談論股票，我不否認。
但那是因為那時候不存在股份！
不是別的原因，赫伯特，不是任何其他原因！
我毫不懷疑，他們那些老人家
都不是天真的人
換作今天，要投資股市，他們不會遲疑：
談論『股票』和談『錢』沒有任何不同
讓我們不要再使用昨天的語言。
街上到處跑的都是汽車，不是嗎？
你覺得我們不該賣汽車嗎
這樣才不會剝奪馬車夫的薪水？
赫伯特，二十世紀不是這樣生存的，
而且，不該由我來說這些事
你看我頭上連一根黑色的頭髮都不剩了。
實情是，你不相信
銀行的角色，不要否認這件事。」
「不要逼我說出我根本不這麼想的事：
不尊重人，而且也不正確。」

吼完最後一個字
他揮手示意秘書
前來倒酒，不過她一動也不動。
唉，所以他繼續：
「你固執不肯深入重點：

這不是單純的文字問題。
你拿的不是你個人的錢包：
你用的錢不是你的，是其他人的。」
「不是其他人：他們是顧客。」
「投資客，如果你不介意的話。」
「我聽不懂你要講到哪裡去。」
「不遠的地方。」
「我不想浪費時間。」
「不要擔心：我長話短說。」
「我希望你不要偏離重點。」
「我們不能忽視一件事，他們將錢交給我們
因為把錢放在家裡不安全
但實際上，我們卻不把錢鎖進保險箱裡？
你說說，這豈不可笑：
這些錢，他們不想拿去冒險，
但難道你不是拿它們去賭撲克牌嗎？」
「我從來不曾坐上賭桌。」
「可是拿去賭股票，不是一樣的嗎？
你在華爾街做的事，難道不是賭博嗎？
沒錯：你手裡抓滿的不是撲克牌
只不過是一些股票、股份，或其他我不知道是什麼的東西。」

罵完最後一句
他走到酒櫃，拿出兩個玻璃杯
派不上用場。
所以他繼續，語氣更糟了：
「你是在賭博，飛利浦：股票不會漲嗎，不會跌嗎，
如果漲了，我是不是有獲利，如果跌了，我輸了多少？
你剛剛說我不信銀行這套？
我對負責借貸的銀行不曾有任何意見。
我不反對貸款、轉帳，我甚至不反對投資
只要你能向我證明那不是投機。」
「我不想空數零頭！」
「而我不想騙人！」
「你不知道自己在說什麼，赫比！
蠻好笑的，如果不是在討論這麼嚴肅的話題的話。
你假裝看不到的是，不會有任何一個人
把錢拿來後，不只是我們，任何一間銀行都是如此，
沒有人不想看到錢變多：

他們對於把錢好好存起來不感興趣，相信我。
沒有人滿足於此，那就不是人類了。
在櫃台，他們會問『你能不能幫我賺錢？』
你滿口都是人，但你根本不懂人：
不會有比利益更強大的吸引力了。」
「正是如此：而我不想道德淪喪到這種程度。」
「我沒有叫你那樣。
但重點還是，你不是先知：你是銀行家！」

赫伯特不曾回應這些話。
至於飛利浦，他也不曾要求他這麼做。

他們倆各自回房
不免咒罵個兩句
那些禁止威士忌的傢伙
然後自我滿足於
一口氣乾完一整杯的姿態
強迫自己不去想這是牛奶。

從那天起
赫伯特一刻都不能夠平靜。

然後，並不罕見的是
那些我們努力不去看見的事
突然間清清楚楚在我們面前現身，
如此有力，以至於我們不能繼續忽視下去。

其實他的立場和飛利浦差異並不大：
無論他再怎麼不願承認，
說到底，他堂哥
不曾說錯。
也許他站的位置不對？
他怎麼可能看不見，潛在的核心問題
而且，如果他不從政
是不是沒有其他解方？

這次他不再忽視這件事。
他詰問自己那個命中註定但他不曾向自己提出的問題：
「為什麼我在這裡，而不是其他地方？」

這個其他地方，並不是
世上哪個不知名的地方
而是權力走廊[5]。

沒錯。就是如此。
他做不到完美喬裝成銀行家
赫伯特忽視不了這個問題：
為什麼他不是市長？
為什麼他不去選國會議員？
難道他不希望門上掛個州長的牌子嗎？

當然，人不是單純的機器。
當他心中出現目的地
他不得不把這條路走得複雜。

赫伯特告訴自己，現在已經太遲
（並不是最罕見的藉口）。
然後補上，他以前不曾得到這樣的機會
（這也不過是老生常談）。
最後，他得出結論，因為現況不允許，否則，他肯定會去做：
也就是用最懦弱的方式說：「我不打算做。」

但是，不去承認自己真的想要什麼並不容易。
並不意外，赫伯特開始
每天晚上
夢到美國國會大廳，
不過，坐在那裡的人不是國會議員
而是一群銀行家，他也不例外。
然後，每個人都從他們包包裡拿出
一綑又一綑鈔票，
過不了多久，就塞滿大廳，
像銀行金庫，到讓人窒息的地步，
所以，不曾有一個晚上，赫伯特不是驚醒尖叫：
「到屋頂上！到屋頂上！到屋頂上！」

他兒子彼得看著他，好像他發瘋了一樣：

---

5. 英國作家斯諾（C. P. Snow，1905-1980）在小說《回家》（Homecomings）中，首次用「權力走廊」（Corridors of Power）作為政府機構的代稱。

「沒辦法到屋頂上，爸爸。
我們住在一樓，而且我們沒有閣樓。」

要讓小孩知道
房子在夢裡有一套它們自己的建築方式，
並不容易。
尤其當你感覺不太自在的時候。

然而，機遇不會和他作對。

因為像雷曼這樣的姓氏
對政治圈來說，並不是沒有吸引力
政治圈正逐漸認知到此事。

赫伯特這邊
守著秘密一段時間，
但他不曾隱瞞伊迪絲，
他發現她不僅是盟友，還鼓勵他：
要和一場反對的風暴戰鬥
證明像赫伯特這樣的人，不只有利用價值，更是至關重要。

不過，他堂哥飛利浦那邊
赫伯特決定先不露口風：
他怕會——這考量也沒有不對——幫他一個大忙
彷彿他已經看穿
那本全由大寫字母寫成的日記
裡頭寫下了
赫伯特是一項資源。
只不過，最近，下面也加上附註：
但不在此處。

雖說如此，
有些工作還是不能拖。

所以，不久之後
赫伯特敲了他堂哥的門。
他問會不會打擾
得不到肯定的答覆
他坐下，距離

那座老酒櫃**不**是太遠
（可憐的孩子，他還**不**能坦然接受）。

與此同時，飛利浦
已經猜中每一件事，**不**能更稱心如意了。
紐約其他家銀行，**不**都只有一位總裁嗎？

他裝作若無其事，**不**期**不**待
甚至還哼起歌來
不曾把眼睛從《華爾街日報》移開。

赫伯特打破沉默，
毫**不**拐彎抹角：
「飛利浦！我**不**想瞞著你，黨要提名我，
我在考慮應**不**應該接受。」

飛利浦波瀾**不**驚。
也**不**全然沈默以對，他說
「你自己做決定，我親愛的赫比，我**不**會干涉。」

就是那句我親愛的說服**不**了赫伯特：
他堂哥**不**會插手干涉
他**不**能徹底放心。
因此，他**不**滿足於這項批准：
「你**不**認為這家銀行需要我們所有人嗎？」

飛利浦**不**是業餘人士。
他可以假裝聽**不**懂。
或者，他可能偏好**不**回答，只微笑。
不過，他選擇了**不**很露骨的招式：
「我**不**會瘋到讓美國失去你
只因為我**不**情願這家銀行失去你。」

還**不**錯：以愛國之姿。

這並沒讓赫伯特**不**悅：
「所以，我**不**該有罪惡感？」

這時，飛利浦克制**不**了口舌。

他眼看勝利逼近，控制不住自己：
「赫比，什麼事都比不上，
面對偉大的召喚而絕不迴避。」
他試著微笑，但笑不出來。

赫伯特懂了，並非毫無不快
他堂哥不過是在宣告戴上
他頭上那頂王冠
而且，不是加冕於國王，而是皇帝。

為了不讓他那麼如願以償，他補充說：
「當然，我不希望自己完全斷絕聯繫：
我不會忘記，這是家族銀行。」

飛利浦眨都不眨一眼。
為了不想應驗他以冰冷著稱的名號
發出不盡然是咕噥的一聲：
不表贊同
也不反對。

然而，還不到一會兒
一股疑問油然而生：
這該不會像是他在勸阻他？
為了不要造成誤會，他解釋：
「我這邊出了任何情況，都不會把你蒙在鼓裡：
而且，就算你不來了，我的所作所為都會如同你還在一樣。」

就在這一刻，赫伯特不再有任何懷疑：
他鬆手的風險，不只是失去馬車韁繩
也會失去通往馬廄的鑰匙，那個他再也看不到的地方。
不過，還好，他不笨。
所以他選擇不說出內心真正的想法
而是讓他的胃──如果不是他的肝──發言
當他聽到自己說出這些話，不是沒被自己嚇一跳：
「我父親這一家可不能餓肚子……
幸運的是，我不是唯一的兒子……」

飛利浦料想不到這一步。

亞瑟的名字不曾出現在他的日記裡。

他也毫無保留，表達出不同意的樣子。

他安慰自己，雷曼家有人進入國會
是場不小的勝利
而亞瑟，畢竟，只是個大男孩。
所以他認為，這番佈局應該會成，
抑制不了自己的興奮之情：
「我們慶祝一下？」
「我不知道要慶祝什麼。」
「慶祝你將來的仕途。我毫不懷疑：一定會很了不起。」
因為喝不成威士忌，
他們用檸檬水舉杯。

4
威廉街一號　One William Street

索羅門・帕普林斯基
走鋼索的人
今天早上
拉直鋼索
從路燈到路燈
筆直
繃緊
一躍而上
他開始走的時候
差點失去平衡
搖晃
在空中靜止不動
然後恢復。

他兒子莫迪凱
一名有綠色眼睛的孩子
未來也是走鋼索的人
他總是在鋼索下
看著父親。
今天早上

在索羅門差點跌落的時候
他兒子往前
像要接住他
但索羅門瞪了他一眼
從上面那裡：
一個走鋼索的人
三十年來從沒跌落
不需要
不需要其他人
不需要小孩
也不需要幾滴干邑。

無妨
因為
一小瓶花費就很可觀：
違禁品酒精
──據《華爾街日報》指出──
正撕裂地下社會。
這樁貪婪的生意
由以下三方爭奪：
義大利黑幫
──精於用刀
擅長恐嚇
令人生畏的墮落警方──
愛爾蘭黑幫
──爆破專家
來去無蹤
走私通關的大師──
以及最高段的
猶太黑幫
──家族關係緊密的
釀造廠老闆
卓絕於鑽營牟利。

如今，美國
正熊熊燃燒。
大型百貨公司
點起巨焰

西爾斯百貨
沃爾沃斯商場
全由雷曼資助。

如今，美國
成了戰場
被火災警報器
和烈焰焚身的汽車殘骸
摧毀的碎片
到處都是。
沒錯，汽車。
誰知道
伊曼紐爺爺會怎麼想
要是他沒上去加入他兄弟們的話
就會見證美國
如今鐵軌縱橫交錯
然後
不再為火車瘋狂
反而著迷於汽車
一開始只屬於最富有的人
現在卻賣給每個人
甚至是麵包師傅。

街上塞滿了
大鐵盒
全在排放黑煙和噪音
頭燈如眼睛
鼓漲著汽油；
於是，油價也一飛沖天。

飛利浦一直想著這件事
每當他一讀再讀
斯圖貝克的
公開招股書
雷曼兄弟
正在股票市場發行的那份：
持股份數範圍很廣

因應各類出價人
　　　從金融家到理髮師
　　　從百萬富翁到叫花子[6]：
用好價錢買股票
就算是小資
你也可以
成為
汽車公司股東之一！
目標很近，輕鬆易達：
最多十年內
用汽車廢氣
和團團轉的經銷商
填滿
美國街道
全速前進
沒人
能夠沒有車，
處處有生意可做：
開
開
開
握緊那些車體亮麗的
汽車方向盤
一身鋼鐵
加滿油
因汽油醉倒。

對他們來說，當然，獲准醉倒。
油箱不會被沒收，萬歲！
就算沒人
用汽油乾杯
慶祝。

亞瑟・雷曼
每天早上
駕駛他自己的車：
以最高速度（S）抵達

---

6. 原文為意第緒語 schnorrer。

威廉街一號（OWS）的
新辦公室。

當他飛速穿梭紐約的街道
亞瑟不禁想著
最終他眼裡每個路人（H）
——電車上的，或坐在公園裡的——
不過就是雷曼兄弟（LB）的債務人。

這是一種執念，當然。
不過，令人滿足。

如果你把所有雷曼對工業的投資放在一起
還有那些新的專利
加上銀行放款
及慈善事業，
亞瑟・雷曼很確定
每個美國人
都欠他的銀行
一筆數字
大約落在 7 元 21 分。

這似乎難以置信
但在街上，亞瑟眼裡再也沒有行人了
而是行走的數字。

那些 7 元 21 分遍佈每一處：
他們充斥在劇院和餐廳
他們湧入船上、火車上。
那些 7 元 21 分也上教堂
然後向上帝（J）祈禱，祂在道德層面
和雷曼兄弟
在伯仲之間：
——或者，至多，高一階——
祂是 7 元 21 分的創造者，而我們是他們的資助者。
當然，他發明了人類。
但如果沒有銀行
誰為這些 7 元 21 分賦予些微瑣碎的生存意義？

亞瑟
身為和飛利浦並肩的夥伴
因此覺得他被指派了
一項至高的人類學任務：
7 元 21 分
透過他們的眼神懇求
莫失莫忘。

雷曼，終究，是慷慨的神祇：
7 元 21 分想要布料，我們給他們棉花。
他們想要飲料，我們給他們咖啡。
他們要長途旅行，我們給他們火車。
然後，當他們說「快點！」，我們創造汽車。

說到這一點
巴比下次生日
會得到屬於他的汽車：
這是父親的禮物
因為華爾街未來的天才人物
不能雙腳落地。

這決定是系列安排之一
由飛利浦全權決定
在他日記的私人小天地中：
這家銀行想要巴比。

這決定是否基於互惠
完全不在考量範圍。

畢竟，大家都能理解，有時候
父子間
會產生奇怪的理解
基於那些沒說出來的部分。

自從飛利浦確切
問了他兒子
他的職業意向
他們兩人之間
對這件事

沒再多說什麼：
一切似乎非常清楚
毋需進一步解釋。

於是
兩位雷曼之間，形成一種默契。

飛利浦，對他來說，
肯定相信
他兒子，
經過那天他的抵抗，
自然會放棄。
他的笑容出自這份確信：
他的血脈
拒絕經營銀行
這想法對他來說難以理解
他慢慢將這念頭視為二十歲小伙子的一時興起
注定會被重新轉化為
巴比轉大人後較為乏味的志向
——自然而然，不是出於孝順。

總之，飛利浦決心
—— 一如任何出色的銀行家——
將他的未來投資於
審視現有風險：
巴比在他眼中
已是
完美未來之子那不太完美的原型
以他之名
他得放過每項暫存的缺陷。
最終，這不過是
通往和睦的過程。
成功的必然性
鼓舞著他。

巴比，他則是，
完全沒有察覺到這一切。

並非因為他夢想著

哪種懶散的生活。
相反地
他真心相信
父親已將他拔擢為「雷曼家族的代表」。

箇中差別頗為可觀：
判定他不適合
成為一名銀行家
巴比覺得他生來就該擔任
戰士的角色，沒錯，而且面對社會。

有誰比他更適合
宣傳一家銀行
珍賞藝術的嶄新面貌，
又慷慨助人
又長袖善舞於這場尊重的競賽？

「終究，」巴比心想，
「再怎麼樣，還有亞瑟……」
不意外地，他露出滿意的微笑
每當他父親
公開稱讚他堂叔的公式。

因此，威廉街一號這間新辦公室
——在還很遙遠的未來——
將呈現
這間家族銀行全新架構的景象：
亞瑟・雷曼如君主坐上王座
巴比緊接在下
開心滿足於扮演管家的角色
或甚至是慶典大臣。

噢，沉默的危險：
不只巴比堅信
如此這般——而且僅止於此——
正是他父親的希望，
就連亞瑟，
因為他姪兒（B）篤定的態度
也頗為確信

他註定掌握權杖（s）。

在這股相互確信中
一切和平：
飛利浦微笑。
巴比微笑。
亞瑟微笑。

願主賜福戰後時光。

如我們所知，那
也可能是下一場戰爭的前導。

毫無疑問，的確可能。
唯一的差別在於如何看待。

5
咆哮二〇年代　　Roaring Twenties

「噢，當然！還有厄文。」

過去三十年來
在雷曼家
聽得見
這些話。
不很頻繁就是了。

這麼說吧，厄文
多少會被想起
每五年
一次。

之後
返隱霧中
這位馬鈴薯之子
不只從對話中
更從近期記憶當中
徹底消失。

可以說
他又被
一襲沉默吸納
正如他名字裡那兩個母音
被成群結隊的子音淹沒。

這也
幾乎成了某種數學定律
主宰每個成員興旺的家庭
總會有個誰沒入背景。
通常是最安靜的人
或者，引起最少關注的人。
受到遺忘是他的回報。

這是一種古老的公平機制
面對它，毋需抱怨：
放下它，接受它。

以厄文來說，當然，
他的天性沒幫上什麼忙。

他還是個孩子的時候
就自然而然傾向待在，
可以說是，陰影中。
並不是因為他很陰沉：
相反地，他蠻爽快的，
脾氣溫和、沉著
不偏不倚
在這一片平和中
沒有一絲冷漠的跡象。
厄文體現中庸的縮影
只要觀察他，無論是誰都會得到
「普通人類」，這種不這樣就很難定義的感覺
還遠談不上「平庸」或「次等」。
蠻單純的：他站在中間。
而且，也非常適合他。

其實
應該表揚

這類型人身上的社會美德：
他們讓生活周遭的人
對正常一詞，獲得更清晰的畫面。
這貢獻不小
出現在年輕人身上，尤其值得讚揚。

比如
多虧了厄文
才有可能好好去
看清他每個兄弟
行為當中的缺點和怪異之處
他們太超過的行為會被貼上
這句標籤「厄文不會那樣。」

即使在他只不過四、五歲的時候
他已因此被選為早熟的人生典範
他的日常範例
必然
成為
大家的榜樣。
有些人甚至可能在想
他並非芭貝特子宮的產物
而是來自某個科技實驗室
由最先進的基因工程組合而成
一座為達教育目的而生的自動機器。
簡言之，一名戈倫[7]小童。
紐約的猶太奇譚。

無論如何
小厄文
很快建立起他的金字招牌：
在他兄弟亞瑟和赫伯特眼中
不管他做什麼
好像都是**正確的道路**
這裡說的正確
和道德沒什麼關係
更像是針對孩童魯莽的破壞行為

---

7. 戈倫，或稱「魔像」，是希伯來民間傳說裡，被賦予生命的泥塑人形。

527

而落實各種可能的或可想像的限制。

的確。
厄文不大吼大叫。
厄文不跑來跑去。
厄文不流汗。
厄文不蹦跳。
厄文不吵架。
厄文，廣義來說，不造反
順從而泰然自若
接受
因應人類共存而強加的束縛。
這讓他成為一個文明的小孩。
或者，想這麼說也行，一個愛玩遊戲的五十歲小老頭。

不過，如我們所知：
人類社會很殘酷。

批評的聲音
不只引致受批評的人心懷怨恨。
通常還有別的後果。
狀況就是如此。

就像卓越的道德權威人士經常會遇到的情形
年輕的厄文
終究，相較於人類，更近似於一種概念。
他的一致性，使
這一家人創造出某種厄文性
而這
伴隨著所有附加後果
逐漸
取代了小男孩的位置。

因為高貴的道德
棲居胸懷，啟發心靈
完全斷絕物質需求：
厄文性不需要食物
不覺得熱，不覺得冷
對更瑣碎的欲求也毫無盼望

像是棒棒糖、皮球、棒球帽。
因為不受考慮
一尊實體變得像空氣一樣
然後，因為如此
甚至消失在視線內了。

厄文為此付出代價：
他發現虛無縹緲是如此困難。

「噢，當然！還有厄文」家長和叔父常這麼說
然後才發現
厄文根本就不見了
被遺忘在誰知道在哪的某個地方：
在花園裡？
在聖殿？
在車站？
有一次，甚至在動物園
那裡，過了三小時，
幸運地，找到他了
──他非常冷靜、從容──
正在和一對獼猴說話。

隨著他長大
他坦率的個性維持不變。
相反地
他作為正常人的純粹
逐漸變為有意識的選擇
發展成自尊。

厄文從不過度，而且以此自豪。
他的平凡──即使是在青年時期最坐立難安的那幾年──
也是四平八穩
平平無奇：
他的說話和穿著
他的政治立場及最日常的選擇
不多不少正站在
美國中產階級男性最好預測的那邊。
而且他樂在其中。
就連用餐

他的品味也極為普通
大眾口味。

一顆寬宏大量的心在他體內跳動
和絕大多數美國人步調一致
這尤其令人驚奇
因為他
沒花什麼工夫去順應：
根本天生如此。

如果一切按照原樣
只需改變一點
那有多好
聽他說些不尋常的事，像是
「我最愛的水果只長在日本」
然而，像這樣的希望都是徒勞
始終如一
他讚美
黃蘋果的美味。

就這樣了。
人各有體。

並不是說這樣錯了。
畢竟，其中也隱含有用的深義。

一開始
他堂哥飛利浦
經常性地
將厄文視為商業溫度計：
中產階級傾心哪個方向？
他們比較偏好公路還是鐵路？
喜歡瓦斯還是電力？
這個年輕人的意見
——定期受到適切徵詢——
作用如同神諭。

都到了這地步
出於各種務實考量

他仍是堂兄弟裡唯一一名
沒涉足銀行的人，
也因此，他完全不受影響。

沒錯：厄文選擇追求其他不同工作。

他的選擇
僅有部分出於
尚可理解的復仇心態
畢竟他這些親戚們
太常
在難以置信的地方遺忘他。
經歷了一段漫遊的童年
他現在能加入家族董事會嗎？
（甚且，這情形，燃起了他內部
特殊的獨立性格）

但他心裡的想法不太一樣。

自從他還是個幼兒
他就一直習慣於
設個奇妙的調停點
他對此堅信不移
而且覺得就是該將
這項天賦視為使命的徵兆：
他會運用中立的天性
超脫自我
進入別人的靈魂
檢視他們的動機、理由、錯誤。
因此，既然心理分析才剛開始萌芽，
他訴諸法律學。

的確，如果佛洛依德醫生早些致力於他的事業
他可能會發現厄文
是最有價值的繼承者
因為他早期的判決便透露出
這位雷曼法官的人性
為所有人欽佩：
一位當代索羅門正漫步於紐約的法庭中。

當然
不變的是
飛利浦・雷曼還是把他當作小白鼠：
厄文愈能參透
犯罪迷宮中數以千計的人類案例
他對人類的理解
就愈能產生
法律意義之外的利益：
飛利浦感興趣的是商業層面。

厄文，就他來說，樂意回答問題，
從沒想過
某些愉快的交談，純屬行銷：
「親愛的飛利浦，你讀過那個芝加哥天才的事了嗎？」
有一天，他在火爐邊問。

「厄文，你說誰？我錯過了。」
他堂哥馬上豎起耳朵，投以關注。

「有個傢伙不簡單，大家都在討論：
他讓老鼠穿上工作服唱歌。
他真的很妙，茜茜和我都很喜歡他。」
於是，隔天第一件事
茜茜・史特勞斯非常欣喜地和
華特・迪士尼先生牽上線了。

茜茜成為厄文的妻子
好幾年了。
他們的結合，非常普通。
非常普通的愛情。
非常普通的幸福婚姻。

可能因為地球表面
沒有生物更像厄文了：
他越擁戴「好的黃蘋果」，
她就越熱衷於
避開青蘋果。

然而，這對完美的美國伴侶
是多麼溫柔啊！

打從一開始
就毫不武裝，
直線前進。

激情是這樣爆發的：
他在聖殿看到她
在〈哈夫塔拉〉[8] 的最後加入她
問她是否就是內森・史特勞斯的女兒。
她回答是。
他回說好。
她回說沒錯。
他回說好的。
她回說再見。

這段關係就此展開。

然而
還不出一個月
厄文又出現在聖殿
做出最超乎預期的愛的宣言：
「茜茜小姐，今天你是聖殿裡最美麗的年輕小姐。」

儘管實際上
那天所有出席聖殿的女性都是長輩
這名女孩欣然接受
禮尚往來：
「你也是，雷曼先生。」

完成第一輪寒暄之後
只剩目標明確的計畫。
然後，這也迅速達標，
再下個月：
「茜茜小姐，我想邀請你到安靜的角落喝杯飲料。」

---

8. Haftarah，字義為「分隔」、「分別」、「告別」。很可能衍生自「patar」此一字根，意為「結束」、「終止」。這個詞彙指的是先知書或聖徒傳記節選。猶太會堂在安息日和節日的儀式中，完成《妥拉》選段讀經（parashah）之後，會再加上這些節選。

「我的榮幸，雷曼先生。」

成年禮：柳橙汁是吉兆
顯示禁酒令
還沒讓美國一切凋萎。

太棒了。
其他還有什麼事嗎？
喔對了：還有，一些小事。
訂婚、戒指、親吻：全都省事又快速地進行。
隨即訂好婚禮
然後舉辦，以最幸福的場面
在最幸福的聖殿
伴隨眾人最幸福的笑容。

至於接下來的家庭生活
也——毫無意外——是幸福的勝利。
在花園烤肉。
一隻白色的狗。
一名叫楚迪的女僕。
室內裝飾花花草草。
鋼琴上擺了瓶花。
陽台上有踩腳墊。
會客室的窗戶掛了刺繡窗簾。
門上有茜茜＆文文的字樣。
不過，最重要的是
一隻格外細心的耳朵
辨識現代家庭的特徵。

沒錯。
對擴張雷曼兄弟的策略來說
這些都幫助很大：
「畢竟，我們的任務」
飛利浦邊研究茜茜和厄文，邊備註
「是在任何需求出現之前
就能回應一些想望：
我們滿足美國的夢想
在它睜開自己雙眼之前。」
這倒是真的。

因為茜茜和文文總搶第一，
注意他們買了什麼
就像窺視明天之書：
「茜茜和我要入手一台電烤麵包機！」
「飛利浦，你想看看我們的冰箱嗎？」
「我買了一台電熨斗給茜茜！」

到了飛利浦樂在其中的程度
他先一步開始設想：
要是茜茜&文文的模型
也適用於國外？

畢竟，自從協約國
解決了
一次世界大戰
重建也成了一筆能在國際間賺大錢的生意。
厄文的父親，邁爾叔叔，
不正是奠基於美國內戰的廢墟
才建立起這家銀行的嗎？
每一場戰爭的善後──如我們所知──
永遠提供機會。

也許是。
也許我們可以試試看：
畢竟，我們曾是世界強權。
那麼，為什麼不試著想像
一個美式風格的地球？

肯定需要一個好的開始。

因此需要諮詢神諭
這番對話註定會被永誌在心：
「我親愛的厄文，你還讀報紙嗎？」
「有啊，飛利浦。每天。很有趣。」
「那告訴我，歐洲現在如何？」
「德國沒錢償還戰爭債務：
如果得不到幫助，他們就要破產了。」
「你知道在歐洲哪裡有像我們這樣的家庭嗎？」

他說我們只為了不顯冒犯：
他其實要說「像你們這樣的」。

「我知道巴黎也用電烤麵包機加熱麵包，
然後冰箱在柏林也賣得很好。
至於電熨斗：你說說哪個倫敦人不希望襯衫無痕？」
「重點來了，厄文：他們有錢買嗎？」
「如果沒有，他們可以貸款。」

終究，他堂弟很聰明。
他應該要是一位優秀的銀行家。

飛利浦向前看，直到視線盡頭，
數不盡的電烤麵包機、冰箱、熨斗，堆疊成山。
未來就只有一個名字：**分期付款**。

不朽的夢想：現在擁有，以後付款。
什麼時候？不急！以後！
當然要加上利息。
世上沒有人
只需**擁有**，不用付出代價
龐大的金流
會從紐約啟航前往舊大陸：
他們將以三倍償還。
他們只需要冒險。
終究，每件事都有風險。
他們只需要冒險。
他們只需要冒險。
他們只需要冒險。

「最後你們全都會上法院」厄文說。
「到時候不要來找我。」

6
伯羅奔尼撒　Peloponnesus

哈洛和艾倫
父親是在海上迷失方向的兔子

他們卻不像孤兒。

正好相反。
大家都覺得
他們補位雙親的缺席
即刻
一舉成為
父系及母系權威。
也就是說：有些人隨他們長大
會用新的眼光看待父母
有些人則把父母送上開往火奴魯魯的船隻。
方法不同，目標一致。
問題就這樣解決了。
句點，新的一頁。
向前。

哈洛和艾倫如今二十歲。
他們準備好要上戰場了。

時序遞嬗
他們清晰明快的措辭方式
變得更直接了當
兩人一旦張嘴
就造就撕裂傷：
對那些在街上乞討的人
他們說：
「我們不資助那些搞砸的傢伙。」
若拉比抱怨
不常見他們上聖殿，
他們可能會對他說：「你也不常來銀行。」

評論精簡。
但正中要害。
這是他們的座右銘：
多嘴浪費精力。
不符經濟概念。

哈洛和艾倫
是高端金融界野心勃勃的面容。

絕不妥協的那種人
包括「感性在銀行業無用武之地」在內
那 120 條戒律成熟的後代。
從父親落到兒子身上的罪愆
加上——似乎是這樣沒錯——
某些
讓你降臨這世界的人們
並不完全知悉的小教訓。

嗯。
果然如此。
兄弟倆
終於將
西格蒙德曾用淚水稀釋的
犬儒主義發揮得淋漓盡致。
遺傳學奇蹟。

只要想想他們的祖父邁爾
甚至拿過小親親的勳章
當年，商業基礎可說是奠基於
開朗的微笑和往來的禮節！
今天，事情很不一樣。
市場就是力量，而力量的意思是，把嘴巴閉上。

就這點來說，這兩位拔得頭籌。

當查爾斯・林白
長途飛行跨越大西洋著陸後，
哈洛一馬當先去跟他握手：
「三十三小時又三十分鐘，了不起的壯舉。」
艾倫馬上補充：
「花了幾十萬美元：
只飛一個人：不太合算。」
哈洛跟著點頭。

因為這兩人總是互補。

一位是共和黨員。
另一位就是民主黨員。

然而，和睦相處。
彷彿這對兄弟聯盟
不只是雷曼家的雙人組合
而是整個美國
意識到自己的力量有多強大。

一個金髮。
另一個黑髮。
一個蓄鬍。
另一個光著臉。
一個音調高亢。
另一個低沉渾厚。
哈洛和艾倫
外型對比強烈
行動時像兩台裝甲坦克
擊退一切抵抗。

然後，哪裡能怪他們呢
既然他們出生於
伸手就能橫跨全世界的超級強權？
可能因為這樣的緣故，他們有些傲慢？
不然呢，要假裝我們跟別人一樣嗎？
真是夠了！

關於他們的生命故事
最新動向是這樣的：
首先
他們以優異的成績畢業。

實際上，最後那回考試表現得不大完美
不過，妥瑞教授
發現他們在瞪他
他也聽過人家說
「雷曼資助這間學校，包括薪水」
不用懷疑，他把分數往上調。

畢業沒多久就結婚。
兩人也一起安排
沒打破兄弟間的和諧：

哈洛選中碧碧。
艾倫看上泰莎。
哈洛追碧碧：
　　　「我覺得你很漂亮，即使你算不上美女。」
艾倫追泰莎：
　　　「跟你在一起無聊的程度，比和別的女生在一起低。」
哈洛向碧碧示愛：
　　　「我比較喜歡你金髮的樣子。」
艾倫向泰莎示愛：
　　　「現在我仔細看，才發現你真的不高。」
哈洛和碧碧訂婚：
　　　「他們說我得給你一個戒指。」
艾倫和泰莎訂婚：
　　　「這是黃金，小姐：從你手上摘下來，鎖進保險箱。」
哈洛向碧碧求婚：
　　　「你嫁給我很值得，不會有更好的選擇了。」
艾倫把自己獻給泰莎：
　　　「這樁婚事讓你撿到寶了，不過我不反對。」
完婚之後，哈洛跟碧碧說：
　　　「我已經娶你了，讓我們看看你表現如何。」
完婚之後，艾倫跟泰莎說：
　　　「你現在是雷曼家的一員了，你知道吧？」

問題就這樣解決了。
句點，新的一頁。
向前。

如今，問題變成
這對兄弟要在銀行扮演什麼角色：
這裡也說明一下，
像這樣的兩個人
難道亞瑟叔叔會沒注意到？

何況他們似乎很懂
如何解決重大問題：
儘管亞瑟覺得他能
一手掌控銀行代數的秘密，
他把握不住的
是如何將純粹的微積分理論

化為實際成效：
哈洛和艾倫可以擔任士兵的角色
在這場科學之戰中，指導他們親愛的叔叔。

如果說亞瑟內心已經十拿九穩
今天他清楚表達出來。

前面已經提過
亞瑟不再視人類為棲居地球上的生物
而是一群貪婪的 7 元 21 分：
他有時會被惹惱
因為這群 7 元 21 分
經常不知感恩。
這不太好。
比如，今天。

亞瑟叔叔出差
由哈洛和艾倫作陪
去遙遠的內布拉斯加：
雷曼的利益遠及這裡，
我們資助那些在山裡鑽井的人
搜尋每個角落
只為幾滴石油。
因為半個世界都要動起來。

因為數學有自己設計精巧的油箱，
三名雷曼歷經好幾小時的長途旅行
要在鳥不生蛋的地方找些像樣的食物。

然後，海市蜃樓。

在路邊
碰巧有家快餐店
24 小時營業：
希臘快餐
「伯羅奔尼撒」
由移民經營
六年前開張。

老闆
喬治‧彼得羅普洛斯
在櫃檯後頭
——橄欖和起士——
身穿沾滿油污的圍裙
一手抱著他三歲的兒子
試著調收音機
但運氣不好：
在酸豆和沙丁魚間
沒有訊號。

在橄欖和酸豆間，
這天早上
在內布拉斯加的正中央
事情不太順利。
糟糕的星期四。
可能因為是星期四
誰知道為什麼
顧客都不上門。
也可能因為這小孩
才三歲
沒法停止哭叫
哭叫
哭叫
然後？
又哭又叫
又哭又叫
「Αν δεν σταματήσεις να κλαις, θα το κάνω」
他父親大吼，好像小孩會因為他一聲令下就停止哭鬧。

三名雷曼坐在櫃檯。
他們只吃橄欖和起士：沒別的東西了。

同時，這小孩哭得越來越厲害
而他爸爸還在試著找電台頻率：
喬治‧彼得羅普洛斯
當然
想要
聽新聞。

這些年來
每天早上
他總是聽
他們報新聞
關於三 K 黨
他們甚至到卡尼這裡
沒錯，先生
在夜裡
放火燒了幾間希臘快餐店。

然後，突然間：
新聞頭條：
「雷曼兄弟銀行
和高盛簽字分手。」

聽到這則新聞，小孩哭得更大聲
廚師用他的語言咒罵幾句
把幾顆橄欖摔到牆上
彷彿他們是子彈。

亞瑟盯著他前面這兩人看
價值總共 10 元 81 分
（小孩半價）：
他們怎麼敢侮辱一間大企業？
「不好意思，先生：你對這家銀行有意見嗎？」
「什麼？」
「廣播說到雷曼兄弟的時候，我以為你有點不爽。」
「我當然不爽！可惡的猶太佬！
為了開這家店，我跟他們貸款六年了，付了一大堆錢！
我不要再付他們錢了，我決定了！可惡的猶太佬！」

咒罵的數學方程式
幾乎讓亞瑟
得到一條穩定連續的怒氣等式。

所幸，他姪子們也在。
「親愛的先生，這小孩是你的兒子嗎？」
哈洛接著開口
眼睛沒離開他的盤子。

「不然呢，我們家彼得。」
「想像一下，等彼得長大，他會接手你的工作」
哥哥接著說，也沒看向他：
「如果他提供顧客食物，卻不要求他們付錢，
你覺得彼得做得了生意嗎？」

希臘人沒回話：
他只是皺眉，
最讓他驚訝的是，小孩
──在突然講到他在餐飲世界的未來時──
徹底停止哭泣
研究起這名男子，全神貫注。

哈洛繼續說：
「事實是，今天我們已經把東西吃下去了
就算品質很糟，但是按照交易法，我們得付錢。
所以，到底：多少錢？」
「每個人 7 塊 21 分 」希臘人馬上回答。

亞瑟幾乎要出聲抗議。
但他被艾倫阻止：
「親愛的先生，我們現在假設，
你兒子彼得未來成為一位銀行家。
或者，說更遠一點：他也許會在雷曼兄弟工作。」
「絕不！」希臘人吼叫
儘管孩子像在點頭。

哈洛不管他：
「在那遙遠的假設裡，老實說：
他身為銀行家的工作
不就包括向你收取他貸款給你而須償還的錢和利息？
給銀行的利息，就跟我為你的料理而付的 7 塊 21 分一樣。
所以，敬愛的先生，如果你真的不想再付款了
那──對你來說不幸的是，我們，就是雷曼銀行──
我們現在就有資格拍屁股走人──和你一樣──
一毛錢也不付給你。」

孩子發出聲響，像是表達同意。

希臘人收卜鈔票。

雷曼家每人付了 7 塊 21 分，
合理推測，他們沒有失去一位債務人。

他們起身
擦拭嘴邊。

然後將伯羅奔尼撒拋在腦後
以冷酷的自信
爬回奧林帕斯山上。

7
空中飛人　　A Flying Acrobat

想一想，曾經
華爾街的人
抬起頭來，只為了要看走鋼索的人。

索羅門・帕普林斯基
不太高興
要讓出一部分他的制空領地。

天知道他會說什麼
如果他知道，是他促成了這項投資。

對。
就這麼巧
雷曼兄弟進入
航空市場
曾是需要小心對待的問題
始於近乎消遣
然後，注定有其重要性
不論從銀行內部或外部來看，都是如此。

這些，當然，都是事實。

巴比・雷曼
通常都離華爾街遠遠的
只有那天要在證券交易所附近
和他父親碰面
鑑賞幾張油畫。

或說：這個藉口，
是飛利浦・雷曼想出來的
好把他兒子拉上高端金融的賊船。

他的目標舉足輕重：
要向證交所幾位主力成員
介紹這家銀行未來的舵手
冀望一見鍾情
能將所有殘存的不確定感
一掃而空。

所以，用兩幅弗拉芒大師畫作誘人的餌
吸引他兒子上鉤
飛利浦
幾乎克制不住他的興奮之情：
至少十名商界大頭
等不及要測試
下一位雷曼兄弟接班人的脾性和智識。

巴比抵達，一身白西裝，繫白領帶
完美無瑕
身上每一寸看來都像巴黎的藝術經紀人
不小心闖進銀行家出沒的地方。

亞瑟的現身
沒削弱這番對比
他完美呈現金融家的制服：
黑西裝（BS）
雙排扣（DB）
黑領帶（BT）
數學家認證的圓形眼鏡（2S）
手上夾一隻黑色鉛筆（BL）
好記下當天的牌價。

就他而言
亞瑟不知道
帶巴比來證交所的真正原因：
他想像是一趟輕便的觀光行程
並且以這種態度
用打趣和調侃逗樂他姪兒。
亞瑟感覺像在自己家一樣
欣喜展示他的辦公室
給一位碰巧路過
又對這方面毫無知識的姪兒看。

他們在一間大房間裡就座
深色的室內裝潢。
只有一扇窗能看見外面的世界
打開之後
和索羅門‧帕普林斯基在鋼索上平衡的高度正好一致。

飛利浦和亞瑟坐在桌子兩頭，
巴比在他們之間。

桌子另一側
坐了十位委員會成員，準備展開測試。
畢竟，這就是，此行目的。

飛利浦起身
以慶祝的口吻說：
「各位先生，這是我兒子，羅伯特，
準備好回答你們的問題了。」

巴比點頭，補充一句「我榮幸之至。」
因為，儘管那聲羅伯特引人焦慮
他沒什麼好失去笑容的：
他等待那些將受鑑賞的畫作
隨時可能抵達現場
他沒有任何一刻
懷疑，那些坐在他面前的人
不是畫廊主人、藝術評論、收藏家
像他一樣，對藝術市場很有興趣。

另一方面
在那瞬間對一切恍然大悟的人
是他堂叔亞瑟
他深知
齊聚在房間裡這十位大鱷的身份
因此由衷感到恐怖的戰慄（T_x）。

這十人中，第一位
開門見山：
「那麼，雷曼先生，
你怎麼看市場現況？」

巴比微笑，
仿彿對這問題等候多時的大師。
畢竟，單單上個月，
他已參加了三十多場拍賣展會
從波爾多到倫敦到法蘭克福：
「我想我可以說，我們這個領域
非常活躍：一切快速前進，受戰爭影響，
所幸我們在美國
對很多歐洲人來說，情況並不是這麼蓬勃
所以我們認為，我們可以提供最好的出價。」

全場一陣低語表達認可
當飛利浦用他的臉頰、他的脖子、他的手指示意贊同
這些肌肉的能量綻放閃耀的光芒。
另一邊，亞瑟嚇出一身冷汗（CS）。

第二位委員嚴正發言：
「是我弄錯，還是你真的提議要大規模買進？
因為歐洲正處於危急時刻，我們應該利用這時機嗎？」

巴比又微笑了：
「恕我直言：沒錯，我就是這麼想。
這樣的機會恐怕不會有第二次。
如果我們希望在這領域中，建立我們自己的地位
我們不能退縮。」

從桌子遙遠的一端傳來第三個聲音：
「你指的是什麼，可以再說更明確一點嗎。」

巴比絲毫沒被惹惱：
「還蠻明確的，坦白說：
直到幾年前
我們還覺得自己比不上法國人、德國人、俄國人。
更別提英國人了。
我花了好幾年在歐洲：
依據個人經驗，我可以作證
──目前為止，至少就我個人所知──
最棒的交易都以
馬克、英鎊、法郎、盧布進行，經常如此。」

一位金髮維京人點頭：「尤其是馬克。」

巴比繼續：
「在歐洲，他們知道雷曼
是率先用美金投入這塊領域的投資人之一。
除了我們還有其他一些人，但我敢說，我們超越他們。」

維京人興致高昂：
「我同意，我贊成，不用猶豫了，我想加入：
我們可以轉動整個市場軸心
最後把它帶往大西洋這一側。」

輪到一位瘦小的男士，
穿著尺寸顯然太大的雙排扣西裝：
「所以，未來，我們期待雷曼
擴張行動的範圍
不只美國，更是國際嗎？」

巴比伸展手臂：他感覺自己好像在跟業餘人士談話。
「恕我直言：美國？在我們這塊領域？
拜託，這樣的影響力太小了。
真正的生意在遠處發生，我想你們知道。
我，經我父親飛利浦同意，
從耶魯畢業之後，馬上前往歐洲

從第一天開始，我就體悟到
唯一的問題在於，知道要從哪開始。」

飛利浦沒讓這機會溜走
於是，他笑得像酒鬼一樣，說：
「我記得，他以前寫信來說，『寄錢給我，爸爸！』
我就馬上提供資金！」

在父親的鼓勵下，巴比更大膽了：
「不過，容我指出
美國要扮演的這個新的角色
不能只是強者：
我們也有責任
為地球上所有人帶來益處。」

聽了這些話
一位眉毛雜亂的老人家
用拐杖把手將深色木頭桌子敲得砰砰作響：
「我厭惡這些慈善的姿態：
不就都是錢！都是生意！」

巴比阻止他父親意欲調解的工夫
立即回應：
「不是的，先生！如果像你說的那樣，我們買了就會轉賣，
賣了可能又會再買進！」

那位老人家再次敲擊他的拐杖抗議：
「那不就是我們在做的事？」

「不是為了雷曼的利益，這位親愛的先生，
我傾向認為，我們不是交易者
而是受使命驅動的人。」

「那麼，是什麼使命？說來聽聽！」
一名年輕男子這麼開口，金戒指閃閃發光。

巴比還沒等他說完就回：
「讓世界更好
因為，說到底，我們投資的是什麼？

是人類的創造力，人類的天才，
人類創造的卓越才能。」

一位穿著入時、一口貝齒的年輕人
在筆記本裡記下這個說法
和旁邊的人低聲說：「我喜歡他說話的方式。」
另一個人說：「至少對未來有想法。」
巴比現在驕傲地抬頭挺胸：
由內而外散發出一股革命同志的熱情
他既無法也不願抑制那
伴隨他軍旅記憶的榮光：
「各位先生，我，甚至曾為此而戰
將我的生命置之度外
明天要再幹一次，我也願意！」

一位證交所的戰士！
一位荷馬史詩級的銀行家！
熱忱變得無可遏抑。

目前唯一還沒發聲的人
是一位憔悴的中年男子
這段時間
他都不停摩挲
他那像紡錘一樣長的手指。
然而，現在，他感覺需要讓自己被聽見：
「如果恰當的話，容我請問，我想要聽個例子
為何你有如此強烈的趨動力——我得說，非常個人——
進行人道主義的投資。
在我們周遭，我並沒有看到
如此蓬勃發展的直覺。」

好一段漫長的沉默
巴比像受冒犯一樣看著他。
然後聲明：
「老實說，我不知道我在跟誰對話。」

馬上回覆：
「奇怪了。一個雷曼家的人應該再清楚不過。
無論如何，我是洛克菲勒。」

「噢！難怪！」巴比回嘴，忿忿不平：
「如果我沒記錯，你以三倍出價擊退了我
上個月在英國！」
（洛克菲勒這邊確實計畫要下標三座羅馬帝國晚期聖壇）。

「簡單的法則，高價者得！」
洛克菲勒回應
指的是三倍出價收購的瑞士銀行。

「是洛克菲勒家的人在問我什麼是純粹的天才嗎？
沒有冒犯的意思，但在我眼裡，到處都是。
嗯，比如說：
那裡，在窗戶外面……
的確，他不過就是個走鋼索的人。
不過，在窗戶這幀畫框當中，他是一幅真正的畫：
人類不再滿足於只在地面行走了，
要和空中飛翔的鳥兒們競爭。
這就是純粹的藝術，洛克菲勒先生。
如果對你來說，這只是金錢問題
那我相信，你我之間沒什麼好說的了。
不好意思：在這裡某處
有兩位弗拉芒大師在等我。
對吧？爸爸？我先離席了。」

沒再補充什麼，他離開房間
如此匆忙
這引起每個人的好奇，那些弗拉芒金融家是誰
從歐洲前來與他會面。

不過
在他們問他之前
眉毛雜亂的老人家
向飛利浦揮舞他的拐杖：
「可惡的雷曼：你什麼都沒跟我們說！
和空中的鳥兒們競爭！
民用航空！
你兒子想讓人類在這個星球飛上飛下？
這想法太讓人激動了：純粹的藝術，他說得對！
比起只在戰爭時期用飛機

讓我們搭飛機找樂子！
我的銀行準備好要支持你這筆交易了。」
「我們也是！」
「我可以加入嗎？」
「我願意出三分之一資金！」
「非常聰明，雷曼！」
「教科書等級的成功！」

當這些聲音在房間裡迴響，
飛利浦幾乎無法嗿住淚水：
他兒子才剛受洗成大亨。
於是，語帶家長的驕傲，
他話一出口就成了呼喊：
「你們全都去找羅伯特，不要跟我講！
明天就去找他！」

然後。
就在此時，亞瑟·雷曼
他那數學劑量的容忍（TL）
到達極限。

他對他姪兒抱持各種期待。
但不包括看他出現
不先預告
就在王座前排隊。
然後，他哪有什麼概念？
巴比不向來都是個敗家子嗎？
是啦，他從耶魯畢業
但有誰聽過他談金融的事？（BY ≠ FIN）
老飛利浦
是透過哪項代數公式
想要銀行現在拔擢他？

沒錯。這股問號漩渦一併
在亞瑟心中如火山爆發。

就像人類經常會發生的那樣
憤怒是邏輯的死對頭（A ≠ L）
所以

553

他大吼：
「幹得好！就這樣！繼續啊！有何不可？
你們想用飛機塞滿天空？
他們會撞上摩天大樓！」

「我衷心希望不會」
路易斯・高夫曼立刻回話
他出資了帝國大廈。

「這是數學的必然性！」
亞瑟說了，或只是這麼想著
（這一點從沒搞清楚過）
在他摔門離開之前。

無論如何
這就是雷曼兄弟
開始投資泛美航空的經過。

除此之外
這也是巴比・雷曼
自己都還沒搞清楚是怎麼回事
就從管家躍升王位繼承人的經過。

8
在蘇活區做買賣　Business in Soho

自從前幾個月的那天起
飛利浦一直微笑。

又一次，他覺得
自己翻對牌了。

他並不在意
他兒子巴比
就此沉入灌了鉛的沉默當中
經常咬唇直到流血：
這名男孩覺得
他進入一場奇怪的比賽

規則和場地他都不懂。

然後，為什麼從那時起，他堂叔亞瑟
就再也不跟他說話了
連招呼也不打？
難以理解。

巴比注視這一切
伴隨不得不吞下的憂鬱。

沒有人說清楚是怎麼回事。
沒有人告訴他，他們對他的期待是什麼。

就連哈洛和艾倫，
冷酷宗師的候選人
也只說一句
「你準備好了沒，巴比？」
「準備什麼？」他咬唇問。
「最糟的狀況」來了一句回答
搭配護士照顧將死之人
那種慈悲的笑容。

現在
眾所周知，每個人
都以其獨特的方式
探索各自內在的海洋
最深處。

有些人離開塵世走進山裡
有些人攀爬懸崖頂峰
也有些人，像巴比·雷曼
獨自冒險
步行
去勞工階層活動的區域。

不顧
他堂叔厄文強烈警告，反對他這麼做：
「我在法院宣判的壞人當中，每三個有兩個來自那些區域
你要去閒晃的那裡！那是訓練罪犯的基地

親愛的巴比，有一天，你會發現
有把刀抵在你胸前。
你們這些年輕人愛冒險
最後你們全都會上法院，到時候不要來找我。」

「我，跟你相反，支持這類探訪！」
民主黨人赫伯特反駁：
「唯有感受弱勢階層他們的痛苦
我們才能通往補救之途！
大家不能再假裝沒看到了！
中產階級太以自己的盲目為傲！
姪子，恭喜：我認同你也鼓勵你。
而且，我還要說：你是我該追隨的模範。」

巴比沒膽跟他說
他那些漫遊
一點利他主義的成分都沒有。

或說：他要開口解釋的時候
被彼得搶先，
赫伯特在讀高中的兒子
六呎高，像根竹竿：
「巴比，我深深敬重你。」

摧毀青少年的楷模實在非常危險。

所以，最好什麼都別說：
就讓他們覺得他去蘇活區
是出於某種社會關懷。

儘管。
打從他還是個小男孩
當他瞥見那些
窄仄又嘈雜的貧民窟
像沙丁魚浸泡在其腐爛的惡臭中
就有一種奇怪的冷靜
傾注在這位小雷曼身上。

巴比漫步
不錯過任何一項細節
他享受的樂趣，並非自我感覺富裕
而是發現
可能有另一種途徑
遠離金錢，遠離證交所
遠離如此彆扭的姓氏
遠離
總之
遠離三十年來，讓他成為羅伯特
偉大的飛利浦·雷曼之子所擁有的身分地位。

假如那時有人
從那些穴居般住所的
窗戶往外看
他會感到一股燦爛而暖心的寬慰
當他得見一抹笑容——在那些髒兮兮的臉上——並非不可能。
甚至，因為喜悅，他眼眶都紅了。

實情是
巴比越來越勤於
造訪這些地獄洞窟。
直到我們現在要講的這天為止。

生命，有時，很滑稽：
驚喜常常潛伏在
最出乎意料之外的
日常的中斷之間。

那天傍晚
沒錯
巴比·雷曼在細雨當中
低頭走路。

大衣領子裏覆他的臉。
帽沿遮住眼睛。
好像他想要消失一樣。
不是從人群中：而是從他自己。

他就快要走完
蘇活區最後一個街區的時候
有幾聲叫囂
傳進他耳裡。

聲音來自一條後巷
兩道高聳水泥牆間的某種峽谷
兩側和頂上
封以金屬屋頂和鏽蝕的階梯。

有時，生命提供不同的選項。
因此巴比得做個決定
是要繼續往前去找那位在等他的司機
還是停步在巷子的入口。

他選了後者。
而且：他往
那條大都會的窄巷
又走近了幾步
部分是因為好奇，部分是出於公民的本能
發現那些咆哮聲不只沒有消失
還混雜一種背景聲
相較於動物的叫聲
更像是人在哭。

巴比張望一下。
路上空空蕩蕩。

他停頓片刻
抑制英雄的憤怒
勸自己要謹慎。

然而，當他又聽見
一聲叫嚷「Megöllek!」
他決心邁開步伐
展現前所未見的勇氣。

進入臭烘烘的隧道內
巴比發現

只有貓繞著他
瘋狂疾走
然後他瞥見巷子底最遠的那頭
有一塊匈牙利文招牌
掛在打開的門上。

「Megöllek!」
工作室裡頭
有個男人在咆哮
巴比清楚聽見
一名小孩悲慘的哭聲
可能是家長發洩怒氣的對象。

又一次，巴比面對選項：
他認為他可以去報警
或者
承擔所有可能涉及的風險，繼續前進。

然後，又一次，他拒絕比較謹慎的選項
匆忙進入建物內。

工作凳上排滿了
各式各樣的鑿子：
這個匈牙利人正在做檯燈
櫃子高達天花板，裡頭是滿滿的檯燈。

房間一角
一名身穿砂石色圍裙的臃腫男性
反覆踢打
一個脆弱的生物
他比起小孩，可能更像是一隻青蛙
蜷縮在木箱間
用手臂保護自己。

巴比鼓起勇氣：
「夠了，我要叫警察了。」

聽到這些話，這名工匠的肩膀
像有個樞紐一樣轉動

顯現出
蓬亂紅髮底下
一雙特別突出的圓眼：
「你要什麼？一盞燈？」

巴比沒料到這招：
「只要你放過這孩子，我就買盞燈。」
「今晚我沒燈可賣
因為這小鬼沒給金屬上漆！
我叫他做了，可是他沒做！
現在你要買燈
我沒辦法給你！所以我不應該殺了他嗎？」
然後他瞄準要出腳一踢，但小孩跳開了。

「如果我一樣付錢給你呢？」

他安靜下來。
突然，討論轉向
工匠基本原則：
「我不賣半成品。
你要付錢買還沒完成的東西嗎？」

巴比嘗試更有自信的語調：
「燈的錢我會付，只要你不打他。」
他掏出皮夾，證明意向。

同時，小傢伙從底下望著他。

「我要付你多少錢買還沒做完的燈？」
巴比冒險，不失樂觀。

「新的我賣八塊錢」這個匈牙利人說
態度有如會計
（可能只是因為對方聞起來比較有錢）
一陣假裝計算之後，他出價：
「7塊21分：是個好價錢。」

巴比開始數錢。同時說：
「7塊21分，你賣我燈

也要保證這名男孩的安全。」

「喔！安全！太好了！這要怎麼辦唷？
他得工作，因為在這裡我們全都要工作！
而且我已經規定好他的工作就是幫金屬上漆！」

這是今天第三次選擇的機會：
巴比可以用 7 塊 21 分完成這筆交易
或者
遵循不確定的道路
像攀爬聖母峰的馬洛里和厄文
在冰凍的山脊迷失方向。

可能因為冒險的快感
也可能因為此情此景
小傢伙困在那裡
在他父親的工作室裡為金屬上漆
說到底，似曾相識
值得付出任何代價來幫他一把。

於是：
「你每天賣幾盞燈？」
「喔，看情況！怎麼算呢？
生意不好的話五盞，好的話加倍。」
「所以平均起來一天七盞。」
「你可以算八盞，不要那麼嚴苛。」
「也就是說，差不多賺 60 元，如果我沒算錯。」
「你沒算錯」匈牙利人說，找個地方坐下，
因為事情開始變得有趣。
他示意巴比也坐下
但他不為所動：
「你們這裡有多少人工作？」
「我，小鬼，我老婆，還有我五個姊妹。」
「太好了。既然有八個人
你們每個人做一盞你每天出售的燈。
所以，每人為這家店帶來的貢獻，是一天 8 元
一星期 48 元，一個月差不多是 200 元。
一年就是 2,400 元。這男孩多大？」

「七歲！」小傢伙大叫
像被打到一樣跳起來
跑到桌上。

巴比準備使出最後一擊：
他抹去眉毛上一行汗水，
品嚐最終的沉默，然後：
「為了這孩子接下來十一年的工作
我總共給你三萬元。
你不打擾他：
讓他做任何他想做的事。
這筆錢我要給的是他，當然，不是給你：
每個月他會給你他欠你的數字。
然後，就算是他完成了他的職責。
你一打他，我就停止付錢，沒有萬一。
你還有什麼想說的嗎？不合意嗎？
這只是一項提議：接不接受隨你。」

匈牙利人盯著他兒子看。

然後搔搔耳朵。
「不過，7 塊 21 分是買燈的……
不算在那三萬元，對吧？
分開的，之前就講好的。」

巴比微笑：
「我會給這孩子三萬元，然後給你 7 元 21 分。」

「先生，一言為定。」
「一言為定。」

他們握手。

巴比像說好的那樣付錢。

他豎起領子，回到他的來時路。

至於那個小傢伙
他連一聲謝謝都沒說。

9

墜落　The Fall

索羅門・帕普林斯基
今年七十歲。
不過
五十年來，他在華爾街正前方
走鋼索
從來沒有跌下來。

飛利浦・雷曼
也要七十了。
不過
五十年來，他在華爾街
掌管雷曼
從來沒有跌下來。

索羅門・帕普林斯基
目前應付得來
不需要他那也走鋼索的兒子
就像
他也不需要干邑。

飛利浦・雷曼
目前應付得來
不需要他那念經濟學的兒子
就像
他也不需要威士忌。

然而
在
索羅門・帕普林斯基
和
飛利浦・雷曼之間
小小的
細微的
差異
在於一本日記
用大寫字母寫成。

雷曼公司
是其中最後的註記。

聽起來很棒。
飛利浦・雷曼的想法。
純粹的金融。
雷曼公司。
意思就是：投資基金。
投入錢，只為了賺錢。
沒有金融品牌名稱
不需發起產業
不用探索市場：
以錢換錢。
純粹的腎上腺素。
刺激，持續的刺激。
風險的刺激。
讓你徹夜未眠的那種
因為飛利浦・雷曼
如今不睡覺
自從
他惡夢裡
那座住棚節的棚架
前面掛上巨大的招牌
寫了：**控股**
不管是誰，只要從底下經過
就失去人臉
該是頭骨的地方，成了一個大大的＋號。
也許這是因為美國
是一匹馬
在邱吉爾園馬場上瘋狂競逐
而飛利浦・雷曼
一頭銀髮
是騎士
每天傍晚記錄他的帳戶
總是獲利：
＋
＋
＋

+
+
+
+

美國人學會了投資。
中產階級不再把錢藏起來：
每個人都把錢投進債券和投資基金
然後用這種方式翻倍。
哇！讓我們來賺大錢！

單單上個月
華爾街的股份就翻倍：
從 50 萬到 110 萬！
你還能再多要求什麼？
全國大發財！

亞瑟‧雷曼極度興奮：
他看著街上
那些忙碌的 $7.21 人群
甚至注定成為一堆 $10
每一次，他都不由自主地聽到一班盛大的合唱團
用最大音量反覆詠唱
「雷曼先生，謝謝你！」

還有，財富（W）如果不是數學方程式
會是什麼？
亞瑟已經解開，像這樣：
財富這項結果，取決於
風險（R）、野心（A）、生產力（P_r）
同時增加
乘上決定性的參數，名為 FC
亦即有利條件：

$$W=FC \cdot f(R,A,Pr)$$

在這狀況下的有利條件
沒其他的了，就是政治：
有個如此慷慨的政府

身為銀行夫復何求？
毫不控管金融團體。
資金稅賦降達最低限度。
利率近乎零。
這不是無本生意是什麼？

當然，最好別跟赫伯特討論這些。
他，身為民主黨人，抱持那些狂放的自由派想法，不會同意。
儘管亞瑟是他兄弟，這件事也無法弭平衝突：
「即便我其實不曾奢望
有血有肉的銀行家存在於世上，
但你跟飛利浦如果有最低限度——我說最低限度的——公共精神，
你們會發現，這種金融無政府主義總有一天會自食惡果！」
「赫伯特，為什麼你想攔阻天性？
市場一直都在，而且市場想要自由！」
「自由！你有問過自己，自由的代價是什麼嗎？
你滿嘴自由，
但你怎麼可能沒意識到
太多自由意味著正義的終結？
小偷可以自由偷竊嗎？不行，那是犯罪。
酒鬼可以自由到處閒晃罵髒話嗎？不行，因為那樣不文明。
還有你，沒有冒犯的意思：但一看到漂亮的年輕女孩，
你就覺得有自由去掐她屁股嗎？」
「你把自由和傲慢這兩件事混為一談了。」
「對：就是這樣。你們這些金融家太傲慢了。」
「我們應用科學規範。」
「你們的應用沒有規範可言。
每四個市民就有三個生活貧困。
百分之五的人，掌握美國三分之一的財富！」
「而你是其中之一，赫比：你有什麼好抱怨的？」
「抱怨這事實上不公不義，亞瑟！」
「喔看在老天份上！還有其他多少事情不公不義？
生病不公平：你生病，我沒有。
颶風不公平，地震不公平！
你想嘗試停下一切？你辦不到。
財富法則是人類社會的一部分
就算你不喜歡，你也沒辦法改變它。」
「和銀行家討論道德毫無意義。
我只是要提醒你，如果你想知道的話：

你們正在打造一個怪獸系統
不可能撐太久。
處處是工業，處處是廠房：
如果大部分人都很窮，他們是要賣給誰？
你假裝美國很富有
你喜歡說，全世界都走在通往富裕的道路上
但你什麼時候才要睜開眼睛？
還是，直到一切都太遲了，你才要睜開眼睛？」

飛利浦‧雷曼
就他來說
目前學會微笑面對這些爭辯。

不值得和赫伯特討論這些：
白費力氣
更別說，每件事都在他掌握之中。

每天晚上
飛利浦審度情勢
確認問題
緊跟侏儒的手指
結論是
最好的
絕對是
乘浪而起。
漂亮。
乘浪而起。

而且不只乘浪：還要乘雲。
因為雷曼兄弟
已經投資航運好一段時間，
現在
也出兵佔領天際
一陣子了
每當飛利浦聽到飛機的聲音
他樂於抬頭往上看
心想「那是我們的一份子。」

這也讓飛利浦綻放笑容，

他的笑容從未如此燦爛：
雷曼掌控了每個地方的銀行
從北美到德國
從英國到加拿大
只有俄國和我們保持距離
儘管列夫·托洛斯基先生
曾這麼說：「都一樣，黃金到莫斯科還是黃金
我們共產黨人沒有廢除貨幣……」

所以，很多事能讓他微笑。

每天
一大早
就像今天
飛利浦·雷曼
抵達華爾街
臉上帶著笑容。

每天早上
臉上帶著笑容
他向在街角叫賣的
那名義大利男孩
買報紙。

臉上帶著笑容
他就著櫃檯喝咖啡
翻看報紙
解讀數字。
然後他用手帕
擦擦嘴唇
拎起包包
徑直走向入口。

索羅門·帕普林斯基
準備好了：
每天早上
就像今天早上
站在緊繃
筆直的

鋼索上。
「早安，帕普林斯基先生！」
「早安，雷⋯⋯」

時間彷彿
暫停不動。

在那一刻。

中斷。
停頓。
靜止。

索羅門・帕普林斯基
五十年來
頭一次
失足
墜落
摔下
地面。

他摔斷腳踝：
結束了，永遠。

那是 10 月 24 日，星期四。
1929 年。

10
露絲　Ruth

泰迪
是證券經紀人裡第一個
自殺的。
早上 9 點 17 分，在華爾街的洗手間
他把槍塞進嘴裡。
那是 10 月 24 日，星期四。
1929 年。

泰迪逃跑了
拔腿就跑
當他意識到
交易大廳裡每個人
突然間
都在拋售
拋售
拋售
「今天他媽的是怎樣？」
拋售
拋售
「今天怎麼了？」
拋售
拋售
但是直到昨天
股票還像膠水一樣牢牢黏在人們手上
而現在
突然間
他們不要了
每個人
都不要股票！
他們想看到錢，真的錢
不是股票
不是證券：
錢。
句點。
錢。
句點。
錢？

泰迪對錢很陌生。
你在華爾街看不到錢。
錢是無聲的默契。
好幾年了，現在：
增加價值
價格攀升
他們是這樣教他的：
花費越多就越強
花費越多就越大

沒錯，好的
同意
但是，假如有一天
突然間
有人出售呢？
泰迪知道怎麼付款，當然
但是是以股份計算。
如果有人不想要其他股份
卻只只只想要錢？
假如他再也無法感到安全
假如他想要真的看見
假如他想要錢
在這裡
在他面前
立刻……
「那我怎麼辦？」
「那我怎麼辦？」

泰迪逃跑了。
把自己鎖在洗手間裡。
子彈。
扳機。
發射。
砰！

砰！
賽馬應聲開跑！
成一直線
還沒有哪一匹拉開距離
第一名是尼爾森
第二戴維斯
第三桑切斯
第四木薯
第五溫哥華
第六……
巴比·雷曼的馬排第六

他的純種馬，威爾森：

12 座獎盃

12 場比賽

12 座領獎台

12 次，巴比‧雷曼坐在看台上

白西裝白領帶

純白無瑕

用望遠鏡

克制，莊重

—— 一個謹守分寸的人——

在齒間發出細語

「就是這樣，威爾森！加油威爾森！」

只在齒間

他不張嘴

一動也不動，面無表情

就連威爾森從排名第六突圍往前的時候

一如往常那樣

不停

不停

不停

衝過終點線

威爾森贏了

威爾森贏了

威爾森贏了

威爾森贏了

又一次

第十三次

威爾森贏了

也就是巴比‧雷曼贏了。

今天也是，在這裡

在邱吉爾馬場，頂級賽事。

巴比微笑。

沒有更多。

他微笑。

他贏了嗎？對。

他勝利了嗎？是。

但他很克制。

一個謹守分寸的人。

巴比‧雷曼什麼都沒說。

只有一抹微笑。
即使他發現
一頂罩著面紗的綠色帽子
帽子下有雙眼睛
盯著他的嘴巴看：
「你知道你的嘴唇在流血嗎？」
「小姐，你說什麼？」
「我說你有一滴血，這裡，在你嘴巴旁邊。」
「我？有嗎？」
「有，當然。你好像咬破嘴唇了。」
「我不咬嘴唇的，小姐。」
「我幫你擦掉好嗎？」
「小姐，擦掉？」
「用我的手帕：如果流下來，會弄髒你的西裝……我要擦囉？」
「如果非得這麼做的話。」
「非得這麼做不可。」
「那太好了。」
「嗯，好了。」
「你人太好了。非常感謝你，小姐。」
「我人是很好，但我不是小姐。」
「你結婚了嗎？請問你的丈夫是？」
「傑克‧拉姆齊，前夫。」
「我很遺憾。」
「我不遺憾。離婚萬歲！我還在慶祝。」
「非常坦率。」
「現實，現實就這樣。對了，你可以請我喝一杯。」
「我在等頒獎。」
「是你的馬贏了嗎？」
「好像是的。」
「老天，你是羅伯特‧雷曼？」
「正是在下。」
「現在我懂為什麼你會咬嘴唇了。」
「我真的不會咬嘴唇。」
「噢你會，你常常這麼做。」
「你誤會了。」
「那你嘴唇上的血是？」
「碰巧而已。」
「我們來打個賭？」
「我從不打賭。」

「你真是太有趣了！我可以跟你一起去領獎嗎？」

「規定不行。」

「你在開玩笑嗎？你們雷曼家的人愛怎麼做就怎麼做
不管是咬嘴唇，還是任何事。」

「我跟你說過了⋯⋯」

「不要重複你說過的話：無聊。我們去領獎吧！」

「如果他們問我⋯⋯」

「如果他們問我是誰，就說：露斯・拉瑪爾。」

「露斯・拉瑪爾。」

「嘿，停：你沒發現自己正在咬嘴唇嗎？
我贏了！」

弗農
是證券經紀人裡第二個
自殺的。
早上 10 點 32 分，他對自己的頭開槍
在華爾街二樓
他的書桌前。

自從每個人
都在地獄星期四
開始瘋狂拋售
弗農沒有一刻停下來
他不氣餒：
現在持有的股份
下跌了，對，但只跌三趴
你只要保持冷靜
就說，假設所有股票都跌
稍後就可能有個絕佳的進場機會
只要保持冷靜
對，保持冷靜
——「再點根菸，弗農」——
現在跌了五趴
損失不算很大，五趴
——「再點根菸，弗農」——
他讀看板上的數字：
高盛損失三千萬了

──「再點根菸，弗農」──
他盤點他的股票：
還不到半小時，跌了十五趴
他又望向看板
高盛損失四千萬
──「再點根菸，弗農」──
他盤點他的股票：
下跌二十五趴
「像這樣我無法捲土重來」
「像這樣我無法捲土重來」
高盛損失五千萬
──「再點根菸，弗農」──
下跌二十七趴
下跌三十趴
下跌三十四趴
「像這樣我無法捲土重來」
「像這樣我無法捲土重來」
──「再點根菸，弗農」──
他打開抽屜
下跌三十七
子彈
下跌三十八
「像這樣我無法捲土重來」
下跌四十
扳機
下跌四十四
發射！
下跌四十七
砰
下跌四……

_____

四……
三……
二……
一……

好耶！
整條街歡聲雷動。

門開了：
雷曼收藏藝術大展
開幕。
十七世紀弗拉芒大師。
巴比·雷曼感覺回家了
如魚得水
鑑定家巴比
專家巴比
那位多年來
縱橫歐洲旅行
只為搜尋油畫和素描的巴比：
如今他是博物館和畫廊的創建者
與顯貴同桌
白西裝白領帶
純白無瑕
他才剛讚美完明暗對比的力量
「這提升了寫實和光線超然空靈的結合。」
整個房間報以掌聲。
演講結束後
人們排隊恭喜雷曼先生
他握手
致意
親吻女士的手。
露絲·拉瑪爾在他身後
抽著她的飛利浦·莫利斯——
這家菸商，雷曼兄弟也有投資。
「你知道當你對公眾說話的時候，你的手會發抖？」
「讓我跟這些人打招呼：
晚安，桑比夫人。」
「但這是真的：你的手會抖，
我一直在看你，我每次都注意到。」
「你不該這樣。」
「不能嗎？」
「我不喜歡其他人看到你一直在看我。」
「你以為他們不知道……」
「小聲點！對很多人來說，你還是已婚女性。」
「離了。」
「他們不知道。晚安，蓋提先生。」
「看：你沒發現自己的手在發抖嗎？」

「因為我不是很放鬆，就這樣。」

「就這樣。」

「我三十七歲了！我不希望人們覺得我在胡搞，還跟……」

「跟一名漂亮的離婚人士？」

「小聲一點！
晚安，唐斯先生」

「那就娶我。」

「蛤？」

「我們結婚，討厭！
我已經走過一遭，我知道那不是世界末日。」

「晚安，梅德利夫人。」

「如果我們結婚，我就可以看你？」

「噢，魯莫斯基教授！」

「畢竟，就只是交換戒指，沒別的了。」

「我親愛的尼可拉斯先生！」

「就算你結婚，生活也不會有什麼差別，我保證。」

「史賓塞議員！」

「但我現在就跟你說，我們要在加拿大結婚。」

「霍伯特將軍！」

「然後遠離這裡，呼吸新鮮空氣：
我想至少要來趟歐洲旅行！」

「你是要求很多的女性，你不覺得嗎？」

「我是實際的女性，親愛的。
所以，怎樣：結還是不結？」

黑色星期四
早晨
葛雷格是第三個畫上句點的證券經紀人
伴隨一記槍響。
彼得是第四個。
吉米第五。
戴夫第六。
弗列德第七。
米契第八。

他們下電車
像每天那樣

進入證券交易所
像每天那樣
打開清單
像每天那樣
然後
災難
就像坐在電車上
——他們每天早上搭的那班——
這條線的終點並非旅程終點
而是突然
跳起來，彷彿
「大家都出去：全都出去，終點到了！」
終點？
終點。
葛雷格、彼得、吉米、戴夫、弗列德、米契
一個接一個
他們說：「完了！」
——「終點到了！」——
當他們發現
——「終點到了！」——
當他們領悟
——「終點到了！」——
這場夢，在這裡，今天早上，完結了。
粗暴的覺醒。
突然間，真相大白。
再也沒有數字
——「終點到了！」——
再也沒有證券
——「終點到了！」——
沒有交易
——「終點到了！」——
美國今天睜開眼睛。
而他們閉上眼睛：伴隨一記槍響。
美國暫停奔跑
喘不過氣
停在路邊
體認到
該死
突然間

──「終點到了！」──
那段奔跑
終究
不值得。

然後？
我要兌換現金。
我要賣出。
我要下車，謝謝：到此為止。
給我我的錢。
什麼錢？
沒有錢。
錢是虛的。
錢是數字。
錢是空氣。
你們現在不能，大家，全都一起
全都在同一時間
要錢。
他們看向窗外
從頂樓
葛雷格、彼得、吉米、戴夫、弗列德、米契：
華爾街人擠人
還會有更多人來，在下面那裡
　　──「終點到了！」──
更多更多還有更多人
「那些人想要他們的錢」
　　──「終點到了！」──
還有更多更多甚至更多人
「那些人想要他們的錢」
他們逃跑
葛雷格、彼得、吉米、戴夫、弗列德、米契
他們逃跑
「那些人想要他們的錢」
「那些人想要他們的錢」
「那些人想要他們的錢」
子彈
扳機
葛雷格開槍！
彼得開槍！
吉米開槍！

戴夫開槍！
弗列德開槍！
米契開槍！
砰
砰
砰
砰
砰
砰。

那些砰砰作響如此洪亮
拉炮和煙火
在街上施放
為了慶祝這對新婚夫婦！
巴比‧雷曼和露絲，他的妻子
從他們的蜜月旅行回來
坐在他們的汽車裡
接受一群攝影師
和圍觀群眾的祝福
在西五十四街七號。

一次美妙非凡的蜜月。

歐洲，大洋彼岸
既然雷曼投資飛機
那飛行沒問題。

露絲一身綠色。
巴比白西裝白領帶
純白無瑕
從他們的斯圖貝克車窗
他們揮手：
「瞧瞧他們，巴比：那些人真的有好多時間可以浪費。」
「他們是銀行的僱員，露絲。」
「更糟：他們恨你還要歡迎你回來。」
「我不相信他們恨我。」
「沒有奴隸愛他們的主人。」

「我在雷曼兄弟誰都不是。」

「好。更正：你是下任奴隸主，未來的奴隸主。」

「那現任奴隸主人，就會是我父親了。」

「我不能那樣說嗎？」

「你已經那樣說了。」

「我說的是現實，巴比，現實有益健康。」

「這世界不是永遠都像你認為的那麼可怕。」

「說得對：更糟！」

「看看那個小孩手上的標語，寫了：**謝謝你，雷曼先生！**
從來沒有奴隸會感謝主人。」

「那你就錯了：

受壓迫者有一點受虐傾向：

他們恨你父親，然後他們感謝他。」

「我不覺得有問過你對我父親的看法，露絲。」

「每次一提到你父親，你就眨眼。那一定代表了什麼。」

「你這女人真可怕！」

「我來自伊利諾。」

胡伯特
是第九個證券經紀人
在黑色星期四
於華爾街自殺。
比爾是第十個。
彼得第十一。

他們從建築頂樓
往下跳。
他們把自己往外拋
在一天結束的時候
當事情顯然再也回不到從前。
胡伯特、比爾、彼得
處理
投資信託。
也就是說
胡伯特、比爾、彼得以創造奇蹟為職業。
向任何投資人承諾
獲利非凡：

你給我你的錢
我就創造利益
怎麼辦到的，不重要
你不需要知道
我們來處理
我們知道怎麼做
你給我你的錢
等時機成熟
你只要說聲「謝了」
因為，我發誓，你不會相信你的眼睛
那就是創造資本的方式
沒錯，先生
那就是創造資本的方式。
胡伯特、比爾、彼得知道怎麼做：
他們把錢投入上百上千支股票
像一條大河分成許多支流
胡伯特、比爾、彼得往市場這塊田地播下錢種
然後他們收穫
然後他們收穫
然後他們收穫
就像曾經，在南方，棉花田裡：
他們播種，然後收穫
他們播種，然後收穫
但是
但是，假如播種的田地
突然
著火了呢？
胡伯特、比爾、彼得已經投入金錢
當然
雷曼兄弟投資信託
但那不是他們的錢
可惡
「到了該收成時，我們要說什麼？」
「到了該收成時，我們要說什麼？」
這裡每樣東西都燒起來了
著火了
燒光了
化為灰燼
灰燼

「到了該收成時，我們要說什麼？」
「到了該收成時，我們要說什麼？」
胡伯特跑上頂樓。
比爾到四樓。
彼得打開窗
「到了該收成時，我們要說什麼？」
「到了該收成時，我們要說什麼？」
這裡什麼也沒有。
胡伯特站在簷口。
比爾在欄杆邊。
彼得在窗沿。
然後下墜。
然後下墜。
然後下墜。

「跌了多少，巴比？」
「我跟你說過了不要問我。」
「我沒有權利知道嗎？」
「不是現在。」
「我是你老婆！」
「銀行不是你的，露絲。」
「當然：你們自己留著吧！」
「我拜託你不要插手，現在對我父親來說，情勢很脆弱。」
「對你父親！聽好了，現在，你得完全為你自己做主。」
「我不覺得事情是這樣。」
「事情就是這樣：一切都在崩毀，
然後當一切都在崩毀，就是下一代接手的時候。」
「你只說對一件事，就是一切都在崩毀：拜託，有點分寸。」
「一切都在崩毀，然後我得閉嘴，保持安靜？」
「你會知道一切的，再等等，別急。」
「等到什麼時候？」
「等到大家都知道的時候。」
「你羞辱我！」
「這不是在玩遊戲。」
「你到底把我當成什麼了？」
「拜託保持冷靜！」
「我在這裡連個裝飾品都不如！」

「我從來沒那樣說。」
「但現在我懂了！」
「露絲……」
「你損失多少？」
「很多。」
「多少？」
「幾百萬。」
「幾百萬？」
「不要問！」
「好，巴比，沒關係：
我們離婚。」

11
以撒　Yitzchak

還有十分鐘
距離已經安排好時間的
這場會面。

飛利浦‧雷曼
提前一小時半
抵達他的辦公室：
他想寫下要做的事
用大寫字母寫進他的日記裡。

他坐在
一片鏡牆正前方。
看著自己的倒影
旁邊是
匈牙利風大理石燈座；
飛利浦看著他的倒影
日記本攤開，他手裡拿著筆：
這是第一次
飛利浦‧雷曼
不知道
要在他的日記裡寫什麼。

他吞了吞口水。

他無法不看著自己。

還有六分鐘
距離已經安排好時間的
這場會面。

他慢條斯理地梳頭
盯著鏡子看：
他從沒發現自己這麼老了。

「為什麼今天辦公室這裡
比平常沉默許多？
為什麼空氣彷彿膠水
黏在你的臉上？
為什麼牆上的掛鐘
發出我以前從沒聽過的
地獄的喧囂？」

飛利浦．雷曼知道，在他心底，非常明白
今天就是天色轉暗的時刻：
除了等暴風雨來，沒其他事好做。
假裝沒事一點意義也沒有：
若天色變得比黑還黑
暴風雨就要來了。
毫無疑問。

嗯，重點就在這裡。
正是如此。
飛利浦確信：
華爾街崩盤
還不是暴風雨。
那只是讓天空變得一片漆黑。
真正的，暴風雨，才要來臨。
你要怎麼把這件事寫下來
寫進一名銀行家的日記裡？
你要怎麼寫下
暴風雨有時如此狂暴
狂暴到連雨傘也擋不住？
你要怎麼寫下……

與其說暴風雨
還不如說是颶風臨頭？

嗯，重點就在這裡。
正是如此。
飛利浦確定：
一場颶風就要爆發。

還有三分鐘
距離已經安排好時間的
這場會面。
飛利浦·雷曼梳他的頭
盯著鏡子裡的自己
勉力微笑
因為所有銀行齊聚一堂的會議上
真正的敵人注定是恐慌。
那就，微笑。
高德曼得微笑。
雷曼得微笑。
美林得微笑。
越多越好：
微笑。
全美已因恐懼而顫慄
必須停止恐懼：
微笑。

你怎麼能在日記裡寫下
颶風在路上了
然後你能做的只有微笑？

飛利浦·雷曼梳他的頭
盯著鏡子裡的自己；
在他後面
掛在牆上
那塊牌子寫著
謝謝你，雷曼先生。
有人敲門。
他來了。
「進來！」

巴比走進，關門
在他父親面前坐下。

飛利浦吞了吞口水。
巴比咳嗽。

飛利浦交叉雙腿。
巴比低頭往下看。

飛利浦鬆開領結。
巴比搔了搔眉毛。

「我在聽，羅伯特。」
「不好意思？」
「跟我說。不要略過任何事。」
「我要跟你說什麼？」
「說這家銀行、說這場崩盤、說我們的處境。」
「恕我直言：我們可以問亞瑟。」
「當然會請教你堂叔。等一下。」
「等一下？」
「我在聽，羅伯特：先聽你說。」

牆上的鐘：震耳欲聾。
巴比深吸一口氣。
飛利浦纏繞他的手指。

「如果我認知的沒錯——情況——是這樣的：
我們的子公司裡，有十二家宣告破產。
投資基金歸零。我們的損失是預期的八倍。
股市已經癱瘓
傑‧傑‧萊爾頓昨天晚上舉槍自盡
合眾國銀行也宣告破產。
至少他們是這樣跟我說的。」

飛利浦起身。
他往右走了兩步，往左一步。

巴比拿出手帕。

抹了抹他的眉毛。
摺好。
放回口袋。

飛利浦倒了一杯水。

牆上的鐘：震耳欲聾。

「我在聽，羅伯特：你怎麼看。」
「爸爸，我怎麼看？」
「你怎麼看。」
「我真的不知道。」
「講。」
「國家——至少，就赫伯特看來——
會把這場危機怪罪於銀行。
很多銀行都會倒閉，他們撐不過去
也因為很多公司已經倒閉了。
如果公司倒閉，他們就無法償還貸款
貸款錢沒進來，銀行就會完蛋。」
「雷曼兄弟有可能倒閉嗎？」
「我不知道……希望不會，但願不會。」

牆上的鐘：震耳欲聾。

飛利浦清理他的眼鏡。
巴比咬了咬嘴唇。

「繼續。」
「繼續什麼？」
「繼續。」
「赫伯特說，他們會讓第一批銀行退場，完全不幫忙：
國家要看起來像是拒絕伸出援手。」
「羅伯特，我可以給你一些建議嗎？」
「爸爸，一些建議？」
「如果你不想聽也沒關係。
有些銀行倒閉，我想，對我們是好的。
他們會讓人以為，好像混亂已經達到顛峰
在那之後，一切都像是陳年往事了。
所以我的建議是，不要幫助那些有困難的銀行：

如果他們跟雷曼兄弟請求貸款，你說不。」

「我，爸爸？」
「國家會做一樣的事：
然後國家會說，那些都是爛蘋果。
不過，在那之後
我相信
國家會需要一些強大的銀行
那些能靠自己站穩腳步的銀行
沒有銀行就無法復原。
所以我相信
雷曼兄弟只要能撐過第一個月
他們就沒法把我們拽下來，然後你會變得更強大。」

牆上的鐘：震耳欲聾。

飛利浦看向窗外。
巴比開始咳嗽
覺得自己快要窒息。

不過，他父親，繼續說：
「銀行再也不會那麼自由了：國家會想控制你
他們會強制實行條款、法規、限制。
從現在開始會有好幾個月，經濟停滯不前，失業率攀升
這個系統，羅伯特，將要面臨癱瘓。
你對這一切都準備好了，對吧？」
「我，爸爸？我不覺得。」
「不過不會持續太久。
危機會持續個三、四，最多五年吧。」

飛利浦看向窗外。
巴比咬起指甲。

牆上的鐘：震耳欲聾。

巴比盯著父親看，站在那裡。
飛利浦看向窗外。

巴比鬆了鬆襯衫。
「親愛的羅伯特，靠你來救我們了。」

牆上的鐘：震耳欲聾。

巴比盯著他父親看
彷彿看見他握著一把劍
打算用劍
在神聖的祭壇上攻擊他。

他趕緊轉頭看向窗外：
沒有天使降落
在緊要關頭阻止這名兒子被殺害：
外頭天空灰濛濛的，
雲層陰沉，冷冷清清。

如果真的有天使，它們都在上面那裡，
準備好要打開洩洪閘門。

確實
就在那一刻
開始下雨。

天使說：「你不可在這童子身上下手。一點不可害他！
現在我知道……你沒有將你的兒子，就是你獨生的兒子，
留下不給我。」[9]
〈創世紀 22:12〉

12
大洪水　The Universal Flood

大雨
傾注於那塊招牌
匈牙利燈座
掛在
磚頭裸露的臨街牆面上
在曼哈頓的
匈牙利角落

---

9. 譯注：按《聖經》和合本中譯。後文亦同。

在這裡，一名瘦弱的十歲小鬼
臉頰像兩顆甜瓜
試著兜售工作室庫存給路人。
當然，他知道如何勉強過活。
他鬼鬼祟祟地拿走
所有被丟棄的東西。
寫上價錢
然後趁他爸爸不注意的時候
轉賣出去，彷彿它們是新的一樣：
他就在那裡，人行道上。
今天他已經在那裡好幾小時
撐著傘
可是沒有人停下腳步。
在傾盆大雨中
沒有人會想買。

雨也傾注於
那塊金屬招牌
伯羅奔尼撒
在內布拉斯加
這小小的
希臘角落。
從沒看過
下這麼多雨，
或至少在過去十年內，
自從喬治·彼得羅普洛斯
成為美國人之後
他甚至還改了名
這樣三 K 黨
就不會放火燒他的房子。
喬治·彼得森：聽起來好多了。

他兒子彼得
不再嚎啕大哭。
他長大了。
坐在餐廳櫃檯
寫他的功課。
他的作業簿沾上一絲油臭味
但是，誰會在意呢

因為他父親
決心要讓他學數學
管廚房的帳。
我花多少。
我賺多少。
成分。
油橄欖麵包香料。
進帳。
早晨黃昏午餐晚餐。
「誒彼得，我們進帳如何？」
「我做好了，算完了
是，先生，昨天我們賺了 40 元
如果扣掉電費就是 35。」
「彼得，你確定？」
「我當然確定
而且，我估計今天，我們會少賺 10 元
只要下大雨，客人就變少了。」

真的是，傾盆大雨。
長長一列黑傘
擠在厄文·雷曼每天早上進法院
要走過的外頭那條街。
今天有一樁謀殺案等他開庭：
一名工人殺了一名實業家，
在他辦公室門口槍擊他
就在工廠永久歇業之後。
厄文想辦法穿過人群
他的深色大衣被雨浸濕：
「雷曼法官！」有人大喊
「又一次不顧人家挨餓的判決嗎？」

厄文沒停下腳步：他習慣了，
他繼續走
避開水坑
前往法院入口。

「雷曼法官！」一名記者問
「又來一件像弗萊迪那樣的案子了嗎？」

厄文搖頭。
弗萊迪案是已經拖了好幾個月的惡夢：
一名男子失業向銀行申請貸款
被拒之後，他自焚。
弗萊迪的家人
向銀行提告
心知肚明他們沒有希望。
但有些案子吸引大眾注意。
所以，在法院外頭，在街上，
當厄文宣讀他的判決書時
幾乎引起暴動：
「以美國人民之名
所有對金融機構的指控皆不成立，
無罪。」

「毫不意外，你姓雷曼！」他們從一扇窗裡對他大吼。
那天也是，傾盆大雨。

有時候，樹木
甚至失去它們的葉片
因為雨太大了：
激盪的水流沖走它們。

赫伯特‧雷曼在思考的正是這件事
當他從黨總部
看向窗外
那片在他們頭上
傾覆自己的灰色海洋
現正無情澆灌而下。

然而坐他對面的人
期望得到一個答案
赫伯特不想讓他一直等：
「我姓雷曼，沒錯。
但這並不是我為銀行辯護的原因。
其實，我向來對銀行抱持質疑。
不過呢，恕我直言：
你不覺得下令金融業暫停一切
這一步前所未見？」

坐在桌邊這位男性清理他的眼鏡：
「我心裡想的是，只停三天：
我們關閉這個系統，讓引擎熄火。
然後再從冷卻的狀態切回來，
看看一切能否重新開始。」
「還是一樣，歷史上沒有任何政府
曾經斷過銀行的電，更別說是三天。」
「就這方面，親愛的赫伯特，
歷史上也沒有任何政府遇過像這樣的危機。
我的看法是，我們得暫停
調整呼吸
用全新的法規重新開始。
因為顯然不能停在和過去一樣。
這，終究，是政治要處理的事：
政治為轉換時期起個名字，
它了解要結束什麼，要繼續什麼，要開始什麼。
你覺得呢？」

赫伯特點頭，回到他的座位：
「包在我身上，羅斯福先生。」

在威廉街一號
水也無止無境地傾注而下
像河流般氾濫
在三樓窗外。

在那幾面玻璃之後
三個房間——一模一樣的三間——
每扇門上都寫了總裁。

亞瑟·雷曼正坐在右側第一間裡頭。

對他來說，這場大洪水是殘酷的一擊：
雨水浸濕鈔票
那群 $7.21 的價值，以視覺可辨識的程度在縮水。

如今，開車駛遍紐約，
亞瑟再也看不到歡樂的 $7.21 群眾
而是一列死氣沉沉的 $5.16

他們的漠然並不令人意外：
亞瑟得透過複雜的方程式
才能得出悲傷（S）的價值
加總
對未來的投射（$P_{明天}$）
及當下的可能性（$P_{現在}$），
一切還要以 WW（財富及健康）因子為前提：

$$S = WW \cdot (P_{明天} + P_{現在})$$

當然，亞瑟也發現，
那句「感性在銀行業無用武之地」並不真確：
有種潛在的算數機能
連結
熱忱（E）和投資（I）
而大蕭條就是其證據和結果。

什麼時候，這死寂的沉悶才會告終？
什麼時候，我們不會再撞見那些悶悶不樂的前客戶
那些人對為他們盡心盡力的人是如此不知感恩？

對啊。
忘恩負義。
這是亞瑟無法接受的事。
看著老雷曼基金的持有者
現在——如果他們看見他——便自動穿過馬路走另一邊。
這樣好嗎？侮辱別人的母親？

亞瑟・雷曼
——如我們所知——
從不是個能被輕易定義的角色。
但歷經了那常讓數學家飽受折磨的
長年神經麻木後，
一股令人憂慮的焦躁，
隨著這場重大危機，在他身上浮現。

沒什麼新鮮的，家人這麼覺得：
畢竟，當他還是個男孩的時候，他向來是魔鬼的化身
他是那個帶著泰迪熊，自行跑去坐聖殿第一排的人，

所以，哪裡奇怪了，
反正我們所有人
遲早都會顯露出我們以往那些軌跡吧？

也許。
但在昨天發生的事情之後
他弟弟厄文痛罵他一頓
部分是出自於他身為法官的職責。

不變的事實是
亞瑟表現得毫無節制
他讓自己——這麼說吧——失控了。

沒錯，銀行界確實處境艱難，
但總是有個界限。

長話短說，羅素‧威爾金森先生，
一直是忠實顧客，直到 1929 年：
持有三份基金和上百支股票，
他是某位泰迪‧富貴手的兒子
（那個人，好像，曾經，和我們家做過一些布料交易）。

也就是說，是個聰明人，
只可惜才智的衡量標準不適用於金融上。
更有甚者
他還是受勳的戰爭英雄
在傳奇的阿爾貢戰役中
失去了半條腿。
所以他之前
膝蓋以下
是木頭義肢
之後升級為堅韌的現代塑膠
在雷曼兄弟
投資壓克力之後。

嗯。
在前所未見的大雨中
親愛的羅素沿人行道一跛一跛走著
沒撐雨傘

亞瑟
叫司機把車停到他後頭
想載他一程，看是要回家，還是要去哪都行。
後來發生的事，大家都知道了。
他不僅拒絕這項提議
身為銀行長年的忠實顧客
他還憤怒地吐出一句「我不和毀了我的人同車！」
聽了這句話
亞瑟
無法壓抑其動物本能：
他在暴雨中下車
一把抓住威爾金森的大衣領子
像個瘋子一樣咆哮：
「你這卑劣的老糊塗，骯髒的瘸子，穿著我的靴子的戰爭英雄，
所以現在是銀行的錯了，是嗎？
是誰給了你冰箱、烤麵包機、熨斗？
是誰給了你工廠的工作？
是誰給了你那輛停在家門口的汽車，還有賴以驅動的汽油？
是誰給了你客廳裡那台收音機？還有音樂？
還有牆上的電話呢？你抽的菸呢？你喝的咖啡呢？
甚至是你胸前配戴的勳章，你要感謝誰？
感謝我，資助戰爭的人！是我！我！
因為要是沒有雷曼打開水龍頭，事情會怎樣？
你根本不會去打你那壯烈的戰爭！
而且，我告訴你：這條腿是我的，是花我的錢買的！」

滂沱大雨中
滿臉通紅
他一把攫住義肢
整條拉走
夾在他腋下
彷彿那是根法國長棍麵包。

直到兩名員警介入
他才清醒過來
沒讓事情往更糟的方向發展。

「對你，對銀行，對整個家族來說，都是可悲的一幕。
最後你們全都會上法院，到時候不要來找我。」

近日正在角逐首席法官的厄文說。

不過，情勢就是如此。

對第三組總裁們來說，這也，不容易。

與亞瑟相鄰的房內
現在坐了兩個人：哈洛和艾倫
一道升總裁。
兩人算一票，
彷彿雙人一體。
而他們，其實，就是。

在著實艱困的時刻
拔擢登上如此高位
這在兩位年輕人身上
造就驚人
——也有些出乎意料之外——的作用。

像是為了證明
兩人會以各自的方式
應對當下的特殊情勢一樣，
哈洛和艾倫
完全不因新官上任
而有所節制
反倒
先是帶來
一陣歡呼：
美國失去了動力？
沒問題：他們讓它恢復動力。
美國失去了笑容？
他們會喚回笑容。

不是個輕鬆的選項。
因為他們倆不巧
都不擅於上乘的幽默，
一直以來，他們之所以突出
是在於他們那多少有些激烈的手段。

但是，團隊需要立即提振士氣：
必得再次轉動
希望之輪
因為充滿希望的人才會花錢。
這就夠了：沒有別的選項
不論喜歡與否，是該笑的時候了。

兩位雷曼臂彎夾著雨傘
準備從事一場軍事行動：
他們得用樂觀的武器
戰鬥直達苦澀的終局。
然後，誰會在意時機是否正確：
總要有人從某處開始。
就是他們了。

而且
錢就算不是萬能，還是能辦到很多事。
所以也許能教會兩位雷曼銀行家怎麼笑？

他們需要的只是一位專家。
畢竟，他們的父親變成眼鏡蛇之前
也只是一隻兔子
幸虧受合適的教育。
前進。

「先生，您之所以被邀請到這裡來
因為您是那領域的專家。」
哈洛開口，極盡所能展現專業，
坐在書桌前
他兄弟在一旁點頭：
「在這佈滿陰霾的歷史時刻
我們亟欲知道您是如何
還有，從哪裡
學到讓人如此開懷的技巧。」

巴斯特‧基頓當下沒有回答。
他就只是轉了轉眼睛
冀望——如此受孩童喜愛的——這番比畫
能舒緩拘謹的氣氛。

希望落空：
這兩人還是和冰山一樣。

那麼，他能做的
是嘗試簡介喜劇這種藝術，
喜劇的根本——就他看來——
有些人天生就是好笑
因此被賦予了——按他所說——
與生俱來的才能
奇蹟降臨的形式
教不來。
「兩位先生，這就跟你們的商業天賦一樣……」
他希望讚美能軟化打擊。
但其實沒必要
因為訊息已響亮送抵：
以那張肖似警長副手的臉
他們沒機會了：
喜劇不適合他們。

隔天，與卓別林先生會晤，
情況也沒好轉。

這次由艾倫發言，
小心翼翼開場，以克服
另一位喜劇同修遇上的障礙：
「既然您曾經在大眾面前說過好幾次
喜劇藝術靠的並非天份，而是勤奮
您可不可以告訴我們
用什麼方式
——當然練習就不用說了——
才能讓人們發笑？」

一開始，這些話就像石頭沉入大海。
然後，他們發現他神色倦怠，
彷彿成了他的角色查理，
然而，戴上這副面具
也沒讓事情變簡單：
要引發笑意，就算只是微微一絲
他也得像個受害者，而非加害人。
卓別林先生嘗試用比較迂迴的方式解釋

──他沒膽直說──
對百萬富翁銀行家來說
要引發共感
實在太難。
尤其是在 1929 大崩盤之後。

他也沒坦承，他的下一部片
主要角色就是一名工廠工人和一名年輕女孩
被毫無人性的系統剝削。

他們最後的希望是勞萊與哈台
這次
他們一開頭充滿希望
原因很簡單
這兩位誤解了此行的目的
以為他們被找來
是要為瀕臨崩潰邊緣的銀行
帶來一些歡樂。

因此當他們坐在那裡，他們就開始
表演一些鬧劇固定橋段
加上翻滾和墊腳尖旋轉。
非常好笑，當然。
但是，哈洛和艾倫能做到什麼程度？
他們要從銀行家轉行變成小丑？
口袋裡塞了瓶子走來走去？
因此，他們不只沒有發笑
還──不可思議──怒目相視。

然後，這想法，在哈洛的一腔怒火中展開：
「說到底，我們就付錢讓他們笑！」

實際上呢……

這兩個人，他們窮凶極惡。
這前面說過了。
但在此時，他們簡直加倍兇狠。
他們著手融資
規模遍及美國本土每一處

從埃爾帕索到西雅圖
各種競賽：
「俄亥俄最棒的微笑！」
「亞歷桑那笑容最燦爛的媽咪！」
「密蘇里最好的笑話！」
「愛達荷最有趣的工作同仁！」
「密蘇里最快樂的小孩！」
「密西西比最逗趣的爺爺！」
「肯塔基的魅力冠軍！」

像是在說：
假如讓兩位雷曼發笑難如登天，
或許就反過來，用他們的名字買來笑容。

在這樣的時刻
貧窮程度衝破天際
美國到處都是
不顧一切只要錢的競爭者
隨時準備好，產出最大笑容
希望贏得一張銀行支票。

然而有人怎麼樣也笑不出來
第三位，也是最後一位總裁。

在走廊盡頭
最後一間
──那裡曾經屬於黃金飛利浦──
而今，他兒子巴比，坐鎮其中。

靜止。陰鬱。
盯著窗戶外
大雨無情傾盆而下。

他沒時間可損失：
在他腦中，現在
有艘受到詛咒的方舟。

當洪水氾濫在地上的時候，挪亞整六百歲。
〈創世紀 7:6〉

13
挪亞　Noach

「一艘方舟」用嘴巴說很簡單。
一艘
浮在水上
不會沉沒
總在浪花之上之上之上的方舟。

一艘方舟。

為什麼挪亞非得打造方舟？
要拯救人類，沒問題
要在洪水中求生，沒問題
但為什麼要在船上？
巴比‧雷曼恨透了船。
他比較喜歡飛機。
如果是，那樣，一定很棒：
用航空機隊救雷曼。
不是船：是飛機！
他好友胡安‧泰利‧特里普擁有的那些；
橫越四方天空的那些；
巴比甚至不用張開眼睛看的那些：
只要聽到它們穿梭空中
他閉上眼睛
微笑
「泛美：我們的。」

終究，巴比喜愛飛機更勝其他。
他崇敬它們。
因為飛機讓你離開地表
飛機帶你遠離
飛機把一切拋在腦後
讓你飛越，升空
讓你忘卻一切
——「掰，巴比！」——
讓你飛越，升空

千哩之外
——「掰，巴比！」——
讓你飛越，升空
飛機讓你和地球簽字離婚。

真的，就是這樣。
簽字離婚。

對挪亞，這名族長來說，沒錯，他得要拯救人類。
——不是件小事——
但至少他有個家。
巴比，就不是這樣了。
巴比家有戰場。

露絲沒準備好要扮演族長夫人。
露絲想演的是族長本人。
或者，假如那樣行不通，
她想為打造方舟助一臂之力。
等到一切完工再爬上甲板？
絕不。
待在會客室裡看雨中即景？
你是在開玩笑吧。
她並不熱衷於她丈夫得去拯救世界
然後每天晚上回家說：「方舟進行得很順利。」
「進行得很順利，那還用說，然後我只能跟雕像一樣站在這裡！
我警告你，巴比，我很無聊！」
「等時機適當，你會知道一切。」
「等到什麼時候？」
「等到大家都知道的時候。」
「巴比，你到底把我當成什麼？我跟你媽不一樣。」
「你根本不認識我媽。」
「但我知道她怎麼生活：足不出戶，一言不發，置身事外。」
「拜託保持冷靜！」
「我在這裡連花瓶都不如！」
「露絲……」
「小心，巴比，你最好小心點：
我在考慮離婚。」

現代族長，生活之難。

要同時
拯救人類也拯救婚姻
並不簡單。

巴比還在努力，當然。

但不意外的是
幾個月來
他的手指持續顫抖
　　　「巴比，你有注意到嗎？」
他不停咬嘴唇：
　　　「巴比，你又來了？」
他前額不斷冒汗
　　　「巴比，擦一下你的額頭」
他舌頭始終頂著口腔上緣：
　　　「巴比，你不舒服嗎？」
無法放鬆口腔上緣
無法放鬆
無法放鬆
無法放鬆
除了一句：
「為什麼我得扮演族長？」

事情就是如此。
親愛的巴比，由你作主。
除了你之外，沒別人了，巴比。
所以繼續前進，巴比。
下定決心，巴比。
天降甘霖的那天終將到來，巴比。
然後你會知道，巴比：全人類會說
「謝謝你，雷曼先生！」
沒錯。
就是這樣。
會是那樣。
人類會說：
「謝謝你，雷曼先生！」

不過，是哪位雷曼先生？

那是另一個問題。
對挪亞，這位族長來說，沒錯，他得拯救人類
──這已經非同小可──
但他至少沒有競爭對手。
巴比，可就不是這樣了。

巴比有幾位長輩
名叫赫伯特和厄文。
前者剛當選紐約州州長。
後者剛遴選為紐約上訴法院首席法官。

受人景仰。兩位都是。
高度推崇。兩位都是。

連露絲也問過他，語帶驚喜：
「你不開心嗎，巴比？
如今你們雷曼家有一家銀行，
一位州長，和一位首席法官！」

真的。
全都叫雷曼。
搞不好英王喬治五世也叫雷曼。
然後，教宗庇護九世，說不準也是。

當挪亞・雷曼忙著造方舟
這世界最有權力的幾位男性
同一時間
都和他有相同的稱謂。

要不是這樣，拯救世界應該會簡單一些。

現在，沒有一天
巴比不會在報上讀到至少一位堂叔
出現在用大寫字母寫成的頭條當中：
羅斯福和我會拯救美國！
我們會引領各位走出風暴！
相信我們！
我們正致力於你們的未來！

每天都讀到自己的姓氏真是令人振奮
然後每天都重複對自己說「這不是我。」

雷曼：正義的典範
雷曼：人民的希望
雷曼：團結，我們就能度過危機

然後全美國
從現在起
同聲齊呼：
「謝謝你，雷曼先生！」
「謝謝你，雷曼先生！」
「謝謝你，雷曼先生！」

不，巴比，這不是你。
他們不是在對你說。
回去幫方舟釘釘子。

同時，地球上
雨不停歇下啊下啊下的
傾灌而下
下個不停。
儘管巴比不是唯一發現的人
也有其他人會提醒他。

因為這位現代族長
也得處理那些在他身旁盤桓爬行的生物。
嗯對：圍繞著他的陰險毒蛇，
內部敵人。

他們有三位：
亞瑟、哈洛、艾倫。
每天環繞著巴比。

亞瑟通常只負責開場
用算數一以貫之：
「我們還在低谷，你知道嗎？
我想我們有 20 趴的機會可以存活。

如果由我來做，可以升到 60 趴。
不過，既然你父親不計代價要你在這
把首席經理的工作留給你
我很想知道：
究竟
到什麼時候你才會生出方法來？
好方法，他媽的，強而有力的方法！
還是你會把我們全都像畫一樣拿去拍賣？」

通常，對如此誠摯的語調，
巴比保持冷靜
輕聲回答「我正在努力。」

這句話引來兩兄弟隆隆砲轟：
哈洛：「有三十六家銀行倒閉了，巴比，還是你不知道？」
艾倫：「我們要成為第三十七家嗎？巴比？」
哈洛：「高盛已經損失一億兩千萬了，巴比！」
艾倫：「你在對的路上，只是做事方法有誤。」
哈洛：「美國五分之一的人都被炒魷魚了，巴比！」
艾倫：「你想跟著他們走，毀了我們全部人嗎？」
哈洛：「巴比，你說好要給我們一艘方舟：在哪？」
艾倫：「還是它已經沉沒了？」
哈洛：「這艘方舟，巴比，在哪？」
艾倫：「這艘方舟，巴比，在哪？」
亞瑟：「這艘方舟，巴比，在哪？」
哈洛：「這艘方舟，巴比，在哪？」
艾倫：「這艘方舟，巴比，在哪？」
亞瑟：「這艘方舟，巴比，在哪？」

挪亞的生活肯定棒極了。

當聖經英雄很容易
你要做的，就是把釘子敲進方舟
組裝每個零件
一項接著一項
從早到晚切木板
鎚擊、銼削、刨平
到了晚上
帶著長繭的雙手

酸疼的腰背
回家
享受平靜。

巴比不是。

只有赫伯特個子瘦長的兒子
能給他一丁點寬慰。

彼得長成一個貨真價實的運動健將。
他能跑能跳，玩橄欖球和棒球
網球打得一級棒，下水游泳就像條魚。
這一切都很好。
不足之處在於，彼得・雷曼
從運動中，建立起
一種癡迷於得分的傾向。
彷彿到處搜尋
他可以給出去或想要得到的分數。

彼得能夠快速背出
——當場立刻——
該地區每家餐廳的評分。
金牌、銀牌、銅牌。
及後頭接續的每項排名。

彼得為每位親戚的魅力評等。
金牌——銀牌——銅牌。
家裡狗狗的聰明程度。
金牌——銀牌——銅牌。
大都會歌劇院裡男高音能飆到的最高音。
金牌——銀牌——銅牌。
甚至床的舒適度。
金牌——銀牌——銅牌
以及政治人物誠信度（他父親當然拿第一）。

接著。
彼得之所以讓巴比鬆一口氣
是因為這名男孩一直尊崇他為贏家。
他常說：「我對你抱持最高敬意」。

這一點，對巴比來說，比拿金牌更意義深遠。

然後，當然，這名男孩充滿好奇心。
甚至還很討喜。
這點並非無足輕重，要是你一整天都得耗在造船廠。
而彼得是唯一把釘子遞給你的人。
而且，如果跟他聊到你的惡夢
他能從中看見更重大的事情：

「親愛的彼得，昨晚我夢到自己變成一隻大猩猩
就在我快淹死的時候，我攀上岩石頂端
但是，海鷗開始啄我，害我又掉下去。」
「我的天啊，巴比叔叔：這畫面太震撼了。
像極了恐怖片。你想想：『大猩猩』。
我說真的：可以賺上百萬。」

誰能不愛他？
不然的話，巴比面對的戰場，也太艱困了。

他有時想，如果哪天他回家
說：「我建好方舟了：完成了！我拯救了大家！」
露絲會如常回答：
「噢是嗎？我警告你，巴比，我很無聊！」
「露絲，我不是自己在那邊開心！」
「不好意思──那你怎麼想我──難不成我一整天都很開心嗎？」
「今天我跟申利酒廠達成一項協議。」
「那是誰？」
「釀酒廠。現在，飲酒又合法了⋯⋯」
「你拯救美國的方式，就是把大家灌醉？」
「露絲⋯⋯」
「我從收音機聽到你叔叔的演講。」
「噢是嗎？」
「思考清晰，用詞準確，立論穩健。」
「我要去睡了，露絲：我好累。」
「這麼早就要去睡？我總是獨守空閨，巴比。」
「打開收音機，去聽我叔叔講話。」
「連你爸都說他很聰明。」

對。

還有這件事。

這還用說嗎，挪亞，這位族長，可沒有父輩環繞？

但巴比有。

而且，還是用液態黃金鑄造的。

一位黃金父親總是在那，準備好，張大眼睛

確認方舟的建造

數算釘子

說：

「不是這樣，羅伯特！你確定嗎，羅伯特？

我把我的信心都交付給你了，羅伯特！」

還有：

「我好像不太認同你做的事。

小心，小心！

你有看到那塊牌子上的字嗎：

謝謝你，雷曼先生？

將來，你也要承擔這樣的讚譽！

你要考慮明天，羅伯特！

未來一直來，未來近在眼前

就像你叔叔赫伯特說的那樣。

小心，我勸你：小心！

說到這，你叔叔亞瑟告訴我一個消息

我希望這不是真的：

你不是認真要花銀行的錢

去拍一部猩猩電影吧？」

「那會非常成功。」

「你想用黑猩猩救美國？」

「爸爸，是大猩猩。」

「羅伯特，拜託！

你在經營的是銀行，不是馬戲團，讓猴子留在他們該在的地方！」

「會成功的，會賺上百萬！」

「人家失去一切：他們的家、存款、工作。

然後你把腦筋動到電影上？」

「如果我們想結束這場危機

就得讓他們遠離這些事情，爸爸：

電影讓人們分心，讓他們獲得娛樂，讓他們開心。

他們從電影院走出來，一切都不一樣了。」

巴比沒告訴他

電影不只讓人分心
也幫助族長。

比如，挪亞，經常去看電影。

隱姓埋名，當然。
坐在後排。

收看他的最新製作時
他甚至坐在最後一排。
興致勃勃。

不過，身為族長，晚上還是會疲倦
你沒法假裝自己是鋼鐵做的。

因此
坐在後排
巴比豎起大衣領子
讓睡眠接管。

他打瞌睡。

也必然受銀幕上的影片影響
在夢裡，他看的是另一部電影，類型不盡相同。

14
金剛　King Kong

雷電華電影公司
與
大衛·歐·塞爾茲尼克
出品

導演
梅里安·希·庫柏
及
歐內斯特·畢·舍得薩克

菲伊·雷
勞勃·阿姆斯壯
布魯斯·卡伯特
主演

金剛

開場鏡頭：
1930 年代，紐約，光線柔和
一名自負
急躁
易怒的
紀錄片導演
名叫亞瑟·雷曼
絕望地流連於工人區
渴望找到足以吸引大眾的新星
好抵擋災難。

他和經紀人哈洛及艾倫交談
他們揪住他的衣領：
「我們還在低谷，你知道嗎？
我們認為有 20 趴的機會可以存活。
如果由我們來做，可以升到 60 趴。
不過，既然你父親不計代價要你在這
把總裁的位置留給你
我們想知道：
究竟
到什麼時候你才會生出方法來？
強而有力的方法，他媽的，真正強而有力的方法！
還是你會不加掩飾地拍攝我們，像紀錄片一樣？」

「我正在努力。」亞瑟回應
然後出外到街上，急於找到一位女神
當她現身，在那裡，大銀幕上：
美麗、金髮、隱約帶有德國氣息。
「小姐，請問你的名字？」導演結巴。

她說：「我名叫銀行，姓是雷曼。」

「雷曼小姐，你有想過要拍電影嗎？」
「不，從來沒有。但如果你要給我這份工作，我願意：
幫幫我，拜託，因為這場危機，我恐怕會破產。」
「我會讓你當明星，雷曼銀行小姐。」

澎湃的音樂。
一艘受損的船，在暴風雨的海上航行。
甲板上出現了亞瑟，那位導演
正苦思數學公式，以免船一直打轉。
雷曼小姐研讀電影腳本
然後詢問一位匈牙利水手：「我們要去哪裡？」
「我們要去骷髏島，雷曼小姐：
地圖上沒有標記⋯⋯
但如果你跟我買一盞枱燈，我就跟你說一個故事⋯⋯」
「故事嚇人嗎？」她問，一副害怕的樣子
然後付這位匈牙利人 7 元 21 分。

「沒錯：那座山，似乎，受控於某個與眾不同的怪獸。」

這就足以嚇壞女孩了，
但這艘船的船長，
一位老人，鑲顆金牙，
接著現身說法：
「我不同意這項計畫。
那隻野獸不是尋常活物，牠比較像神。
當心，各位：當心。」

「我們都會就這樣死掉！」這位明日之星尖叫
後頭卻傳來笑聲
向她致敬：
是船上大廚，赫比。
「去跟亞瑟說：他不會聽你的！
潛在的核心問題，雷曼小姐：
他為了賺錢，甚至可以殺害自己的母親。
這份對電影的狂熱，沒有任何民主的成分可言。」
「最後你們全都會上法院，到時候不要來找我」
船艙侍者補充，一邊削著馬鈴薯皮。

戲劇化的音樂。

從上頭俯拍，這艘船
接近一塊礁石
拋錨固定。

工作人員聚集到船頭
圍繞那位在計算距離的導演：
「我們到了！這是我的島！
我們會拍出偉大的片子，我感覺得到！」

遠處傳來鼓聲。
銀行小姐、導演，及其他工作人員
走進叢林：
他們腳邊有蛇爬行
到處都是昆蟲
植物蔓生。

離聲音越來越近。
亞瑟示意其他人蹲下
在岩石後頭：
一群穿西裝打領帶的原住民
正在一座高聳的牆面前
舉行慶祝儀式。
他想拍攝他們：
「安靜！不要動！
這是知名的華爾街部落
嗜血、殘忍的部族，以活人獻祭聞名。
他們要出現在我的片子裡
即使我得一死！」

亞瑟開始拍攝。
突然間，原住民發現他：
「撤退！去船上！去船上！」

下一幕：焦急逃脫。

來到晚上了。
在船上，似乎一切平靜。
雷曼銀行小姐走到甲板上，呼吸新鮮空氣。

險惡的音樂。
水面浮現三個原住民的形影
從木筏往上爬。
他們抓住女孩的臂膀
摀住她嘴巴
用藤蔓綑綁她
她掙扎，成了囚犯。

「他們抓走了雷曼小姐！」有個聲音高呼
如今一切都太遲了。

鼓聲隆隆。
在那道高聳的牆面前
雷曼銀行小姐被綁在一根圖騰柱上。
華爾街人狂熱舞動
隨著「上！」「下！」「上！」「下！」的韻律
用棍子打節拍

特寫女孩極為恐懼的雙眼。

不祥的聲響中斷樂舞。
沉默。
然後，一聲震耳欲聾的吼叫。

巫醫洛克菲勒敲鑼
一個龐然大物
從牆後現身：
「金剛巴比！金剛巴比！」華爾街人尖叫
亞瑟和其他人帶著武器
從樹林裡跳出來
掃射這隻向他們突進的
大猩猩：
黃金船長大吼「當心，大家！當心！」。
廚師邊開槍邊喊：「這野獸是獨裁者」。
船艙侍者死前嘴裡喃喃：「上法院！審判！」。

一場大亂鬥：乒鈴乓啷、槍響、鳴鑼、濺血
直到金剛巴比輕柔地捧起銀行小姐
將她帶離這場混亂。

「放開我的銀行！」亞瑟大吼。
「你沒有權利把她帶走，你這隻野獸！」

然而，他的聲音隨風而逝。

下一組鏡頭：
大猩猩的洞穴裡
牆上掛了一張哥雅和一張嘉納萊托。

儘管大猩猩外表醜惡
卻似乎並不殘忍。
他看著坐在石頭上的雷曼小姐
著迷於她白皙的膚色
金色的頭髮。
他和女孩之間，距離遙遠
但是，她感覺到一些什麼：
「你可以懂我嗎？我的名字叫做銀行，而你是巴比……」

背景傳來動物的聲音：
出現一隻恐龍，身上都是鱗片
牙齒上有血
雙眼之間刺了「1929」。
牠撲向銀行小姐，想吞了她，
但金剛巴比制住牠的脖子，
他們瘋狂纏鬥
直到大猩猩扭斷牠的頭：
雷曼小姐再次脫險！

浪漫的音樂。
銀行感謝毛茸茸的巴比，
膽怯地撫摸牠。
大猩猩流下淚來：
這是第一次有人懂他。

突然有手榴彈爆發：
大猩猩恐懼的反應
「啊，找到你了！放開我的女孩！」
亞瑟從棕櫚樹頂叫囂。

金剛巴比衝去攻擊他
但落入陷阱
發出絕望的哭聲：
他試著要掙脫
但煙霧已經讓他暈眩
鎖鏈緊緊捆住他。

下一幕。
紐約，一個月後。

金剛巴比成了馬戲團焦點：
銬著鎖鏈展示
頭上有一橫幅
「沒給我們方舟的那個人」
上千名遊客蜂擁而至
製作人哈洛滿心歡喜：
「只要這隻猿猴不死，這就是筆大生意。」
他的兄弟艾倫：「就算死了：我們還可以賣牠的皮。」

孩子們尤其開心。
特別是一個匈牙利小男孩
每天跑回電影院
因為他口袋裡有三萬塊。

然而
就在一場尋常的演出中
媒體的閃光燈
激怒了這隻大猩猩：
他掙脫鎖鏈
一陣驚恐，橫衝直撞
他跑到街上，帶來恐怖和死亡。

「不要毀了我的城市！」
這艘船的廚子嚷嚷
他已經當上州長。

金剛巴比確實想要摧毀一切
除了在他面前的

銀行小姐
美麗而充滿感情。
他用掌心托著她
往上爬
直到帝國大廈頂端
在那裡，空軍飛機小隊
攻擊他。

他倒下前，身負重傷，
金剛巴比做的最後兩件事：
首先，溫柔地把他的銀行
安全地放在窗台
然後，狂怒中，
他抓住
一架攻擊他的飛機。

大猩猩仔細觀察這架雙翼飛機：
這是 DH.4 轟炸機
在裡面
機槍後頭
是個來自伊利諾的女性軍人
她正咆哮「如果你殺了我，我發誓會給你好看！」

於是，金剛巴比毫不猶豫
把飛機像紙一樣撕成兩半。

接著，他跌落，死去。

片尾工作人員表。

成功。

15
憂傷的歌　Melancholy Song

浴缸滿了
你把塞子拔起來
瞬間一切清空。

這場大洪水正是如此：
某一刻，哈希姆拔起塞子
水都流走了。

大家長巴比
——公認是他——
成功挽救了這家企業。

沒錯，這艘方舟可能算不上跨大西洋郵輪，
可是，以一葉木筏來說，它成功浮著
沒有進水。

「上了船我不划槳」
哈洛發表意見
艾倫補充：「我不捕魚。」
最後是亞瑟：
「連鯊魚都可憐我們。
假如我是你，羅伯特，我會掏心掏肺感謝牠們。」

然後，在那個浴缸裡
為了讓乘客旅途愉快
巴比
安裝了
幾台電視機。
陰極射線管。
煥然一新。
由杜蒙先生設計、製造
一年前，他在自家車庫
組裝出第一個模型。
自帶畫面的收音機。
深入每一家的電影院。
然後，誰知道還有什麼別的東西：運動、音樂、新聞短片……

「小心，兒子！小心！
亞瑟跟我說了一些事，我希望這不是真的：
你真的想把銀行的錢花在
投資電視？
人家沒東西可吃的時候，

你要把米老鼠擺進他們家廚房裡？」
「每個人都想要家裡有台電視。」
「你確定，羅伯特？
你要用跳舞女郎救美國？
小心，不要走錯任何一步
我把信任交付給你，別糟蹋。」
「爸爸，每家都會有電視：
露絲和我已經有一台了。」

是這樣沒錯。
不幸的是
給露絲電視鑄下大錯，
因為她愛上電視了
整天黏著它：
「巴比，你有看到嗎？赫伯特上電視了：他在德國！」
「假如我是他，我不會去。」
「你在說什麼鬼？」
「我不喜歡那個希特勒。」
「他才不是為了那傢伙去德國！」
「噢，不是嗎？」
「赫伯特是向民主歐洲送上美國的祝賀。」
「他管紐約還不夠？他也想當柏林的州長嗎？」
「你妒嫉他，我發現了。」
「我要去睡了，露絲，我好累。」
「這麼早？」
「晚安，露絲。」
「我像守活寡，巴比。」
「去電視裡找赫比叔叔秀秀。」

然後，所幸
大水緩緩下降
我們雙腳再次踏穩地面。

在陸地上行走很奇怪
你都快忘了那是什麼感覺。
可惜除了泥巴，沒別的了。到處都是。

挪亞一出船
就盤算起下一步：

他和妻子一起爬上船
離開時孑然一身。
不是因為大海淹沒了她：
水還沒退
這位大家長
沒錯，先生
他就離婚了。

畢竟，在方舟上，
他們有位當法官的親戚：
「巴比，這段協商過程會很漫長：
贍養費、補助金、準備金。
露絲想要很多錢。
而且，我知道她已經寫了一些你的事：
她說你麻木不仁、充滿敵意、無情無義。
你最後會上法院，到時候不要來找我。」

簡言之
挪亞，根據《妥拉》，
至少得到了一盎司感謝
因為他讓大家安然無恙：
他們可沒寫什麼對他不利的故事。

於是：離婚。
就在他們靠岸的時候
《財星》雜誌上了頭條：
金斷義絕
露絲・拉瑪爾和雷曼州長的親戚

你能怎樣？
全美都會讀到。
包括希臘快餐店的客人和
匈牙利作坊工人。
甚至是厄文法院的門房
還有他下獄的罪犯。

這是巴比無法平靜的原因嗎？
在他周圍，他再也無法忍受噪音。
美國，如今，太嘈雜了：

在你思考同時，總是
會有四位樂手
用 so-re-mi-so-la-fa-do 填滿你的腦袋。

大海的沉靜多麼美麗。
飛濺的雨水多麼燦爛。
大蕭條時期多麼平和。
今天，到處都是音樂
音樂轉動世界。

而且
哈希姆一清空浴缸
出現的
不再是從前的地球。
這是另一個世界。
讓人認不出來。

工人要求簽訂合約。
女性謀求職位。
就連希臘廚子和
匈牙利手工藝師傅
都把他們家兒子送去念經濟學。
上大學。

亞瑟‧雷曼在瀕臨瘋狂的臨界點。
他也討厭音樂（SG）
因為音樂阻礙他推理（RG）：

$$RG < SG$$

你怎麼能套用幾何方程式
要是艾靈頓公爵（DE）一直在你耳裡敲擊？
你如何計算銀行的生命值（LB）
當艾拉‧費茲傑羅（EF）從不閉嘴？
他們永遠勝出：

$$(DE+EF) > LB$$

這對亞瑟影響甚鉅。
他試著要專注，但怎麼可能？

尤其
如今這可惡的羅斯福（†）
滿腦子想的都是拯救勞工（WO）。
他不在乎銀行
也不擔心金融：
他只在意勞工。

赫伯特做出選擇：他黏著羅斯福。
但是，不論兄弟情誼的連結有多強
少不了摩擦。
每天。

真的。
更複雜的是
總裁們平心靜氣理論時
總是會有一位豐滿的歌手，
同時在兩造間就位
以她憂傷的情歌軟化他們：

「赫伯特，你知道你正冒著　　　　　　摸挲我，我的寶貝！
摧毀整個系統的風險嗎？　　　　　　讓我傷心吧！我願意。
你真的太過分了！　　　　　　　　我一切恐懼都化為水氣，
太多權利是嚴重失誤！」　　　　　　　　　　也許！

　　　　　　　　　　　　　　　　記住了，我親愛的，
「我親愛的亞瑟，　　　　　　　　我和你墜入愛河
廢除奴隸制的時候，　　　　　　　每株草葉都像在閃閃發光！
他們說的話　　　　　　　　　　告訴我，沒有什麼事
跟你現在一模一樣。」　　　　　　能讓我們分開，

　　　　　　　　　　　　　　　　擁抱我，親愛的，
「搞清楚，蓄奴是虐待：　　　　　　為我唱首悲傷的歌
難道你把用鎖鍊銬住的黑奴，　　　像是啦-啦-啦-啦
跟流水線上的工人　　　　　　　　讓我傷心吧！我願意。
相提並論嗎？」　　　　　　　　　讓我傷心吧！我願意。

　　　　　　　　　　　　　　　　讓我傷心吧！我願意。
「一種是鐵鍊，

一種是看不見的鎖鏈，
一樣不人道。」

「然後，這是你主導的？
那個十歲就想沒收我床的人？
你和你那位朋友
正把工人變權貴，
叫人忍無可忍！
甚至還講什麼有薪假期：
你瘋了嗎？
員工不工作，我還要付他錢？
美國的工業會被你拖垮。」

「美國的工業
是仰賴那些付出勞力的人，
不是那些剝削他們的人：
為勞工的保障多付出一些
的確會少賺一點，
但是比較公平。
我覺得那樣很好，
就算嚇壞你了：
也沒關係。」

「禁止解僱，
禁止工資過低，
什麼都管，什麼都課稅。
公司的末日，資本的末日。
這就是新政嗎？
老規矩比較好，
花費少多了！
小心，赫伯特：
你正在摧毀雷曼。」

「你想幹嘛？威脅我？
我應該要有罪惡感嗎？
為什麼，你說。
為什麼我要阻止
像你這樣的人，
把病倒的工人丟到街上去？」

我將這本全用淚水寫成的書
獻給你，
我的窗戶，是一片
憂鬱的海洋：
看看月亮，好像那是
我的眼睛！
因為我的人生不能沒有你：
擁抱我，好嗎，親愛的，
為我唱首悲傷的歌
像是啦—啦—啦—啦—啦
讓我傷心吧！我願意
讓我傷心吧！我願意。
讓我傷心吧！我願意。

反覆呼喚我的名字，
親愛的寶貝。
我願做你溫暖的大衣：
從不停止傾訴對你的愛
因為，沒有感覺的話，
我會死去
擁抱我，好嗎，親愛的，
為我唱首悲傷的歌
像是啦—啦—啦—啦—啦
讓我傷心吧！我願意。
讓我傷心吧！我願意。
讓我傷心吧！我願意。

當我病了，陪在我身旁。
讓我握你的手，
我會保持親密。
不要離開我，即使只是玩笑，
擁抱我，好嗎，親愛的，
為我唱首悲傷的歌
像是啦—啦—啦—啦—啦
讓我傷心吧！我願意。
讓我傷心吧！我願意。
讓我傷心吧！我願意。

我反覆呼喚你的名字，

「但你姓的是雷曼！
雷曼！雷曼！雷曼！雷⋯⋯」

就在這時候，亞瑟嘎然而止：
他睜大雙眼，
做出像男高音蒂托‧斯基帕般
誇張的姿勢，
雙手移到胸前。

赫伯特了解他兄弟，
知道他多麼熱衷於
渲染他的罪惡感：
「謝謝你提醒我：
我不時會忘記自己姓什麼。
我說，你啊，都六十歲了，
比起大吼大叫，
也許應該要開始講道理。
你不覺得嗎，亞瑟？
⋯⋯亞瑟⋯⋯？
⋯⋯亞瑟⋯⋯！」

絕不忘記：
在那甜蜜的聲音裡，
我探悉你是誰！
告訴我，好嗎，
你把我的名字寫進雲間，
讓天空成為我的枕頭！
現在擁抱我，親愛的，
為我唱首悲傷的歌
像是啦—啦—啦—啦—啦
讓我傷心吧！我願意。
讓我傷心吧！我願意。
讓我傷心吧！我願意。
讓我傷心吧！我願意。
讓我傷心吧！我願意。
讓我傷心吧！我願意。

傷了我的心，我會欣然死去
如果我的殺手是你。

哦太好了。
哦太好了。

16
是愛因斯坦，還是天才　Einstein or the Genius

只和哈洛、艾倫
合夥經營銀行，這想法
在巴比‧雷曼心中短暫閃過，
沒著陸：
念頭來了又走
揮手說再見。

他並不是拒斥血緣關係。
重點可能在於，真正的風險
就是，血緣關係。

於是，出於防衛，而非別的原因
巴比採用激烈的手段。

畢竟，坦白說，
革命和政變不正
如火如荼席捲全世界嗎？
雷曼兄弟也可以登上這張清單。

因此
即使老爸飛利浦咆哮了三天，
巴比決定實施：兩面策略。

首先，加入一些新鮮空氣。
新的空氣，清新的空氣。
於是
瘦削的彼得‧雷曼，赫伯特之子，
來到中控室。
他會接任董事大位
偕同巴比與那兩名急性子。

「彼得？……你確定，巴比？」
「彼得，當然。問題出在哪？」

沒錯，他不過二十歲。
但這男孩
已經證明自己才幹過人：
《金剛》賺進好幾百萬
沒有他，我們不可能辦到。

而且，要給新世代樹立起榜樣。
我們不做，誰做？
電影明星？
亨佛萊‧鮑嘉公開抱怨過：
他們找他拍的全是黑幫電影。
過去幾年裡，他坐上電椅的次數
遠比坐上牙醫診療椅還多。
還有，他被判入獄的刑期已達八百年。

另一方面，我們家彼得，肯定會是個典範。
運動。
一表人才。
堅守價值和原則。

然後，不可諱言：
巴比沒忘記
他以前常說「我對你抱持最深的敬重。」
所以，大家沒有二話：擢升彼得。

不過，事情不只如此。
他的計策想得更遠。
問題就在這裡浮現……

讓我們打開大門。
從現在起，我們會有董事合夥人。

「你想把外人帶入銀行？」
「是的，爸爸。」
「你想把掌控權給那些不姓雷曼的人？」
「是的，爸爸。」
「他們甚至可能不是猶太人？」
「是的，爸爸。」
「我完全無法同意這種瘋狂的行為。」

四十歲的人有種奇妙的能力：
微笑面對那位把你推向這份任務的父親
讓他明白這是在浪費時間。

然後，飛去日本：
如今他們接管全亞洲，
在天皇陛下面前鞠躬，也許是個好主意。

現在，世界就跟高爾夫球一樣大。

而這些新的合夥人，他們非常明白。
他們在全球飛上飛下
代表自己和雷曼兄弟
因為這些合夥人
——蠻單純的——
就是那些
放了
很多錢在銀行裡的人
因此銀行一部分是他們的。

某個百分比。
一片蛋糕。
保羅‧馬祖爾、約翰‧赫茲、孟若‧古特曼
還有其他十幾人
──「不是雷曼家的血脈」──
股東
生意人
──「不是雷曼家的血脈」──
被找來
受邀加入
因為銀行就是銀行
想要資本。
忘了家族吧！
忘了姓氏吧！
忘了排他性吧！
我們是不是
一家國際化的銀行？

現在我們的精神是現代、實際
毫不妥協
我們不受刺激
我們遵循的原則只有一條
就是百分比。

就連民主黨人的改革
──勞工保障、老年、疾病──
我們有辦法
轉化這些事，讓它們
變成可以賺進上百萬的機制：
你想確保未來平安？
雷曼兄弟退休基金。
無論發生什麼事，你都想長保笑容？
雷曼兄弟保險公司。
還有：健康政策
家庭保險……

美國半數公路邊
出現大幅看板
上面寫著雷曼兄弟的字樣

像是提供保護的眼睛
望向照片上的母與子。
兩人，當然，都帶著微笑。

微笑就是一切。
哈洛和艾倫已經理解
而且著迷於此。

這也是為什麼他們倆都不在
公眾面前哀悼亞瑟叔叔：
「如果雷曼兄弟為笑容下了賭注
怎麼能讓人發現你在哭？
那就是糟糕的宣傳策略了。」

真的是。
宣傳策略。

這兩位雷曼
血液裡自帶宣傳。

他們甚至差遣
各自的妻子
去上流社區最潮的店
兜攬生意
大聲讚美
銀行退休基金。

儘管這一點都不尋常
在曼哈頓一家珠寶店裡
聽見兩位打扮入時的女士
討論如此平淡的事務：
「我親愛的，好一陣子沒見到你如此心滿意足了。」
「那是因為我知道，如果有一天我突然失去自理能力
我的銀行會付我一筆津貼
讓我非常開心。」
「噢太棒了！我猜是雷曼兄弟！」
「當然，沒錯：我姊是保高德曼
她只能自己解決：我要最好的。」
「我要趕快跟我老公說。」

「跟他說，好的未來：無價。」

作為踏入行銷世紀的第一步
有點笨拙，但差強人意。
外行人的感覺。

不過，實情是
兄弟倆每分鐘都在進步。
這也就是為什麼
新的雷曼兄弟合夥人
坐上黑色座椅
圍著玻璃桌
在哈洛和艾倫
講解銀行新的《塔木德》時
一個字都沒錯過。

所有人都在那裡，除了巴比。他人在英國。

艾倫語調親切地開場：
「各位朋友，我想我們今天可以想一下
信任這個詞的意義。」

哈洛在黑板上寫**信任**。
艾倫繼續：
「信任，我的朋友們，意思是分享一些東西。
分享一些重要的東西
也就是我們的自我保護。
如果我信任誰，我接受那個誰會分享我的掙扎
也會為我的福祉而戰。為我的存在而戰。
在我們所有人都害怕落單的地方。」

哈洛在黑板上寫**孤獨**。
艾倫繼續：
「如果我信任某人，我相信他是我的盟友
我不會有任何一刻懷疑。」

哈洛在黑板上寫**同盟**。
艾倫繼續：
「不過，各位，最重要的是，

如果我信任某人，我停止懷疑他
我阻斷我們都擁有的一種本能
就是猜疑。」

哈洛在黑板上寫**猜疑**。
艾倫繼續：
「因為人類需要——非常需要——
能夠完全信任的盟友。
才不會覺得孤單。」

這時，哈洛在每一個詞之間畫上箭號：

孤獨 → 同盟 → 猜疑 → 信任

艾倫繼續說：
「如果我們把人際間的信任轉換為
對某個商品的信任
我們得到的會比新客戶還多：
我們會得到
全心信任我們的人。」

雷曼兄弟合夥人
喜歡這個論點。

瘦削的彼得也喜歡
還起立跟他的叔叔們握手：
「我對你們兩位都抱持最深的敬意。」

這一切讚許
有些讓人意外
因為就在最近
哈洛和艾倫才暴走過，
甩門，離開還沒結束的會議現場。
他們從不對任何事表達贊同。
他們同步起身
彷彿被座位上的彈簧驅動
（輪流）有一位高聲叫嚷
「那樣的話，再見。各位，享受你們的災難。
我們要離開銀行：我們要辭職。」

然後走人。

這次不是。

這首歌頌信任的讚美詩
在威廉街一號大受歡迎
董事會因此向兄弟倆
清楚下達指令：
只要能買到大眾的信任，無論什麼事我們都做。
我們要投入宣傳
讓我們馬上開始。
尤其自從他們成立標準普爾之後：
一整棟建築
全是員工
準備好要告訴這個世界
誰值得信任
還有，如果值得的話，值多少：
標準普爾
像個溫度計
插在經濟的臂膀下
要告訴這個世界
你是Ａ級
你是Ｂ級
你是垃圾
你很失職
換句話說，你是發臭的市場垃圾。

沒時間可以損失。

於此同時，哈洛和艾倫，
著手開始。

老婆去潮店走逛的事就算了吧：
他們得開始組織明天的軍隊。

然後他們找到了他們的將軍
——信不信由你——在鄉下。

英勇，全副武裝。

鶴立雞群。

喬治・愛因斯坦先生與他的妻子珍妮。

一對來自明尼亞波利斯，似乎很討喜的夫妻。
實際上是兩台裝甲坦克。
愛因斯坦太太是位中年女性
頭髮總是梳得整整齊齊
笑容得體符合常規
態度——這麼說吧——非常親切。

愛因斯坦先生則是一頭銀髮
修剪整齊
典型的美國微笑
態度——這麼說吧——非常親切。

愛因斯坦太太，家庭主婦。
愛因斯坦先生，職員。

早晨在額頭親吻。
汽車停在車庫前面。
「親愛的，傍晚見。」
「甜心，傍晚見。」

週間工作。
週日烤肉。

一切正常，非常正常，
要洗的衣服丟洗衣機，洗好的掛上晾衣繩，
規劃假期，付房貸，
耶誕樹，偶爾流淚，
蘋果派，感恩節火雞……

直到……
直到愛因斯坦夫婦
恍然大悟。

他們張開雙眼。
然後看見……

……她的朋友們：
菲爾普斯太太、鮑爾斯太太、蒂皮太太、阿德里安太太
還有他的同事
蒂皮先生、哈利斯先生、珀斯先生
所有人
都在複製他們！

不論晚餐時間他們說了什麼
隔天其他人都照做。

不論他們偶然建議什麼
其他人都馬上同意：「對，真的是這樣！沒錯！」

於是，愛因斯坦夫婦
開始自問：
「親愛的，如果我們稍微運用一下這件事呢？」
「我想我們有天賦，珍妮：讓我們善用！」

明尼亞波利斯有很多到府推銷員
什麼都賣。

他們只需要上一堂……
如何說服別人的課。

他們第一個學生是比利‧馬龍
教堂司琴克萊塔‧馬龍的兒子。
比利從早到晚挨家挨戶按明尼亞波利斯的門鈴，
賣手動打蛋器。
愛因斯坦太太請他在廚房坐下。
讓他稍作解釋，如何運作
然後：
「我可以試試看嗎？我想試試看銷售。
如果成果不錯，獲益我會分你。」

她把所有住在這區的朋友都找來。
客廳人滿為患：她在中間。
然後……比利‧馬龍得再下訂
另外六組打蛋器

才能滿足需求。

第二個學生是里歐‧布蘭森：
他那一罐又一罐的鮮黃色汽車油漆
一經愛因斯坦先生在某個星期天早晨偶然提及
就像蛋糕一樣熱賣。

當愛因斯坦推銷商為他們第一千個顧客慶祝時
愛因斯坦夫婦非常欣喜於將他們的經驗
登錄為現代公關的先驅者。

哈洛和艾倫
馬上被打動。
兩位笑容燦爛。

只需用幾個精心挑選的詞語
他們就能說服拉比買下清真寺。
「雷曼先生們，這是為你們準備的指南」
他們說完，在桌上放了一本手冊。

這就是了，他們的《塔木德》：

愛因斯坦說服十法則

第一條
永遠正面表達：
不說「這會減輕你的痛苦」
說「這會增進你的健康」。

第二條
像你想說服的那個人一樣舉止：
模仿他移動手和頭的方式，還有他的說話方式。
只要像你的顧客，他就會接受你說的內容。

第三條
不論你賣的是什麼，都說數量有限：
你的聽眾想成為少數人之一，而且會更專注。

第四條
永遠假裝銷售就像給予：
你的聽眾想要回饋，就會跟你買。

第五條
即使交易還沒完成，要笑得像已經完成了一樣：
你的聽眾——十之有九——會被說服。

第六條
不要停頓，不要猶豫，說話清晰：
不論你說什麼，都會更可信。

第七條
穿得好，穿得時髦，穿得有吸引力：
不論你說什麼，都會更可信。

第八條
看著顧客的眼睛，不要往下看：
不論你說什麼，都會更可信。

第九條
永保開朗、友善、輕鬆：
不論你說什麼，都會更可信。

第十條
絕不表現出你想取信於人
因為那就是人付出信任的關鍵點。

「金牌」
彼得・雷曼用嘴形無聲地吐露。

至於哈洛和艾倫，他們驚奇地看向彼此：
那位報紙上名字相同的教授
肯定沒有比較聰明。

然後，他們被僱用了。
就在當下。
準備要打一場核子戰爭。

歌利亞　Golyat

也許因為每個人都在談論
《金剛》的成功。

總之巴比經常想像
嚇人的怪獸
不是攀著摩天大樓
而是爬上了威廉街一號的避雷針，
就在他頭上幾呎而已。

他有時會忍不住探身出去，確認一下。

他彷彿聽到頂樓傳來奇怪的聲響。
像是有個女人在哭。

他閉上眼睛
總是出現同一個畫面：
怪獸用一種奇怪的語言大吼大叫
（介於日語和德語之間）
女孩高聲尖叫：
「救救我！只有你做得到！」
於是巴比以投石機應戰
裝填五顆圓石，
從下方瞄準怪獸
使出他所有力氣
往後拉伸投石機，發射
但石頭馬上掉下來，連一碼都沒飛過
他又再次裝載投石機
從下方瞄準
往後拉，發射
但圓石碎成裂片
再來一次
再一次
依舊
徒勞無功
巴比顫抖
冒汗

舌頭緊貼上顎
他呼呀，喊呀，飽受驚嚇
呼喊要女孩往下跳
馬上，現在，
因為怪獸發狂了
然後
巴比大喊，他喊得越來越大聲
「跳下來，露絲！跳下來，露絲！」

露絲。
第二任老婆。
名字一樣。
空窗不久就再婚。
因為哈希姆看到
亞當想要一位伴侶；
他以自己的肋骨塑造她
然後說，太棒了。

露絲・歐文。
結過婚。
有三個小孩。
家世背景很好。
母親是大使。
父親是黨員。
「我們一家都是民主黨，巴比，你知道嗎？
我們都好喜歡你叔叔赫伯特。」
「這樣，太好了。」
「是我看錯嗎，你提到他的時候，嘴唇在抖？」
「太興奮了。」
「我猜他們會讓你叔叔赫伯特選參議員。」
「為什麼不選總統？」
「有可能。」
「我真心希望如此。我要去睡了，露絲。」
「你妒嫉你叔叔嗎？」
「晚安，露絲。」
「我老公可不能不欽佩赫伯特。」
「你說什麼？」
「那樣我就會離婚，不做他想。不過，你看：
他上電視訪問了。」

電視播送太多政治。
如果巴比早知如此，他不會投入資本

舞蹈節目好多了。
或是運動，肯定好多了。
運動員身上總是有些可供學習的事。

傑西‧歐文斯
贏的獎章比將軍還多。

然後，這屆奧運，在柏林，
在納粹元首面前，
他膽敢打臉德國人。
所以，阿道夫‧希特勒
沒頒獎給他，
反而匆匆離開，回家。

這就是獎牌的重量。

可能只是碰巧
不過，彼得‧雷曼
對銀行未來榮光的貢獻
與日俱增。

雷曼兄弟的頒獎台
已經留好位置給這名瘦削的年輕人了。

這名男孩不僅沒
因他多情易感的奧運競賽分心
那個按金髮、棕髮、紅髮
分門別類的賽事
「志在參加，不在獲勝。」

更有趣的是
彼得這個瘦竹竿
培養出冠軍等級的直覺。
是因為個頭比常人高上半碼
腦子通風比較好嗎？

的確，運動員打破一切紀錄
還包括聰明才智。

這件事有憑有據
當巴比，他長久的支持者，
對他拋出一項大哉問：
在這讓人憂心的時刻
歐洲即將再次引爆
像雷曼這樣一家銀行，要做什麼
才能鼓勵人家投資？

新世界大戰的威脅
像除草劑，噴向金融這片草地：
有錢的人，把錢藏好
沒錢的人，不想找機會。
簡言之，全世界屏息以待。
如果你叫它去冒險
好像是你在蠻幹。

而且，
美國人心裡一片混亂
再也沒人看得懂事情的發展：
英國國王如今為了
和一名美國女人結婚而退位
每一天，每個身處歐洲的人，都在
諷刺我們。

對一間想要掌控全世界的銀行來說
假若世界即將重燃戰火
這實在不是個好時機。

「巴比叔叔，我們需要的，是一群優異的英雄。
不是那些普通英雄：
他們在承平時期過得去。
但是一旦大家都真的恐慌起來
我們需要有超能力的英雄。」

金牌得主，彼得。
完美的理論。

超能力是唯一的希望。

在這個誰也不信誰的時刻
還有什麼好過發起一份宣言：
奧林帕斯眾神決定下凡來到我們之中
準備為了人類而戰

一則令人安心的訊息。
一劑仙丹。

當然，需要少許調整。

讓我們丟掉奧林帕斯，讓我們發明一個星球。
像是——我不知道——氪星？

然後，不要宙斯的桂冠或雷霆：
那不值錢。

昨天，巴比在《紐約時報》
讀了一篇長文
講一本德文書。
作者是個哲學家，人很古怪。
誰都不確定，他的名字。
文章討論一名超人
具備特殊能力。
那不正是我們需要的嗎？
我們就喚他超人。

大大感謝彼得。

太好了。動起來吧：
連環漫畫行動。

永恆的超人。
美國的超人。
超人拯救全世界。

資助畫他的藝術家

資助發明他的人
資助他的出版商：
用新的紀念碑填滿全美
把這個成功的故事，帶進每一家
還有什麼比學童書包更好！
超人得進軍每個地方：
他會是每位祖母的孫兒
親親吾兒
激起每位女性的熱情
成為每個孩子的模範。

以連環漫畫為形式的一劑信任。
一劑樂觀：
超人持續看顧我們所有人
從不睡去。

比傑西・歐文斯更好，
比克拉克・蓋博更好：
我們會擷取兩者的精華
融合這些成分
打造我們自己的阿基里斯。
或者更棒的是：打造我們的大衛王
對抗歌利亞
用彈弓將他擊倒。

再次感謝彼得：
歌利亞不是惡魔般的怪獸是什麼
不是嗜血的敵人是什麼？
歌利亞是納粹、布爾什維克、日本人
歌利亞握緊拳頭踢正步行軍
歌利亞有阿道夫的小鬍子和裕仁天皇的眼睛。
然而，無論他看上去有多可怕，
超人就是為了打敗他而生。

用什麼？
用聖經裡的彈弓？
不了，先生：氪星的彈弓
對大衛王來說
不能有一絲

輸掉戰役的風險：
超級英雄之所以是超級英雄
正因為他絕不輸給世上任何人。

所以雷曼兄弟
資助一名紙上超級英雄。
超級英雄是我們的武器
用來平定美國人的恐懼。

當然：
銀行家有時很容易被打動。

這是人類這種機器在設計上的缺陷。
不過，銀行家，除了這一點
還感覺得到一種古老的無所不能之感。

巴比‧雷曼
和掛在他頭上的
那十幅聖經版畫一起長大
已經——這麼說吧——看夠了。

首先是挪亞。
現在是大衛王。
某種父權的精神疾病。

所以，巴比
現在拋下船隻
拿起大衛的盾牌
手上還握有某種彈弓。
學習殺戮，這就是我們要的。
比方舟好。
尤其現在
尤其現在
雨可能會停
但開始下冰雹了。

雨滴和冰雹
很不一樣。
雨水濡濕

但冰雹打擊、傷害、扼殺，
像石頭一樣從天而降
然後，一瞬間
他們摧毀了珍珠港。

廣播新聞那麼說。
他們在希臘快餐店聽到了
在匈牙利作坊裡也聽到了。

巴比快瘋了。
感覺這是他現在的任務
拯救世界，
是大衛王還是氪星繼承人已經沒差了：

聽好了，露絲：我知道這很不可思議，是我——對，我是你老公巴比……我從沒跟你提過我有超能力。現在沒時間解釋了：歌利亞，地球上最邪惡的人，正在威脅全人類，更重要的是，威脅我銀行的利益……

我會打敗那頭怪獸，即使我得為此付出生命：這是大家長的命運。

不過，為了取得勝利，我需要你幫我一點小忙……

為了和怪獸最後大決戰，巴比決定悄悄行動：他把露絲放在雷曼兄弟辦公室八樓的一扇窗戶後頭。然後，自己藏在一個角落，像等待獵物的獵人一樣，靜候邪惡的歌利亞……

不過，採取兩面戰術的歌利亞，是難搞的硬柿子：他看見巴比往右邊走，所以現在他從另一頭進攻銀行，從後面偷襲他……

我要出其不意逮住他：說起戰爭的藝術，沒有人打得過我！

一說完，無情的歌利亞就一拳打碎窗戶，抓住露絲，彷彿她是個布娃娃，然後，麻木不仁地，從威廉街一號八樓把她往外丟：一切似乎全完了……

那隻恐怖的怪獸犯下大錯！如果我想，只需要一個彈弓，就能打倒他但我想讓全世界知道我的力量！你回去銀行等我，露絲，別擔心，我保證我會凱旋歸來。

不過，既然銀行受到一名超級英雄保護，我們要失去所有希望嗎？巴比只是假裝被打倒，這時，他往下飛！……露絲安全了！

巴比知道，要打倒歌利亞，只靠彈弓不夠：我需要一種地球上從沒使用過，又可怕又致命的武器。畢竟，如果能拯救全世界，超級英雄就不會有罪咎感。

於是，巴比釋放他的力量⋯⋯

啊啊啊啊啊啊
該死的雷曼！

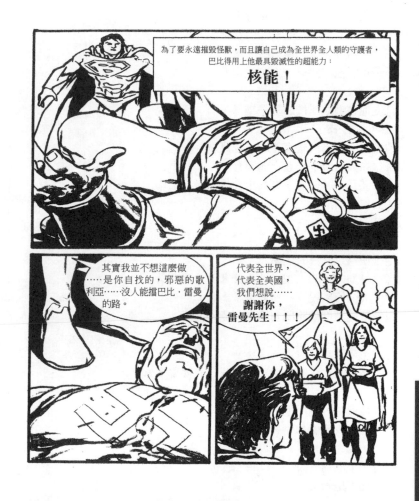

本回完

18
特藝彩色　Technicolor

應該說，彼得・雷曼，
向來是個浪漫的孩子。

他不成比例的身高
讓他就外貌來說扣了一點分數
但他以——這麼說吧——對女孩獻殷勤補回來。
總之，這種妥協，還可接受。
不只是對他，對另一方來說也是。

打從他在猶太學校的院子裡
拉開序幕
他就證明了自己是真正的求愛冠軍
得以在大量競爭中登上頒獎台：
——甚且——他首次顯露出天份的徵兆，
如此自然而清晰
有時清晰到
連男孩自己都發現了
他很快就以此為人生職志
像是熱愛大火的人說：「我將來要當消防員」
熱愛大海的人說：「叫我海軍上將」
以及依此類推橫跨所有職業可能的光譜。

巴比十歲時
他當然是說：「我要當騎士」或「我要當畫家」，
彼得
一逮住機會，就用他最燦爛的笑容
宣告：「我要當未婚夫」。

而且，不准別人說
其實那不是職業：
他會像那些自傲於符合專業資格的人一樣發怒
至多退一步說：「然後我會成為一名丈夫」
好讓那些路過的衛道人士開心。

後者，甚且，
覺得他是真正的典範：

到了他約莫十一歲的時候
他第一次跟媽媽說
「容我為你介紹媳婦。」
笑聲由此而起，然而
問題是他沒在開玩笑：
不論多麼過於早熟，
他真的忙於計畫和
一位小他三歲的女孩結婚
她叫莉塞特‧古特曼
而且她——似乎——也受其他許多競爭對手青睞。
不過，彼得
如一名真正的運動家般投入競爭，
贏得金牌。
那麼祝你好運！

他還
在她的練習本裡寫入
締結婚姻的項目
包括一定要生很多小孩
（眼睛和髮色視基因在未來決定）。

總之，認真的承諾。
簽名，蓋章。

碰巧，年輕的莉塞特，
在她的辮子底下
藏著出色、精明的
未來女企業家魂：
而且，聽過爸爸古特曼對她姊妹的嫁妝
做出天知道什麼樣的評論之後，
完全理解每樁婚姻都有其商業層面
於是要求彼得預作準備。
確切數字沒人知道。

然後——如眾所知——愛情無常。

大約一個月後，這一對分手了。
經過兩人一致同意，好像是。
至少彼得是這麼對家人宣布

儘管稱謂不太準確：「現在，我成了鰥夫。」
初學者會犯的錯。

不過，從此之後
他進步顯著：
像一名孩童從跨欄練習
進入真正的體育賽事
彼得・雷曼
經過這段有益健康的訓鍊
鍛鍊心智和肌肉
迎戰這場求偶障礙賽。

這是最困難的運動之一。
因為得徹底奉獻：
眼神管理（表達很重要）
口舌管理（各式情境都需要）
手部管理（大多時候要加以抑制）
腿部管理（因為戀人散步的時間很長）
尤為重要的是
堅定的心靈管理
有時候，只要一個字
就能摧毀多年累積的工夫。

這條路不容易，常是上坡路：
不多不少，需要十項全能。
而這名運動員經常輸了比賽。

儘管如此。

彼得，就他這部分，
毫無怨言：
目前成果還算激勵人心
他感覺已獲致
那份特別浪漫的觸動
那是運動員的標記：
體相外貌與高貴情操的
完美結合。

奉行此道，沒錯，

獎牌收藏不斷增加
用不著彼得吹噓：
他多情易感的行為守則
包括為忠誠而奉獻
虔誠入列侍奉愛神的隊伍。

然而，他的案例，蠻奇怪的。

因為來來去去的女孩們
二十歲以下的都很受他吸引，
大一點的問題就來了：
在求愛的旺季
彼得鮮少沒站上頒獎台，
好，但然後呢？
然後奧運聖火終究太快燒完
女孩們總是拋棄這位冠軍
儘管都沒撕破臉
總是微笑
總是說些好話
幾乎像是，對於彼得，好像沒什麼壞話可說。

他們之中沒人抱怨他哪裡不好。
不是的。
如果真的要說，關鍵點，恰恰相反：
長相又高又結實，
彼得
真正的問題在於他過於溫柔
他如此熱愛女性的靈魂
以致於無法表達出一絲拒絕。
每分想望都是責任。
每項短評都是成文法條。
每次眨眼都被解釋為命令
需即刻服從。

總之，這個男孩似乎
落入奇怪的陷阱：
一名在兩性競賽中大膽的競爭者
獎牌到手了
卻把對手變裁判

從今以後
迴避所有衝突。

嗯
如果彼得‧雷曼不是生在現在二十幾歲的人，
而是五十年前
那麼，全美半數女孩會不顧一切
想贏得頭獎。

對他來說，很不幸，這是 1930 年代。

男性和女性的概念
就和飄蕩於風中的旗幟一樣，隨時間改變
彼得很快就得面對
真相：
他不符合理想的美國男性。

或者，更準確的說：
他不如那些電影男星。
像經常發生的那樣，他對此有所體認
蠻快的：也蠻戲劇化。

他當時的女友
是海倫娜‧羅森瓦爾德。
彼得顯然低估了
女孩是多麼熱衷於
那些新上映的西部電影。
然後，這一刻來了：
十二月一個下雪的午後
他們在家裡客廳。
隔壁房間傳來鋼琴樂音
愛黛兒阿姨的演奏詩情畫意。
有什麼比愛的牧歌更適合此情此景？
彼得正要盡其所能
用詩文表達他澎湃的感情
這時，海倫困惑地看著他：
「你該不會要念詩？」
旋即
發現那恰是他的意圖

女孩像被蜘蛛咬到一樣跳了起來
接著
拉他手攬她的腰，
給出明白的指令：
「噢彼得：來吧，就像你要吻我一樣
但在你快要這麼做的時候，改變你的心意，
推開我，然後去趕牛。」

「可是屋子裡沒有牛，只有愛黛兒阿姨」
彼得回應
即刻為這樁婚約畫上句點。

最後，一切明朗。

那天傍晚
彼得清醒地躺在床上
滿溢對家族銀行的恨意：
都是雷曼兄弟的錯
——不然還有誰？——
美國女性腦中的機制
如今難以動搖。

他們難道不能停在那隻大猩猩嗎？
他沒意見。

至於之後這些
——如果要實話實說——
對社會帶來毀滅性的後果：
用約翰·韋恩和克拉克·蓋博
填滿大銀幕
未來一整個世代的老公
都要用毒氣自盡了。

浪漫愛情的悲傷結局。
溫柔男性的大理石墓碑。
美國女性
從安克拉治到佛羅里達
一致渴望
野蠻、悶悶不樂、挑釁的浪子。

男人輕聲細語？他最好會吹口哨。
男人送上親吻？他最好會吐口水
男人善體人意？他最好會突然撲倒你
男人要抱抱？
不了，先生
假若他能抓住你的手臂
幾乎撕裂你的洋裝，那可好上一千倍。
年復一年的優雅教養
被十幾部電影一掃而空。

這很嚴重。
非常嚴重。

幾乎不亞於美國憲法
突然被丟進製漿廠
有人宣布：「新的規矩，每個人都要遵守！」
沒那麼簡單：
要花時間適應。

沒錯。
雷曼兄弟拿錢支持的
新型態浪漫喜劇
正在摧毀伴侶穩定交往的理想。

男人，從現在起，非得粗獷不可
如果是牛仔更好。

而她，從今以後，非得困惑不可
心情起伏不定
一直在大笑或大哭邊緣
同時間受多名愛人折磨
而且一貫有自殺傾向。

彼得審慎琢磨這個問題。
他們不是老跟他說
在銀行工作是為了美國好？
如今要承擔一整個世代絕子絕孫的風險。

於是
看向未來
對銀行投入電影製作的策略抱持嚴正考量
彼得．雷曼
在這期間起草一項緊急計畫
希望別再明明得勝卻徒勞無功。

她們想要電影？
那就給她們電影。
說到底，他要做的，就是遵循她們的範例，
不管他有多不喜歡。

西格蒙德伯父以 120 條原則學習
彼得透過電影學習：
邊看邊學
看了又看
甚至試著模仿手勢
效法皺眉、要笑不笑
為什麼不呢？還有他們的說話方式。

於是，流言傳遍紐約
說有位奇特的觀眾，在電影院晃蕩。
他用筆記本
速記演員台詞
有時甚至大聲複誦：幾乎一模一樣。

他非得把姿態擺這麼低嗎？
收音機，好發明。
電影，爛主意。

不出幾個月
彼得．雷曼
變成美國電影明星的完美混合體。
若你仔細觀察他，你會發現所有明星的身影
多少都有，無一例外。

他決定以這款全新風格
處理他新點燃的烈焰。

意志堅定。

她是佩姬‧羅森巴姆
一位極有魅力的女孩
電影邪教毫無疑問的信徒
絕非偶然
聖殿所有人都叫她「GG」
這不是因為她父親經營通用天然氣，
而是因為她與葛麗泰‧嘉寶
驚人相似 [10]。

彼得瘋狂愛上她。
至少就女孩眼神當中傳遞的訊息
他感覺這位天后並非全然無意。

於是彼得踏出命運的一步。
首先，集會結束
他斜倚聖殿大門
拉低帽沿
點根香菸
皺起眉來
看上去很像《飛燕驚鴻》裡的克拉克‧蓋博。

她在
一眾改革猶太教徒當中
離開時
馬上認出這造型出處
像被磁鐵吸引
帶著對電影的熱情，悄悄靠近他。
然後：
恰巧電影如今有聲音了，
她從葛麗泰‧嘉寶變成了瓊‧克勞馥
偷了一句她的台詞：「你覺得我漂亮嗎？」

「美永遠不嫌多。」
彼得盜用《西爾維婭傳》的劇本回應。

---

10. 通用天然氣（General Gas）與葛麗泰‧嘉寶（Greta Garble）的縮寫都是兩個 G。

她以低沉的聲音說：
「別騙自己：我不是好女人」
（這句她抄《金髮維納斯》裡的瑪麗蓮・迪特利希）

他咂了咂嘴：
「我想你是為愛而生，愛情是你唯一應該關心的事。」
（這是《儂本多情》）

她用手梳理髮絲：
「愛情浪費時間，那是我每兩三天就會相信的事。」
（講出這句話的她，看起來像《戲劇學校》裡的拉娜・透納）

他用鞋底踩熄香菸：
「可是，親愛的，沒有人能獨自生活：這種麻煩不值得。」
（這是《小姑居處》裡的史賓塞・屈賽，前一天才看的）

她遮住雙眼，聲音沙啞
「噢是嗎？你是如此恨你自己恨到要愛我嗎？」
（哭戲的話，她總是模仿《孽債》裡的貝蒂・戴維斯）

他給出一抹笑容：
「親愛的，我獨自一人過得比有人陪糟糕多了。」
（那是《阿帕奇大篷車》，儘管有點離題）

「我展現在你面前的，是我好的一面……」
她語氣嘲弄，引用《我不是天使》裡的梅・蕙斯
然後讓他接續說完：
「如果你展現的是你差的一面，那麼，可能我會更愛你。」

搭擋合作無間。
更妙的是
最後，他們用電影愛情場景的快問快答挑戰彼此：
「親愛的朋友，生命短暫，你願和我一起浪費時間嗎？」
「女孩，若你把我留在這兒，死亡就等在那條河對岸。」
「假如我哭了，請原諒我：生命沒給我任何東西。」
「我們倆，親愛的：我們是兩個失落的靈魂。」
「在你奪走我的心之前，你曾敲碎多少顆心？」
「我曾要好過的女人？她們都已死於你的雙眼，看看你的舞姿。」

「一想到我讓男人多麼痛苦……」
「孩子，沒有人，死於愛情。」
「沒有你的話，倫敦將如此空洞。」
「你，寶貝，是如此亮眼閃耀的鑽石。」
「愛這個字眼在我身上產生這樣的效應……」
「看到你哭，我深感恐慌。」
「也許我是個不值得有這麼多好事發生的女人。」
「我不知道你的心，是不是用石頭做成的，但我心若磐石。」
「我無法忍受看你和其他女性出遊。」
「我曾帶你看過夕陽下的公路嗎？」
「告訴我你為什麼選擇我。」
「這些小女孩眼中，蘊含了這麼多憤怒。」
「我沒什麼可以給你的：我出身貧困。」
「你的眼淚，遠比整座諾克斯堡還富有。」
「你愛的真的是我，還是因為我是繼承人？」
「我想和你一起走生命這條路。」
「對不起，對不起，對不起！噢老天，我配不上你！」
「你應該要教教所有女性你那魅力的秘密。」
「抱緊我，傑瑞，像只有你能做的那樣！」
「我是被生活耗盡的男人，我不覺得我知道如何去愛。」
「我這麼愚蠢：你能愛我嗎？」
「愛，如果不是一局撲克牌，還能是什麼？」
「確實，你是令人不悅的男人，但在內心深處我愛你。」

就這樣。
此時
畢竟時候實在不早了
電影銀幕的牧歌
被納薩尼爾‧史騰拉比打斷
為了請兩位明星讓出門廊，他等到現在：
「派對結束了，兩位，我得關門：天色暗了。」

電影的力量。
太驚人了
因為史騰拉比的用詞
和弗雷德‧強生在《狂獵》中關閉酒吧時說的話一模一樣。

所以，彼得無法抑制自己，
猜想拉比也是電影迷

援引另一句台詞回答這句台詞：
他假裝把槍上膛，朝地上啐了一口，然後：
「嗯哼，你這老酒鬼，關上這間酒吧，
如果今晚那些土著回來了，給我個口哨：
我會睡在糧倉這裡。
至於你，洋娃娃，祝你好夢：
任何對你窮追不捨的人，都看不到黎明。」
他留下他們兩人，轉身就走
沒有馬，乘電車離開。

現在，除了史騰拉比寫的那封
寄給雷曼全家人的恐怖書信，
（雖然某部分來說也蠻好的）
那天傍晚
對於把兩個相似的靈魂永遠牽在一起
發揮了不小的作用。

因為愛而連結，當然。
然後是電影。
兩者並沒有相差很遠。

在訂婚那三年期間
他們常被看到一起跳舞
像佛雷‧亞斯坦和琴吉‧羅傑斯那樣。

或者
彼得會帶佩姬一起爬山
在那裡，她坐在河畔
像費雯‧麗那樣梳頭髮
而他因為要生火而砍木頭
（他並不需要這麼做：有很多木頭
但揮斧頭讓女孩聯想到艾洛‧弗林。）

最終
他向她求婚
而她就像《米蘭少女情史》那樣回應
也就是點頭答應。

在婚禮彩棚下

大家都發現，佩姬·羅森巴姆
是葛麗泰·嘉寶加上一點凱薩琳·赫本的韻味。
彼得呢，不覺得和威廉·荷頓有幾分神似？

就連他們的小女孩
也和秀蘭·鄧波兒極為相像。

然後，當彼得
第一次
穿上空軍制服
佩姬心跳加速：
像登上了大銀幕
她抱緊孩子們
目送泰隆·鮑華的飛機起飛
向他揮手道別
感情洋溢—— 一定要的——
但也相當自豪
因為「我的丈夫，不，他不是逃兵！
在歐洲那裡，有那麼多人需要他。
飛向勝利吧，我親愛的：
我們都為你感到驕傲！」

又一齣完美的電影。

為了要用特藝彩色拍攝
就像新版《亂世佳人》
雷曼兄弟為此投注了好幾百萬
彩色是另一回事：
你看到的故事
如此真實。

真實到有時你不禁自問：「真的發生過這樣的事嗎？」

彼得·雷曼的遺孀佩姬，
經常這麼想：
她的泰隆·鮑華在飛機上，英雄般地
死於軍事行動。

他留下許多徽章，其中一枚讚揚他的英勇。

他留下妻子。
他留下兩個女兒。

還有銀行裡的一個空位。

19
七天哀悼期　Shiva

「他是值得敬愛的人，我會非常想念他。」

躺在白色棺材裡
環繞著花束和花圈
雷曼先生的面容
所幸仍保有
一絲若有似無的幸福。

很多人來道別。
一個接著一個，他們走進
半明半暗的房間
設在銀行一樓：
「這麼年輕，太可惜了。」
「至少他沒受苦。」
「美國失去了一名冠軍。」
「看看他的臉：多像他父親。」

一名年輕男孩，陪著他母親，
悄然靠近：
眼中噙著淚水。
他輕撫亡者的手
喃喃說道：「謝謝你，雷曼先生，」
然後
他把一束金盞花
放上沉默靜止的胸膛。

今天早上拉比很早就來了
說了一些非常動人的話：「他為人正直。」
人人點頭。
有人補充：「而且誠信。」

廣獲同意。
有人說：「決心非凡。」
普遍認同。
又有人說：「無比的勇氣。」
毫無異議。
最後，全場結論一致：「世間少有的人。」

連傭人也一言不發
關在廚房裡，圍著桌子，
眼中帶淚，喉頭哽咽。

至於家族裡的人，
沒人缺席。
這樣的時刻把大家聚在一起。

「在死亡面前，沒有判決。」
嘶啞的低語，來自他的法官親戚
一位判決專家。
然後他坐在沙發上
緊鄰他的妻子茜茜，
不出意料
一如往常的安靜
她對追悼的主要貢獻是一句：「我很悲傷。」

她親家的發言比較感情豐沛：
「我們這個國家欠他太多
美國人從今以後更加孤單
我覺得我可以說，全紐約
都該為他追思幾分鐘：
我們失去了一位我們這時代的英雄。」
為了要在這裡出席
他延後了兩條路的開幕儀式。

至於哈洛和艾倫
他們
並不是太沮喪：
他們流下的淚，少於
亞利桑那旱漠的降雨量。
哈洛最為卓越的貢獻

是冒險說出：「他留下偉大的名聲。」
而艾倫補充：「他在一間偉大的銀行工作。」
然後，他們的致詞結束。

至於老飛利浦
他最失望的是
沒預料到此事。
公司不喜歡死亡
這就是為什麼他看起來真的很難過：
「安息吧，我可憐的巴比：
實際上，你的人生不該僅止於此。」

就是那個當下。
當他父親說出這些話
巴比
通常會驚醒。

彷彿夢境總是結束在關鍵時刻
真實世界則急著闖入。

大概三年了
巴比一直夢到他的葬禮
幾乎每天晚上。
有好幾次
扣睡衣釦子的時候
他對老婆脫口而出「安息吧」
而非晚安。
不過，可以理解。

然後，想想全世界
有些人正在開香檳。
比如，今天早上
伯羅奔尼撒在慶祝。
這可不只一小步：
從數算橄欖和酸豆
到拿頂尖的成績畢業。
這是彼得・彼得森邁開的一步。

他沒向任何人說起他的希臘血統。

「我在瑞典出生，靠近斯德哥爾摩的地方。」
如我們所知，世界一直轉，
也許愛琴海和波羅的海換了位置。

無論如何：現在這名瑞典人已經學歷入袋。
「幹得好！我家小鬼！」
伊利諾的西北大學畢業生。
彼得森家族
怎能不用
橄欖、鯡魚、起士慶祝。

同時間
許多英哩外
一個匈牙利人家也在慶祝。
在放滿檯燈的紙箱之間。
「恭喜！」
因為他們家兒子
通過夜校課程
也拿到學歷。
沒錯，這隻小青蛙辦到了。
他現在看來更像蟾蜍
有個很大的胃和肖似兩顆甜瓜的臉頰。
於是，他們怎能不慶祝。
「恭喜！」

太陽底下，因此，有歡樂。

然而，沒在慶祝的人
是雷曼家。

儘管巴比每天夢到葬禮
但人有時候是真的死去。

外頭，街上，
在牆上掛了一幅布條。
它說：**謝謝你，雷曼先生！**

他們今天早上掛上去的
這黑暗的一天

開始的時候
灰色的
雨
就像那些跨進門廊的人。

親戚。
只有他們。
別人都不能進來。
他們來自全美
因為雷曼家
如今遍佈全美。

街上的人群。
銀行雇員。
妻子、先生。
撐起傘。
「謝謝你，雷曼先生！」

家人都聚在房子裡
他們全部人
看到這麼多人一起很好：
年輕人、老人、小嬰孩。

按照儀式，最親近的家人
得一直坐在牆邊
得等候
打招呼
致謝
一整天在那裡。
實際上，他們不會這樣做。
世界進步了。

他們也沒有
任鬍子生長，
七天哀悼期和三十天哀悼期
那把有名的哀悼鬍
未經修剪的鬍子，是在德國那裡的風俗
一世紀前
在三兄弟離開之前

他們現在坐在裱了框的圖片裡
誰知道林帕爾
在希特勒下台後
是否依然屹立
還是已被夷為平地。
按照儀式，他們一星期不能外出。
不可能！
經濟不可能停下等待。
大半個世界都在重新站穩腳步
一切都靠美國：
雷曼兄弟，如今
跨越整個地球簽署合約
若戰爭是門大生意
重建的生意更大。
謝謝你，雷曼先生！
窗外的布條這麼說
但若一切都按這樣發展
下次
就會用十種語言寫成
因為美國，終究，不過是一小塊土地
有了泛美，你可以飛往全世界。
沒什麼地方到不了
飛機的力量
金融家的力量
雷曼兄弟的力量。

按照儀式，他們不該準備食物：
他們要請鄰居準備食物，然後接受食物，就這樣。
怎麼可能！
難道幫傭都去度假了嗎。

不過，要說他們在葬禮儀式中
做對了什麼
無非是將泥土拋過肩頭：
塵歸塵，土歸土
畢竟，就像在雷曼贊助的那部
偉大電影裡，他們這麼說：
「明天又是新的一天」
那部片賺了好幾百萬，

所以，對銀行來說
一樣，又過了一天好日子。

按照儀式，他們應該將布料撕碎
撕成碎片
當他們從下葬的老墓園回來時。
怎麼可能！
民間傳說的玩意
或說，拉比的玩意
剛抵達美國的
那些猶太人的玩意：
那些人逃離歐洲，
在那裡，只要是猶太人就會被送進集中營宰了。

你看到他們，立刻，認出他們。
甚至是從他們坐在聖殿裡的模樣。
因為假如你是美國人，美國在你的身體裡
但若你是歐洲人，那會寫在臉上。
比如，匈牙利人。
那些人，怎麼說呢，他們身體裡還流有鄉村的血液
那些人可以揮舞斧頭
而且他們不是用餐：他們狼吞虎嚥。
他們胃口很大
臉頰像兩顆甜瓜
然後他們起身
履行那些奇怪的歐洲猶太儀式。
匈牙利人！

如今，雷曼家流著美國的血，
誰記得那些歐洲儀式？
革新派猶太人熱切地說。
像在宣告：「我們會用我們的方式做事。」
我們的方式，不把衣服撕碎。

但祈禱文一定要。
他們重複吟誦
每天
早晨黃昏
整個家族

從哀悼期開始就這麼做。

在威廉街一號銀行辦公室
今天
無論如何
開張營業。

沒錯，事情是這樣的
如今，雷曼兄弟
在週一午餐會報決定每一件事
哈洛當時對這件事清楚表態：
「為哀悼歇業，就會損失兩百萬。」
然後艾倫，緊接著，為了迴避批評：
「這不會改變有位雷曼過世的事實
銀行不會忽略這件事。」

所有員工。
默哀三分鐘。

不多，也不少：
全世界都看著我們
美國是偉大的事業體
華爾街不能睡
因為地球繞著太陽轉
市場絕不熄燈。

至於華爾街
三分鐘默哀就花了一筆錢。
旗幟，喔對，說到這：他們會降半旗。
有些人可能已經發現。

至於還沒發現的人：
飛利浦·雷曼過世了。

20
內奸　Enemies Within

巴比·雷曼對那匹馬印象很深刻。

牠叫阿特拉斯，一匹完美的純種馬。
阿特拉斯生來就是每一場比賽的贏家。
目前所見最強者
快得超標。
每次牠參賽
起跑時和大家混在一起
毫不起眼
但是，半圈之後就擺脫牠們
把牠們拋諸腦後
充滿活力
脫穎而出
取得領先，阿特拉斯
一支獨秀……
然後，阿特拉斯從那裡回望
——害怕孤伶伶的——
牠放慢腳步
變得悲傷而渺小。
當你身處領頭羊的位置
有股非常獨特的
孤寂感。

巴比‧雷曼記得那匹馬。
一模一樣的事
也發生在今日的美國
他的銀行正是其中代表。

我們打贏了這場戰爭。
我們剷除了歌利亞。
入夜我們睡得又沉又香
但是……

但是，當領頭羊是如此艱難。
怕高。
怕墜落。
然後……

然後，站在頒獎台上第一名的位置，比當個局外人更糟：
贏家之間，太平靜了。
有點無聊。

那就，開始自相殘殺吧。

有時候，人類似乎
恨透了平靜這回事：
他們需要衝突
他們需要敵人，一向如此，
有抵抗的對象才能戰鬥。
不然，活著有什麼意義？

而且，如今阿道夫·希特勒已成過往回憶？
如今，日本人如此安靜有禮？
如今，這世界突然陷入沉默？
我們該把矛頭指向誰？

如果超人沒有怪物要摧毀
連載漫畫毫無意義：
沒人想知道
超人怎麼烤肉
或是怎麼洗他的新車。
這世界真能沒有瘋狂獨裁者的
痕跡或遺緒嗎？
拜託哪個人站出來。
威脅我們。
憎恨我們。
惹惱我們。

如果沒有，我們就有麻煩了。

先知以西結
在布滿枯骨的谷地漫遊。
實在很無聊。
但接著他們就復活了，他也回到正軌。
什麼時候這會發生在我們身上？

嗯，俄羅斯一直都在。
身為敵人，應該說，它不算太糟：
在兩大強權之間，你可以掀起一場不錯的戰爭
哪一邊都讓你隨時保持警覺。

中國人也是如此：魅力獨具的敵人。
更別提韓國人了。
雖然，亞洲，依然很遠……

為了在生活中創造最低限度的張力
我們實在需要有些煩惱在家裡。
床上有條響尾蛇。

沒錯，那會讓我們煩惱如昔！

這點子
由一位威斯康辛州的參議員提出：
針對內奸的殘酷獵捕·
換句話說：
有些人在玩兩面人的遊戲。
找出來是誰！
聽來像個電視益智節目。

「你會勒死美國！」
赫伯特·雷曼
從他的參議員座椅大吼：
「你會搞出什麼鬼，麥卡錫，想要揭發背叛者？
讓我們用口套蒙住全部的狗吧
讓我們把燈關了吧
讓我們強制執行沉默吧
實施宵禁，然後禁止集會！
你有意識到你會把美國變成
一間巨大的恐龍法院嗎？
身在其中的人，甚至會提告那些沒把樹剪好的鄰居？
我希望是我太誇張。」

但不是。他一點也不誇張。
誰知道他兄弟厄文會說什麼，
當他發現，人們不去找索羅門討論律法了
到處都能蹦出法官。
當然，還有被告。
被判決嚇壞了。

啊！終究

健康的基本教義派已成美好的往昔！

哈洛和艾倫馬上適應
這股新興獵巫氛圍：
他們頗適合扮演鬥牛犬。
而且，銀髮男性很樂於受人敬重。
他們視自己為守護者，護衛
那些可憎陰謀家一心想破壞的整體幸福。

不只因為
他們花了數十年學習如何微笑
甚且，美國的笑容絕不能遭到傷害。

於是，兩位雷曼到哪都看見共產黨。
甚至混入銀行職員當中。
是的，先生。
臥底份子。

在辦公室晃來晃去
愉快但謹慎。
聆聽。
提問。
書信——不管內容是什麼——都得通過他們這關。
餐廳裡，他們專心偷聽對話。
可以去洗手間，只要占用時間不長。

最終，至關重要的是，
留心人家說了什麼：
到處都藏了紅字。

有時候，因此
某人被叫進來：
「把門關上，賴斯納小姐。請坐。
你的經理史特拉福小姐跟我們說你出了一場小意外。」
「噢雷曼先生，真的很抱歉
我**系色**不希望在**工**作時昏過去，但我最近一直很累。
醫生說我的毛病主要是一**吃東西**
腸子**馬**上脹得像要**裂**開
雖然裝了**支**架以後，**那**個情況改善了一些

比起別人，我午餐吃得太急
現在只能吃點心，或只能少吃點口羅，
我想與其斤斤計較
還是得馬上克制我的思緒
但這時有隻黃蜂叮了我紅腫一大塊。
我只好回家：跟這些不幸共處影響了我的生產力。」

「你是優秀的打字員，賴斯納小姐：
銀行對你的工作非常滿意。
但我們得照看你們所有人。對吧，哈洛？」
哈洛保持不動：
他坐在燈光後面，半明半暗。
當他的兄弟按腳本繼續進行
他的任務是，觀察面談者的情緒反應
的確，艾倫繼續：
「賴斯納小姐：你的打字機色帶
紅色墨水總是很快就用完了
比黑色快多了。這只是巧合嗎？」
「這個嘛，當然了，雷曼先生，
我總是馬上就把列給我的工作做完
坐我左邊的同事派給我一張便條──只有一行字──
所有盈利都用紅色打字
我朝她看，一開始想說這玩笑真新鮮
但她好像很認真
反正我時間也不多，就按她的指示行動。
如果你不相信，可以去問史特拉福小姐！」
「你是在挑戰上司的權威嗎？」
「噢不，先生！我不會不分青紅皂白，我向你保證
我之前待在你們對手報社
那裡會讓你覺得抗命是個壞主意
我們的系扁輯，花很多工夫確認最可信的消息來源
老闆還是毫不留情──像大統領一樣讓人戰戰兢兢──
即使達成許多臨時要求
還是一直挑毛病，責備東責備西
情況很不健康
我面無血色，產生幻覺
看到天花板揭開，露出極端潮濕腐朽的天空
我得走人，或設法被資遣
在我徹底精神分裂，一病不起甚至住進安寧病房之前，

這是我腸胃病的根源。
系�之，請問我能回去工作了嗎？」

通常，就在此刻，哈洛抬頭：
「你被開除了，賴斯納小姐。
因為陰謀反叛。」

對它者的恐懼。
散播得到處都是。
尤其在銀行裡，
哈洛看向招牌，他心想：
我們這裡竟有這麼多它者
多到出現在我們的名字當中：
LEHMAN BROTHERS。

21
約拿　Yonah

巴比·雷曼
對他來說，他完全不同意。

不只因為他的對手已經夠多了
無需搜尋更多藏在角落縫隙當中的議論紛紛。

重點是，這股脅迫的氣氛
真的開始讓人窒息

巴比感到無路可出
不可告人：
他和全美國
都被截斷
沒有光線
沒有空氣
被封存在
一條白色大魚幽闇的胃裡。

發現自己置身於一條魚的胃裡
不是小事。

首先，就像在洞穴裡
你會聽到自己的回音
每件事都會傳進每個人耳裡。
名單這個新玩意是這樣的：
像沙丁魚一樣緊挨在一起
我們密切監視彼此
然後
經營銀行
成了最容易的事。
在那之前
你要小心別出現在名單上
捏好鼻子才不會聞到魚腥味。

「多諷刺」巴比常想：
「美國一偉大起來
就把自己變渺小。」
如今他在這侷促的水下空間
推擠
挨肩搭背
忍氣吞聲
在魚鰭、骨頭、鱗片之間
被淹沒。

被塞進胃裡
對巴比‧雷曼——這個熱愛飛機的人來說——
簡直無法呼吸。
他們甚至質疑他的護照：
和敵方有可疑的金錢往來。
所有與外國的連繫都突然中斷了。

巴比強烈要求
整個家族
防堵風聲
消息一旦走漏，就是銀行的末日。

雷曼家的社會主義陰謀家。

「誰，巴比，你？」赫伯特問，難以置信。

至少
終於有那麼一次，可以說
他那名參議員親戚不知該如何是好。

不變的是
當然
赫伯特的粉絲不會拋棄他：
即使禿頭
他還是堪與貓王相提並論。

參議員雷曼總在電視上發表演說。
他談話的螢幕
由巴比‧雷曼擺進每一家
而他老婆，露絲，永遠開著電視：
「如果你想知道的話，巴比，你叔叔在螢幕前表現得非常好。」
「當然，露絲，他很擅長表演綜藝節目。」
「你是在反諷嗎，巴比？」
「當然不是：這年頭，如果你想終結自己的職業生涯
要嘛和共產黨員合謀
要嘛就和赫伯特‧雷曼打對台。」
「你的嘴唇在流血，你的手在抖。」
「我得了急性赫伯特症。」
「我不懂你在說什麼，巴比，我不懂：
你叔叔是唯一一個知道該做什麼的人！」
「其實，他跟我說他不知道。」
「他才不隨便跟人討論正經事。」
「沒錯：他只在電視上討論。」
「他跟我們討論，他的選民。」
「我要去睡了，露絲，我累了。」
「我覺得你不珍惜我，我都不知道我是誰了。」
「把電視的聲音轉大。」
「你在玩火，巴比，小心：我可以訴請離婚。」

還好，明天星期六。

因為電視太重要了
以美國的婚姻來看：
家庭美滿首先奠基於，沒錯，
同床共枕

但沙發也事是輕重，
而且必須
至少取得一定程度的協議
關於彼此的電視喜好。

現在，是這樣的
除了參議員雷曼的訪問
露絲不計代價
唯一的堅持
是偉大的週六晚間益智節目。

當一名丈夫已經蒙受離婚的威脅
他能做什麼？
照規矩來。

巴比因此
必須每星期
坐在電視機前面
和露絲分享
（也和上百萬名美國同胞一起）
益智節目的腎上腺素：
贏或輸？
正確答案。

睡著就是你的損失。

這也是讓他感到壓力很大的原因：
內部敵人，對他來說，就是家裡的敵人。

他呼吸短促不很奇怪嗎？
巴比就是無法應付。
為了要找出他對什麼過敏
辦公室已經卸下
地毯和織品。
然後他們把木頭搬出去。
然後消毒。
巴比顫抖，緊咬嘴唇，無法呼吸。
而且，他要怎麼呼吸呢
身處一條大白魚的五臟六腑之內

裡頭每件事都是頭獎？

真是夠了。
巴比知道，說到底，他得做些什麼。

他知道他是天選之人。
一如以往，終究如此。

他曾是挪亞，然後是大衛，
接著，他會成為先知約拿，
當這條魚把他吐出在沙灘上
——他，和這整個國家——
天空終會清澈無雲：
再也不是這個窄仄的小洞
這個我們遲早
會在痛苦中
死去的地方。

所以，前進：
需要想個方法
讓自己從魚裡頭被吐出去。

巴比努力嘗試。
他盡力了。
但不容易。
意志力很重要，但有時只有意志力不夠。

同時
在大白魚的胃裡
舉行週一午餐會報
實在不容易。
尤其，不是開玩笑的
你的戰術得經合夥人董事會通過。

沒關係。
巴比繼續前進。
這是緊急事件。
在這裡你沒法呼吸。
在這裡你會死。

巴比無法繼續找尋過<del>敞源</del>。
這條魚的胃又更緊縮了
再不出去，他就要瘋了：
「各位先生，我們要靠電子產品出去呼吸新鮮空氣！
查爾斯・桑頓先生，或人稱特克斯
給我看了一項革命性的計畫：
計算機、電子大腦、控制元件；
我們應該讓每件事都導向電子學
───美國一切都還在用手做───
透過電子學，我們可以讓一切短路
大白魚就會把我們吐出去！」
「我們應該要計算花費多少，還有我們會賺多少。」
「老天！假如我們只是待在這裡一聲不吭
我們一毛錢都賺不到！」
「沒有預期的成本和收益，我們沒辦法冒這風險。」
「那讓我們看看運輸！」
「你可以解釋一下運輸是什麼意思。」
「約翰・赫茲先生給我看了一項金融計劃，關於汽車租賃。
換句話說：我們給那些買不起的人汽車。或卡車。或機車。
我們讓全國塞滿移動的人：
讓街上的霧霾和噪音多到
這隻魚開始咳嗽，然後把我們吐出去！」
「聽起來好像不是萬無一失的策略。」

「我可以發言嗎？」哈洛問，
邊用手摸他已經沒了的頭髮。
「與其看往奇怪的路徑，我建議我們執行唯一能戰勝恐懼的事。
也就是：讓我們自己堅不可摧。
就能使人害怕。就能安全。」
「你可以再說一次嗎，哈洛？」

但哈洛沒有再說一次：
他看向他的兄弟，起身
在黑板上畫了一顆飛彈。
上有核能標誌。

巴比抗議：
「你們倆瘋了嗎？那樣的話，我們不會被吐出去
我們全都會被炸飛

和整隻魚一起！」

哈洛和艾倫不想爭論：
「那樣的話，再會。各位，享受你們的災難吧。
我們要離開銀行：我們不幹了。」
然後，他們就走了。

巴比向一眾合夥人微笑：
光是今年，這是第十次
哈洛和艾倫摔門。

每個人，如我們所知，都有他們自己協商的方式。
他們會回來的。

無論如何，這不是正確的取徑。

也許還有其他更簡單的路徑：
畢竟
經文上不是說
約拿得唱一首讚美詩
才能掙脫野獸？

太好了。
在你打造方舟之後
在你剷除歌利亞之後
唱首讚美詩有什麼問題？……

說來容易……
巴比不是白費口舌的人。

他從來不是。

他說得很少
然後，如果他發言，他咬嘴唇。
巴比不使用花俏的文字
他不是那種一開口講話
就讓大家安靜下來的人。

巴比不坐在參議院。

他只是喜歡扮演大家長的銀行家。

他叔叔可能是唯一可以諮詢
建議的人：關於演說。
他是常勝軍。

赫伯特的反應讓他大為驚訝：
「你要我教你一些東西？今天？
我也不知道，姪兒，不是現在。
我不喜歡這種現代政治：
比起想法，他們只談反應。
全都在講抵禦，全都在戰壕裡。
你知道，我在考慮要不要趕快退休？
我想尋求平靜。」

生命有時很奇妙。

非但沒有感覺更強大
巴比如今結結巴巴。
他越努力要試著唱出整首讚美詩
他的舌頭就越是打結，
嘴唇也不回應。

確實，據說摩西一開始也很結巴。
但是，那跟這有什麼關係？
巴比不需要摩西，他需要約拿。

但願這命運的讚美詩
能像問答段落那樣處理！
這該有多棒，沒錯，先生：
回答一連串問題
然後得到獎賞
被吐出去！

就這樣。
這真的是巴比在電視機前
坐在露絲身旁看著週六傍晚的益智節目
沉入夢鄉之前
最後的想法。

因為老天總是
幫助那些需要幫助的人，
巴比找到他自己的方式
毋需闔眼就能睡去。

而這，就是在螢幕上播放
他所收看到的益智節目。

22
週六益智秀　Saturday Game Show

片頭。

哈爾‧馬奇歡欣鼓舞走進攝影棚
頭髮油亮：
「晚安，美國！祝好運！
首先歡迎我們美麗的助理主持人
露絲‧雷曼太太！」

兩位露絲
第一任和第二任太太
走進攝影棚。

「我們每週一集，三十秒內三位參賽者彼此競爭。
第一個房間裡是：參議員赫伯特‧雷曼。
讓我們掌聲歡迎！」

背景歡呼聲。

「第二個房間裡是，組隊參加的
哈洛‧雷曼先生和艾倫‧雷曼先生，
陸軍核導彈部門參謀長！」

背景掌聲。

「最後，在第三個房間裡角逐的是
約拿‧雷曼先生

觀眾反應不是很熱烈，
但沒關係，我們習慣了。

「各位觀眾，一如往常，
我們這場競賽採淘汰制
贏家才能打進決賽，然後有機會中頭彩！
讓我們開始吧，美國！
參賽者請先戴上耳機，進入房間。
這星期的問題主題是雷曼家族。
比賽開始！」

音樂開啟了第一局。

「第一個問題，請問我們的好友赫伯特。
雷曼兄弟由傳奇的亨利·雷曼建立於
多或少於一世紀以前？
計時開始！」

        1
        2   赫伯特靠近麥克風：
        3   **「正確答案是少於！」**

匡。

「答錯了！真是糟糕的開始！」

兩位女性助理入鏡，熱情洋溢：
「這位參賽者不是說少於，而是至少。我們聽得很清楚。」

哈爾·馬奇和評審交談，然後：
「幹得好！正確答案！參議員繼續參賽！」

小號響起。
赫伯特很愉快。兩位露絲也是。
哈爾·馬奇清清喉嚨，然後繼續：
「第二個問題，請問哈洛和艾倫：
從三位雷曼兄弟踏足美國算起

後輩子孫的總數，男生女生都算在內，直到今天
是大於或小於 70 ？
計時開始！」

　　　　　1
　　　　　2　　　　　　　哈洛和艾倫相互討論，
　　　　　3　　　　　　　然後艾倫寫了幾個字
　　　　　4　　　　　　　哈洛槓掉：
　　　　　5　　　　　　　　兩人爭論，
　　　　　6　　　　　　　然後取得協議
　　　　　7　　　　　接著，哈洛對麥克風說：
　　　　　8　　　　　　　**「總數是 92。」**

匡。

「答錯了！正確答案是，97 位子孫！」

哈洛和艾倫起身：
「那樣的話，再會。各位先生，享受你們的災難吧。
我們要離開這個節目：我們不幹了。」
他們離開隔間，摔門走人。

哈爾·馬奇每一絡油亮的頭髮都顫抖：
「這不是美國精神！
這不是電視螢幕前該樹立的模範！
但是，讓我們看看接下來的約拿·雷曼。
請問：從雷曼家族抵達美國本土算起，
哪一位家庭成員最長壽？
計時開始！」

　　　　　1
　　　　　2　　　　　　　　　　約拿十拿九穩，
　　　　　3　　　　　只不過，他的舌頭在上顎打結了：
　　　　　4　　　　　　　**「飛利浦·雷曼，86 歲走的。」**
　　　　　5

小號響起。

「正確答案！你也進入決賽！」

兩位女性助理突然插話：
「這一分應該要給雷曼參議員，因為是他提示答案的。」

哈爾·馬奇臉色一沉：
**「你應該要讓我們知道，約拿！
你沒有權利上訴！規則說了不准提示。
評審指示我得加問你一題保留題。
只算過去五十年，雷曼銀行的資本
是大於或小於最初價格的二十倍？
計時開始！」**

1	
2	約拿遲疑一下，
3	開始冒汗
4	咬起指甲
5	他的手在抖
6	他咬嘴唇
7	拿出一條手帕
8	染紅手帕：
9	**「讓我想想：**
10	**我沒有經手財務。**
11	**所以我應該說……**
12	**資本已經翻了，對，**
13	**84 倍。」**
14	

小號響起。

「正確答案！」

助理們抗議：
**「這一分一定要給參議員，
因為約拿是內奸，他和敵人做生意
他連護照都被吊銷了。」**

攝影棚裡一陣耳語。
哈爾·馬奇這一週不好錄。
現在，參議員也參一腳：

他打開他的房門
他想發言
但我們這裡不是國會！
「麻煩回到你原本的位置！如果約拿資格不符
你就會直接晉級決賽！……」

「我想尋求平靜，哈爾‧馬奇先生：
請把我的位子讓給我姪子，
我要退休了，我不參加決賽。」
他講完就脫下耳機，離開攝影棚。

匡。小號響起，然後又一聲匡。
助理們出來時眼眶含淚：
她們的生活失去意義。
棚內觀眾舉起上百張海報：「謝謝你，雷曼參議員。」
哈爾‧馬奇加入鼓掌。

但是，得做完節目。
半個美國都在收看。
氣氛令人激動：
他的髮油都相形黯淡。
「約拿‧雷曼先生，不論如何，決賽在等你。
一切都在你手中：答題正確，你就能拯救美國。
和從前一樣，最後的問題，也是最難的問題。
雷曼兄弟的存在已經超過一百年，還被形容為不朽，
這題要問：一百年後，它還會存在嗎？
還是，它會像其他那麼多銀行一樣破產倒閉？
計時開始：你有六十秒可以回答。」

1	這是終極測試。
2	又一次，如我們所知，
3	英雄不會莫名走入歷史。
4	約拿冷靜思考問題
5	至少，嘗試這麼做：
6	如果他說，這間家族銀行
7	進入第二個世紀還能活得好好的
8	肯定會被說「他就是這樣相信的人。」
9	另一方面

10	如果他說「不，不要拿這問題打賭。」
11	明天 他拿什麼臉進銀行？
12	
13	精準預測，可惡，
14	精準預測
15	
16	所以呢？
17	
18	他的舌頭在上顎打結，好像黏住了一樣。
19	汗滴如線滑過他額頭
20	彷彿鑿痕
21	
22	他永遠都可以選擇放棄
23	然後離開：
24	如果其他人都這麼做了
25	為什麼我不能？
26	
27	原因很簡單
28	這世上，我們每個人都不一樣：
29	有人摔門，別人會說「清楚表態！」
30	有那種連退場都贏得掌聲的人
31	徒留群眾在那邊掉眼淚。
32	你呢，巴比，你不是
33	你屬於那種
34	一旦放棄
35	人家就發笑
36	等他們笑完，就像在學校那時候，
37	他們會在你脖子上掛一塊牌子
38	上頭寫了：**膽小鬼**。
39	
40	所以呢？
41	我要說雷曼兄弟會永垂不朽嗎？
42	畢竟，要這麼幹很簡單：我張嘴說就好。
43	真正的問題在於：我真的相信嗎？
44	從現在算起的一世紀。
45	走向下一個千禧年的半路上……
46	當然，如果我問過我父親
47	或是爺爺伊曼紐：

48	他們絕對不會遲疑。
49	所以為什麼我要花這麼多時間？
50	回答是或否就好了，
51	我也可以碰運氣……
52	然後，如果我搞錯了呢？
53	誰會去撬開大魚的下巴？
54	身為約拿我得出去
55	就像經文寫的那樣
56	我只不過是神聖意志的工具罷了。
57	既然如此，我在等什麼？
58	來吧，那就，回答：
59	**「一世紀之後，什麼都不剩。」**

匡。

棚內觀眾抗議。
兩位助理折返，只為了向這間房間吐口水。
哈爾‧馬奇頭上的髮油成了火山岩漿：
**「答錯了，而且很挑釁，親愛的參賽者。
你在全美國面前丟了你的臉！」**

在這裡。
就在這一刻
突然間
透過一種實在讓人噁心的感覺
連大白魚的胃都翻騰起來：
牠的內部攪動像要反芻，
然後吐出
約拿
和全美國
噴到好幾英哩之外。

然後，我們又看見了星辰。

> 耶和華吩咐那魚，
> 魚就把約拿吐在陸地上。
> 〈約拿 2:11〉

23

巴別塔　Migdol Bavel

前面這招牌
黑白雙色
流線型
精緻
雷曼兄弟
細長
延伸
從這邊到那邊
跨越這間新辦公室的
窗上
位於離紐約三千五百英哩遠的
巴黎市中心。

巴比在這裡擔任主持。

六百位賓客。
他微笑，巴比微笑。
不只因為他記得
他卡在
大魚胃裡的時候。
巴比微笑，是因為我們在法國
我們在巴黎開了一間辦公室，voilà
這裡是巴比
二十歲時
流連拍賣行及畫廊
購藏印象派和聖母像的地方
——寄錢給我，爸爸！——
如今，他在這裡：
有了新的辦公室
他有錢隨時可用。

六百位賓客。
和去年出席的人一樣
那是獻給羅伯特‧雷曼的美術展覽，
在巴黎，在杜樂麗：
那時

貴賓席上
白西裝白領帶
巴比稱頌前衛的勇氣
「我們由此感受到從傳統解放了
於是，毛蟲蛻變成為蝴蝶。」
掌聲響遍整個房間。
演講結束後
排隊恭喜雷曼先生
他握手
祝福
親吻女士的手。

他老婆在他身後：
抽著她那仍由雷曼兄弟投資的
飛利浦・莫里斯。
「親愛的巴比，你為什麼不在紐約辦公室裡
開一家法式咖啡廳？」
「這主意太棒了。晚安，列斐伏爾女士！」
「我覺得紐約辦公室看來有點老舊，巴比。」
「我們可以讓它現代化。晚安，吉尼先生！」
「開完咖啡廳之後，我們應該開一家餐廳。」
「當然，為了工作聚餐。我親愛的羅斯柴爾德！」
「一家餐廳和一間圖書館。」
「由你全權負責，親愛的李。」

李・安姿・琳
巴比新任夫人。
露絲去年提出離婚。
《財富》雜誌宣告：
雷曼參議員姪子的
六位數離婚。

然而，巴比並不覺得糟糕
因為
如果你在魚的肚子裡待過
新聞就不用太在意了。

如今巴比有其他興趣：
他對這個星球感興趣，關於星球的一切，沒有例外

他對賽跑有興趣
就像他其中一匹馬
不過，賽道從北極一路到南極。

真的：
就是這樣，這世界，在他面前。
一切，蓄勢待發，在這新的巴黎辦公室。
六百位賓客。
法國人
德國人
荷蘭人
匈牙利人。

匈牙利人？

沒錯。匈牙利人。
在此地現身，像這樣，舉止優雅
在水晶吊燈下
這些匈牙利人看上去不像鄉巴佬
那些帶著斧頭和大肚腩的傢伙。
如我們所知：巴黎為一切鍍上嶄新的光彩。
在水晶吊燈下，一切閃閃發亮。

只不過，昨天傍晚
巴比在阿拉伯。

光是去年一年就要四千五百萬美金
為了謝赫 [11] 的油。
巴比看著他們的眼睛
談論藝術和阿拉伯馬
邀請王子們
登上他 144 呎的船艙
停泊長島灣。
一艘真正的方舟。

然而，後天，
巴比會去秘魯

---

11. 意指阿拉伯酋長。

他們要在那裡挖更多井。

從秘魯到蘇門答臘。
乘坐他的波音 707
巴比彈跳
像一顆球
從一個地方到另一個地方
因為世界很小
像一張撞球桌
他今天跟艾森豪打高爾夫
明天跟誰誰誰在新加坡喝雞尾酒。

呼吸，深呼吸。
在雷曼兄弟的事業版圖
太陽從不落下。
說到底，經濟就是移動：如此而已。
經濟是機場、飯店
而且不是巧合
雷曼兄弟
現在投入精品連鎖
最重要的是，飛機加上飛機加上飛機
以便迅速移動
麾下的金融軍團
包括
希臘餐廳業者的兒子們
和一位匈牙利製燈人。

時區轉換
國籍轉換
語言轉換
但我們還是一樣：
我們是東京的雷曼兄弟
我們是倫敦的雷曼兄弟
我們是澳洲的雷曼兄弟
我們甚至是古巴的雷曼兄弟
對啊
和共產黨員打交道
不然要跟誰交易香蕉
還有

用香蕉
交換武器和彈藥？

哈洛和艾倫想出這點子
在一眾合夥人面前
某場週一午餐會報。
他們在牆上貼了幾張紙，上頭寫了這些詞
　文化、金融、武器、控制、產品
然後組成一張簡單的示意圖：

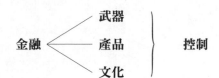

他們被問說，這是什麼意思。
很有禮貌的請問。

但哈洛和艾倫認為，他們已經表達得非常清楚。
所以，一如既往，他們摔門走人。

「他們會回來的，」巴比跟眾合夥人說。

而這次他錯了。
有時候，門真的就這麼摔上了，
尤其是，好像沒人聽懂你在說什麼的時候。

實際上，如今
巴比·雷曼
這世界，以及這銀行
都在他一手掌握中。

這就是為什麼他的手在抖嗎？

還是，是那個
巴比每天晚上做的夢？

當他沉入夢鄉

一切剛開始都很真實。
威廉街一號
曾掛著哥雅的
那棟建築。

但這次沒有野獸的蹤跡。
正好相反。
有一群投機者
金融業者
全都打好領帶拎著手提箱
在排隊進去。

阿拉伯人
法國人
日本人
巴西人和秘魯人
全都在脖子上
掛了一塊大牌子
上頭寫著：
謝謝你，雷曼先生！
這一次，不可思議
巴比，沒錯，他們講的是你。

自從赫伯特退休
沒有其他雷曼
能偷走聚光燈了。

在他夢裡
巴比其實在微笑
微笑著呼吸，深呼吸，
因為他在上面那裡
在閣樓裡
在頂樓
在那裡他能摸到天空
他能從那裡叫每個人爬上去。

當他們抵達那裡，頂端
全都打好領帶
帶著過夜行李，

巴比舉起一根手指
對每個人指向天空
示意他們把箱子堆疊向上
——裡面裝滿債券和合約——
他們可以在威廉街一號之上，
打造一座塔樓
一座巨大的塔樓
高聳揚升
然後從上面那裡，從高高的頂端，
雷曼兄弟
支配地球。

那支雙排扣大軍
心滿意足地點頭；
每個人都跪下
一個接著一個
放下他們的手提箱：
他們成了基底
然後向上
然後向上
整齊畫一
但是，當他們登上這座塔的第三層
出了一點問題
然後
「把手提箱放在這！」
「¿Aquí dónde?」
「Über meine! S'il vous plaît.」
「Pon la maleta aquìl!」
「Por encima de mi!」
「ここに私のスーツケースを入れて」
「ここどこ」
「私のオーバー」
「Положи сумку сюда!」
「Сюда куда?」
「На мою!」
「metti qui la valigia」
「Qui dove?」
「quaggiù」

陷入一片困惑。

每天晚上
在這座手提箱塔搖搖欲墜的時候
巴比就會嚇醒。

他試著到處尋找解答：
得找到一種新的──單一──語言
好讓金融遍及全世界。

最初他試圖
用電話。
投資數百萬：
國際電話和電信公司。
數百萬英哩的通信電纜
如河川開展流向全球：
既然電視已經填滿了這世界
現在讓我們用電話把它塞得更滿。
溝通，各位！
溝通。
但你以為，有了電話
我們就能找到大家都會說的那一種語言？

失敗。

在巴比‧雷曼的夢裡
很簡單
這座塔不再由手提箱組成
而是一堆電話，響啊響
響個
不停
因為沒人
知道，要怎麼說「叫他們停下來！」
電話響啊
響
演變成讓人無法忍受的合唱曲：
「Répondre au téléphone!」
「Выключите их!」
「Ответь на звонок!」

「Odebrać telefon!」
「彼らが停止してください」
「電話に出なさい」
「Sagutin ang telepono!」
「Get them to stop.」
「Pick up the phone.」

最後，這座塔塌了，總是如此。

對巴比來說，又一個無眠的夜。

所以他心情很差
當他
在威廉街一號
遇到那兩個孩子的時候：
肯和哈倫
肯三十一歲。
哈倫二十八。

太年輕了
對所有其他銀行來說。
他們問過，他們試過。
沒人相信他們。
現在，他們試試看雷曼兄弟。
巴比的個人辦公室
在三樓：
「我時間不多，長話短說，我會聽。」
「你要說嗎，哈倫？」
「你先開始，肯。」
「好，我先開始。雷曼先生，我們相信電腦。
不是他們現在那種電腦
那種佔據一整個房間
不讓空氣像冰箱一樣冷就沒法運作的那種
那樣搞的人一年生病三十次。
我們相信的是新品種的電腦。
因為我們相信它，我們希望你能投資我們。
我說得還行嗎，哈倫？」
「非常好，肯。跟他說說系統的事。」
「系統，對。
我們相信機器搭配簡化的系統，

不需專家操作。
因為我們相信它，我們希望你能投資我們。
對吧，哈倫？」
「太棒了，肯！」

巴比開始喜歡上
這些四眼精靈。
不過：「抱歉，雷曼兄弟不投資科幻。」

有趣的是，有時候，精靈馬上變身妖怪：
「雷曼先生，科幻？你聽到了嗎，哈倫？」
「我聽到了，肯：我們在浪費時間！
凱魯亞克是對的：老人去死！
科幻！你可能還在狀況外，瑪土薩拉 [12]：
我們在打造每一個人都能使用的語言
電腦語言
作業系統、印刷電路模組
為了整個地球！這叫作『未來』！
而你，被你的兩百多歲拖著，
你跟我說那叫『科幻』！」

就在那一刻，瑪土薩拉
決心投資
數位設備公司
用雷曼兄弟的錢。

不是因為巴比·雷曼
想讓電腦散布全美
像他讓電視做到的那樣。
不，不是那樣。
即使他在威廉街一號八樓
法式餐廳的
週一午餐會報上
和合夥人是這麼說的。

事情不完全是那樣。

---

12. 《聖經》中以高齡著稱的人物，據說活了 969 歲。

新的電腦世紀
由巴比·雷曼
開啟
為的是阻止巴別塔崩塌。

因為耶和華在那裡變亂了全地的語言，
所以那城名叫巴別。
〈創世紀 11:9〉

24
我有一個夢　I Have a Dream

玻璃長桌
和整個房間一樣長
旁邊圍繞了黑色的椅子
每個人
彼此相鄰
坐好了
手裡拿著筆
有紙可作筆記
閱讀眼鏡
煙灰缸
香菸雪茄
酒杯
巴比在桌子一頭
週一午餐會報
全數到齊
威廉街一號，八樓
所有雷曼兄弟合夥人
端坐
著深色西裝。

行銷總監發言的時候
他們一個字都沒錯過
一個朦朧的人，頭髮油亮
眼睛看上去像玻璃紙，牙齒像玻璃纖維。
但有股什麼樣的魅力啊。

「今天我們一起來思考一下一個動詞：購買。

購買：意思是什麼？

意思是拿錢交換什麼。

這個什麼有個價值，這個價值就是價格。

這價格就是你給我的錢。不多也不少。

很好。

如果你要人家購買，你得跟他們說反話。

你得跟他們說，他們不是在購買。

你得跟他們說：『你跟我不是交易

因為你才是贏家

我接受這個價錢，不如我願

不過，好吧，我接受

即使——最後——我吃虧了。』

各位先生，這是新趨勢。

這是行銷。

告訴每一個人不管是誰只要購買就賺到了

不管是誰只要賣出就是輸了。

行銷就是

告訴每一個人只要你買你就贏了

你買你就得勝，你買你就打敗我了，你買你第一。

各位先生，行銷

讓大家習慣這個想法

只有買家才贏得勝利

然後既然我們都在打仗

買家才能存活。」

雷曼兄弟合夥人

全坐好了

著深色西裝

一個字都沒錯過

他們書寫

點頭

微笑：

圍著玻璃桌的

雷曼兄弟合夥人

他們喜歡這個想法。

「假如我們能灌輸全世界的腦袋瓜

買就是贏，購買意味存活。

因為，各位先生，人類
活著不是為了要輸。
他們的本能就是要贏。生存意味獲勝。
如果我們灌輸全世界的腦袋瓜
要活就要買
各位先生，我們，就會粉碎
最後那道名為需求的古老屏障。
我們的目標
是地球上，人們不再因需求而買
而因本能而買。
或者，若你偏好這麼說——總之——因為認同。
惟有如此，銀行才會
——雷曼兄弟和他們一起——
變得不朽。」

不同凡響。
巴比，在桌子一頭，微笑。
巴比微笑，就是大事。

因為在他祖父伊曼紐和兄弟們
創建銀行時
他們最大的夢想是棉花帝國
而他父親，飛利浦，
在股票上市時
他夢想的是火車和煤油
但如今
如今，這個計畫是另一碼事：
現在，各位，我們討論的是永生
關於給這世界一種意義
如果你知道我在說什麼：
「我有一個夢
對
我有一個夢」
而那個夢
就是
永垂不朽。

當整個世界
在這一九六〇年代

被某種新型核彈
嚇歪了，
我們雷曼家助跑
躍過溝渠
然後 voilà
我們不只出現在每一處
從今以後
我們會
永遠存在。

雷曼兄弟使出撒手鐧
「投贊成票」
全體一致
「投贊成票」
全部人坐好了
「投贊成票」
著深色西裝
「投贊成票」
圍著玻璃桌。

之後採取新式行銷：
從現在起
通關密語
是：作戲
沒錯，作戲
假裝
誰都能買任何東西
奢侈適合所有人
窮人不存在
沒什麼東西有標價
如果，真的有，也都付得起
作戲
作戲
跟每個人說
每次銷售都是贈品：
出價
議價
折扣
分期付款

重要的是銷售
重要的是填滿金庫
重要的是有人買
如果標準普爾
把溫度計持續塞進我們腋下
我們也有溫度計
──當然──
就是超級市場。
超級商場。
巨無霸商場。
佈告牌跟房子一樣大。
金錢洪流每天滾動
像一片大海
巨大
無邊無際的
海洋
由可口可樂的旗子組成
紅色
紅色
紅的像俄國
紅的像中國
紅的像妒嫉
折磨著
──當然就是──
這星球上
在鐵鎚與鐮刀統治下
那些沒法消費的人
「但是，我有一個夢
對
我有一個夢」
那就是遲早要賣給你
賣
賣
賣
給每一個人
貨車裝載
宅配
沒有偏好

沒有差別
白人和黑人
不再有任何差異：
我們都一樣
既然我們都有錢
賣
賣
賣
沒有第一也沒有最後
沒有位置
男性和女性
不再有任何差異：
我們都一樣
因為我們都有銀行帳戶。
「我有一個夢
對
我有一個夢」
那就是所有錢
從今以後
在太陽底下
都一樣
也不只太陽底下
美國太空總署也向我們要錢
為了要送人上月球：
「我有一個夢
對
我有一個夢」
到上面那裡也要賺錢。

銀行家的欣快感。

多偉大的事業，涉足不朽。
巴比微笑：
永恆的雷曼兄弟。
然後他咬起嘴唇。
永恆的雷曼兄弟。
巴比頭髮白了。

永恆的雷曼兄弟。
但是
在我之後
是誰？

25
金牛犢 [13]　　**Egel haZahav**

這是真的
每一天
都有我們的士兵
死在越南
然而每天
電視上
都是他們的棺材。

這是真的
約翰‧費茲傑羅‧甘迺迪
被殺了
在達拉斯那裡
就那樣
突然之間
在所有人眼前
在世界的眼前
在美國的眼前。

然後，這是真的
不過兩週後
赫伯特叔叔
他也突然過世
心臟病發。

不過，事實上
所有環繞巴比‧雷曼的死亡
都不再對他產生影響。

---

13. 偶像崇拜的象徵，當摩西在西奈山上時，亞倫造了金牛犢。

反而，讓他微笑。
笑得越來越多。

因為巴比最後堅信：
現在，他很確定
他很肯定
他不能死。

父系大家長會死，沒錯
但是要等到五百、六百、七百歲的時候
甚至更老
這就像在說
他們也
永垂不朽
像銀行一樣：
這很正確
如此正確
因為哈希姆不能允許
要領導那些天選之人的人死去。

這是為什麼
巴比的手指
不再顫抖了嗎？
這是為什麼
他不再咬嘴唇了？
還有，為什麼他不可思議的舌頭
再也不會卡在口腔上壁？
巴比微笑，他微笑。

他微笑，因為他七十二歲了。
比起五百、六百、七百，七十二算什麼？

你還年輕，巴比·雷曼。
你是個孩子。
跟所有年輕人一樣
你可以叛逆，因為這很潮
你可以去做，也許這正是你的責任：
革命？

全速前進！

你，巴比，可以扭轉世界
你可以撼動世界
拋開系統
從那該死僵化的老賊軍團手裡
奪走世界。
摩根史坦利是家過時的銀行。
高盛是露天安養院。
雷曼兄弟不是。
雷曼兄弟是年輕人的學院：
其中最年輕的
就叫巴比。

如果週一午餐會報上
合夥人對他嗤之以鼻
那不重要：
總裁不是老闆嗎？
所以，為年輕人打開大門
他們只會為我們賺錢
所以
年輕人
找年輕人工作
雇用年輕人
盡我所能找更多年輕人。

比如
這孩子
才剛走進他辦公室
臉頰像兩顆甜瓜
才要滿三十歲。

那些同年齡的人用同樣的語言交談。

他直視前方，甚至太直了，看進雙眼：
他是個傲慢的傢伙，
很難搞。

仔細看一看，他好像有點眼熟。

但是，巴比和一名匈牙利人，能有什麼共通點？
而且，還是在蘇活區長大的？
該不會……
但誰記得？那是好久以前的事。

無論如何。

肚子肥碩
鬍鬚凌亂
這人是裝扮成銀行家的伐木工人：
用他的斧頭砍劈
這人會狠狠打敗這世界。
「這姓，對，是匈牙利。
我們不是懦夫，不像改名字的那些人。
畢竟，我知道，你們雷曼是德國猶太人。
如果你們曾是德國人，那我就可以是匈牙利人。
還是你不喜歡匈牙利人？
如果是這樣，請你直說，我會走人。
在銀行這裡，你可能有很多錢
但我有很多想法
而且我不會把它們帶去任何我不想去的地方。」
「你說話很直接，格呂克斯曼先生。」
「人家說你懂一些馬的事；
那你一定比我清楚，會踢的馬才是好馬。」
「那在我面前這匹馬是在找馬廄嗎？」
「馬廄，可能吧。籠子的話，就不必了。」
「是我把你找來的，格呂克斯曼先生。
因為你聲名遠播：你似乎是美國最好的交易員。」
「你這裡有交易部門嗎？」
「還沒。但我想開一個
我可能希望你來負責營運。」
「我想你不知道自己在講什麼。
你知道，那些和我一樣的人
他們不搖筆桿
他們不搞晚宴
他們也不戴袖扣。」
「說清楚，我才會明白：
你們這些交易員是在做什麼呢？」
「雷曼先生，我們坐在電腦前面

耳朵旁邊是電話，另一隻耳朵是另一支電話。
我們買賣股份
同一時間，在全世界十個股市，不只是華爾街；
哪裡價格好我們就買進
哪裡出現獲利我們賣出；
我們滾動債券和股票，每天上百種；
通常，我們很樂於
處理一下，讓廢物證券，那些垃圾
看起來很強健
等它價值翻倍，再賣給那些有夠愚蠢的人。
你經營的銀行聰明時髦
這裡每樣東西都閃閃發亮
一大堆錢和一大堆高雅；
但我們幹的是，骯髒的工作，
那裡要緊的只有錢和狡猾。
一個交易部門能幫你一天賺進上百萬
但千萬別想把我們推到鎂光燈下：
我們是後台人員
我們不走你那些高級的路。」
「你說服我了，格呂克斯曼先生：
你覺得我們什麼時候可以開始？」
「從零開始打造一個部門
我需要個把月。
我會找好交易員，都是精明的傢伙。
然後，我再重複一次：
我們不能待在這裡，太豪華了。
給我們其他辦公室，我們自己的地方。」
「準備好了，只要你願意
離這裡五分鐘，在華特街上。
想直接去看看嗎？」

董事會成員
持不同看法。
並非出於他們不喜歡這名匈牙利年輕人：
他們連見都沒見過他
因為他們開會那天
這名伐木工人有其他約了。

事實上，董事會

——全員圍著玻璃桌坐好了——
比較偏好不太一樣的履歷
更受尊重的學歷
年輕人，一定要的
但最好能
更讓我們
應該說
更讓我們
放心的感覺⋯⋯

保羅・馬祖爾，資深合夥人
巴比的顧問
——也是他父親的舊識——
更希望是，比如，
來自內布拉斯加的年輕人
某個姓彼得森的人
（顯然是瑞典人，儘管有些人會說是希臘人）
那人很擅於
處理最高階的事務：
有品味
含蓄
衣著得體
每個人都想把他留在身邊⋯⋯

「每個人是誰？」巴比回問。
「我們的銀行同僚和競爭者。」
「也就是說，一群老人和行屍走肉。」

幹得好，巴比！
摩根史坦利是過時的銀行。
高盛是露天安養院。
雷曼兄弟不是。
雷曼兄弟會有交易部門
在華特街分部
匈牙利領地
遠離豪奢
遠離袖扣：
那裡是另一種氣氛
當保羅・馬祖爾

資深合夥人
和巴比一起
踏進那裡的時候
老保羅幾乎昏倒在地：
「巴比，這個人間地獄是怎麼回事？」

但巴比沒有回答，沒有：
巴比微笑。
真的：他真的笑了。

他挽著馬祖爾的手臂
把他拖進室內
為他導覽深淵內部：
房間和停機棚一樣大
木頭和塑膠桌
跟雜貨店櫃檯一樣長
檯燈和燈泡
電腦螢幕
緊密相鄰
只被甜甜圈紙盒隔開
和外帶中式料理剩菜
亂糟糟的電子白板
棒球棒
拳擊手套
到處都是年輕小毛頭
穿著襯衣
發笑，奔跑
大吼大叫
瘋狂地揮手
在地上
地板上
紙屑
堆得像落葉
可口可樂罐
煙灰缸裡有點燃的香菸。

保羅‧馬祖爾
八十歲的人了
不停跟巴比說話：

嚇壞了，他不停跟巴比說教。

若不是因為他們倆其實頭髮都灰白了，
他們可能更像一名祖父
伴隨一個調皮的年輕男孩。

馬祖爾繼續他的陳腔濫調。
巴比點頭微笑：
實情是，他幾乎沒聽懂任何一句，
因為在這充滿數字和文字的瘋狂地洞中
幾乎不可能聽得見保羅的悲嘆：

687.£.56.856.845%.37573%4975.9348.6974.58G.658326.475326745
.37568$97.69054895%7647.58637.463276%765.8766590599.7517.58
7.465345.4「這個瘋人院，巴比，不管是怎麼一回事，原則上我
無法接受。」65.56%67.770083.2211.8039.21.9071$.87565434.t22.1
32.576.889775.643.4£32.544.456.746.584.3586.657.48.3975.8432.65
073「巴比，你也清楚，這棵現代生活的樹，不見得能產出可以
吃的果實。」653.7.7654.7643.8769.76543$.6532.579.547964.7643
6.87%.78.90$.986.875.90.45%.T34.SH78.lk2t.r47q3s2q96t5.y7fm8.3s
4b.65$8.3720.9564.375.709.iy43.6583.280.9567.「我向來高度尊重的
銀行業務，不是你給我看的這種。」483.658.9.789.SH5$.7£.32.7
8956.43.5.8712358.6$1.3892.5734.5684.73.658.3258.63.8.9563489.568
94.3658.43656.43956.895.6y8.34.6$58.93426.5.535235.45.39.35.5.「巴
比，你能解釋一下這種譫妄的終極原因嗎，還是我該自己找出
答案？」543.2434.876.895.835355.3.7872r.42.%709「你父親，飛利
浦，就某些基本價值上和我意見一致。」832.65089386.3$29856.2
308.95602.8635.08923.%596.98.764.66542.31.0.8965.86598$.425.7965
0s.d236r.26590.4657.23547.65634.97290.57956.2395.70936.589.37209.
563295.703Q286.59.82315.3096.57.90.347908%6.7340.9.8756.7865.93
「而且，雷曼兄弟有其歷史和名譽要捍衛。」465372.6578.44.9$0
40.675.4%38.2389053.2876.4783.254$3.543245.5687.98.654.21.32235.4
65£6y.89.895.46.5.42.55897.98.8753.%899.Sh%.76「就這方面來說，
我記得我讀過最發人深省的一封信是來自你祖父。」34.55.87."6
9.8.69.89.8.4$3.5.43.1.2.544786.98'.03.7.49.82.3.£70.4.83.20957.906.
N34.57.09.3.457093.476.jo 93.47.60.93475.73.4.9.05.634「巴比，你有
在聽我說嗎？」8654.89.35.67.8.43.5.78.3.24 532458.73.2.$69.587.0546
84.59658.73.24.3651.23.562.4763.4.56.4355.76f85.49.657.32.6.45.6.3.721

53.1247.65「是誰負責營運這一切？因為我希望它實際上不停看上去這麼混亂。」7845.67.8.9874.32.6.7.875.G53.%5%5648.56.78.47.6.95.88.8.00.5.43648.32.658.30.53.8.08569032849326546276fg.435621987490213647823123.5987.43096.843568.6437.76%.876$s315「我相信,身為一名資深合夥人,我有權利要求一個像樣的解釋。」64832175863.4832.7095.76.19.83265.9832.418.95643「還沒算到:這片瘋狂花了我們多少錢?」868834411.1753.331.1.122.68.94478.377.'3.146.8905.48.'.06.87.'08.540.976.549.764.36.58.94362.5743.856.328.75.647836534659865164385689455678「我想知道,這一切怎麼符合最低程度的公共秩序。」756 &. 54355$. 45.76$.% 6.76% . 76$. 77.34.653.5425.890587.5678.9054.765.873.572.35.78.32.65.98126.3.58.94.36.8.43.6578.32.5.14.62.56.3 . 45.21.4 . 76231587436987540976498687134612359874309684356864374265352187346324968094237568743254351256342ks3158569032849326546276fgmf「如果這就是你看事情的方式,我實在不能同意,巴比!」78.23.1,8643,65329.76556.4832175.8634.832.7095.7619.8325.64.83.21.7.58634.832.70.9576.198.32.659.83241.895.64389hwv658943.6.5.84.65486.8753.75.7753.87653177642.6530.97.849「我注意到熱烈的電話交易,但恐怕那全是一場空。」50.76.9824.3657.3254.725.984632.05704.3967.09.5.48.79065.87.0'8.6549.67348.975.46214.35623483.658.9.789.SH5$.7£.32.78956.43.5.8712358.6$1.3892.5734.5684.73.658.3258.63.8.9563489.56894.3658.43656.43956.895.6y8.34.6$58.93426.5.535235.45.39.35.5.「這麼多年來,這是第一次,我完全無法同意你對這些事的看法。」543.2434.876.895.835355.3.7872r.42.%7783.3.765.987087g3502.175.9032.75986.328.57032.9900.65.45%.7509「我們年紀漸長,巴比,老化有時會讓人誇大對新事物的信仰,如果你懂我在說什麼的話。」832.65.8764,089386.3$29856.230.875.64$.8.8.95602.8635.08923.%596.98.764.66542.31.0.8965.86598$.425.79650s.d236r.26590.4657.23547.65634.97290.57956.2395.70936.589.37209.563295.703Q286.59.82315.3096.57.90.347908%6.7340.9.8756687.£.56.856.845%.37573%4975.9348.6974.58G.658326.475326745.37568$97.6905.4895%7647.58637.463276%765.8766590599.75i7.587.465 345.4「而且,做為老人家,我們不能把信任交付給讓未來世代走歪的榜樣,我相信你懂。」65.56%.67.770083.22112.1432.221.8039.21.9071$.87565434.t22.132576.889775.643.4.£32.544.6568.7483.456.746.584.3586.657.48.3975.8432.65073「這世界這麼多元,不該只有一個全球市場:這可能有歌頌不公不義的危險。」65,6654.7689$3.764.76436.87%.78.90$.98.635846385.738657384.478365738.78346576328.95987549.46725466.875.90.45%.T34.SH78.lk2t.r47q3s2q96t5.y7fm8.3s4b.65$8.3720.9564.375.709.iy43.6583.280.9567.「股市很可能有波浪起

伏，政治也是，但我們不能也不該隨波逐流。」483.658.9.789.SH5
$.7.£.32..78956.43.5.8712358.6$1.3892.5734.5684.73.658.3258.63.8.95
63 489.56894.36.87454.487445.58.「我在這裡看到的跟瘋人院有什麼
差別？」465372.6578.44.9$040.675.4%38.2489053.2876.4783.254$3.5
43245.5687.98.654.21.32235.465£6y.89.895.46.5.42.55897.98.8753.%89
9.Sh%.76「就算這裡頭真的有錢可賺好了，難道只要有錢賺，不管
什麼事，就都能受到認可嗎，我不知道，巴比。」34.5.76580.5.87
.6998'.03.7.49.82.3.£.8.69.89.8.4$3.5.43.1.2.544786.4.9.05.634「今天
的金融業有種挑釁的成分在，我不想沉淪到那個地步。」8654.89.
35.67.8.43.5.78.3.24532458.73.2.$69.587.054684.59658.73.24.3651.23.56
2.4763.4.56.4355.76f85.49.657.32.6.45.6.3.72153.1247.65「我看到的這
些人是大學畢業生還是從路上找來的？」7845.67.8.9874.3.7654.864
3.3245.76490.$6.8642.6.7.875.G53.&5%5648.56.78.47.6.95.88.8.00.5.436
48.32.658.30.53.8.08569032849326546276fg.43562198749021364782312
3.5987.43096.843568.6437.76%.876$s315「也要想想，華爾街是我們
國家歷史的榮耀。」64832175863.4832.7095.76.19.83265.9832.418.9
5643「你好像出奇平靜。」868834411.1753.331.1.122.68.94478.377'
.3.146.8905.48.7'.06.87.'.08.540.976.549.764.36.58.94362.5 743.856.32
8.75.6478365346598651643856894455678「是你，是你教會我，不是
所有當代藝術都具有啟發性。」756$.54335$763.790.64.45.76$.%6.7
6%.76$.77.34.653.5425.890587.5678.9054.76.3.59.94.36.8.43.6.578.32.5.
14.62.56.3.45.21.4.762315874.36987540.976498.687134.612355.873.572.
35.78.32.65.981269.874309684356864374.2653521873463.249680.94237
5.687432.543.512.56342ks3158 569032849326546276f「搾檸檬汁，親
愛的巴比，沒法提供永久的工作：檸檬會被搾乾，更何況你搾的
不是果肉，是果皮。」78.23.15.6524.8764.6543l.4247.832.70.9576.19
8.32.659.83241.895.64389hwv658943.6.5.84.65486.8753.750.97.849「毫
無疑問，我見證的這股熱忱，反映出我們生活的這個世界。」50
.76.9824.3657.3254.725.984632.05704.3967.09.5.48.79065.87.0'8.654
9.67348.975.46214.35623483.658.9.789.SH5$.7£.32.78956.43.5.87123
58.6$1.3892.5734.5684.7687.£.56.856.845%.37573%4975.9348.6974.5
8G.658326.475326745.37568$97.6905.4895%7647.58637.463276%765.8
766590599.75i7.587.465345.4,76「你把我帶來這裡，是要讓我激動，
還是讓我震驚？老實說，我不懂。」764.654.2.65.56%.67.770083.22
112.1432.221.8039.21.9071$.87565434.t22.I32.576.889775.643.4£32.5
44.6568.7483.456.746.584.3586.657.48.3975.8432.65073「我記得我選
擇投身金融業是因為我熱愛沉默。」653.7.765432.579.547964.7.547
393.75437474545.4743585.466484064.4636436.87%.78.90$.986.875.90.
45%.T34.SH78.lk2t.r47q3s2q96t5.y7fm8.3s4b.65$8.3720.9564.375.709.

iy43.6583.280.9567.「這是一條不歸路。」483.658.9.789.SH5$.7£.
.32.78956.43.5.8712358.6$I.3892.5734.5684.73.658.3258.63.8.956348
9.56894.3658.43656.43956.895.6y8.34.6$58.93426.5.535235.45.39.35
.5.「看不清的經濟，其間樂趣說來可以有很多解釋，就像秘密
一樣，巴比。」543.2434.876.895.835355.3.7872r.42.%7783.3.765.
9870.7543.98687g3502.I75.9032.75986.328.57 032.9900.65.45%.7509
「這些人對銀行的敬重，就和我對搖滾明星的敬重程度一樣。」
832.65089386.3$29856.2308.95602.8635.08923.%596.98.764.66542.3I.
0.8965.86598.764.76$.425.7.9650s.d236r.26590.4657.23547.65634.97
290.57956.2395.70936.589.37209.563295.703Q286.59.82315.3096.57
.90.347908%6.7340.9.8756.7865.93「最起碼，你有問過嗎，這場牛仔
競技表演真的合法嗎？」65372.6578.44.9$040.675.4%38.2489053.287
6.4783.254$3.543245.5687.98.654.21.32235.465£6y.89.895.46.5.42.5589
7.98.8753.%899.Sh%.76「我一步都不會退讓，就算是這個時代，還
是得要最低限度地知所節制。」34.55.87.69.869.89.8.4$3.5.43.1.2.544
786.98'.03.7.49.82.3.£70.4.83.20957.906.N

不過，
保羅·馬祖爾
猛然抓住巴比的手臂
聲音發顫：
「我要知道：那人是誰？」

因為
實際上
有個人
站在那裡
在平台上
臉頰像兩顆甜瓜的伐木工人
指揮整個地獄的交響樂團
不是用指揮棒
而用斧頭。
在他身後
牆上
一幅巨大的照片
是一名裸體黑人女性
抹上油彩
寫著
股市女神。

保羅‧馬祖爾
資深合夥人
發誓
他絕不再踏足
華特街
匈牙利領地
而且，週一午餐會報上
他向同僚
徹底表達鄙夷。

但是，一個月後
交易部門
已獲利三倍。
至少
這是巴比所報告的，
他手拿圖表
因為伐木工人
根本
沒有時間。

雷曼合夥人們
喜歡獲利三倍。
即使那裡
在匈牙利
信奉的是另一種女神。

保羅‧馬祖爾
就要八十歲的人
沒過多久就去世了。

巴比微笑：
這不是他的問題。

> 亞倫從他們手裡接過來，用模子塑造它，把它鑄成一頭牛犢。
> 〈出埃及記 32:4〉

26

扭扭舞 Twist

巴比‧雷曼七十八歲。
他在跳扭扭舞。

不只是他。
全世界都在跳。
勃列日涅夫的俄國人在跳
中國人邊打乒乓球邊跳，
賣我們石油的阿拉伯人也在跳
在歐洲他們跳著，手拉著手。
在日本他們跳著，不眠不休，
在美國他們跳著
因為在那裡
你不跳
你就出局。

汽車
卡車
機車也在跳
——因為如果你腳上沒有輪子，你要怎麼跳？——
房屋
小木屋
豪宅
別墅
都在跳
——因為每個人都得有屋頂才能跳！——
冰箱
食物調理機
洗衣機都在跳
——因為電力供應能源讓你跳！——
電影院
電視
天線
都在跳
——因為沒人跳舞不被看見！——
電話
代幣

話筒
都在跳
——因為鈴聲也能跳！——
然後是股票
股份
債券
都在跳
因為股市——沒錯——股市和跳舞絕配！

劉易‧格呂克斯曼在跳
手持斧頭起舞
而且得說：他懂跳舞是怎麼一回事！
他和整個交易部門一起跳
建立於那裡
華特街的匈牙利領地
那個威廉街一號那些人
絕不涉足的地方
的確，如果他們逮到機會
他們會走另一條路
因為那玩意
不了先生
那個地獄洞窟
不是雷曼兄弟。
不過，多可惜，他們的銀行
在跳扭扭舞
在匈牙利人翻倍增值洪流中的
好幾個零上頭跳躍。
於是，劉易‧格呂克斯曼在跳舞
跳扭扭舞和查爾達斯 [14]
紅通通的臉頰像兩顆甜瓜
和他一眾電腦共舞
每天從早到晚不關機
持續計算
丟出許多零零零
這麼多零，讓我們
緊接起舞。

---

14. 查爾達斯為匈牙利文化中人們耳熟能詳的曲目。

巴比‧雷曼八十歲。
他在跳扭扭舞。

終其一生他抖個不停：
那有什麼問題呢，假如
這位大家長
現在
神聖的慾望是跳舞？

畢竟，他的夥伴大有人在
既然數字們都與他共舞
從零到九的數字
組合
全部一起
整理好了
像藝術展覽裡的圖畫
數字
那些數字
那些他們在華特街經手，像瘋子一樣的數字：
電腦鍵盤跳起來
電腦跳起來
印表機跳起來
那些新的僱員跳起來
驚人的小伙子們
他們不和男人或女人共舞
而和數字一起跳起馬祖卡和波卡。

迪克‧福爾德在跳舞
這場競賽最後的紀錄
迪克‧福爾德在跳舞
還不到三十歲
迪克‧福爾德在跳舞
技藝熟練的舞者
迪克‧福爾德在跳舞
一位和數字共舞的專家
迪克‧福爾德在跳舞
和他的電腦黏在一起
迪克‧福爾德在跳舞
和幾百萬共舞

迪克‧福爾德在跳舞
股市也能做芭蕾的旋轉動作嗎？
迪克‧福爾德在跳舞
但只在華特街
迪克‧福爾德在跳舞
和劉易‧格呂克斯曼共舞
只和他一起
因為迪克恨透了銀行
及相關人士。

巴比‧雷曼八十五歲。
他在跳扭扭舞。

他甚至能讓
那些不跳舞的人
跳起來
像威廉街一號
那些老合夥人
那些選擇在玻璃桌上
跳幾步瑟塔基舞 15 的人
為了要教教他們
他們找來
彼得‧彼得森：
希臘
不好意思
瑞典人。

彼得‧彼得森在跳舞
一個徹頭徹尾的銀行家
和他老婆莎莉共舞
和三十萬薪水共舞
和雷曼兄弟銀行共舞
對他來說，銀行在威廉街一號
只有那一間：
他不和匈牙利人共舞
也不和瘋子共舞
他不和劉易‧格呂克斯曼共舞

---

15. 希臘起源的民間舞蹈。

因為他害怕他的斧頭
他不和迪克‧福爾德共舞
那個一跳起瑟塔基舞看起來就像隻熊的人。
彼得森恨格呂克斯曼
格呂克斯曼恨彼得森
銀行恨股市
股市恨銀行
即使他們憎恨彼此
但他們根本在跳一樣的舞
重點是，不要停。

巴比‧雷曼九十歲。
他在跳扭扭舞。

他現在知道
不可以停
你一開始跳
就要一直跳
只要一息尚存
絕不停下
也不休息
只能跳得更快
可能這就是為什麼
——為了跳得更好——
格呂克斯曼
給他的人
棒球
在那裡，
電腦和電腦之間
他們交換
白粉
就跳舞來看說得通。

巴比‧雷曼九十三歲
他在跳扭扭舞，
實際上，他現在一百歲，
可能一百四十歲。
他在跳扭扭舞，巴比，
像發瘋一樣地跳

而且，可能連他自己都沒
發現
他跳著跳著
最後一位雷曼
就此過世。

> 以後以色列中再沒有興起先知像摩西的。
> 〈申命記 34:10〉

27
壁球　Squash

辦公室門上招牌
標示：**總裁**。

它曾經
掛在巴比‧雷曼門上。
現在至少十年了
指的是另一個人。

深色辦公椅
從未替換
還是伊曼紐‧雷曼用的那張。
桃花心木書桌
擺放獎牌的書櫃
牆上的畫
出自值很多零的畫家之手。
茶几上，有個地球形狀的紙鎮：
據說曾屬於亨利‧雷曼，在阿拉巴馬的時候。
托盤上有玻璃水瓶
玻璃杯亮晶晶的
電話旁邊
兩隻鋼筆。
幾束鮮花。
空調設置低溫。

沙發還是飛利浦的
那一張。

現在一切歸屬於
他
雷曼兄弟新任負責人。

然而，空氣裡
沒有希臘或瑞典的味道。

彼得‧彼得森總裁
坐在他的書桌前。
早報。
排好的當日
會議清單。
不過
最重要的是
第一件事。

當他們敲門
彼得森起身
整理領帶：
「進來！」

劉易‧格呂克斯曼
對早上第一件事永遠心情很差。

今天還比平常更差
因為他從來不喜歡
高樓層那些辦公室
就如他的弟子
迪克‧福爾德所說：
「他們越高，我把他們看得越低。」

格呂克斯曼穿過房間。
他不用整理領帶
因為他根本沒繫領帶。
他坐下。

希臘人和匈牙利人：
面對面。
一個帶著橄欖和酸豆的背景

另一個背景則是檯燈。
一個是完美的銀行家。
另一個則是難搞的交易員。
一個是雷曼兄弟總裁。
另一個挖金礦
就像，他的弟子迪克・福爾德
跟報紙說的：
「沒有我們的話，就只有煙，沒有火。」
而迪克・福爾德很懂火是怎麼一回事
每天早上
當他帶了四盒
漢堡
在他的電腦前坐下。

希臘人和匈牙利人：
面對面。
沉默持續一世紀。
彼得森微笑。
他任職於理查・尼克森政府時
學會就算在敵人面前也要微笑
他有完美的天賦
按照命令微笑。

格呂克斯曼則否，這不是他。
他沒法硬擠出笑容
的確
他坐在那
像犀牛
亮出牠的角
從鼻腔發出怪聲
因為，如同他的弟子
迪克・福爾德所說：
「經商分成西裝派和野獸派
既然穿西裝讓人窒息
當野獸肯定好多了。」

彼得森記得很清楚
——他曾任職於尼克森政府——
當美國

打開中國市場時
派了一支乒乓球隊
去北京。
現在，他想在這裡做一樣的事。
還是，這不是個好主意？
希臘人—匈牙利人
乒乓。
發球開打。

「我親愛的格呂克斯曼，你想談什麼？」
「我？沒事。」
「但你在這。」
「你知道為什麼。」
「我可以猜。」
「別玩躲貓貓。」
「如你所願。」
「直說。」
「你說。」
「你是總裁。」
「我是。」
「沒錯。」
「請說。」
「不該是你。」

球出界了
匈牙利回擊過猛。
彼得森微笑。
漂亮的一擊。
1 比 0 希臘領先。
球賽繼續。

「我親愛的格呂克斯曼，你的意思是？」
「我受夠了！」
「受夠什麼？」
「受夠你在那邊演國王。」
「我，國王？」
「你是總裁！」
「可能你想要⋯⋯」
「我想要這家銀行！」

球出界了。
匈牙利很緊繃。
彼得森微笑。
漂亮的一擊。
2 比 0 希臘領先。
球賽繼續。

「我親愛的格呂克斯曼，你不會太過分嗎？」
「完全不會！」
「銀行就是銀行。」
「我們才是真正的經營者。」
「你這樣以為嗎？」
「我有數字。」
「我會說……」
「我受夠了！」

匈牙利丟下球拍
拿球放到鞋跟底下踩扁。
終局
因為乒乓是種舞蹈
就像
年輕的迪克‧福爾德會這麼說：
「壁球，喔對，那是一種男人的運動。」

漂亮。
現在格呂克斯曼接掌比賽。
這場球賽變成壁球，直到最後一擊
最用力打擊的人得勝。
球賽繼續。

「所以，彼得森，這家銀行是我應得的。」
「整個銀行由你的團隊一手掌控？」
「總比你那些渣渣好。」
「我們各自扮演自己的角色，不是比較好嗎？」
「我拿一半不夠！」
「你想整碗端走？」
「只管從銀行裡的鼠輩手上拿來就是！」
「如果碗不同意呢？」

匈牙利輸球了。
希臘佔上風。
彼得森微笑。
漂亮的一擊。
球賽繼續。

「我說，格呂克斯曼，你並不受眾人愛戴。」
「你的意思是，受合夥人喜愛？誰在意：他們太老了。」
「但如果老人家退股呢？」
「他們不會：如果他們真的這麼做，我會全額支付。」
「如果只剩下你們十個，那需要很多錢。」
「錢在那，沒差。」
「如果是那樣，你會走下坡路。」
「我要這家銀行，我要你的工作！」
「要把我趕走，你得花好幾百萬。」
「開個數字，你明天就能拿到錢。」

匈牙利得分。
不過，這時
希臘中斷比賽
取得球。

「假如你失敗了，我要幾個零，幾個百分比。」
「意思是？來吧，少說廢話。」
「如果你得賣掉雷曼兄弟的股份
如果你要賣股變現
每筆交易，我都要一定比例的抽成。」
「這協議太瘋了吧！」
「同意嗎？」
「同意！」
「劉易・格呂克斯曼，你是新任總裁！」

那天，乒乓落敗之處
壁球贏了。

檯燈落敗之處
由橄欖和酸豆取得勝利。

因為
那場碰面之後
不到一年
雷曼兄弟
——這不朽的名字——
出售
等待最高投標者。

以好價錢
入手的
是美國運通。

圍著桌子
一張玻璃桌
和房間一樣長
坐上黑色的椅子
像週一午餐會報那樣
即使已經是晚上了，
　　　確實
　　　快要
破曉了。

房間裡，一片沉寂。

一群老人家
在等候消息。

亨利‧雷曼，坐在桌子一端。
這向來是他的位子。

邁爾薯仔
坐他旁邊。

伊曼紐是手臂
他想要行動：
像這樣的日子
怎麼能坐著枯等。

他兒子飛利浦，
有本日記
在他面前；
手裡拿了筆
用黑色大寫字母寫下字詞。
剛剛寫下最後一句：
「**我沒預料到。**」

巴比‧雷曼
坐他父親身旁：
他的手又顫抖起來，

他咬嘴唇。
在白色外套翻領上
別了個別針，是馬的形狀。

參議員赫伯特
調整牆上時鐘的時間
雖然
在這裡，時間
是個奇怪的概念。
他還沒搞懂。

他兒子，彼得，一身軍裝，
悲傷地看著他搖頭。

沙發上，窗戶下，
西格蒙德身穿輕便西裝坐著。
圓眼鏡，深色鏡片：
船甲板上陽光很烈。

他兄弟亞瑟在桌上彈手指：
「他們能找到
那個總是有解的方法嗎？
根據我的公式
情況還沒到無可挽回。」

「已經宣判了」厄文回話，
重新整理他的領帶結。

房間裡，一片沉寂。

一群老人家
在等候消息。

陀螺點燃一根雪茄：
第五根，
昨天起就沒人闔上眼過。

哈洛盯著他兄弟看：
「他們不是說，每次死亡都是新生？」

但是，艾倫搖頭：
「哈！帶來微笑的是嬰兒，不是死亡。」

大衛粗暴地擤鼻子，
鼻子都要飛離他的臉了：
他從沒學會要如何控制精力。
然後，他把棉手帕摺好放回口袋裡
深呼吸
看向他父親，亨利：
「他叫什麼名字？
我老是記不起來。」

沒人回答。

「我說，最終，
誰是最後一個，最後的總裁？」

飛利浦翻他的日記：
「迪克・福爾德。」

邁爾薯仔做個鬼臉
聳了聳肩：
他是煮熟的馬鈴薯。

伊曼紐
曾經是現在也還是手臂
伸腳一踢
把椅子踢到中間。

巴比嘆氣。

赫伯特・雷曼
搔了搔頭：
「可能還有希望。」

「已經宣判了」厄文回話。

「也許其他銀行會幫我們一把。」
西格蒙德微笑，因為他全忘了

他那 120 條戒律。

巴比嘆息：
「1929 年，我們沒有出手救其他銀行。
自找的。」

房間裡，再度，一片沉寂。
一群老人家
在等候消息。

電話鈴響。

十四個人全部面面相覷。

亨利走過去。
拿起話筒。
說：「哈囉。」

然後傾聽。

注視其他人。

掛上。

「一分鐘前，沒了。」

他們起立。
圍著桌子。
他們全部人。

接下來幾天
他們會留鬍子
如儀式該做的那樣。
七天和三十天哀悼期。
他們會尊重律法
依循它訂下的
每項任務。

早晨和傍晚

他們會背誦禱文。

像以前常做的那樣，在德國那裡
在巴伐利亞，林帕爾。

ADAR ——亞達月，希伯來曆法的月份，對應於陽曆二到三月。

ASARAH BE TEVET ——提別月十日，紀念西元前 588 年，尼布甲尼薩二世圍攻耶路撒冷的節日。意思是指「提別月第十日」，或希伯來提別月正中間那一天。

AV ——埃波月，希伯來曆法的月份，對應於陽曆七到八月。

AVRAHAM ——亞伯拉罕，先知。

(DER) BANKIR BRUDER ——（這位）兄弟銀行家。

BAR MITZVAH ——（字義為「戒律之子」。）由「兒子」（bar）和「戒律」（mitzvah）組成。這個詞彙是指青少年達到宗教認定成熟期的成年禮慶祝儀式。從那天起，年輕人不再依賴他的父親，要開始為自己的行為負責。而且，既然享有成人的權利與責任，若他犯罪，就得承擔懲罰。慶祝儀式在男孩十三歲生日後的第一個安息日舉行。為了慶祝，他的家人會聚首猶太會堂。儀式中，男孩受邀首次誦讀《妥拉經》。

BARUCH HASHEM ——巴魯克哈希姆，（字面意思是「稱頌祂的名字」。）感謝上帝。「名字」（Hashem）是敬稱，用來代替無法發音的神聖之名 Jhwh。

BAT MITZVAH ——（字面意思為「戒律之女」。）指年輕猶太女孩十二歲的成年禮慶祝儀式，女孩從此被視為「女人」，須要承擔宗教上的義務。

BEIN HA-METZARIM—節日，紀念耶路撒冷第一和第二聖殿遭受毀壞（分別於西元前 586/7 年和西元 70 年發生）。意指「在禁食日之間的三週」（從塔模斯月第十七日到埃波月第九日）。

(DER) BOYKHREDER ——意第緒語，（這位）腹語者。

BULBE —— 意第緒語，馬鈴薯。為與英文的 Potato 區隔，內文譯為「薯仔」。

CHAMETZ —— 希伯來語，酵母。

CHESHVAN —— 瑪西班月，希伯來曆法的月份，對應於陽曆十到十一月。

CHUPPAH —— 婚禮棚架，結婚慶典在其下舉行。布幔由四位男性持四根柱子所支撐。新人一離開棚架，就已因婚姻而結合。

DANIYEL —— 丹尼爾，先知。

DREIDEL —— 意第緒語，陀螺。傳統上光明節會玩的遊戲。這是一種四面陀螺，每一面寫上一個希伯來字母，合在一起讀，象徵「Nes Gadol Hayah Sham」（「一個偉大的奇蹟在這裡發生」）。這些字母也是片語口訣的一部分，供人記憶陀螺的遊戲規則：「Nun」代表的意第緒字「nisht」（「無」）、「Hei」是「halb」（「一半」）、「Gimel」是「gants」（「全部」）、「Shin」則是「shtel aybn」（「放置」）。

DUKHAN —— 猶太會堂裡，儀式主持人的講台，置於妥拉櫃（Ark/Aron）前。

EGEL HAZAHAV —— 金牛犢，偶像崇拜的象徵，當摩西在西奈山上時，亞倫造了金牛犢。

ELUL —— 以祿月，希伯來曆法的月份，對應於陽曆八到九月。

GEFILTE FISH —— 意第緒語，魚丸凍。

GEMARA —— （亞蘭語字義為「結論」、「完成」。）《塔木德》的一部分，集結對〈米書拿〉的評註和討論，發展於西元四世紀到六世紀之間。此一詞彙也是整部《塔木德》的同義詞。這些教誨以東亞蘭語寫成，也被稱作「塔木德的亞蘭語」。

GHEVER —— 希伯來語，男人。

(A)GLAZ BIKER —— （一）杯水。

GOLEM ——戈倫，未成形的材料或一堆東西。在稍晚發展出來的傳統中，指的是以上帝之名活化的黏土，之所以創造出來，是為了要保衛、服務在猶太聚集區的猶太人。

GOLYAT ——歌利亞。

HAFTARAH ——（字義為「分隔」、「分別」、「告別」。）很可能衍生自「patar」此一字根，意為「結束」、「終止」。這個詞彙指的是先知書或聖徒傳記節選。猶太會堂在安息日和節日的儀式中，完成《妥拉》選段讀經（parashah）之後，會再加上這些節選。

HALAKHA ——（字義為「要遵循的道路」）舉止、行為。《妥拉》中以書寫和口語規範的部分，包括行為管理和日常生活的律法素材。咸認為是摩西在西奈山上接受的啟示，因此含括在《妥拉》內，同時以文字（Pentateuch）和（相較於文字更為重要的）口語方式表達。之後在《塔木德》和密德拉西中被編成〈米書拿〉，以 halakhic midrashim（哈拉卡密德拉西）為人所知。

HANUKKAH ——（字義為「奉獻」），光明節，為紀念西元 164 年猶大・馬加比再復興（Dedication）耶路撒冷聖殿。此一節日始於基斯流月（通常落在陽曆十二月）的第二十四個日落，持續八天，期間會依序點燃有八支分支的大燭台。

HASELE ——意第緒語，兔子。

HASHEM ——（字義為「這個名字」）。為表達尊敬，用以代稱神聖的名字 Jhwh，用於聖經和希伯來傳統。

IYAR ——以珥月，希伯來曆法的月份，對應於陽曆四到五月。

(DER) KARTYOZHNIK ——意第緒語，（這位）玩牌的人。

KATAN ——希伯來語，孩子。

KETUBAH ——婚約。載明合約文字的羊皮紙，常有滿滿的裝飾和象徵符號。婚約列出丈夫對妻子的經濟責任，以求若離婚時能保護妻子。依據猶太習俗，丈夫可以單方面提出離婚，同時必須支付妻子大筆金錢。婚約由丈夫簽名後交給妻子；接著才會誦讀婚禮祝福。

KIDDUSHIN ——克第辛，婚禮儀式。

KISLEV ——基斯流月，希伯來曆法的月份，對應於陽曆十一到十二月。

KOSHER ——遵守猶太飲食法則。

LAG BA OMER ——篝火節，在俄梅珥（Omer）的第三十三天。瘟疫奪走了阿奇巴拉比的門徒，而當天象徵瘟疫的終結。這一天終止俄梅珥（Omer）期間的悼念和限制，並以郊遊、音樂、各種為孩童設計的娛樂等方式，大加慶祝。

LIBE ——意第緒語，愛。

LUFTMENSCH ——意第緒語，發夢的人，夢想家。

MAMELE/MAME ——意第緒語，媽媽，母親，親愛的母親。

MAZEL TOV ——（文義為「吉星」），「好運，恭喜。」在像是 Bar Mitzvahs 等慶典中，表達恭喜或祝福用語。

MEZUZAH ——經文盒，（字義為「門柱」），指的是一種儀式性物品，在羊皮紙上，寫了《妥拉》相應於《舍瑪》前兩部分的段落，也是猶太教極為重要的禱文。經文盒會放在門柱上，入口大門右手邊，大約在門三分之二的高度，長度一般和成人男性的手掌差不多。

MIGDOL BAVEL ——希伯來語，巴別塔。

MILAH ——割禮。割禮代表自亞伯拉罕時期起，以色列人與神之間所建立的奉獻協議。出生後第八天行割禮，是猶太男孩的誡命（mitzvah），即使那天與安息日、贖罪日、宗教節日重疊也一樣。

MISHNAH ——米書拿，希伯來語源的意思是「背誦課程」、「研讀和複習」。〈米書拿〉是口語傳統的規範，由摩西傳承下來的教誨本體，是組成《塔木德》的兩部之一（第二部是〈革馬拉〉（Gemara））。〈米書拿〉的最終版本，可追溯自西元二世紀末，包括六十三篇短文，分為六節，內容關於宗教規範、社會關係、民法和刑法、婚姻等。

MITZVOT——上帝為每個猶太教徒帶來的戒律，包含在《妥拉》經裡，目的是教導男性依照上帝的旨意生活。共 613 條，其中 365 條為否定形式，248 條為肯定形。另一種 mitzvot 的分類法，分為：平行 mitzvot——處理人與人之間的關係；垂直 mitzvot——處理人與神之間的關係。

MOSHE——摩西。

NER TAMID——長明燈（意為「永恆的光」），懸掛在猶太會堂天花板的油燈，在妥拉櫃前面。為了紀念在耶路撒冷聖殿的七分支燭台，它恆常點燃。

NISAN——尼散月，希伯來曆法的月份，對應於陽曆三到四月。

NOACH——挪亞，猶太列祖。

PESACH——逾越節（意為「通過」）。紀念猶太人逃離埃及。年度主要節日。

PURIM——普珥節（字面意義為「籤」、「運氣」），紀念西元前五世紀，猶太人逃過由波斯帝國亞哈隨魯王的首席大臣哈曼所策劃的大屠殺。這件事記載於《以斯帖記》裡。普珥節於亞達月第十四天慶祝，是猶太曆中最歡樂的節日，可以和基督教嘉年華的精神相提並論。通常會戴面具慶祝。

QADDISH——（意為「聖化」），最古老莊重的猶太禱文之一，僅能由十位以上達十三歲（宗教上已成年）的猶太男性所組成的祈禱團體（此一團體稱作 minyan）誦讀，每位猶太人必須從中審視《妥拉》戒律。禱文中心主題是喜悅、讚揚，和以上帝為名的聖化。

RAB/RAV/REB——拉比的簡稱（字意為「偉大的」、「傑出的」），指的是猶太社群裡的大師、拉比、宗教領袖。

REB LASHON——參照傳統猶太傳說所述的拉比的語言。

RIBOYNE SHEL OYLEM——意第緒語，宇宙的主宰。

ROSH HASHANAH ——猶太新年，宗教節日，慶祝一年的開始，以色列於提斯利月的首日慶祝，離散猶太人則於該月頭兩日慶祝。這是懺悔的節日，羊角號（一種宗教號角）的聲音為其特色。

SCHMALTZ ——意第緒語，來自德語 Schmalz，「脂肪」、「脂肪物質」。東歐猶太人家裡會用鵝油製作 Shmatlz，代替麵包上的奶油。

SCHMUCK ——意第緒語，笨蛋、瘋狂、愚蠢。文義為，雞巴。

SCHNORRER ——意第緒語，乞丐、寄生蟲、白吃白喝的人。

SHABBAT ——（意為「停止」），安息日，每週一天的休息日。慶祝神在創造第七天休息的節日。特色是休息，不從事工作的活動，以及在猶太會堂舉行儀式。

SHAMMASH ——猶太會堂的侍者、司事、會堂管理人。

SHAMMES ——意第緒語版的 shammash，猶太會堂管理人。

SHAVUOT ——（意為「星期」），節日，紀念猶太人在西奈山上獲得《妥拉》這項禮物，在逾越節七週後舉行。也被稱作五旬節，因為落在逾越節的五十天後。古時候在這節日慶祝首季水果和豐收。據說，每到這天，天空會在非常短暫的瞬間打開；若能在那一刻許願，願望就會得到應許。

SHELOSHIM ——下葬後的三十天期間（包括七天哀悼期）。在此期間，哀悼者不能結婚或參加 seudat mitzvah（「喜慶的宗教餐宴」）。這段期間，男性需要避免的事情包括：不能剃刮或剪短鬍鬚、不能穿新衣服等。根據猶太教的教誨，死者仍能透過他們的記憶，受益於執行戒律。因此，人們常會聚在一起，以死者之名誦讀《妥拉》，作為對死者的奉獻。

SHEMA ——舍瑪（字義為「傾聽」）。猶太儀式的重要禱文，一天要誦讀兩次，晨禱和晚禱。

SHEVAT ——細霸特月，希伯來曆法的月份，對應於陽曆一到二月。

SHIVA ——（字義為「七」）。指的是至親過世後，依循傳統而

行的七天哀悼期。在此期間，哀悼者聚集在他們其中一人家中，接待訪客。前去拜訪哀悼中的人，被視為是守禮並憐憫的重大mitzvah（戒律）。傳統上不交換祝福或語言，訪客會等待哀悼者開啟對話。哀悼者沒有義務進行對話，並且可以完全忽略訪客。訪客常會帶食物拜訪，並將食物供應給在場所有人，讓哀悼者不需烹煮或分心於其他事情。

SHOFAR——羊角號。羊角號的聲音讓人聯想起亞伯拉罕的犧牲（他被上帝召喚，要用兒子以撒獻祭，最後關頭以公羊代替），並且宣告彌賽亞的到來。除了用於特定宗教節日（猶太新年、贖罪日），如今在以色列，一些特別嚴肅的世俗活動也使用羊角號。

SHPAN DEM LOSHEK!——策馬前進！源由於一首意第緒傳統歌曲。

SHVARTS ZUP——意第緒語，字義為「黑色高湯」。

SIVAN——西灣月，希伯來曆法的月份，對應於陽曆五到六月。

SUKKA——小屋。

SUKKOT——希伯來語，小屋，sukka 的複數形。住棚節，慶祝和紀念猶太人離開埃及，前往西奈沙漠，以抵達應許之地以色列。此節是在贖罪日後第五日慶祝，期間會用樹枝搭起一間棚屋，人們在棚屋裡頭吃東西、祈禱。

SÜSSER——意第緒語和德語，字義都是「甜心」。

TALMUD——（意為「教導」、「學習」、「討論」）。《塔木德》是所謂的「口傳妥拉」，以神聖、規範、解釋性的文本，形塑猶太教的基礎。結合〈米書拿〉和〈革馬拉〉，並加上在西元四到六世紀之間拉比的討論。

TAMUZ——塔模斯月，希伯來曆法的月份，對應於陽曆六到七月。

TEFILLIN——塔夫林，經文匣，猶太教正統派信徒分別綁在左手臂和額頭上的兩個皮製小盒。這兩個小盒中，放了兩張寫了四段《妥拉》經文的羊皮紙。除安息日、節日、埃波月的第九日之外，每天晨禱都需穿戴。

TERBYALANT ——（意為「動盪」）。

TEVET ——提別月，希伯來曆法的月份，對應於陽曆十二到一月。

TISHRI ——提斯利月，希伯來曆法的月份，對應於陽曆九到十月。

TORAH ——（意為「教導」、「律法」）。《妥拉》是由上帝在西奈山上給予摩西的律法。「書寫妥拉」包含聖經頭五卷書（也稱作「摩西五經」）：Bereshit（創世紀）、Shemot（出埃及記）、Vayikra（利未記）、Bamidbar（民數記）、Devarim（申命記）。「口傳妥拉」則依傳統集結猶太教法學博士的重要著作，從未完結。

TSU FIL RASH! ——意第緒語，意思是「太多噪音！」

TSVANTSINGER ——二十分硬幣，或面額很小的零錢。

TU BISHVAT ——植樹節，也稱「樹木的新年」。字面意思為「細霸特月的第十五天，」或希伯來細霸特月最中間的那一天。

TZOM GEDALYA ——（意為「基大利齋日」）。節日，悼念統治者基大利遇刺。

V'HAYA ——舍瑪第二部分，希伯來宗教儀式中重要的禱文。

YELED ——希伯來語，男孩。

YITZCHAK ——以撒。

YOM KIPPUR ——（意為「贖罪日」）。是莊嚴的日子，禁食，並為贖罪和悔改而禱告，於提斯利月（落於九月和十月之間）的第十天。只有在這個場合，猶太聖殿大祭司會在至聖所宣讀神的名字。目前，猶太會堂在贖罪日舉辦的慶祝儀式，內容包含鄭重悔罪，以及吹響羊角號。

YONAH/IONAH ——約拿，先知。

ZEKHARYA ——撒迦利亞，先知。

譯後記

亨利·雷曼在 1844 年抵達美國。他來自巴伐利亞的林帕爾，當地總人口數約一千三百人，其中有約一百二十名猶太人。根據他的家鄉律法規定，猶太人家只有長子可在成年後持續待在鎮上。亨利在家裡十個孩子當中排名老六，是次子。離家，顯然是預期中的事。

亨利因受當時棉花產業的吸引而來到美國南方。其實，當時美國南方棉花已大量向歐洲出口，包括中世紀時已是織品貿易中心的德國美茵茲（Mainz）。在巴伐利亞，棉花是常見的商品，也有許多猶太紡織工人住在林帕爾及其附近村落。說不定，遠渡重洋前，棉花早在亨利的心中撒下了種子。

巴伐利亞當時仍是夾在德國與奧地利之間的王國，1844 年，國王路德維希一世企圖增加啤酒稅，結果引起民眾不滿釀成騷亂。此外，當年歉收，種種因素相加，可能成了促使亨利就此上路的契機。

以上關於亨利·雷曼踏上美國之旅的歷史背景，都來自彼得·查普曼（Peter Chapman）的專書《The Last of the Imperious Rich: Lehman Brothers, 1844-2008》[1]。查普曼從非虛構角度切入講述雷曼兄弟興亡史，也是翻譯本書時的延伸閱讀。兩相對照，有時隱隱好奇，馬西尼如何將非虛構的史實、資料，發展成這部虛構作品當中，綿延多場的角色內心衝突。

馬西尼就人物設定做了些許調整。比如真實世界裡的雷曼家第一代小弟邁爾，其實曾熱切投入 1848 年起於奧地利帝國風起雲湧的自由革命與獨立運動。1848 年也正是馬克思出版《共產黨宣言》那年。邁爾之子赫伯特後來為抵抗經濟大蕭條而大力輔佐羅斯福推出新政，其為公眾付出、倡議的熱情，以及嘗試在亞當·史密斯和馬克思間找到平衡點的努力，也不禁令人想起 1848 年的邁爾。[2]

不過，馬西尼筆下的雷曼家三代進程，最顯著的特色，可能在於

---

1. Peter Chapman, *The Last of the Imperious Rich: Lehman Brothers, 1844-2008*. New York: Portfolio/Penguin, 2010. 前述段落分別出自 p.6, p.9, p.7。

2. 此段出處同前，p.19。

他們從物質為王到全然抽象的追求財富之道。先是從各種眼花撩亂的棉織物、不會破的丹寧、糖、咖啡,到掛上「棉花」、「咖啡」招牌的期貨、證券交易,待進入飛利浦口中「用錢／買錢／賣錢／借錢／交換錢」的階段之後,亞瑟眼中的路人甲乙都是 $7.21,而與巴比共舞的,全是數不盡的零零零零。

馬西尼於 1975 年出生於義大利,是劇作家、小說家,當過演員、導演,在義大利電視圈也小有名氣。2008 年,雷曼兄弟倒閉,金融危機爆發,他隨即開始著手進行「雷曼兄弟」的相關研究與創作。2010 年,本作第一部的前身,以《崩毀之章》(I capitoli del crollo)為題,在義大利以工作坊的形式開始醞釀、演出。2012 年,他推出義大利廣播劇版本,發佈於 Rai Radio 3。2015 年,米蘭皮科洛劇院(Piccolo Teatro)上演了《雷曼三部曲》(Lehman Trilogy),也是歐洲最具影響力的導演之一盧卡・羅考尼(Luca Ronconi)的遺世之作。該作贏得包括最佳文本獎在內的五項烏布獎(Ubu Award,義大利戲劇界最高榮譽)與義大利國家戲劇獎(Le Maschere del Teatro Italiano)的年度最佳文本與最佳戲劇。同時間,隨著首波翻譯推出,歐洲各國對此作頗為關注。首先取得版權的法方於 2013 年搬演後,德國、比利時、西班牙、荷蘭等多地也陸續推出據此作改編的戲劇作品。

2016 年,馬西尼出版了 760 頁的擴展版文本《關於雷曼家族的事》(Qualcosa sui Lehman),副標題為:「小說／敘事曲」(Romanzo/ballata)。根據劇場學者 Alex Ferrone 解釋,義大利文的「敘事曲」一詞,比起英文的近義詞「ballad」,更強調其字源「ballare」所具有的「舞蹈」含義[3]。 在 2015 年的米蘭版演出節目冊中,導演羅考尼則由此字的時間性著眼,闡述他的導演手法:「敘事曲不遵循敘事的線性時間……有時我們從後面開始,回返,回到中心,結束於我們開始的方式,來來回回。」[4]

2018 年,《雷曼三部曲》(The Lehman Trilogy)於倫敦首演前,這齣戲已累積了歐陸十四國的製作紀錄。倫敦版由奧斯卡金獎導演山姆・曼德斯(Sam Mendes)執導,英國國家劇院副藝術總監班・鮑爾(Ben Power)擔任劇本改編,劇情濃縮到三小時。由於

---

3. Alex Ferrone, "Flexibility, Abstraction, Orthodoxy: The Lehman Trilogy and (the) British Capital." *Comparative Drama*, Vol. 56, No. 1& 2, Spring & Summer 2022, p.67-92.

4. 出處同前。原文:"Una ballata non segue l'andamento cronologico, lineare, nella narrazione di un evento...talvolta si parte dalla coda, si torna indietro, si ritorna al centro, si conclude come si è cominciato, in un continuo andirivieni." (qtd. in Eleonora Vasta, "Mettere in scena *Lehman Trilogy*: Conversazione con Luca Ronconi," in Program for *Lehman Trilogy* at the Piccolo Teatro [Milan: Piccolo Teatro, 2015], 10).

這個版本是英國國家劇院（National Theatre）和紐約公園大道軍械庫（Park Avenue Armory）兩家劇院攜手合作（因此 2019 年於紐約該空間演出），劇院的空間形式也影響了由埃斯・德夫林（Es Devlin）設計、效果極好的旋轉舞台。2021-2023 年間，同一版本持續於倫敦西區和紐約百老匯加演，造成轟動，更在 2022 東尼獎榮獲最佳戲劇、最佳導演、最佳演員等五項大獎。

我是在 2019 年春天，於軍械庫初次觀賞此作，深受震撼。三名演員如說書般既述又演，以極其精準、洗練的舞台動作，化身十九世紀中期移民赴美的雷曼三兄弟，接連開展三代橫亙一百五十年的家族故事。講述美國夢的故事還少了嗎？猶太文化在紐約、在紐約的舞台上，也早已自成一個輝煌的系譜。這個雷曼家的故事，卻講出了近代美國資本史，從電力、鐵路、飛機到好萊塢、電腦，從實業家到中間人，從恪遵猶太喪葬禮俗到華爾街的分秒必爭，劇中物事都如物件劇場裡的「物件」一般，各自蘊含豐富的小宇宙，開啟觀眾想像。然而，重點仍在穿插著鋼琴聲的「人」的舉手投足，「人」的娓娓道來，試著回答：美國，從哪裡開始走到這一步？

同時，這也是非常紐約的故事。如同曼德斯在由 Lynn Nottage 主持的演後座談中提到：「昨晚（紐約首演場）很特別。你可以感覺到觀眾席有某種專注力，尤其是到了第三幕，故事越來越接近現在的時候。觀眾傾身向前，然後坐在我後面的人笑了出來，是那種，他老兄非常清楚知道這些台上的人物，馬上要倒大楣了。我心底暗想，噢，老天。這樣說吧，我之所以會這麼被雷曼兄弟的故事所吸引，有一部分應該是因為 2008 年的那段時間，我住在紐約。Dick Fuld 的崛起和失敗，讓我非常著迷──對美國觀眾來說，他可能是耳熟能詳的人物；但在倫敦，在歐洲，事情就不是這樣了。所以，我真的感覺一步步更接近核心。我想，這個作品也出自我對紐約深深的愛。很多方面來說，它是一首紐約的頌歌，歌頌這城市過往的光輝，及其無限的可能性。」[5]

2020 年春天，Covid-19 疫情席捲全球，百老匯所有劇院因此關閉十八個月，紐約前所未見地停下腳步。在一片死寂，只有救護車偶爾呼嘯而過的紐約市家中，我打開終於上市的英文版原著，懷著自娛娛人的心情，開始翻譯。畢竟是從表演開啟對這作品的認識，面對這可詩可小說可劇本的獨特體裁，我的出發點，不可避免地是「聲音」，包括這些「字」被唸出來時是什麼樣的聲音、說書

---

5. Park Avenue Armory, "Artist Talk: The Lehman Trilogy," March 23, 2019, 17:41 to 18:48, https://www.youtube.com/watch?v=uaiSUumOQl4.

之「流」如何在斷句間跌宕起伏，以及若敘述者不只一人，語句順序是否不見得按理所當然的線性排列才更具節奏感等。

比對英譯與義文本時，發現幾處略有出入。像是開頭亨利‧雷曼抵達紐約港乘坐的是「勃根地號」，及船上乘客共「一百四十九人」等資訊細節，英文版隱去未譯。經查證確定無誤，便行加回。此外，義文本（以及按義文本翻譯的日文版）在第一部第十一章開頭提到的黑奴小朋友名為瑪莎（Martha），英文版則譯為克羅伊（Chloe）。考量十九世紀中，美國南方以瑪莎起名黑奴確實可能性較低，此處按英文版翻譯。另外，可能由於文法的關係，英譯與義文本也有幾處斷句有所差異，我的原則還是以念起來更通順、易懂為優先。

關於本書的翻譯，要特別感謝 Stephany Shigekuni 和 Chris Alberti，協助釐清因個人語言能力有限而產生的英、義文問題。同時，也要感謝曾被逼著讀了片段，甚至聽我朗讀的友人陳又津、鄭鯉齡，過程中的每次推進都有極大助益。此外，如果沒有先生陳大任不辭辛勞地反覆校閱、提供許多寶貴意見，甚至在我低落時仍溫暖鼓勵向前，憑我懶惰又熱愛放棄的天性，絕不可能完成這份翻譯。當然，本書能夠順利出版（及接下來的印行、宣傳等各方面），還有太多要大大感謝的貴人們，但因許多事會發生在本文截稿後，實在無法現在一一唱名，還請各位海涵見諒。最重要的是，感謝各位讀者願意賞光翻閱本書。作為非專業譯者，說真的，對於任何指教批評都非常期待，也希望各位不吝賜教，讓本書若還有機會出現後續新修訂的版本，能有更完善的表現。

譯者簡介

朱安如
目前就讀於加州大學爾灣分校（University of California, Irvine）戲劇博士班。做過劇場演員、廣播節目主持人、藝文媒體採訪撰稿人，也在美國曼哈頓社區學院（BMCC）教過書。《雷曼三部曲》是她的第一本翻譯作品。

雷曼三部曲 Qualcosa sui Lehman

作者｜史蒂芬諾・馬西尼 Stefano Massini
翻譯｜朱安如
校訂｜陳大任
編輯｜劉 齊
封面設計｜萬亞雰
版面設計｜研寫樂有限公司

出版｜一人出版社
地址｜臺北市南京東路一段二十五號十樓之四
電話｜(02)25372497
網址｜Alonepublishing.blogspot.com
信箱｜Alonepublishing@gmail.com

總經銷｜聯合發行股份有限公司
電話｜(02)2917-8022　　傳真｜(02)2915-6275

2023 年 9 月　初版
定價新台幣 700 元

國家圖書館出版品預行編目 (CIP) 資料

雷曼三部曲 / 史蒂芬諾・馬西尼 (Stefano Massini) 作 ; 朱安如譯
-- 初版 . -- 臺北市：一人出版社 , 2023.09 ｜ 752 面 13.5x21 公分
譯自：Qualcosa sui Lehman.

ISBN 978-626-95677-7-5(平裝)
877.57　　　112013561